W0208339

ERIN STEWART

SIEH MICH AN

ERIN STEWART

SIEH MICH AN

ROMAN

Aus dem Amerikanischen
von Henriette Zeltner

heyne>fliegt

Die Originalausgabe erscheint unter dem Titel *Scars like Wings*
bei Delacorte Press, Random House New York

Sollte diese Publikation Links auf Webseiten Dritter enthalten,
so übernehmen wir für deren Inhalte keine Haftung,
da wir uns diese nicht zu eigen machen, sondern lediglich auf
deren Stand zum Zeitpunkt der Erstveröffentlichung verweisen.

FSC www.fsc.org
MIX
Papier aus verantwortungsvollen Quellen
FSC® C014496

Verlagsgruppe Random House FSC® N001967

Copyright © 2019 by Erin Stewart
Copyright © 2019 der deutschen Ausgabe
by Wilhelm Heyne Verlag, München,
in der Verlagsgruppe Random House GmbH,
Neumarkter Straße 28, 81673 München
Printed in Germany
Redaktion: Silvia Schröer
Umschlaggestaltung: Das Illustrat, München,
unter Verwendung eines Motivs von © Jennifer Heuer
Das Zitat aus dem Gedicht
»She conquered her demons and wore her scars like wings«
wird mit freundlicher Genehmigung von © Atticus abgedruckt.
Satz: Uhl + Massopust GmbH, Aalen
Druck und Bindung: GGP Media GmbH, Pößneck
Printed in Germany

ISBN: 978-3-453-27225-5

Für Kyle.
Was wäre ich ohne dich …

Kapitel 1

Ein Jahr nach dem Feuer entfernt mein Arzt meine Maske und fordert mich auf, etwas aus meinem Leben zu machen.

Das sind natürlich nicht genau die Worte, die er benutzt, weil er dafür bezahlt wird, mit einer Menge medizinischer Fachbegriffe wie Reintegration und Isolation um sich zu werfen, aber im Grunde genommen hatte das Komitee über Avas Leben eine große Besprechung und ist zu dem Schluss gekommen, dass ich mich jetzt lange genug eingebunkert habe.

Meine Post-Pyro-Selbstmitleids-Party ist vorbei.

Dr. Sharp untersucht meine Hauttransplantate, um sicherzugehen, dass mir seit unserem letzten allmonatlichen Abtasten nicht aus Versehen Fledermausflügel unter den Achseln gewachsen sind. Narben können verrückte kleine Spinner sein, und da mein Körper zu sechzig Prozent im Arsch ist, braucht Dr. Sharp geschlagene zwanzig Minuten, um mich zu untersuchen. Das Papiertuch, mit dem die Vinylplatte des Untersuchungstischs bedeckt ist, raschelt unter mir, während meine Tante Cora von der medizinischen Seitenlinie aus aufmerksam zusieht. Dabei folgen ihre Augen jeder Bewegung von Dr. Sharp, während sie Notizen in ihr riesiges Ringbuch kritzelt.

Er nimmt das Bandana von meinem Kopf und die durchsichtige Plastikmaske von meinem Gesicht. Seine

Fingerspitzen streichen sanft über die Narben. »Das verheilt wirklich gut, sieht schon wunderschön aus«, sagt er, ohne den leisesten Anflug von Ironie. Über den Augen spüre ich die Kälte seiner Fingerspitzen, doch die Empfindung wird schwächer, als er zu den dickeren Transplantaten um meinen Mund kommt.

»Tja, man kann auch ein Schwein mit Lippenstift bemalen«, sage ich. »Aber letztendlich bleibt es trotzdem ein Schw…«

»Ava!«, keucht Cora, die nicht nur meine Tante ist, sondern auch die selbsternannte Chefin des bereits erwähnten Komitees über mein Leben.

Dr. Sharp schüttelt den Kopf und lacht, wodurch zu beiden Seiten seines Mundes Grübchen erscheinen, die ihm noch mehr Ähnlichkeit mit diesen superattraktiven Ärzten verleihen, die sich zwischen zwei Lebensrettungsaktionen gegenseitig im Bereitschaftszimmer flachlegen. Ich mache seine glühenden Augen und sein markantes Kinn für den Schmetterlingsschwarm in meinem Bauch verantwortlich, jedes Mal wenn er meine Narben berührt. Es hilft auch nicht gerade, dass mir überdeutlich bewusst ist, dass er mich jetzt schon ungefähr neunzehn Mal nackt gesehen hat. Zwar auf einem OP-Tisch, aber nackt ist nackt, selbst wenn man mit Gaze und den Narben von neunzehn Operationen bedeckt ist.

Doch den peinlichen Elefanten im Raum sprechen wir nie an, genauso wenig wie ich jemals die Tatsache erwähne, dass er praktisch ein Stück meines Hinterns genommen und es so über mein Gesicht gezogen hat, dass eine neue Stirn daraus wurde.

Dr. Sharp reicht mir einen kleinen Spiegel wie in einem Kosmetiksalon, damit ich sein Kunstwerk bewundern kann.

»Nein danke«, sage ich und gebe ihn zurück.

»Hast du immer noch Probleme damit, dich anzusehen?«

»Wenn mir nicht über Nacht ein neues Gesicht gewachsen ist, weiß ich schon, was ich zu sehen bekäme.«

Dr. Sharp nickt, während er eine Bemerkung in meine Patientenakte tippt. Ich ahne schon eine bevorstehende Komitee-Sitzung über meine Abneigung gegen spiegelnde Oberflächen. Dabei ist es ja nicht so, als ob ich mein Gesicht nie gesehen hätte. Ich weiß, wie ich aussehe. Ich habe beschlossen, nicht mehr hinzusehen.

Mit seinem Grübchenlächeln hält Dr. Sharp meine Plastikmaske in die Höhe.

»Ich denke, es wird dich freuen zu hören, dass du auf deine kleine Freundin hier verzichten kannst.«

Cora quietscht und umarmt mich behutsam von der Seite, ganz vorsichtig, damit sie nicht zu viel Druck ausübt und damit den ach so wichtigen Heilungsprozess stört.

»Sie hätten uns heute kein schöneres Geschenk machen können, Dr. Sharp. Es ist jetzt ein Jahr her, genau genommen diese Woche, seit …« Cora verstummt und ich kann fast sehen, wie sie sich den Kopf zerbricht, um die richtigen Worte zu finden.

»Dem Feuer«, komme ich ihr zu Hilfe. »Ein Jahr seit dem Feuer.«

Dr. Sharp gibt mir die Maske, die im vergangenen Jahr 23 Stunden täglich meine Begleiterin gewesen ist. Ihr einziger Job: mein Gesicht beim Heilen flach pressen, damit die Narben sich nicht zu fleischigen Wülsten auswachsen. Die Ärzte und Schwestern versichern mir dauernd, dass die Maske meine Narben so viel besser hat heilen lassen. Ich kann mir allerdings kaum vorstellen, dass es noch schlimmer hätte aussehen können als dieses Flickwerk aus verfärbten Transplantaten, das ich mein Gesicht nenne.

»Die Kompressionskleidung wirst du noch tragen müssen, bis wir sicher sind, dass die Narben deine Bewegungen nicht beeinträchtigen«, sagt Dr. Sharp. »Aber ich habe noch eine gute Neuigkeit für dich.«

Cora nickt ihm kaum merklich zu, was mir verrät, dass, was auch immer jetzt kommt, das unmittelbare Ergebnis einer Avas-Leben-Besprechung ist. Meine Einladung dazu muss irgendwie im Spam-Ordner gelandet sein.

»Nachdem du jetzt die Maske nicht mehr tragen musst, erlaube ich – und empfehle dringend –, dass du wieder zur Schule gehst«, sagt er.

Ich drehe die Maske zwischen den Fingern, ohne hochzuschauen.

»Ja, das klingt verlockend«, sage ich. »Aber nein danke.«

Cora springt an der Seitenlinie auf, legt ihren fetten Ordner aufs Waschbecken und setzt sich halb zu mir auf die Untersuchungsliege, wobei sie leicht auf meinen Oberschenkel tippt.

»Ava, ich weiß doch, wie dich dieser Onlineunterricht langweilt und wie gern du wieder zur Normalität zurückkehren würdest.«

Normalität.

Richtig. Zur alten Normalität. Zur »Ava vor dem Feuer«-Normalität. Zur normalen Normalität.

»Auf. Keinen. Fall«, sage ich. »Ich werde nicht wieder in meine alte Schule spazieren, und alles wird wie früher sein.«

»Du könntest die Schule bei uns in der Nähe besuchen, über die wir schon gesprochen haben. Oder du suchst dir irgendeine andere Schule aus«, meint Cora unbeirrt. »Ein Neubeginn, weißt du? Neue Freundschaften schließen und hier ein Leben beginnen.«

»Ich würde lieber sterben«, murmele ich.

Ich bin prima mit den Onlinekursen zurechtgekommen, an denen ich zu Hause im Pyjama teilnehme. Wo keiner mich sehen kann. Wo niemand auf mich zeigen, mich anstarren und flüstern kann, wenn ich vorbeigehe. So als wäre ich nicht nur entstellt, sondern auch noch taub.

»Ich weiß, das meinst du nicht so«, sagt Cora. »Du hast Glück, am Leben zu sein.«

»Stimmt. Ich bin ein menschgewordenes Glücksschwein.«

Warum bin ich die Glückliche, weil ich überlebt habe? Mom, Dad und meine Cousine Sara tanzen wahrscheinlich gerade über eine Blumenwiese im Himmel oder wurden als glückliche Affen in Indien wiedergeboren, während ich eine endlose Abfolge von Operationen, Ärzten und gaffenden Fremden ertragen muss.

Aber gegen Grabsteine komme ich nicht an. Der Tod sticht das Leiden jedes Mal aus.

»Wenn du Sara wärst, würde ich wollen, dass sie ein erfülltes Leben führt«, sagt sie. »Und ich weiß, deine Mutter würde wollen, dass du glücklich bist.«

Ihr Versuch, tote Menschen zu benutzen, um diese Auseinandersetzung zu gewinnen, ärgert mich.

»Ich bin aber nicht Sara, und du bist nicht meine Mutter.«

Cora wendet sich von mir ab, genau wie Dr. Sharp, der gerade so tut, als müsse es sich besonders auf den Computerbildschirm konzentrieren, anstatt die Anspannung zu bemerken, die wie Rauch den Untersuchungsraum füllt. Ich hasse es, dass Dr. Sharp hier ist und diesen Kleinkind-Wutanfall mitkriegt, aber teilweise ist es auch seine Schuld, dass ich so unvorbereitet mit dieser Schulidee konfrontiert wurde.

Cora schnieft leise, und ich wünschte, ich könnte meine böse Bemerkung zurücknehmen. Cora hat genauso wenig darum gebeten, meine Ersatzmutter zu sein, wie ich darum, ihren Nachwuchs zu ersetzen. Wir versuchen beide, mit dieser kranken Vorstellung von »Glück« klarzukommen, die das Universum uns zugemutet hat.

Dr. Sharp räuspert sich. »Ava, Tatsache ist, dass wir uns um den Grad deiner Isolation Sorgen machen. Reintegration ist ein wichtiger Teil deines Heilungsprozesses, und wir alle denken, es ist an der Zeit, damit anzufangen«, sagt er. Ich verkneife mir die Frage, wen dieses mysteriöse »alle« einschließt, denn für mich ist mein Einsiedlerdasein nicht besorgniserregend. »Wie wär's, wenn du probeweise zur Schule gehst und wir dann deine Reintegrationsstrategie evaluieren? Sagen wir, für zwei Wochen?«

Cora sieht mich hoffnungsvoll mit immer noch tränennassen Augen an, während das schlechte Gewissen des Glückspilzes sich in mir bemerkbar macht. Das schlechte Gewissen derjenigen, die überlebt hat.

Diese Woche ist es auch für sie ein Jahr her. Ein Jahr ohne ihre Tochter. Ein Jahr, in dem sie sich um mich, das Mädchen, das stattdessen überlebte, gekümmert hat.

Ich kann ihr Sara nicht zurückgeben. Aber zwei Wochen.

»Na schön«, sage ich. »Zehn Schultage. Wenn es kein totales Desaster ist, dann reden wir weiter.«

Tante Cora drückt mich so fest, dass ich übertrieben reagiere, so als würde es wehtun, nur damit sie aufhört.

»Es sind nur zwei Wochen«, erinnere ich sie. »Und es wird ein totales Desaster sein.«

»Es ist ein Anfang«, sagt sie.

Ich bedecke meine vernarbte Kopfhaut wieder mit dem roten Bandana, während Cora und Dr. Sharp triumphierende Blicke wechseln. Dann drehe ich die durchsichtige Maske zwischen dem, was von meinen Händen übrig ist, und unterdrücke das Verlangen, sie wieder aufzusetzen.

Cora bleibt noch an der Rezeption stehen, um sich über eine unbezahlte OP-Rechnung zu zanken, während ich den Flur der Abteilung mit den Verbrennungen runterschlendere. Ich sehe mir die Bilder irgendeiner Kunstinitiative für Krankenhäuser an, die sterbenden Menschen Schönheit nahebringen will. Dabei merke ich gar nicht, dass ich in die Eingangshalle des Krankenhauses gekommen bin, bis ein kleines Mädchen, das an der Skinny-Jeans seiner Mutter klebt, einen schrillen Schrei ausstößt.

Ihr rundlicher Zeigefinger deutet auf mich.

Auf mein Gesicht.

Die Frau wird rot, murmelt eine Entschuldigung und reißt ihr Kind am Arm zu sich. Das Mädchen heult und verrenkt sich den Hals in meine Richtung, während ihre Mom mit ihr davoneilt. Ein Mann in einem Sessel aus Kunstleder blickt schnell wieder in seine Zeitung, aber ich spüre, wie er mich beobachtet, als ich so lässig wie möglich den Rückzug antrete.

Dann warte ich in der Sicherheit der Brandverletztenabteilung, wo die Leute Gesichter wie meins gewöhnt sind. Der Mann mit der Zeitung späht mir hinterher. Ich wünschte, Cora hätte mir erlaubt, meine Kopfhörer mitzubringen. Dann könnte ich jetzt die Musik aufdrehen und alles – und jeden – ausblenden. Stattdessen drehe ich mich zu einem 3-D-Kunstobjekt namens *Starlight Reflections*, das am Fenster hängt. Dabei tue ich so, als würden die Glasstücke in Form kleiner Sterne mich wahnsinnig interessieren. Jeder davon wirft wie ein fünfzackiger Mini-Spiegel Regenbogenfragmente aus Licht auf den Flur.

Diese milchstraßenartige Kaskade winziger Spiegel verzerrt mich und reflektiert in den Scherben eine Picasso-Realität. Es sieht aus, als würden sie bei Berührung splitternd zu Boden krachen. Ich entdecke mich selbst in dem Spiegelglas. Mein rotes Bandana, das mein zerstückeltes Gesicht einrahmt.

Eine Sekunde lang erlaube ich mir zu glauben, das gebrochene Glas sei schuld an dem gebrochenen Mädchen.

Wenn ich einen Schritt weggehe, wird mein Gesicht wieder in Ordnung sein.

Normal.

So will es das Komitee. Geh zurück auf die Highschool. Sei wieder normal.

Ich weiß es besser.

Normale Menschen erschrecken keine kleinen Kinder.

Normale Sechzehnjährige schauen in Spiegel. *Ist mein Lippenstift okay? Fällt mein Pony so, wie ich das will?* Ihr Spiegelbild gibt ihnen Sicherheit, und wenn das, was sie da sehen, ihnen nicht gefällt, ändern sie es.

Für mich sind Spiegel eine Mahnung.

Ich bin ein Monster.

Nichts auf der Welt kann das ändern.

Kapitel 2

Cora verbringt die kommende Woche mit aufgeregtem Back-to-School-Shopping, denn sie scheint überzeugt, dass meine erfolgreiche Rückkehr zu einem normalen Teenagerleben davon abhängt, ob ich einen Rucksack oder eine Messenger Bag dabeihabe.

Am Abend vor meiner offiziellen Reintegration verteilt sie eine Batterie von Taschen auf meinem Bett. Bunt bedruckte Stofftaschen, Stoffrucksäcke mit Blumenmuster und Crossbody Bags aus Nylon starren mich an.

»Was benutzen Kids denn heutzutage?«

Ich zucke mit den Achseln. »Ich habe Krankenhausnachthemden und Pyjamas getragen, also bin ich nicht die beste Modeberaterin.«

Was ich nicht sage, ist, dass ich sehr bezweifle, ob irgendjemand auf meine Accessoires achten wird. Coras Blick geht von der Taschenauswahl zu mir. Dabei runzelt sie die Augenbrauen mit dem gleichen Blick, den sie kriegt, wenn sie sonntags das Kreuzworträtsel in der Zeitung macht. Als könne sie eine Lösung finden, wenn es ihr nur gelingt, sich genug zu konzentrieren.

Aber wie sehr Cora sich auch anstrengt, ich bin das Rätsel, das sie nicht lösen kann.

»Ich glaube, die hier«, sagt sie entschieden und hält mir eine schwarze Messenger Bag hin. »Aber probier sie mal eben aus, um sicherzugehen, bevor ich die anderen zurückgebe.«

Anstatt auf Taschen-Model zu machen, erkläre ich ihr, dass sie schon die richtige aussuchen wird. Außerdem erinnere ich sie daran, dass ich in zwei Wochen, wenn ich in meine herrliche Einsamkeit zurückkehre, sowieso keine Tasche mehr brauche.

Cora zieht die Mundwinkel herab, und für eine Sekunde verrutscht ihre Maske der Chefin-von-Avas-Heilung. Ich sehe dahinter eine kleine, ängstliche Frau, die sich mehr als alles andere wünscht, ihre eigene Tochter wäre hier, würde Rucksäcke ausprobieren und wegen neuer Freundinnen, lärmender Übernachtungspartys und all der anderen für Sechzehnjährige normalen Sachen aufgeregt sein, die Cora sich für Sara erhofft hatte.

Seufzend nehme ich ihr die Messenger Bag aus der Hand und ziehe den Träger über meinen Kopf.

»Die ist perfekt. Danke, Cora.«

Sie rückt die Tasche so zurecht, dass sie richtig an meiner Seite hängt. Das Gewicht drückt auf meine sowieso schon verspannten Schultern, aber es ist schön, sie lächeln zu sehen.

Cora nimmt ein blaues Bandana aus meiner Sammlung und hält es neben die blaue Bluse, die sie mir gekauft hat. »Na, das ist doch mal ein Outfit.« Sie hat eigentlich gerade kein Geld für neue Klamotten übrig, aber ich bin dankbar, morgen keine von Sara geerbten Sachen tragen zu müssen. Zum Glück haben wir Februar, da kann ich meine Kompressionswäsche größtenteils unter langen Ärmeln und Jeans verstecken.

»Bist du dir sicher, dass du keine Perücke willst?«, fragt sie. »Diese nette Dame vom Krankenhaus hat gesagt, wir können jederzeit anrufen. Wir könnten jetzt gleich ins Auto steigen und eine holen.«

Ich schüttle den Kopf. »Auf keinen Fall.«

Eine Perücke würde meine zusammengeflickte Kopfhaut vielleicht besser kaschieren als ein Bandana, aber täuschen kann man damit niemanden. Die Dame, die ausgerüstet mit Perücken, Make-up und allem möglichen anderen Krimskrams zum Narben-Kaschieren auf der Station für Brandverletzungen vorbeikam, war tatsächlich nett. Aber trotz all ihrer Bemühungen mit falschen Haaren und Grundierung konnte sie *das* hier nicht kaschieren. Also warum so tun, als ob?

Nachdem Cora gegangen ist, öffne ich die Reißverschlüsse meiner Kompressionswäsche und schäle mich vorsichtig aus meiner zweiten Haut, die die Narben daran hindert, sich wie Zuckerwatte aufzuplustern.

Ich liege mit dem Gesicht nach unten in Tanktop und Shorts da, wobei die Fransen von Saras Quilt mich an der Nase kitzeln. Als Cora wiederkommt, beginnt unser allabendliches Eincreme-Ritual. Sie fängt an meiner rechten Seite an und streckt vorsichtig meinen Arm, der aus dieser Perspektive erschreckend dünn aussieht. Wie Haut und Knochen oder zombiehaft mager. Wer hätte gedacht, dass Fettzellen verbrennen können?

Cora massiert die Lotion in all meine Falten und Risse ein, während der vertraute Geruch der öligen Creme – halb Krankenhaus und halb alte Dame – das Zimmer erfüllt. Die beigefarbene Kompressionswäsche liegt wie eine verkrumpelte Schlangenhaut auf dem Schreibtisch. Nach einem Jahr scheint sie mehr ein Teil von mir zu sein als die violetten und pinkfarben verdrehten Narbenmuster auf meinem eigenen Körper.

Früher dachte ich, Haut wäre eine durchgehende Einheit, aber meine besitzt jetzt mehr Ähnlichkeit mit Saras Überwurf – ein morbider, zusammengenähter Quilt. Manche Stücke sind original, andere von Narben überzogen und wieder andere transplantiert von anderen Stellen meines Körpers, nachdem die Ärzte quasi Reise nach Jerusalem mit meiner Epidermis gespielt haben. In den ersten Tagen war mir sogar teilweise Haut von Schweinen und toten Menschen aufgetackert worden, während wir darauf warteten, dass irgendwo in einem Labor briefmarkengroße, ausgeschnittene Teile meiner Rückenhaut weiterwuchsen.

Cora knetet meinen Arm, als wäre er Brotteig. Sie presst ihre Finger in meine Haut und verteilt die Lotion. Es ist die einzige Gelegenheit, bei der Cora mich nicht wie ein rohes Ei behandelt. Wahrscheinlich liegt es daran, dass die Schwestern im Krankenhaus ihr gesagt haben, je kräftiger sie mich massiert, desto besser für meine Narben. Und bei allem, was »die Heilung fördert«, ist Cora mit Feuereifer dabei.

Ich hebe mein linkes Bein, noch bevor sie es berührt. Nach acht Monaten Ganzkörper-Eincreme-Routine sind wir wie zwei Synchronschwimmerinnen. Inzwischen wäre ich gelenkig genug, um mich selbst mit Lotion einzureiben, aber ehrlich gesagt ist es schön, auch mal von jemand anderem als von Dr. Sharps eisigen Fingern berührt zu werden. Außerdem lindert die Massage den Juckreiz, eine Nebenwirkung der Hauttrockenheit, die wiederum eine Nebenwirkung meiner fehlenden Fettdrüsen ist. Dieser Dominoeffekt summiert sich zu einem permanenten Juckreiz unter der Haut, gegen den ich nie wirklich etwas ausrichten kann.

»Ich habe übrigens einen interessanten Artikel gelesen«, sagt Cora.

Über diese völlig unspektakuläre Tatsache muss ich beinah lachen. Die Zeitschrift *Burn Survivor Quarterly* kommt alle paar Monate ins Haus und füllt Coras Kopf mit Ideen, wie sie mir helfen könnte. Sie liest jedes Wort jeder Ausgabe und legt mir oft ausgeschnittene Artikel aufs Bett.

»Darin stand, wie wichtig es für Brandverletzte ist, eine Gruppe von Gleichaltrigen zu haben, die sie verstehen und unterstützen.« Cora spricht und massiert gleichzeitig. »Und ich weiß einfach, dass du morgen neue Freunde treffen wirst, und ich glaube, dass dir das wirklich helfen wird, Ava. Ich kann es spüren.«

Ich rolle mich auf den Rücken, damit sie meine Knie einreiben kann.

»Es sind nur zwei Wochen. Also mach dir keine zu großen Hoffnungen«, sage ich, obwohl klar ist, dass ihre Hoffnungen bereits das Universum sprengen.

»Du sagst zwar immer, dass du keine Freunde brauchst …«

»Tue ich auch nicht.«

»Und ich sage dir, sei für die Möglichkeit offen. Lass dich von deinen Ängsten nicht ausbremsen.«

»Ich habe keine Angst.« Ich lasse meine mickrigen Armmuskeln spielen. »Ich hab doch meinen Narbenpanzer zum Schutz.«

Coras Mund wird dünn wie ein Strich, während sie sich meine Schultern vornimmt und Lotion in meine dicksten Narben einarbeitet. Die breiten Streifen transplantierter Haut von Nacken, Rücken und Armen laufen hier wie Stahlträger zusammen. Bis vor Kurzem musste Cora mir helfen, Shirts anzuziehen, weil ich die Arme nicht hoch genug heben konnte.

Jetzt breite ich die Arme aus, damit die Lotion an der Luft trocknet, bevor wir damit beginnen, die Kompressionswäsche wieder über meine schäbige Haut zu ziehen. Dazu schiebe ich Arme und Beine durch den engen Stoffschlauch, und Cora macht die Reißverschlüsse zu. Zum Schluss verteilt sie Lotion auf meinem Gesicht und streicht mit einem Finger über die Transplantatgrenzen, die mich zerschneiden.

»Ich hab gehört, dass an der Crossroads jedes Jahr ein Musical aufgeführt wird«, sagt Cora beiläufig, als hätte sie sich nicht bereits im Vorfeld davon überzeugt, dass es an der Schule, die ich besuchen werde, ein herausragendes Theaterprogramm gibt. Dabei wissen wir beide, dass ich seit dem Feuer keinen einzigen Ton mehr gesungen habe. Vorher konnte ich vom Singen gar nicht genug kriegen. Aus voller Kehle schmetterte ich ins Duschkopf-Mikro. Oder mit Sara auf dem Highway bei offenen Autofenstern. Auch beim Abendessen quälte ich meine Eltern mit meiner jeweils aktuellen Broadway-Lieblingsnummer.

Wer weiß, ob ich nach all dem Rauch, den Schläuchen im Hals und den OPs überhaupt noch singen *kann*. Dr. Sharp sagt, meine Kehle sei verheilt und alles, aber ich habe meine Zweifel. Wobei das sowieso egal ist. Das Mädchen, das das Rampenlicht und Solos liebte, existiert nicht mehr.

Mein Blick schweift durchs Zimmer, wo Sara und ich alle paar Monate Übernachtungspartys veranstaltet haben. Obwohl ich eine Stunde Richtung Süden wohnte, im landwirtschaftlich geprägten Teil von Utah, sind wir auch im Haus der jeweils anderen aufgewachsen und haben unseren Alltag geteilt. Sie nannte meine Mom Momma Denise und ich ihre Momma Cora.

Jetzt sage ich nur noch Cora, und dieses früher vertraute Zimmer kommt mir fremd vor.

Die meisten von Saras Sachen waren verschwunden, als ich aus dem Krankenhaus kam, aber ein paar quälende Echos sind geblieben – Kleider im Schrank, die mir passen, Saras Spitzenschuhe auf einem Eckregal, als würde sie jeden Augenblick in ihnen lostanzen, und natürlich die Sammlung von Vintage-Barbies, die mich aus einem Vitrinenschrank anstarren. Anscheinend sind diese Puppen super wertvoll. Obwohl Cora und Glenn sie genauso wenig wie irgendwas anderes aus diesem Zimmer je verkaufen würden.

Cora hat sich trotzdem Mühe gegeben, das Zimmer zu meinem zu machen. Auf dem Schreibtisch stehen gerahmte Fotos meiner Eltern. An den Wänden hängen Poster von Broadway-Musicals, so wie ich es auch zu Hause hatte.

Aber das hier ist nicht zu Hause.

Und ich bin ein Eindringling – eine Betrügerin, die versucht, den Platz von zwei Mädchen einzunehmen, obwohl sie selbst kaum noch für eins reicht.

Cora hebt mein Kinn an, damit ich ihr in die Augen sehe.

»Versprich mir, dass du dem Ganzen eine echte Chance gibst. Dass du Leute an dich ranlässt.«

Coras ernste Augen wandern über mein Gesicht, so wie meine über ihrs. Sogar im Pyjama und ohne Make-up ist sie wunderschön. Mom scherzte immer, dass ihr kleiner Bruder wegen Coras Aussehen keine Chance gehabt hatte und sie ihn damit den weiten Weg bis in die Stadt gelockt hat.

Ich seufze. »Cora, die einzige Möglichkeit, die nächsten zwei Wochen zu überstehen, wird sein, dass ich mir ein so dickes Fell zulege, wie es nur menschenmöglich ist. Und zum Glück sind hypertrophe Narben das dickste, was man kriegen kann.«

Cora presst die Lippen zusammen, während ich – ba-dam-tsching – auf ein imaginäres Schlagzeug haue.

»Ach, komm schon«, sage ich. »Ich kann darüber entweder lachen oder weinen. Aber ich bin so ziemlich ausgeheult.«

Cora tut weder das eine noch das andere. Sie hält nur meine Hände in ihren, meine violette Haut sieht so besonders abartig aus. Immerhin hat meine rechte Hand noch Finger. Die stumpf- und klauenartige Struktur am Ende meines linken Arms eine Hand zu nennen, ist unglaublich großzügig. Es ist eher so eine Art Schere – miteinander verschmolzene Finger gegenüber einem riesigen Daumen, der eigentlich mein transplantierter großer Zeh ist.

Cora drückt meine Hand – oder die Klaue oder was auch immer es ist. »Das ist dein Juniorjahr an der Highschool. Finde Freunde. Genieß es.«

Ich atme lang und tief aus. Cora kapiert es nicht: Selbst meine alten Freunde zu Hause wussten nicht, wie sie sich nach dem Brand in meiner Gegenwart verhalten sollten. Wahrscheinlich weil ich nicht mehr wirklich ich selbst war.

Ich bezweifle, dass viele Leute an dieser neuen Schule nach dieser einen Brandverletzten Ausschau halten, um ihre Truppe zu vervollständigen.

Statt einer Clique habe ich einen Plan: alles in meiner Macht Stehende tun, um zu verschwinden. Nicht wie bei einem Zauberkunststück, sondern eher eine Camouflage, bei der ich mit dem Hintergrund verschmelze. Der einzige

Weg, um diese zwei Wochen vorgeblicher Normalität zu überstehen, ist, so wenig wie möglich bloßzustellen – mich und alle anderen.

»Hätte ich fast vergessen …« Ich schnappe mir meine Kopfhörer vom Schreibtisch und lege sie auf das Outfit für morgen, das schon über dem Stuhl hängt.

Cora holt tief Luft und braucht wahrscheinlich jedes Gramm Willenskraft, das in ihren 160 Zentimetern steckt, um sie nicht von ihrem zurechtgelegten perfekten Outfit zu reißen. Sie hasst meine Kopfhörer fast so sehr, wie ich sie liebe. Oder brauche.

»Du und deine Musik«, sagt sie.

Ich verrate ihr nicht, dass es gar nicht um die Musik geht. Die meiste Zeit über registriere ich gar nicht, was läuft. Ich trage sie, um die Welt auszublenden.

Sie helfen mir zu verschwinden.

Onkel Glenn taucht im Türrahmen auf, um mir Gute Nacht zu sagen. Wie er mit seinem typischen verlegenen Lächeln und mit der leicht nach oben gebogenen Nasenspitze dasteht, hat er so große Ähnlichkeit mit Mom. Manchmal macht mich das so traurig, dass ich ihn kaum ansehen kann. Manchmal kann ich auch gar nicht wegschauen. Mom war wunderschön, aber nicht auf diese porzellanpuppenhafte Weise wie Cora. Moms Schönheit war robuster – mit Krähenfüßen um die Augen und Schwielen an den Händen.

Meine Nasenspitze war auch so nach oben gebogen wie Moms. Eine Eigenschaft, die in ihrer Familie schon ewig vererbt wird. Dad pflegte mit seiner Fingerspitze über unsere Nasenrücken zu streichen. »Meine kleinen Skisprungschanzen«, sagte er dann.

Ich berühre meine Nasenspitze. Die endet jetzt in einer

runden, zwiebelförmigen Sackgasse aus Hauttransplantaten. Das Feuer hat wirklich ganze Arbeit geleistet: Es hat mir nicht nur Mom komplett genommen, sondern auch das, was ich von ihr hatte.

Glenn tritt mit seinen Cowboystiefeln auf den Teppich im Zimmer, bis Cora mit ihm schimpft. Da bleibt er sofort stehen und schlüpft aus den spitzen Stiefeln, die wie eine zweite Haut für ihn sind. Und das, obwohl er seit seinem Umzug nach Salt Lake City nicht mehr auf einer Ranch arbeitet. Ordentlich stellt er sie an die Wand und hilft mir, das Bandana abzunehmen, nachdem ich mich hingelegt habe.

»Schön, das nur noch nachts tragen zu müssen?«, fragt er und zieht den Gurt der Maske um meinen Kopf fest.

Ich nicke.

Glenn steht auf, während ich die Maske noch ein bisschen zurechtrücke und den vertrauten Druck auf der Haut spüre. »Ich bin stolz auf dich«, sagt er.

»Warum?«, frage ich durch das kleine Mundloch im Plastik.

»Weil du mutig bist«, antwortet er. »Weißt du, was John Wayne immer gesagt hat?«

Ich schüttle den Kopf. »Ich weiß gerade mal, wer John Wayne ist.«

Glenn lacht. »Also, dann ist das hier deine erste Lektion: Mut ist, wenn man Todesangst hat, aber sich trotzdem in den Sattel schwingt.«

Ich wirble mit der Hand durch die Luft, als würde ich ein Lasso schwingen.

Glenn küsst mich auf den Scheitel. »Gute Nacht, Kiddo.«

In dem schwachen Licht kann ich, wenn ich die Augen

entsprechend zukneife, meine Mom vor mir stehen sehen. Ich kann mir fast einreden, dass sie den Flur runter wartet, dass ich zu ihr ins Bett krieche und ihr verrate, dass ich mich davor fürchte, den morgigen Tag allein durchstehen zu müssen.

Glenn und Cora verlassen das Zimmer gemeinsam. Seine breiten Schultern überragen ihre zierliche Gestalt deutlich. Er bückt sich, um mit einer Hand seine Stiefel aufzuheben, während er mit der anderen Coras schlanke Finger hält. Durch meine Maske sehe ich sie den Flur runtergehen.

Ich schaue auf meine eigenen Hände, die Klaue am einen Arm und die vernarbten Finger, die aus der Kompressionswäsche rausschauen, am anderen.

Cora will, dass ich Leute an mich ranlasse. Das Problem ist, dass niemand an meine Tür klopft – jetzt nicht und nie wieder.

Was auch immer mich morgen an der Highschool erwartet, ich muss dafür gewappnet sein.

Kugelsicher.

Ich setze meine Kopfhörer auf, mache die Musik laut und schließe die Augen, während ich den engen Sitz der Kompressionswäsche und das Gewicht meiner Gesichtsmaske spüre. Normalerweise sorgt meine Ausstattung für Brandverletzte dafür, dass ich mich wie ein gruseliger Pharao Tut fühle, der in einen Sarkophag gesteckt wurde.

Aber heute Abend fühlt es sich gut an.

Wie eine Schutzschicht zwischen mir und der Welt.

Als wäre es das Einzige, was mich zusammenhält.

Kapitel 3

Als ersten Akt meiner Verschwinde-Nummer bitte ich Cora, mich dreißig Minuten früher als nötig abzusetzen, um volle Flure in meiner neuen Schule – Crossroads High, Heimat der Vikings – zu vermeiden.

Ich habe mir diese Schule ausgesucht, weil sie sich auf der anderen Seite der Stadt befindet, wo niemand Sara kannte. Zu Hause habe ich ja schon die Lücke ausgefüllt, die man früher Sara nannte; da muss ich nicht auch noch an der Schule in ihren Schatten schlüpfen.

Cora ist seit Dr. Sharps letzter Untersuchung ein Wirbelwind in Menschengestalt. Sie hat meine Schulakten besorgt und den Direktor überredet, eine Ausnahme vom Wohnortprinzip zu machen und mich aufzunehmen. Dann war sie mit allen möglichen anderen Verantwortlichen der Schule am Telefon, um einen Plan zu schmieden, wie man mit meinem »Zustand« in diesem Jahr umgehen soll. Unser Deal hinsichtlich »nur zwei Wochen« scheint dabei eindeutig selektiver Amnesie zum Opfer gefallen zu sein.

Als wir auf den Parkplatz biegen, verrät sie mir, dass der Direktor mich zu einem kurzen Treffen vor dem Unterricht erwartet, um mich »persönlich kennenzulernen«. Sie besteht darauf, trotz des eisigen Februarwinds den Wagen vor der Schule zu parken und mit mir auszusteigen, nur damit sie mir die Messenger Bag geben kann, von der sie inzwischen überzeugt ist, dass sie mein Universal-Ticket zu den sozialen Hierarchien der Highschool sein wird. Ich hänge sie mir über die Schulter und stecke die Kopfhörer in mein Handy, während Cora mir noch einen letzten Überblick zum Thema »Wie man ein Schüler an der Highschool ist« gibt. Inklusive Anweisungen »mich rauszuwagen« und irgendwas zu meinen Medikamenten.

Beim letzten Teil höre ich nicht mehr richtig hin, weil ich erstens weiß, wie ich meine Pillen nehmen muss, und weil zweitens ein anderes Mädchen direkt hinter uns aus einem Wagen steigt.

Sie bleibt wie angewurzelt stehen, als sie mich sieht, und reißt geradezu paralysiert die Augen auf. Ich schaue auf mein Handy, um sie zu erlösen. Sie marschiert daraufhin im Eiltempo auf das Gebäude zu und verschwindet in der Crossroads High.

Einen Moment lang will ich auch loslaufen – zurück zum Auto, zurück in mein Zimmer, zurück zu meiner unsichtbaren Existenz. Da legt Cora eine Hand auf meinen Arm. Durch die Kompressionswäsche spüre ich ihre Berührung kaum.

»Bist du sicher, dass ich nicht mit reinkommen soll?«

Ich schüttle den Kopf. Das ist ein dickes, fettes Nein. Denn das Letzte, was mir jetzt noch fehlt, ist eine Begleitperson, die mit mir durch die Flure der Highschool läuft. Als ob mein Gesicht nicht schon genügend Aufmerksamkeit auf die Tatsache lenken würde, dass: Ich. Nicht. Dazugehöre.

Ein ziemlich großes Problem, da das erste Gebot an der Highschool *Dazugehören* lautet.

Ich schlucke meine Ängste runter – eine Fähigkeit, die ich im letzten Jahr beinah bis zur Perfektion gelernt habe – und täusche ein Lächeln vor. Wenn man nicht lacht, weint man, oder? Ich breite die Arme aus und drehe mich hin und her.

»Na, wie sehe ich aus?«

Ich meine das als Witz, aber Cora mustert mich mit ernstem Blick.

»Du siehst toll aus.«

»Du weißt, dass du mich jetzt in ein echtes Gemetzel schickst, oder?«

Sie lächelt zaghaft und rückt mein blaues Bandana zurecht, das im Nacken so verknotet ist, dass es meine ganze Kopfhaut bedeckt.

»Wir holen dich genau hier wieder ab, okay?«

»Was dann noch von mir übrig ist.«

Cora nimmt meine Hände und drückt sie fest. Wünscht sie sich gerade nur halb so sehr, dass ich Sara wäre, wie ich mir, dass sie Mom wäre?

»Denk an alles, was du durchgestanden hast, Ava. Du bist stärker, als du denkst.«

Ich setze meine Kopfhörer auf und achte darauf, dass der linke die Stelle bedeckt, wo eigentlich mein linkes Ohr sein sollte. Während die Musik die Umgebung ausblendet, packe ich den Schulterriemen meiner Tasche und marschiere durch die Eingangstür. Dabei wünsche ich mir, ich könnte so fest wie Cora an die transformative Kraft des richtigen Accessoires glauben. Der vertraute Geruch nach Teenagern (zwei Teile schmuddelige Football-Ausrüstung und ein Teil Bodyspray von Axe) weht mich an, als ich in die fluoreszierend beleuchtete Welt der Highschool mit ihren Linoleumböden zurückkehre.

Eine riesige Pappfigur, ein weißer Typ mit Wikingerhelm und Schwert, begrüßt mich im Viking Country: *Sei kühn! Sei mutig! Sei ein Kämpfer!* Ein von Hand bemaltes Banner hängt an der Wand. Darauf steht: *Macht euch auf was gefasst! Hier kommen die Vikings!*

Gemetzel war vielleicht noch untertrieben.

Dabei ist mir durchaus schon bekannt, wie Leute auf mich reagieren. Ich bin es gewohnt, von irgendwelchen Leuten an Ampeln und beim Einkaufen angestarrt zu werden. Ich nehme das auch niemandem übel. Schließlich bin ich die menschliche Entsprechung einer Karambolage von fünf aufeinandergefahrenen Autos. Da kann man gar nicht *nicht* hingucken.

Was die Reaktionen angeht, bin ich auch schon Expertin. Sie lassen sich auf mehrere absolut verlässliche Verhaltensweisen eingrenzen:

1. Ekel
2. Schamloses Starren
3. Furcht
4. Mitleid
5. Krampfhafte Freundlichkeit
6. Aggressives Meiden (als wäre ich unsichtbar)
7. Geringschätzung (als wäre ich hirngeschädigt)

Man kann nicht wirklich vorhersagen, wer wie reagieren wird, wobei Kinder meist mit der ersten Variante beginnen und ihre Mütter schreiend fragen, warum mein Gesicht wie Frühstücksspeck aussieht.

Erwachsene sind in der Regel gesellschaftlich geübt genug, um sich das von Panik geprägte Starren zu verkneifen. Fremde Leute in einem Laden legen eine Mischung aus Meiden und Mitleid an den Tag, beispielsweise Mütter, die ihre vorlauten Kleinen von mir, einer Art echtes Schreckgespenst, weglotsen.

Und Teenager? Tja, die liegen irgendwo dazwischen, was bedeutet, dass ich keine Ahnung habe, was mich heute erwartet: Mistgabeln oder Mitleidsparty.

Diese Unvorhersehbarkeit zieht mir den Magen zusammen, während ich die Eingangshalle Richtung Direktorat durchquere. Dabei habe ich Glück – leere Flure.

Im Spiel Ava gegen Reintegration steht es 1:0 für Ava.

In der Sicherheit des stillen, mit Teppichboden ausgelegten Vorzimmers angekommen, stoppe ich die Playlist, ziehe mir den Kopfhörer herunter, sodass er um meinen Hals liegt, und schiebe das Bandana über das Ohrloch. Ich weiß nicht, wo ich hinmuss, also bleibe ich erst mal mitten im Raum stehen, auch wenn ich mich hier so fehl am Platz fühle, wie ich sicherlich aussehe. Als die Sekretärin von ihrem Schreibtisch hochschaut, fällt ihr breites Grinsen für einen Sekundenbruchteil in sich zusammen.

»Oh.« Sie atmet den Laut eher, als dass sie ihn spricht.

Dann zucken ihre Augen zurück auf die Schreibtischplatte, während sie versucht, sich zu fangen. Als sie wieder aufblickt, hat sie ein Dauerlächeln aufgesetzt und spricht mit lauter, zwitschernder Stimme.

»Was kann ich für dich tun, Liebes?«

»Ich bin Ava Lee, ich glaube, ich soll mich beim Direktor melden.«

»Oh, Ava, natürlich!«, singt sie beinah, und zwar zehn Dezibel zu laut.

Klassische krampfhafte Freundlichkeit. *Was für Narben? Ich bin zu fröhlich, um dein entstelltes Gesicht auch nur zu bemerken! La, la, la!*

»Gleich hier entlang!«, schreit sie, und es klingt eher so, als würde sie mich bei einer Gameshow begrüßen, anstatt mich in ein winziges Büro mit zwei Männern zu bringen. Einer von ihnen sitzt im Poloshirt hinter dem Schreibtisch, der andere ihm schräg gegenüber in einem steifen, zu engen Oberhemd mit Krawatte, die seinen roten Kopf aussehen lässt wie einen Pickel, kurz vor dem Aufplatzen.

»Das ist Ava Lee! Die neue Schülerin!«, brüllt die Sekretärin beinah schon. Nachdem sie ihre Botschaft übermittelt hat, schließt sie die Tür hinter sich, und ich kann sie beinah vor Erleichterung seufzen hören. Der Mann im Polohemd deutet auf einen Stuhl.

»Setz dich, Ava. Ich bin Direktor Danner, aber die meisten Kids nennen mich Mr. D. oder Big D. Und das ist Mr. Lynch.«

»Du kannst mich Konrektor Lynch nennen«, sagt der Rotgesichtige.

Direktor Danner streckt mir die Hand hin, zieht sie aber gleich wieder ein Stückchen zurück, als ich meine ausstrecke. Die Finger meiner rechten Hand schauen wie schrumpelige violette Würstchen aus der beigefarbenen Kompressionswäsche.

»Ist das okay?«, fragt er.

»Es tut nicht weh, falls Sie das meinen«, sage ich.

Er lächelt zaghaft und schüttelt meine Hand, als wäre sie ein toter Fisch. Ich tue so, als würde ich nicht sehen, wie er sich beim Hinsetzen die Handfläche an seiner Hose abwischt. Sein Haar formt eine perfekte Welle auf der Stirn, und sein teures Lächeln entblößt eine Reihe perfekt gerader Zähne. Hinter ihm stehen auf einem Bücherbord Dutzende Trophäen. Er folgt meinem Blick zu einer mit einem goldenen Footballspieler auf der Spitze.

»Zu meiner Schulzeit war ich hier Quarterback. Und jetzt bin ich der Boss. Das Leben ist manchmal schon lustig, was?«

Ich nicke. Jap, das Leben kann einem so manchen Tritt verpassen.

»Tja, Ava, wir freuen uns sehr, dass du Mitglied unserer Schulgemeinschaft wirst«, sagt er.

Seine Augen suchen in meinem Gesicht nach einem Punkt, auf dem sie ruhen können. Viel Glück, Kumpel. Schließlich schaut er links knapp an meinem Kopf vorbei, sodass er mich zwar nicht anschaut, aber beinah, oder es wenigstens so wirkt. Er würde damit auch durchkommen, wenn es nicht eine Taktik wäre, die praktisch jeder benutzt, der mit mir reden muss. Und das verüble ich keinem. Ich kann mich ja nicht mal selbst ansehen.

»Wir verstehen natürlich, dass du keine typische Schülerin bist. Deshalb möchten wir, dass du weißt, wir sind immer da, wenn du besondere Unterstützung oder jemand zum Reden brauchst. Wir haben auch immer eine Schulschwester verfügbar. Sie wird sich um deine Medikamente im Verlauf des Tages kümmern.«

Die Haut an meinen Armen prickelt.

»Kann ich meine Medikamente nicht selbst nehmen?«

Der Konrektor beugt sich mit seinem pockennarbigen Gesicht so nah zu mir, dass mir ein Spucketröpfchen ins Gesicht fliegt.

»Das mag ja schwer zu verstehen sein, aber das Beste, was wir für dich tun können, ist, dich zu behandeln wie jeden anderen Schüler auch«, sagt er. »Keine Sonderbehandlung, keine Sonderregeln.«

Anders als Mr. D. starrt mich Konrektor Lynch direkt an, während er redet. Und sein Blick klebt selbst dann noch auf mir, als ich mich wieder dem Direktor zuwende. Schamloses Starren. Für einen Erwachsenen ungewöhnlich.

Ich würde sagen, er schlingert damit schon auf das Territorium, das eigentlich für Menschen wie Cora und die Schwestern auf der Station für Brandverletzte reserviert ist, deren Job oder Blutsverwandtschaft von ihnen verlangt, Zeit mit mir zu verbringen. Sie entwickeln eine ganz eigene Form von Strategien im Umgang mit Ava.

»Was Mr. Lynch meint, ist, dass wir einigen gesetzlichen Vorschriften nachkommen müssen. Danach dürfen Schüler keine Medikamente bei sich haben. Das verstehst du doch, oder?«

Ich nicke, obwohl ich am liebsten schreien würde. Ich muss eine irrsinnige Menge Medikamente in festgelegten Abständen nehmen. Da wird es schwer werden, mich unauffällig im Hintergrund zu halten, wenn ich alle zwei Stunden das jeweilige Klassenzimmer verlassen muss.

»Wir befinden uns ja schon im zweiten Halbjahr, aber alle deine Lehrer wurden über dich informiert. Über deine Situation. Was ich damit sagen will, wir haben versucht, alle vorzubereiten.« Er fügt noch ein Lächeln hinzu, nachdem er sich verhaspelt hat. »Genug Organisatorisches, was? Reden wir über dich. Wir haben gehört, du singst gern?«

Ich schüttle den Kopf.

»Deine Tante …«

»Irrt sich.« Hätte ich mir denken können, dass Cora schon hier war und ihren optimistischen Feenstaub verstreut hat. »Ich singe nicht.«

Mr. D. blickt von mir zu Mr. Lynch. Wahrscheinlich auf der Suche nach weiterem Smalltalk, um mich »besser kennenzulernen«. Vergeblich.

»Dann, schätze ich mal, war's das. Hast du noch irgendwelche Fragen?«

Nur ungefähr eine Million. Was, wenn ich das hier nicht

kann? Was, wenn ich nicht stark genug bin? Wie bin ich bloß hierhergeraten, mit diesem Gesicht und euren Blicken, die durch mich hindurchschauen, und euren Händen, die ihr euch an der Hose abwischt, als sei ich ansteckend?

Ich schüttle den Kopf. Nope. Keine Fragen. Oder wenigstens keine, die ihr beantworten könnt.

Mr. Lynch deutet auf die Kopfhörer um meinen Hals. »Die müssen nach dem letzten Klingeln in deiner Tasche verschwinden.«

Ich schaue von ihm zu Mr. D. und hoffe auf irgendeine Intervention, eine Ausnahme von den Regeln, die für alle gelten. »Die sind nur für den Flur. Im Klassenzimmer benutze ich sie nicht.«

Mr. Lynch schüttelt den Kopf. »Schulordnung.«

Beide Männer beobachten mich, während ich den Kopfhörer abnehme und dieses kleine Gewicht, das dabei von meiner Haut verschwindet, dafür sorgt, dass ich mich sofort noch mehr bloßgestellt fühle. Panik steigt wie ein Kloß in meinem Hals hoch, während ich ihn in die Tasche stopfe. Wie soll ich mich jetzt unsichtbar machen?

Als sie mich aus dem Zimmer begleiten, will Mr. D. mir schon die Schulter tätscheln, überlegt es sich in letzter Sekunde jedoch anders, sodass seine Hand peinlich in der Luft hängen bleibt.

»Ava. Die Schüler wurden auch gewarnt – aufgeklärt –, sie wissen Bescheid. Aber deine Tante hat vorgeschlagen, dass du vielleicht vor jedem Kurs ein paar Minuten mit deinen Mitschülern über dich sprechen willst. Geh diese Sache ruhig direkt an.«

Diese Sache? Mein geschmolzenes Gesicht? Mein kaputtes Leben? Von welcher *Sache* reden wir hier eigentlich?

»Ja, aber definitiv nein«, sage ich.

Ich brauche das Verständnis anderer Leute nicht. Ich muss keine Fragen beantworten oder Freundschaften schließen oder eine Inspiration sein. Ich muss nur die nächsten zwei Wochen hinter mich bringen.

»Nun, das ist deine Entscheidung«, sagt Mr. D., als die Glocke direkt über unseren Köpfen ertönt. Lärmende Stimmen und Gestalten füllen den Flur. »Meine Tür steht immer offen. Ich sehe mich an dieser Schule eher als Freund, weniger als Autoritätsperson.«

Gleichzeitig wirft er mir noch ein gewinnendes Lächeln zu, das mir seine weiß gebleichten Zähne zeigt. Sofort muss ich an den Wikinger aus Pappe am Eingang denken.

»Es wird dir hier richtig gut gefallen, Ava. Das garantiere ich dir.«

Ich zögere an der Schwelle zwischen der relativen Sicherheit des Rektorats und dem Gedränge der Schüler, die rasch den Flur füllen. Der Begriff *Spießrutenlauf* fällt mir ein und dazu Bilder von Straftätern im Mittelalter, die halbnackt durch eine Gasse von Männern mit Peitschen schreiten mussten.

Wenn ich den vollen Flur so vor mir sehe, wäre mir die Variante mit den Peitschen lieber.

Mein neuer Besti, Big D., fängt auch schon an, muskulöse junge Männer in Letterman-Jacken mit High Fives zu begrüßen. Mr. Lynch blafft inzwischen einen Schüler an, gefälligst weiterzugehen.

Direktor Danner ist eindeutig hier, um seine ruhmeiche Teenagerzeit noch mal zu durchleben, Mr. Lynch eher, um sich für seine zu rächen.

Und ich? Ich will einfach nur überleben.

Kapitel 4

Eine Gruppe Jungs sieht mich als Erste.

Ein magerer mit pickeligem Gesicht macht »Whoa« und gleichzeitig einen Sprung zurück. Seine Kumpel drehen sich zu mir, dann alle gleichzeitig zu den Spinden und geben sich kaum Mühe, ihr Lachen zu verbergen. Mit schnellen Kopfbewegungen spähen sie immer wieder zu mir. Echte Superdetektive.

Ich spüre Blicke auf mir – ein Gefühl, das ich eigentlich inzwischen gewöhnt sein sollte. Flüstern und geräuschvolles Nach-Luft-Schnappen sind der Hintergrund-Soundtrack meines Lebens. Aber in diesem kleinen Flur und umgeben von Schülern in meinem Alter kriecht mir die Hitze so vieler Augen geradezu den Nacken hoch. Meine Arme und Beine fangen an zu jucken, während das vertraute Kribbeln meinen Körper durchfährt. Mein Gesicht glüht, während ich die Augen auf den Boden gerichtet halte.

Schau nicht hoch.

Ich zwinge mich, nicht zu reagieren, selbst als ich eine Gruppe Mädchen in nervöses Gekicher und Geflüster ausbrechen höre, gefolgt von: »Pscht… pscht… seid still. Sie kommt.«

Ein Mädchen vor ihrem Spind tut so, als würde sie an mir vorbeischauen, während sie eilig einen Blick auf die Stelle wirft, wo mein Ohr sein sollte. Ich ziehe das

Bandana tiefer, damit sie nicht sehen kann, dass da kein linkes Ohr mehr ist, sondern nur noch ein Loch zum Gehörgang hin und ein Ohrläppchen, dessen Überleben man nicht erklären kann.

Ich lehne den Kopf ein bisschen nach hinten, um aufsteigende Tränen zurückzuhalten. Dank der zusammengezogenen Narben auf meinen Wangen sehen meine Unterlider aus wie zerfranste Jeans und können das geringste bisschen Feuchtigkeit kaum zurückhalten.

Aber ich werde nicht weinen. Nicht hier.

Ich versuche, mein rasendes Herz zu beruhigen, während ich weiter den Flur hinuntergehe. Dabei erinnere ich mich daran, dass ich diese Leute genauso wenig brauche wie sie mich. Ich zwinge mich, den Kopf oben zu halten, dabei möchte ich mich in Wirklichkeit in einen dieser Spinde verkriechen, um vor allen Blicken zu fliehen. Ihr Starren sagt mir, dass ich anders bin, klar, aber es zeigt auch eine noch tiefere Wahrheit: Ich bin weniger wert.

Etwas, das man sich anguckt, nicht anspricht.

Deshalb brauche ich keine Spiegel. Ich kann mein Spiegelbild in den Augen von allen Menschen in meiner Umgebung sehen.

Mein Gesicht findet mich immer.

Ich tue, als würde ich die Gruppe von Jungs nicht bemerken, die sich gegenseitig mit den Ellbogen anstoßen, oder dass sich alle auf der anderen Seite des Flurs drängen. Selbst ohne meine Kopfhörer tue ich so, als würde ich das Flüstern hinter vorgehaltenen Händen nicht mitkriegen.

Aus dem Lärm von Spinden, Schritten und Geplauder hört mein gutes Ohr die Worte heraus, die nicht für mich bestimmt sind:

Verbrannt.

Feuer.
Neue.
Eklig.
Zombie.

Ein weißglühender Schmerz fährt in meine Fingerspitzen, als mir bewusst wird, dass ich den Träger meiner Tasche mit der guten Hand wie wahnsinnig umklammert habe. Ich strecke die Handfläche aus und dehne die steifen Finger.

Als ich es in den Raum zu meiner ersten Stunde geschafft habe, atme ich die Luft aus, die ich angehalten hatte, seit ich das Rektorat verließ. Einen ganzen Flur lang!

Nur noch zehn Tage vor mir.

Ich schleiche mich zu einem Platz in der letzten Reihe. Das ist mein Plan: mich im Schatten halten. Den heutigen Tag überstehen.

Der Erdkundelehrer ist ein großgewachsener Mann mit einem buschigen schwarzen Bart. Er kommt mit großen Schritten ins Klassenzimmer und knallt einen Stapel Bücher aufs Pult. Als er den Blick durch den Raum schweifen lässt, muss er bei mir zweimal hingucken. So viel zu Big D.s Vorwarnung.

Er beginnt zu sprechen, aber der Schaden ist schon angerichtet. Sein kurzes Innehalten erlaubt meinen Mitschülern, sich umzudrehen und auch zu gucken. Ich versinke noch tiefer in meinem Stuhl.

Als ich noch klein war, konnte ich mich in einen Tarnumhang hüllen, indem ich einfach die Augen schloss. Meine Eltern spielten mit, wenn ich rief: »Ihr könnt mich nicht sehen!« Mom ging dann direkt an mir vorbei und fragte: »Wo ist Ava bloß?« Dad stieß sogar gegen mich und jammerte: »Oh nein! Wir haben sie für immer verloren.«

Diese Superkräfte eines Kleinkinds könnte ich heute gut brauchen.

Ich erinnere mich selbst daran, dass heute der schlimmste Tag ist – muss es doch sein, oder? Jeder muss mich zum ersten Mal sehen. Und in zwei Wochen ist es vorbei. Dann kann Cora in ihrem Ordner meinen guten Willen in Sachen Heilungsbemühen abhaken und ich mich in die Einsamkeit eines Zimmers zurückziehen, wo kein Spiegel hängt und keine bohrenden Blicke mich daran erinnern, was ich bin.

Der bärtige Lehrer schreibt das Wort *Leben* an ein Whiteboard.

»Heute beginnen wir ein neues Thema.« Er unterstreicht das Wort nachdrücklich. »Gemeinsam wollen wir ergründen, was es bedeutet, am Leben zu sein. Wir werden die lebendige Welt, die uns umgibt, und die Welt in uns erkunden.«

Er kündigt uns einen Fragebogen zur Selbsteinschätzung an und gibt einem Jungen in der ersten Reihe einen Stapel Blätter, den er verteilen soll. Als der Junge in meine Nähe kommt, zögert er und hält die Blätter so, als würde er einem tollwütigen Hund ein totes Kaninchen anbieten.

Ein ersticktes Quieken kommt aus seiner Kehle, als ich, ohne zu überlegen, meine linke Hand ausstrecke. Sein Blick bleibt an meinen zusammengewachsenen Flossenfingern und dem auffälligen »Daumen« kleben, der den Rest der Hand zwergenhaft wirken lässt, weil er ja eigentlich an meinen Fuß gehört und nicht hier draußen ins Freie, wo er die Eingeborenen erschreckt.

Schnell ziehe ich meine Frankensteinhand in den Schoß

zurück. Der Junge wirft mir den Fragebogen beinahe hin und weicht rasch zurück.

Dann flitzt er wieder an seinen Platz, und ich bücke mich, um das Blatt aufzuheben, wobei ich mich bemühe zu ignorieren, dass er mich aus weit aufgerissenen Augen anstarrt. Aber es gibt mir das Gefühl, definitiv eine Aussätzige zu sein.

Sollte ich vielleicht eine öffentliche Bekanntmachung ausrufen? KEINE SORGE, LEUTE. UGLY IST HEUTE NICHT AUF BEUTE AUS!

Erst da bemerke ich einen anderen Jungen neben mir, der mit rücksichtsloser Unbekümmertheit auf den unverhältnismäßig riesigen Zehendaumen in meinem Schoß glotzt. Ich stopfe die Hand in meine Hosentasche und richte den Blick wieder auf den Tisch. Da schiebt er seinen Tisch quietschend näher heran.

»Ist das dein Zeh?«, flüstert er.

Ich ignoriere ihn.

»Hey!«, sagt er ein bisschen lauter. »Ist er?«

Ich schiebe eine Schulter nach vorn, damit er merkt, dass mein Hörvermögen nicht das Problem ist. Wenn es zu meinem Überlebensplan gehören würde, mit anderen zu sprechen, dann würde ich ihm jetzt sagen, dass er mich in Ruhe lassen soll.

Stattdessen tue ich so, als wäre dieser Fragebogen tausendmal interessanter, als er es in Wirklichkeit ist. Ich erwäge sogar ernsthaft, meine Kopfhörer aus der Tasche zu holen, damit dieser Typ seine Versuche, mit mir ins Gespräch zu kommen, einstellt. Ich hebe die Hand aus einer Gewohnheit, die ich anscheinend nicht ablegen kann – ich suche nach meinen Haaren, damit ich sie mir um den Finger wickeln kann.

»Gut, dass wir geredet haben«, sagt er.

Ich vertiefe mich noch mehr in mein Blatt. Er zögert eine Sekunde und rutscht dann wieder in seine Reihe zurück.

Ich riskiere einen Seitenblick in seine Richtung. Er hat seine Augen jetzt auf das Blatt gerichtet, sodass ich sehen kann, dass er eher klein ist und seine Hautfarbe ein warmes Braun. Der schwarze Vorhang seiner Haare öffnet sich, und seine dunklen Augen begegnen meinen, bevor ich wegschauen kann. Er reckt einen Daumen in meine Richtung. Ich kann nicht beurteilen, ob das ein grausamer Scherz sein soll oder ein altmodisches Symbol für Kameradschaft.

Rasch blicke ich endgültig weg.

Dann gehe ich die üblichen Reaktionen durch: schamloses Starren? Nicht wirklich. Jedenfalls kein Glotzen oder wie im Zoo An-die-Scheibe-Klopfen. Er bewegt sich an der Grenze zu krampfhafter Freundlichkeit durch seine Aufregung wegen meiner Zehenhand, aber das ist es irgendwie auch nicht. Kein Mitleid. Und *definitiv* nicht so, als wäre ich unsichtbar.

Ich kritzle in eine Ecke meines Notizbuchs, um die Reaktion dieses Jungen einzuordnen.

~~Neugierig~~
~~Wissbegierig~~

Ahnungslose Wissbegier

Als es klingelt, winkt der Junge mir zu, als wären wir alte Bekannte. Also werfe ich ihm meinen besten »Was ist dein Problem?«-Blick zu. Er lächelt zurück. Eindeutig ahnungslos.

Dieser Kerl hat keinen Schimmer, wie er sich mir gegenüber verhalten soll. Denn egal, wie die Leute auf mich reagieren, eines haben sie alle gemeinsam:

1. Jeder schaut mich an.
2. Dann schaut jeder weg.

Bis jetzt.

Kapitel 5

Ich nutze meine besten Tarnungsstrategien, um den Rest des Tages zu überstehen. So schleiche ich an den Wänden mit den Spinden entlang, schaue dabei auf mein Handy und tue so, als sei ich wahnsinnig interessiert an den Nachrichten, die Cora mir alle dreißig Minuten schickt, um zu fragen, ob ich okay bin. In jedem Kurs ziehe ich mich in die letzte Reihe zurück und versuche im Grunde genommen, mich in der Crossroads High aufzulösen.

Als ich an der Turnhalle vorbeikomme und die Mädchen in Shorts sehe, bin ich Cora extra dankbar dafür, dass sie eine Befreiung vom Sportunterricht ausgehandelt hat, sodass keine Sportlehrerin mit Trillerpfeife und der Macht, mir das Leben schwer zu machen, mich zum »Umziehen« zwingen kann. Meine Kompressionswäsche macht mich sowieso nicht gerade zur geeigneten Kandidatin für Laufen/Springen/Werfen, außerdem ist da noch die Sache mit meinen verbrannten Schweißdrüsen. Aber vor allem ist absolut ausgeschlossen, dass ich mich in einer Umkleide voller Highschool-Mädchen ausziehe, deren Probleme hinsichtlich ihres Körperbilds darin bestehen, ob ihr Busen und die Dellen an ihren Oberschenkeln die richtige Größe haben.

Zum Glück komme ich, obwohl das erste Halbjahr schon vorbei ist, in meinen Kursen ziemlich gut mit, denn online habe ich mindestens schon ein Jahr voraus gelernt.

Aber nach jeder Stunde muss ich wieder auf den Flur raus. Eine Gruppe Mädchen, die alle gleichzeitig reden, geht vorbei. Das erinnert mich an die Freundinnen, die ich zurückgelassen habe. Wie eine Herde bildeten wir immer eine Formation – Emma ging wild gestikulierend rückwärts und gab eine Story über den gerade angesagtesten Jungen aus dem Seniorjahr in ihrem Chemiekurs zum Besten, der, da war sie sich hundertprozentig sicher, ihre Hand absichtlich gestreift hatte. Stacy ging immer Nachrichten schreibend neben ihr, den Kopf übers Handy gebeugt und mit fliegenden Daumen. Blake hing ein paar Schritte hinterher und hatte die Nase ständig in irgendwelchen Karteikarten, weil sie sich wegen eines Tests oder einer Abfrage in Spanisch stresste. Chloe und ich gingen in der Mitte, wo Chloes voluminöse Frisur und ihr lautes Lachen jede Menge Raum einnahmen.

Wir gehörten zusammen.

Wir folgten einem Muster.

Ich hatte einen Platz.

Mittags werfe ich nur einen Blick auf die Horden hungriger Schüler, die in die Cafeteria drängen, und schlage automatisch die entgegengesetzte Richtung ein. Sogar mit normalem Gesicht wäre der Gang in die Cafeteria einer fremden Highschool wie ein Ausflug in einen Löwenkäfig.

Kein Ort für eine bereits angeschlagene Nachzüglerin.

Ich überlege, es mit der Erbärmlichkeit auf die Spitze zu treiben und in einer Kabine auf dem Schulklo zu essen, aber ein Schild mit Pfeil in Richtung Aula lässt mich meine Meinung ändern. Am Ende eines langen Flurs stecke ich den Kopf durch Doppeltüren in einen stillen, dunklen Theatersaal mit Reihen gepolsterter Sitze und einer Bühne, deren Vorhang geschlossen ist.

Einen Flur weiter stoße ich auf eine zweite, kleinere Tür, die hinter die Bühne führt. Durch ein Labyrinth aus schweren Vorhängen komme ich an einem Kostümschrank und einem Schminktisch mit einem Spiegel vorbei, bis ich eine dunkle, hinter schwarzem Stoff verborgene Ecke finde.

Ich lasse mich an der Wand herunterrutschen und spähe unter dem Spalt im Vorhang durch. Da sehe ich am anderen Ende der Bühne drei Paar Kampfstiefel dicht beieinander. Nach der Zugluft und dem Geruch zu schließen gehören sie zu Schülern, die an einer offenen Tür hinter den Kulissen die Pause zum Rauchen nutzen. Doch dank der schweren Vorhänge ahnen sie nicht, dass ich hier bin.

Endlich unsichtbar.

Ich balanciere meine braune Papiertüte auf dem Schoß und inhaliere den Duft meines Truthahn-Sandwiches zusammen mit dem Geruch von verbranntem Popcorn, der von meinen Kumpels kommt, die sich genau wie ich hinter den Kulissen verstecken.

In die Bühnenecke gekauert fühle ich mich so sicher wie den ganzen Tag noch nicht. In einem früheren Leben wären Chloe und der Rest meiner Truppe jetzt auch hier. Zusammen würden wir über Emmas neuesten Schwarm lachen und einander abwechselnd die Texte unseres nächsten Musicals abfragen.

Was auch immer passierte, wir hatten die Bühne – und uns.

Ich hole mein Handy raus, um auf die piepsenden Nachrichten von Cora zu reagieren.

Alles OK?

Ich schicke ihr das GIF eines Wikingers, der den Daumen hochreckt.

Dann setze ich die Kopfhörer auf und wähle meine eigene Nummer. Moms Stimme durchschneidet die Einsamkeit – nur ein wenig, aber das genügt.

»Ich bin beim Einkaufen, Schatz, und kann mich nicht erinnern, ob du das Deo mit den pinkfarbenen Blumen oder das mit den Gurken magst. Ruf mich zurück. Hab dich lieb.«

Okay, es ist keine tiefsinnige, existenzielle Botschaft aus dem Grab oder so was, aber besser als nichts. Das einzige andere Überbleibsel, das ich noch von meinen Eltern habe, ist ein halb geschmolzener Klumpen Metall, der mal eine von Moms Handglocken war.

Ich höre mir die Nachricht noch mal an und genieße diesen Moment des Alleinseins. Nur noch neuneinhalb Tage.

Ich lehne den Kopf an die Wand und strecke meine Beine unter dem schwarzen Vorhang hindurch vor mir aus.

Aber meine Einsamkeit ist nur von kurzer Dauer, weil eine Schar Mädchen reinmarschiert. Instinktiv ziehe ich die Füße wieder ein, damit sie mich nicht entdecken.

Durch den Spalt zwischen den Vorhängen sehe ich, wie sich drei Mädchen um den Schminktisch hinter der Bühne drängeln, wo sie versuchen, alle gleichzeitig in den Spiegel zu blicken. Ein weiteres Mädchen öffnet den Schrank mit den Kostümen und wühlt sich durch einen Haufen leuchtend bunter Stoffe.

Aus Angst, bemerkt zu werden, ziehe ich die Knie an die Brust und zucke zusammen, weil die Haut so stark spannt. Vor einem Monat hat Dr. Sharp Zorro-mäßige Schnitte in meine Knie gemacht, damit ich sie besser bewegen kann, aber die Haut fühlt sich immer noch an, als sei sie im Trockner zwei Nummern eingelaufen. Doch ich ignoriere den Schmerz und presse meine Beine noch enger an mich.

Das Spiegel-Trio verteilt den Inhalt einer pinkfarbenen Make-up-Tasche auf dem kleinen Tisch. Ein Arsenal an Eyelinern und Concealern liegt bereit, als ob die Mädchen gleich eine OP am offenen Herzen mit Blush und Lippenstift vornehmen wollen.

Das Mädchen in der Mitte bürstet ihr langes schwarzes Haar. Ihre Stimme hallt über die Bühne.

»Habt ihr es gesehen?«

»Sei nett, Kenzie«, ruft ihr das Mädchen vom Kostümschrank aus zu. »Es ist übrigens eine *sie*, kein *es*.«

»Ich weiß, dass sie ein Mädchen ist, Dummerchen. Ich meinte, habt ihr *es* gesehen – ihr Gesicht? Ich hab nur einen Blick drauf geworfen, nur eine Sekunde lang, aber glaubt mir, das war mehr als genug.«

»Ist es wirklich *so* schlimm?« Sie knallt die Schranktür zu, weshalb ich die Antwort nicht hören kann, nur die letzten beiden Worte.

»... Freddy Krueger.«

Das Mädchen, das das gesagt hat, hält inne, um ihre pinkfarbenen Lippen auf ein Kosmetiktuch zu drücken.

»Ich will gar nicht gemein sein, Leute. Das war schockierend. Ich würde ihr das ja nicht ins Gesicht sagen oder so, aber könnt ihr euch vorstellen, auf die Highschool zu gehen, wenn ihr *so* ausseht?«

Ein anderes Mädchen fährt sich mit einem Puderpinsel in Kreisen über die Stirn.

»Ich habe letzte Woche wegen einem Pickel zwei Tage geschwänzt. Wenn ich so aussehen würde, dann würde ich mich in ein Loch verkriechen und nie wieder rauskommen.«

Die Mädchen nicken, während sie ihr Werkzeug wieder wegpacken. Durch den Spalt im Vorhang kann ich beobachten, wie sie alle noch einen letzten prüfenden Blick in den Spiegel werfen.

Haare glatt: check. Flüchtiger Blick auf den Po: check. Vorbeugen auf der Suche nach Spinat oder Ähnlichem zwischen den Zähnen: check. Dabei haben solche Mädchen nie irgendwelche Probleme mit Essensresten. Da ist das Schicksal einfach zu gnädig.

Sie wollen die Bühne gerade verlassen, als mein Handy laut vibriert, weil eine neue Nachricht von Cora eingeht. Das Mädchen, das mich Freddy Krueger genannt hat, bleibt stehen und dreht sich um. Einen Sekundenbruchteil lang treffen unsere Blicke sich durch den Spalt im Vorhang. Ich ziehe meine Beine noch ein bisschen näher heran, während sie ihre lange schwarze Mähne nach hinten wirft und einen Finger an die Lippen legt.

»Leute.« Sie zeigt in meine Richtung und flüstert: »Wir sind nicht allein.«

Meine Knie protestieren, als ich sie ganz an die Brust ziehe und bete, dass sie einfach gehen. Ich kann es nicht fassen, dass sie mich so finden. Die Verrückte als *Phantom der Oper* an meinem allerersten »normalen« Tag.

Das »Es« versteckt sich hinter den Kulissen.

Die schwarzen Haare des Mädchens füllen meine Sicht durch den Spalt, als sie auf mich zugeht.

»Hey, wer ist da hinten? Das macht man aber nicht, andere belauschen.«

Ich beiße mir auf die Lippe, als die Haut an meinem Knie reißt. Blut sickert ins Hosenbein.

Bitte. Nicht so.

»Lass es gut sein, Kenz. Wahrscheinlich ist das nur irgendein verängstigter Freshman.«

Ja. Lass es gut sein. Lass mich in Frieden.

Sie bleibt direkt vor mir stehen, sodass ihre Schuhspitzen fast meine hinter dem schwarzen Vorhang, der uns trennt, berühren. Sie packt den Vorhang, und mein Schutzschild aus Stoff schlägt Wellen. Dann muss ich hilflos zusehen, wie sie ihn aufreißt.

Kapitel 6

Das Mädchen zieht den Vorhang ganz zurück, sodass ich zum Vorschein komme, während ich meine Beine eng an die Brust presse. Ihr Gesicht sieht mindestens so erstaunt aus wie meins.

»Oh«, sagt sie und schlägt sich die Hand vor den Mund. »Wir wussten nicht, dass du da bist.«

Ich umklammere weiterhin meine Beine. Hauptsächlich weil ich nicht weiß, was ich sonst tun soll. Rausspazieren, als wäre es völlig normal, dass ich mich hier hinten aufgehalten und verzweifelt versucht habe, im Boden zu versinken?

Ich sehe weg und senke den Kopf zu spät. Ein paar Tränen quellen über meine hängenden Augenlider, was diesen erbärmlichen Moment noch schlimmer macht.

Das Mädchen mit den schwarzen Haaren lässt den Vorhang wieder zwischen uns fallen. Ich höre sie untereinander beraten, halb flüsternd, halb kichernd, abgehackt und nervös.

»Sag du es«, flüstert eine und fordert damit eine andere auf zu rufen: »Sorry. Willkommen an der Crossroads High!«

Dann flitzen sie von der Bühne, als stünde sie in Flammen. Ich warte, bis ihr Lachen und ihre Schritte nicht mehr zu hören sind, bevor ich die Beine ausstrecke.

Mein rechtes Knie brüllt geradezu, als ich meine Kompressionswäsche runterziehe. Blut umgibt das hellrosa Hautquadrat, das meine Kniescheibe bedeckt. Dr. Sharp wird nicht glücklich darüber sein, dass ich sein Werk kaputtgemacht habe.

Es klingelt, aber ich bleibe, wo ich bin, und wische das Blut mit meiner braunen Papiertüte weg. Dann warte ich ungefähr bis zur Mitte der nächsten Schulstunde, bevor ich mein Versteck verlasse. Dabei spähe ich zuerst hinter dem Vorhang hervor. Vom Schminktisch nehme ich mir einen vergessenen Lipgloss. Das glänzende Pink ist genau der Farbton, den ich früher benutzt habe.

Aus dem Spiegel glotzt mich mein Bild an. Die gestraffte Haut zieht an den Unterlidern und lässt so viel feuchtes, rosa Gewebe sehen, als würden sich die Augen jeden Moment nach hinten drehen. Cora sagt, das verleiht mir einen niedlichen Welpenblick. Ich finde, dass ich dadurch eher wie eine Statistin in der Serie *The Walking Dead* aussehe.

Mit den Fingerspitzen schiebe ich meine Unterlider etwas nach oben.

Diese Mädchen haben keine Ahnung, dass ich früher ein normales Mädchen mit Freundinnen und Eyeliner im Stiftemäppchen war, das zwischen den Unterrichtsstunden seinen Lipgloss aufgefrischt und die Sommersprossen mit Grundierung abgedeckt hat. Sie haben sich über mich lustig gemacht, ohne mich auch nur kennengelernt zu haben.

Wäre mein Leben eine griechische Tragödie, dann hätte ich in meinem Leben vor dem Brand richtig gemein gewesen sein müssen. Dann hätte ich zumindest durch diese klassische Wendung des Schicksals eine poetische Lektion übers Nettsein gelernt.

Aber ich war nicht gemein. Ich war eine normale Fünfzehnjährige, die an den Wochenenden zu Footballspielen ging und viel zu viel Zeit für die Proben des Frühlingsmusicals aufgewendet hat. Ich war eine Tochter. Eine Freundin. Eine Brünette. Eine Sängerin.

Ich war eine Million Sachen.

Ich lasse meine Augenlider wieder los, sodass sie zurück zu den Narben rutschen.

Jetzt bin ich nur noch eines – das Verbrannte Mädchen.

Nach diesem Überraschungsangriff der Diven hinter den Kulissen und nach Mr. Ahnungslos in der letzten Reihe in Erdkunde dämmert mir, dass ich meine Fähigkeit, irgendwie zu verschwinden, wohl massiv überschätzt habe.

*

Als Onkel Glenn mich nach der Schule abholt, schmerzt mein Körper von der Anstrengung, einen ganzen Tag lang »normal« gewesen zu sein. Meine überanstrengten Muskeln protestieren, als ich in seinen Truck steige.

»Also, wie war's?«, fragt er maximal munter. Tante Cora hat ihn wahrscheinlich gebrieft, damit er meinen Streifzug in die Normalität möglichst optimistisch begleitet.

»Gut.«

»Irgendwelche Bekanntschaften geschlossen?«

»Tonnenweise. Wahrscheinlich werde ich Audienzen abhalten müssen.«

Glenn legt lächelnd eine Hand auf meinen Arm. »So schlimm?«

Ich lasse mich tiefer in den Sitz sinken, als wir an einer Gruppe männlicher Sportskanonen vorbeifahren, die gerade mit Mädchen in Feldhockey-Röckchen flirten. Glenn und ich tun beide so, als würden wir nicht merken, wie sie sich umdrehen und uns nachstarren.

»Es ist, wie es ist.« Ich zucke mit den Achseln. »Highschool eben. Ich bin einfach froh, nach Hause zu kommen.«

Den Ausdruck benutze ich, auch wenn er nicht so ganz zutrifft. Mein echtes Zuhause wäre ein Ort, an dem ich mich nach einem Tag wie heute zurückziehen könnte. Ich würde in unsere Straße einbiegen und mein eigenes kleines Reich betreten. Nur Dad und Mom und ich, und die beruhigende Gewissheit, nichts anderes oder niemand anderer sein zu müssen.

»Kann ich mir gut vorstellen«, sagt Glenn. »Deshalb tut es mir auch leid, dich daran erinnern zu müssen, aber heute findet das erste Treffen der Selbsthilfegruppe statt.«

Stöhn. Diese kleine Abmachung, die Cora in das Spektakel meiner Rückkehr ins Leben geschmuggelt hat, hatte ich vergessen.

»Zwingst du mich echt dazu?«

»Cora hält entschieden viel davon. Sie sagt, du brauchst diese Unterstützung während deiner Reintegration.«

Aus Glenns Mund klingen diese Begriffe fremd, denn normalerweise vermeidet er diesen Therapeutensprech. Zwar gehört er zum Komitee für Avas Leben und so, aber Cora übernimmt die meisten Managementaufgaben, während Glenn eher die Blutsverwandtschaft repräsentiert.

»Hey, da hat sich ja jemand die Fachsprache angeeignet«, sage ich. »Kriegst du von Cora Extralob, wenn du im Heilungsordner liest?«

Glenns herzliches Lachen erfüllt die Fahrerkabine.

»Ich weiß, dass Cora ein bisschen viel …«

»Ein bisschen?«

»Okay, ganz schön viel. Aber du musst das verstehen. Sie konnte …« Seine Stimme bricht für einen kurzen Moment. »… Sara nicht retten. Niemand konnte das.« Ich schaue aus dem Fenster und verdränge mein schlechtes Gewissen. »Also will sie verdammt sein, wenn sie zulässt, dass dir irgendwas zustößt.«

Draußen wirbeln Schneeflocken vorbei. Eine einsame weiße Möwe kreist ziellos am Himmel, als habe sie die Aktennotiz für Zugvögel übersehen. Hinter ihr ragen die strahlend weißen Gipfel der Wasatch-Kette hoch auf.

Glenn tätschelt mein Knie, als wir vor einer roten Ampel halten.

»Was meinst du, Kiddo? Ist es nicht einen Versuch wert?« Dabei sieht er mich so ernst an, dass die Nase meiner Mom mich wünschen lässt, ich würde mit ihr nach Hause fahren, um mein normales Leben zu führen, in dem Reintegration und Seelenklempner nicht vorkamen. »Du weißt doch, dass Dr. Layne dir nur helfen will.«

Dr. Layne gehört auch zum Komitee, und zwar weil sie in den sechzig Tagen, die ich auf der hiesigen Station für Brandverletzte verbrachte, meine Psychologin war. Sechzig Tage für die verbrannten sechzig Prozent meiner Körperoberfläche. Dazu zähle ich nicht die knapp zwei Monate, die ich im Koma verschlafen habe, während Ärzte retteten, was noch von mir übrig war.

Dr. Layne hat, seit ich die Station vor acht Monaten verlassen habe, ständig versucht, mich in ihre Selbsthilfegruppe zurückzuholen. Ich habe mich bisher vor allem deshalb geweigert, weil ich sie nicht wieder enttäuschen will. Da haben sich alle nur über ihre traurige Kindheit ausgekotzt, emotionale Durch- und Zusammenbrüche erlebt, und nur ich schien unfähig zu irgendeiner Erleuchtung.

Außerdem geht's bei so einer Therapie doch nur darum, den Schmerz zu präzisieren, ihn zu zerlegen und unter ein Mikroskop zu halten.

Warum sollte ich diese Verletzung noch deutlicher spüren wollen?

Vergessen ist kein Versehen – es bedeutet Überleben.

»Es ist passiert und vorbei«, sage ich. »Wehe-mir-Storys mit einer Truppe anderer Irrer auszutauschen ändert auch nichts an der Vergangenheit.«

»Du bist keine Irre.« Glenn sieht mich flüchtig von der Seite an. »Kennst du die einfachste Cowboyregel? Wenn du vom Pferd fällst …«

Ich vollende den in unserer Familie vielzitierten Spruch: »… dann steig wieder auf.«

Glenn nickt. »Außer du bist in einem Kaktus gelandet. Dann musst du noch ein bisschen auf der Erde rumrollen und vor Schmerz schreien. Ich hoffe, du weißt, Kiddo, dass das auch okay ist.«

Klar. Als ob ein totaler Zusammenbruch von mir nicht die unausgesprochene Waffenruhe brechen würde, die Glenn, Cora und ich im Laufe des letzten Jahres eingegangen sind. Cora weint hinter verschlossenen Türen, Glenn vergräbt sich in seiner Arbeit, und ich schleiche auf Zehenspitzen in Saras Schatten.

Wir sind ständig mit der Feinabstimmung dieses Arrangements beschäftigt, aber unterm Strich läuft es darauf hinaus, dass wir alle trauern – kein Grund, es gemeinsam zu tun.

Als die Ampel auf Grün springt, biegt Glenn links ab, was bedeutet, er fährt zum Community Center. Das Komitee hat entschieden.

»Wo ist Cora überhaupt?«, frage ich.

Es sieht ihr gar nicht ähnlich, so einen großen »Heilungsmoment« zu verpassen. Ich hätte damit gerechnet, dass sie mich vor der Schule mit Pompons und einem Motivationsruf für die Psychotherapie empfängt! So was wie »Rah-rah, sis-boom-bah«.

»Sie wollte wirklich so gern hier sein, aber man hat sie zu einem zweiten Vorstellungsgespräch bei Smith's eingeladen«, sagt Glenn und klingt gespielt erfreut darüber, dass Cora vielleicht Leiterin eines Supermarktes wird. Ich rutsche tiefer in meinen Sitz.

»Oh.«

Glenn packt das Lenkrad fester. Unter seinen Nägeln hat er schwarzes Öl aus der Autowerkstatt, die ihm gehört. Er kommt von dort immer später nach Hause, und jetzt ist Cora ganz aufgekratzt wegen dieser Supermarktgeschichte. Sie sagt, sie brauche »ein neues Projekt«. Aber das nehme ich ihr nicht ab. Bevor ich herkam, hat Cora nie gearbeitet, und sie hatten trotzdem genug Geld für Urlaube und Tanzcamps und alles andere, was Sara sich wünschte.

Aber neunzehn Operationen haben das geändert. Ein Haufen Leute aus meiner früheren Heimatstadt hat nach dem Brand sogar eine große Spendenaktion veranstaltet, aber das reichte eindeutig nicht. Durch die geschlossene Schlafzimmertür höre ich sie leise über ausgeschöpfte Lebensversicherungspolicen reden. Und am Telefon zankt Cora wegen Zuzahlungen und Selbstbehalten.

So eine Tragödie ist nicht billig.

Glenn legt die rechte Hand auf seinen Schoß, als er merkt, dass ich auf seine abgearbeiteten Hände starre.

»Oh, Cora lässt dir noch ausrichten, dass in der Gruppe ein Mädchen von deiner Schule ist. In deinem Alter und alles.«

Typisch Cora. Als ob all meine Probleme verschwinden würden, wenn ich eine Freundin fände. Ich habe zugestimmt, in diese blöde Stadt zu ziehen, weil ich keine Freunde will. Ich habe doch gesehen, wie meine alten Freundinnen mich im Krankenhaus angesehen haben, als wüssten sie nicht mal, wer ich bin. Ich hatte auf Chloes tiefes Lachen aus dem Bauch gewartet oder darauf, dass Emma von einem neuen Jungen erzählte. Aber sie starrten mich alle nur an und versuchten, nicht loszuheulen. Ich wusste schon damals, dass unsere vertraute Clique nie mehr das sein würde, was sie mal war. Ich war zu anders. Anders als sie und anders als früher.

Sie versuchten, mich zu kontaktieren, nachdem ich umgezogen war, vor allem Chloe, aber ich habe nie geantwortet. Niemand braucht mich, nur um sich in meiner Gegenwart unwohl zu fühlen. Es ist besser so – sie müssen sich nicht mit mir abgeben, und ich muss ihnen nicht dabei zusehen, wie sie es versuchen.

Ich bin also nicht auf dem Markt für Ersatzfreundschaften oder ein Ersatzleben.

Außerdem war Sara meine Cousine – und schon immer meine engste Freundin –, und sie ist tot.

Ich habe überlebt. Sie starb.

Ende der Geschichte.

»Ich brauche keine Freunde. Wie oft muss ich das noch sagen? Ich brauche niemand.«

Glenn tätschelt noch mal mein Knie und versichert mir, dass diese Gruppe genau das ist, was ich brauche. Er lächelt dieses schiefe Lächeln und scheint zu hoffen, dass diese Selbsthilfegruppe mich heilen wird – körperlich und seelisch.

Ich hoffe nur, dass es da was zu essen gibt.

Kapitel 7

Kaum habe ich das Community Center betreten, schließt Dr. Layne mich auch schon in ihre Arme.

»Ich freu mich so, dass du gekommen bist«, sagt sie.

»Cora und Glenn haben mich gezwungen«, sage ich, um ihre Erwartungen zu dämpfen.

Das schlechte Gewissen plagt mich, weil ich wieder ihre Zeit vergeude. Unter all den Seelenklempnern, die versucht haben, mich mit ihren klickenden Kugelschreibern und großen Notizblöcken wieder hinzukriegen, schien Dr. Layne sich wirklich über unsere halbstündigen Sitzungen hinaus für mich zu interessieren. Vielleicht weil sie selbst so was erlebt hat. Sie ist allerdings eine Make-up-Zauberin. Die verbrannte Gesichtshälfte sieht daher nur aus wie ein Streifen rauer Haut. Die Narben ziehen den einen Mundwinkel etwas zu straff und laufen im Zickzack ihre Arme hinab. Aber abgesehen davon sieht sie normal aus und verhält sich auch so. Zwei Kinder. Ehemann. Karriere.

Ich bin mir sicher, dass Cora hofft, Dr. Layne wird etwas von ihrem magischen Heilungsstaub auf mich werfen.

Ich suche mir einen Platz im Stuhlkreis in der Mitte dieses überwältigend großen Raums. Die Atmosphäre ist so unverbindlich, dass er sich für eine Gruppe von Brandverletzten genauso eignet wie für einen Senioren-Bingo-Abend. Nur zwei andere Jugendliche haben sich im Therapiezirkel der Peinlichkeit eingefunden. Ein Junge, der nach Seniorjahr aussieht, sitzt mit vor der Brust verschränkten Armen da – ein Arm wirkt normal, der andere ist von faltigen Brandnarben überzogen und endet in einer Art Keule statt in einer Hand. Ein Mädchen gegenüber zupft an ihrem Kleid. Falls sie irgendwelche Narben hat, kann ich sie nicht sehen.

Nach vier Monaten auf einer Station für Brandverletzte bin ich ziemlich gut im Hautlesen. Über das narbenlose Mädchen wüsste ich nichts zu sagen, aber ich schätze, der Junge hielt irgendwas Explodierendes in der Hand, da sein Gesicht und der rechte Arm die schlimmsten Narben aufweisen und seine Hand nicht mehr da ist.

Umgekehrt versuchen das Mädchen und der Junge die Geschichte meiner Narben zu lesen und machen große Augen. Gewonnen! Ich bin der freakigste von allen Freaks.

Meine Narbengeschichte geht so: Die Zimmerdecke stürzte ein, bevor mein Dad mich aus dem Fenster stieß, sodass es mein Gesicht, die Kopfhaut, Arme und den oberen Rücken am schlimmsten erwischt hat. Meine Beine sind so eine Mischung: Knie und Waden verbrannt, Oberschenkel nicht, dank der Shorts, die ich trug. Und meine UGG-Hausschuhe haben meine Füße gerettet. Mein Pyjamaoberteil sorgte dafür, dass meine Mitte – Bauch, Busen, unterer Rücken – relativ unversehrt blieb.

Natürlich hat die Entnahme von Haut zum Transplantieren meine nicht verbrannten Bereiche verpfuscht, und dann wurde ja auch noch mein großer Zeh für die Hand amputiert. Sodass es eigentlich keinen Teil meines Körpers mehr gibt, den das Feuer nicht in Mitleidenschaft gezogen hat.

Manchmal fantasiere ich darüber, dass Dr. Sharp mich

eines Tages tatsächlich wieder in Ordnung bringt. Ich habe sogar Fotos und Artikel über Operationen wie Augenbrauenimplantationen und Ohrprothesen und wassergefüllte Ballons unter der Kopfhaut zur Dehnung nicht kahler Haut gesammelt.

Die schlaffen Augenlider stehen natürlich an erster Stelle meiner To-do-Liste von Fantasie-OPs, zu denen es nie kommen wird. Versicherungen sind nicht besonders scharf darauf, Geld für kosmetische Operationen rauszurücken. Außerdem haben wir nach meiner Zeh-an-die-Hand-Transplantation entschieden, eine Operationspause einzulegen. Um meinem Körper und Glenns Bankkonto eine Verschnaufpause zu gönnen.

Ehrlich gesagt genieße ich die Auszeit von der alle paar Wochen immer gleichen Abfolge von Operationen, Hauttransplantationen und dem Aufwachen als Mumie. Immer hoffte ich, wenn wir die dünne weiße Gaze abzogen, würde ich wieder ich selbst sein.

Hoffen ist anstrengend.

Dr. Layne steht in der Mitte des Stuhlkreises, angemessen gekleidet in die Uniform einer Psychiaterin aus Bleistiftrock und Bluse mit Flügelärmeln, die ich im Traum nicht tragen würde, weil sie ihre Narben offen zeigt. Sie ist gerade mitten in der offiziellen Begrüßung, als die Doppeltüren aufschwingen und ein Mädchen in einem Rollstuhl sich hereinschiebt.

»Entschuldigt die Störung!« Ihre Stimme hallt durch den riesigen Raum.

Die zu einem hohen Pferdeschwanz gebundenen Haare schwingen hin und her, sodass eine ziemlich schlimme Verbrennung in ihrem Nacken sichtbar wird. Die dunkelviolette Verfärbung reicht bis an ihr Gesicht und endet genau unter dem Kinn. Ein knallrosa gestreifter Ärmel bedeckt ihren rechten Arm, und ich brauche eine Sekunde, um zu erkennen, dass das ihre Kompressionswäsche ist.

Die Streifen wiederholen sich an ihrem rechten Bein. Ein Gips – ebenfalls in Knallrosa und ohne Unterschriften oder Kritzeleien – liegt um ihr linkes Bein. Sie sieht aus wie das uneheliche Kind eines Zebras mit einem psychedelischen Clown.

Sie rollt bis in den Kreis.

»Moment mal.« Sie schaut jeden von uns an. »Mir dämmert so langsam, dass das hier *nicht* die Teambesprechung für den Geländelauf ist.«

Ich muss lachen, obwohl ich versuche, es mit einem Hüsteln zu kaschieren, als ich merke, dass das außer mir niemand witzig findet. Das Mädchen grinst mich trotzdem an.

Dr. Layne lächelt ihr geduldig zu.

»Wir wollten uns gerade einander vorstellen. Piper, warum machst du nicht den Anfang?«

Das Mädchen richtet sich in seinem Rollstuhl ein Stückchen auf.

»Ich bin Piper. Autounfall an Silvester. Hauptsächlich schwere Verbrennungen zweiten Grades an meiner rechten Seite. Alle möglichen Knochen in meinem rechten Bein gebrochen.« Sie tippt auf den pinkfarbenen Gips. »Hab auch eine leichte Wirbelsäulenverletzung, deshalb ist der Rollstuhl nur vorübergehend, toi, toi, toi. Die Narben werden mir allerdings erhalten bleiben. Was noch, was noch?« Sie streicht sich übers Kinn. »Oh, ich mag lange Rollstuhlfahrten am Strand, und mein Sternzeichen ist Stier.«

Der Junge ist als Nächster dran, kann aber nicht zu Ende erzählen, weil er anfängt zu weinen. Irgendwas mit einem Lagerfeuer und einer explodierten Gasflasche. Wusste ich's doch.

Das Mädchen ohne Verbrennungen redet geschlagene zehn Minuten über ihre unsichtbaren Verletzungen von einer Propangas-Verpuffung, als sie noch ein Baby war. Was gab es da immer noch zu reden?

Während ich diesem Austausch von Verbrennungsstorys zuhöre, fühle ich mich auf die Station zurückversetzt, wo Patienten sich mit Prozenten und Verbrennungsgraden wie mit Orden schmücken.

Ich bin sechzig Prozent mit hauptsächlich Verbrennungen dritten Grades, was fiese Burschen sind, weil sie jede Hautschicht wegfressen und alles, was ihnen da so begegnet – Haarfollikel, Schweißdrüsen, Fettzellen und Nerven. Meine Hände haben den vierten Grad geschafft, da dringen die Flammen bis zu den Knochen vor. Ich hatte auch ein paar Wunden zweiten Grades, aber die sind in Brandverletztenkreisen fast ein Witz. Klar sind sie rot und schleimig und beeindruckend, aber sie zerstören hauptsächlich die oberste Hautschicht.

Das Witzige ist, dass diese flachen Brandwunden höllisch wehtun, solange sie frisch sind, während du die tieferen nicht mal spürst. Denn ohne Nervenenden ist da nichts, womit man fühlen könnte. Bei diesen Verbrennungen beginnen die echten Schmerzen erst später, mit den Transplantationen und dem Reinigen und wenn die Schwestern hauchdünne Haut mit Pinzetten abreißen.

Wenn eine Wunde so tief ist, schmerzt die Heilung.

Erst da merke ich, dass alle im Kreis mich anschauen.

»Was soll ich noch mal sagen?«

»Etwas über dich. Aber es liegt ganz bei dir, wie viel und was du mitteilen möchtest«, erinnert Dr. Layne mich.

Hitze steigt mir den Hals hinauf. Alle Augen in der Runde warten darauf, die Details zu meinem Narbenteppich zu hören.

»Mein Name ist Ava. Ich bin erst vor Kurzem aus Central Utah hergezogen. Ich schätze, dass ich jetzt Schülerin der Crossroads High bin, und zwar im Juniorjahr.«

Sie warten auf mehr, aber als ich nur Schweigen liefere, richten sich die Blicke auf Dr. Layne. Zebra-Girl spricht als Erste.

»Willst du uns nichts über deine Narben erzählen?«

Dr. Layne schreitet ein.

»Piper. Darüber haben wir schon gesprochen.«

»Ich denke, sie weiß, dass sie Brandwunden hat, Dr. L.« Dann dreht sie sich mit gespielter Überraschung und einer Hand vor dem Mund zu mir um. »Oh mein Gott ... oder habe ich jetzt etwa die Katze aus dem Sack gelassen?«

»Piper! Das reicht!«, sagt Dr. Layne scharf und schlägt mit der Handfläche auf ihr Klemmbrett. »In den nächsten sechs Monaten werdet ihr alle so viel oder so wenig von euren Geschichten preisgeben, wie es euch angenehm ist. Da gibt es keine richtige Menge und keine richtigen Antworten.«

Ihr Blick ruht weiter auf dem Mädchen im Rollstuhl, das sie unschuldig anlächelt. Dr. Layne fährt fort, uns zu erläutern, dass wir uns jede Woche auf einen neuen Aspekt zur Steigerung unseres Selbstwertgefühls konzentrieren werden.

»Heute wollen wir kurz über die Macht von Worten reden«, sagt sie. »Worte haben Macht, weil wir ihnen Bedeutung beimessen. *Hass. Liebe. Hoffnung. Wut.*« Sie wendet sich an uns. »Lasst uns mit Worten beginnen, die euch beschreiben. Welches fällt euch da zuerst ein?«

Grillen zirpen, während sie den Blick in der Runde schweifen lässt. Sogar die narbenfreie Plapperine Plappermaul schweigt.

Dr. Layne wirkt positiv überrascht, als ich die Hand hebe.

»Mich hat heute ein Mädchen Freddy Krueger genannt«, sage ich.

Neben mir kichert Piper. »Ooh … voll ins Schwarze.«

Dr. Layne starrt Piper aus schmalen Augen an, richtet ihre Worte aber an mich.

»Namen sind natürlich auch Worte, aber lasst uns heute über Wörter sprechen, die wir benutzen, um uns selbst zu beschreiben.«

Sie dreht sich zu dem Whiteboard hinter ihr und schreibt OPFER.

»Welches Gefühl löst dieses Wort bei euch aus?«

»Verletzung«, sagt das Mädchen ohne Narben.

Der Junge fügt hinzu: »Hoffnungslosigkeit.«

Dr. Layne schreibt: ÜBERLEBENDE.

»Und dies hier?«

Der Junge meldet sich freiwillig: »Hoffnung.«

»Achtet diese Woche darauf, wie ihr über euch selbst sprecht. Benutzt eher Wörter, die euch Kraft geben, als solche, die euch Kraft rauben.«

Sie schreibt noch ein paar weitere Beispiele an die Tafel, über die wir nachdenken können – *hässlich, behindert, verbrannt, schön, schwach, stark, Heilung*. Dann teilt sie an jeden ein Notizbuch mit marmoriertem Einband aus.

»Schreibt da alles rein, was ihr nicht laut aussprechen möchtet. Das Wichtigste ist, dass *ihr* die Kontrolle habt. Was euch widerfahren ist, könnt ihr nicht ändern, aber ihr habt die Kontrolle über eure Geschichte. Euer Leben hat sich verändert. Mein Ziel besteht darin, euch zu helfen, eine neue Normalität zu finden.«

Dr. Layne entlässt uns an den Tisch mit den Snacks, nachdem sie uns noch die Benimmregeln in einer Selbsthilfegruppe erklärt hat. Dass das hier ein sicherer Ort sei. Warum es so wichtig sei, über unsere Traumata zu reden. Das übliche Blabla.

Piper schiebt ihren Rollstuhl am Snack-Tisch neben mich. »Deine erste Gruppe?«

Ich schüttle den Kopf. »Nee, falscher Raum. Dachte, das hier wäre das Model-Callback.«

Pipers Lachen schallt durch den leeren Raum.

»Oh, oh. Lass Laynie bloß nicht hören, dass du hier Witze reißt.« Sie zwingt sich zu einer nüchternen Miene. »Das ist eine ernste Sache. Das ist Brandverletzten-Therapie, oder wie ich es gern nenne: Bullshit-Therapie.«

Piper lädt sich Cookies auf den Teller in ihrem Schoß.

»Dann vermute ich mal, du hast so was schon mal gemacht?«, frage ich.

»Jap, ich bin ein treues Selbsthilfe-Groupie. Meine Eltern sind glücklich, solange sie glauben, dass ich ›Fortschritte mache‹.« Bei den letzten beiden Worten malt sie mit den Fingern Anführungszeichen in die Luft.

Dann streckt sie die Hand nach einem Becher aus, kommt aber aus dem Rollstuhl nicht dran. Ich gebe ihr einen, und als meine Finger ihre berühren, zuckt sie nicht zusammen.

»Danke. Also eine Crossroad-Mitschülerin, was?«

Sie muss das Mädchen in meinem Alter sein, das Glenn erwähnt hat und von dem Cora denkt, dass sie in null Komma nichts meine BFF wird.

»Mehr oder weniger. War der erste Tag heute.«

»Oh Mann, mit der Visage, das möchte ich mir gar nicht vorstellen. Wie schlimm war's?«

Ich denke an die Blicke, das Geflüster, den Jungen, der mir das Blatt hinwarf, als hätte er einen Geist gesehen.

»Brutal.«

Piper schiebt sich einen Keks in den Mund und redet kauend weiter.

»Jap, mit Außenseitern können wir nicht besonders gut. Du hast bestimmt das Maskottchen gesehen, oder? Den xenophoben Wikinger mit dem Aggressionsproblem?«

Ich nicke. »Der ist ja kaum zu übersehen. Aber ich werde nicht lange bleiben. Ist so eine Art vorübergehendes Leben auf Probe. Nach den zwei Wochen können alle vergessen, dass ich überhaupt existiere.«

Piper legt den Kopf schräg und zieht einen übertriebenen Schmollmund.

»Na, das ist so ungefähr das Pathetischste, was ich je gehört habe.« Dann holt sie ihr Handy raus – es ist genauso knallrosa wie ihre gestreiften Klamotten. »Okay, da *ich* jetzt weiß, dass du existierst, sag mir mal deinen Handle.«

»Hab keinen.«

»Entschuldige mal, wer ist denn bitte nicht in den sozialen Medien unterwegs?«

»Sorry, wenn ich die Aufmerksamkeit auf den gegrillten Elefanten in diesem Raum lenken muss, aber …« Ich zeige auf mein Gesicht. »Dieses Highschool-Mädchen hat es nicht so damit, Fotos im Internet zu posten.«

Piper legt das Handy in ihren Schoß, verschränkt die Arme und mustert mich von oben bis unten.

»Ich würde meine Behauptung von vorhin gern zurücknehmen. *Das* war gerade das Pathetischste, was ich je gehört habe.«

»Hey, wir sind hier in Therapie. Also keine Wertung zum Ausmaß meines pathetischen Daseins«, sage ich.

Piper grinst. »Touché. Also mal abgesehen von deiner Social-Media-Kompetenz bin ich jedenfalls froh, dass du uns heute mit deiner pathetischen Anwesenheit beehrt hast, Ava.«

Damit knüllt sie ihre Serviette zu einem Ball zusammen, wirft ihn hoch und schlägt ihn mit einer schnellen Bewegung aus dem Handgelenk durch die Luft und genau in den Papierkorb.

»Ass!« Dann dreht sie sich wieder zu mir. »Hast du nach der Gruppe noch Zeit?«

»Für was?«

»Zum Abhängen«, sagt sie, als hätten wir unsere Kalender schon abgeglichen.

Ich suche in ihrem Gesicht nach einer Erklärung.

»Hat Dr. Layne dir gesagt, dass du meine Freundin werden sollst?«, frage ich.

So etwas wäre dem Komitee absolut zuzutrauen. Cora und Dr. Layne haben wegen meines »sozialen Status« bestimmt Kriegsrat gehalten, und dieses Mädchen mit dem wilden Blick und seiner Kompressionswäsche in Knallpink war das Beste, was ihnen eingefallen ist.

Piper hebt die Hände.

»Wow, ganz schön defensiv, was? Nein, hat sie nicht, und selbst wenn sie es gesagt hätte, würde ich es nicht tun«, sagt Piper. »Du brauchst also nur mir an die Gurgel zu springen, weil ich versuche, dein Brandverletzungs-Buddy zu werden.«

»Ich brauche keinen Buddy«, sage ich. »Ich bin nur für zwei Wochen hier.«

Piper überlegt kurz und beugt sich dann näher zu mir.

»Mir ist egal, ob es zwei Wochen oder vier Jahre sind, aber niemand überlebt die Highschool alleine.«

Die Strahlen der Spätnachmittagssonne fallen in schrägen geometrischen Figuren in den Aufenthaltsraum und bringen Pipers Kleidung und den kleinen goldenen Vogelanhänger um ihren Hals zum Leuchten. Ich erkenne ihn sofort als Phönix – den mythischen Vogel, der unversehrt aus der Asche des Feuers aufsteigt.

»Und du schwörst, dass das keine verkappte Wohltätigkeitsaktion ist? Denn so was brauche ich nicht.«

Piper legt eine Hand auf ihr Herz und hebt die andere mit in der Mitte gespreizten Fingern zum Vulkaniergruß aus *Star Trek*.

»Bei meiner Pfadfinderehre …«

Ich muss an den heutigen Schultag denken, an diese Mädchen, die mich allein hinter den Kulissen entdeckt hatten, daran, wie sich der Schülerstrom auf den Gängen vor mir teilte, als wäre ich ein leprakranker Moses der Neuzeit, und an diesen ahnungslosen Jungen, der meinen Zehendaumen angestarrt hat.

Vielleicht ist eine Freundin nicht die schlechteste Idee des Komitees.

»Jap«, sage ich. »Ich hab Zeit.«

Piper hebt lächelnd ihren Becher mit Fruchtsaft in die Höhe.

»Auf das Finden einer neuen Normalität!« Sie stößt mit ihrem Becher an meinen. »Was zur Hölle das auch immer bedeuten mag.«

Kapitel 8

Cora macht sich vor Freude fast in die Hose, als sie hört, dass ich eine Freundin mit nach Hause bringe. Sie versucht, noch ein paar Minuten zum Bonding und Ausquetschen zu nutzen, bevor Pipers Mom sie bei uns absetzt.

»Ich will alles wissen«, sagt sie und klopft auf das Sofa neben sich.

Sie möchte, dass ich mich zu ihr setze und ihr alles von meinem neuen Leben erzähle, aber ich bin zu erschöpft von einem ganzen Tag, an dem ich vorgegeben habe, stärker zu sein, als ich wirklich bin. Mir fehlt die Kraft, um ihr den gewünschten Bericht zu liefern. Wäre sie meine Mom, würde ich mich neben sie plumpsen lassen, ihren Vanilleduft inhalieren, während sie mir übers Haar streicht, und ihr jede Einzelheit erzählen. Sara hätte es vermutlich genauso gemacht.

»Komm schon«, drängt Cora. »Über die Schule. Die Gruppe. Alles.«

»Alles gut«, sage ich.

»Ich konnte es schon den ganzen Tag kaum erwarten zu hören, was du alles erlebt hast.«

»Lass mal überlegen. Der Direktor ist eine Sportskanone. Die meisten Kinder sind Arschlöcher. Und ich bin ein Witz.«

Cora runzelt die Stirn. »Ich bin mir sicher, dass nicht *alle*

Arschlöcher waren. Was ist denn mit diesem Mädchen, das gleich kommt? Sie hatte einen Autounfall, stimmt's?«

»Jap.«

»Also ist sie nett?«

»Sie ist seltsam.«

»Nett seltsam?«

»Seltsam seltsam.«

Cora mustert mich von der Couch aus. Ihr aggressiver Optimismus verbreitet sich in nervigen Hoffnungswellen. Ich verziehe mich in die Küche, um ihnen auszuweichen.

Sie spricht lauter. »Glaubst du, dass du dort bleiben wirst?«

»Zu früh, um das schon zu wissen.«

»Wann wirst du es wissen?«

»Wenn es mich nicht mehr ankotzt, werde ich es wissen.«

Cora fängt mich auf dem Weg in mein Zimmer ab und umarmt mich behutsam. Als sie einen Schritt zurück macht, glitzern ihre Augen.

»Du bist eine Inspiration, Ava. Eine Überlebende durch und durch.«

Es klopft an der Haustür. Das muss Piper sein. Ich befreie mich aus Coras Armen.

»Das höre ich andauernd.«

*

Glenn hilft Piper mit dem Rollstuhl über die Stufe am Eingang. Drinnen bleibt er stehen und betrachtet die lange Treppe zu meinem Zimmer hinauf.

Piper rückt sich mit einem schwachen Lächeln auf dem Rollstuhl zurecht. »Keine Sorge. Ich bin sowieso eher der Erdgeschoss-Typ.«

Glenn schüttelt mit finsterer Miene den Kopf.

»Ich krieg dich da schon rauf.« Er sieht die Stufen und dann wieder Piper an. »Ist es okay, wenn ich dich trage?«

Sie nickt, und er streckt die Arme aus, um Piper aus dem Rollstuhl zu heben. Dabei hängt ihr knallrosafarbener Gips in der Luft. Er trägt sie mit einem Arm unter ihren Knien und einem um ihren Rücken, wie er es anfangs mit mir gemacht hat, als die Stufen auch auf den Mount Everest hätten führen können.

Ich schleppe Pipers Rollstuhl hinterher, bevor Glenn sie in meinem Zimmer wieder reinsetzt.

»Was im Namen von Ken und Barbie ist das denn?«, sagt Piper, noch bevor Glenn die Tür ganz zugemacht hat. Saras irrsinnig umfangreiche Puppensammlung ragt in großen Glasvitrinen vor uns auf.

»Die haben meiner Cousine gehört«, sage ich.

Piper versucht, einen der Schränke zu öffnen, aber die sind abgeschlossen.

»Wieso bewahrt deine Cousine sie nicht in ihrem eigenen Zimmer auf?«

»Das hier ist Saras Zimmer. War Saras Zimmer. Sie ist bei dem Brand gestorben.«

Piper gibt den Versuch, die Puppenvitrine zu öffnen, auf. Dafür greift sie nach einem Spitzenschuh.

»Sind die Sachen hier *alle* von ihr?«

Saras Sachen füllen das Zimmer: der Quilt mit den leuchtend gelben Margeriten, das Eckregal mit den Fotos ihrer Tanztruppe, die Kiste mit den Spitzenschuhen.

»Viel davon.« Ich nehme ihr den Schuh weg und lege ihn zurück auf den Altar. »Das ist in Ordnung. Mein ganzes Zeug ist sowieso verbrannt.«

Piper zupft an einem Streifen verblichener Tapetenbordüre mit Schmetterlingen drauf, die auf halber Höhe an der Wand verläuft.

»Du solltest wenigstens die Wände neu streichen oder so was. Sonst wohnst du doch im Zimmer eines toten Mädchens.«

Ich zucke mit den Schultern. Die meiste Zeit über stört es mich nicht, in einer Art Mausoleum zu wohnen, weil mein eigenes Zimmer nicht mehr existiert und dieses die Erinnerungen enthält, die das Feuer mir nicht geraubt hat. Das Bett, das einmal im Monat für unsere Übernachtungstreffen hier reingequetscht wurde. Den Tisch, an dem Sara vergeblich versucht hat, mir das richtige Contouring für mein Make-up beizubringen. Auf die Schmetterlingstapete haben wir in winzigen Buchstaben unsere Initialen unter einen violetten Flügel geschrieben.

Piper deutet auf ein gerahmtes Foto von Sara im Tutu, die Hände anmutig über den Kopf gehoben.

»Ist sie das?«

»Jap.«

»Hübsch.«

Auf dem Foto fällt Saras lange blonde Mähne über ihre zierliche Cora-ähnliche Figur. Sie war ein Mädchen von der Sorte, die so hübsch ist, dass man sie hassen will, aber so nett, dass man es nicht fertigbringt. Wir waren so verschieden wie eine Country-Barbie und eine City-Barbie (Glenn nannte uns immer so), aber eine Sache verband uns: die Liebe zur Bühne. Als wir noch jünger waren, plagte ich mich jeden Sommer mit ihr durch ein Tanzcamp, während sie mir zuliebe das Theatercamp durchstand. Bei ihren Ballettaufführungen saß ich immer in der ersten Reihe, sie sprang dafür bei meinen Premierenabenden am Schluss als Erste auf und applaudierte.

Piper zeigt auf ein riesiges Poster von *Hairspray*, das Cora bei einem Garagenflohmarkt entdeckt hat.

»Deins oder ihrs?«

»Meins – sage ich jetzt mal. Ich stand früher auf Gesang und Musicals und so was.«

Ich sage das, als wäre es keine große Sache. Als wären meine Eltern nicht extreme Theaterfans gewesen, die mich mit beständiger Broadway-Kost aufgezogen hatten.

Aber das war eine andere Lebensphase. Eine, in der spontan choreografierte Tanzeinlagen und Happyends nicht nur plausibel, sondern wahrscheinlich schienen.

Irgendwann kommt man drauf, dass das Leben doch kein Musical ist.

»Deine oder ihre?«, sagt Piper und greift nach der verbogenen Glocke auf meiner Kommode. Die früher glänzende Oberfläche ist an einer Seite grünlich schwarz, aber sie war laut Glenn »vor Ort« das Einzige, was sich aufzuheben lohnte. Und das glaube ich ihm nur zu gern, denn unser zu Asche gewordenes Zuhause mit eigenen Augen zu sehen, das steht auf meiner To-do-Liste ziemlich weit unten.

»Die meiner Mom«, sage ich. »Deshalb ja, jetzt meine.«

Piper stellt sie wieder hin und greift nach einem Foto. Mom hat auf der Bühne die Arme um mich gelegt. Ich trage meine verrutschte Rizzo-Perücke und eine Pink-Ladies-Jacke, während Dad wie bekloppt die Daumen hochreckt und versucht, wie einer der coolen Jungs in Lederklamotten aus unserer *Grease*-Aufführung zu wirken.

»Sind deine Eltern auch gestorben?«, fragt Piper.

Sie sieht mich erwartungsvoll an. Ich weiß nie, was die Leute von mir hören wollen. Dass es scheiße ist, Waise zu sein? Dass niemand mich je wieder so lieben wird wie meine Eltern, grenzenlos und ohne Vorbehalt? Dass sie mich haltlos zurückgelassen haben – treibend, ankerlos? Ich schlage auf dem Bett sitzend die Beine übereinander und drücke das Kissen auf meinem Schoß.

»Darüber will ich echt nicht reden.«

Piper stellt das Foto wieder zu den anderen gerahmten Erinnerungen, die ich zu vergessen versuche.

»Ist angekommen«, sagt Piper. »So was in der Art habe ich in der Gruppe gespürt. Aber ich muss dich warnen, denn Layne hat ihre Methoden, um dich zum Reden zu bringen.« Sie legt ihre Fingerspitzen aneinander wie eine böse Zauberin. »Lass uns dir helfen, Ava. Lass dich von uns heilen.«

Als Nächstes nimmt sie das Therapie-Notizbuch von meinem Schreibtisch.

»Glaub mir, die beste Methode, um diese Versammlungen von Überlebenden zu überstehen, ist, schön mitzuspielen, die richtigen Dinge zu sagen und alle paar Wochen den Eindruck zu vermitteln, du hättest irgendeinen größeren Durchbruch erzielt.« Sie wirft mir das Notizbuch zu. »Und füll das hier mit allem möglichen Geschwafel über deine innersten Gefühle, sonst knöpft sich Layne dich im Einzelgespräch vor.«

»Worüber soll ich denn schreiben?«

»Über alles. Ich schreibe jede Menge Listen und Gedichte, weil das mehr Seiten verbraucht, ganz zu schweigen von den therapeutischen Bonuspunkten, weil Layne glaubt, ich würde Kunst fabrizieren, um zu ›verarbeiten‹, was passiert ist.«

»Was *ist* denn passiert?«

»Alkohol am Steuer. Also, genau genommen, Alkohol auf dem Beifahrersitz.«

»Wer ist gefahren?«

»Jemand anders.« Piper greift nach einem anderen Foto und dreht es zu mir.

»Warst du im *Regional*? Ich auch!«

Eine ganze Truppe aus Krankenpflegern und Ärztinnen und Ärzten steht mit Cora, Glenn und mir aufgereiht im Krankenhaus. Das war an dem Tag, als ich die Brandverletzten-Station verließ.

»Terry, der Folterknecht!«, ruft Piper. »Der Typ war ein absoluter Sadist.«

Terry (der in Wirklichkeit Physiotherapeut ist) hat auf dem Foto den Arm um mich gelegt. Er kam immer mit allen seinen mittelalterlichen Folterinstrumenten rein, um dafür zu sorgen, dass ich bei der Heilung keine menschliche Figur aus Schrumpffolien wurde. Deshalb spannte er meine Arme zum »Flugzeug« auseinander, wobei ich mir vorkam wie ein ausgestopfter Fasan im Flug.

»PT: pure Tortur«, sage ich.

Piper wirft mir das Bild auf den Schoß. »Na, hier siehst du ziemlich glücklich aus.«

Auf dem Foto lächle ich strahlend. Nach über vier Monaten Knast kam ich raus. Keine Verbandswechsel im »Panzer« mehr, wo die Pflegekräfte mir meine tote Haut abrupften. Keine Schreie auf den Fluren mehr. Kein Nickelodeon auf Endlosschleife. Kein Aufmuntern und Anschieben mehr. Ich durfte nach Hause.

Wobei sich rausstellte, dass zu Hause genauso unkenntlich war wie mein Gesicht.

»Ich war eine Idiotin«, sage ich.

Ich halte beide Fotos hoch – das von mir zwischen meinen Eltern und das von mir umgeben von Profis, die dazu ausgebildet waren, mich am Leben zu erhalten.

»Ava vor dem Brand, Ava nach dem Brand.« Ich betrachte mich als normalen Teenager auf der Bühne. »Ich erkenne dieses Mädchen nicht mal mehr.«

Piper nickt.

»In der einen Sekunde liebst du das Leben, und dann überquerst du eine kleine gelbe Linie auf der Straße und *bumm*!« Piper knallt die Handflächen zusammen. »Bye, bye, Laufen.«

»Oder ein Elektriker verlegt ein schadhaftes Kabel in der Wand, bevor du überhaupt auf der Welt bist, und sechzehn Jahre später verbrennt dein Leben zu Schutt und Asche.«

Ich liege jetzt rücklings auf meinem Bett und schlage gegen den indianischen Traumfänger, den ich vor ein paar Monaten über dem Kopfende aufgehängt habe.

Piper deutet mit dem Kopf auf das runde Netz mit Federn, das all meine Albträume abfangen soll. »Schlechte Träume?«

»Jap.«

»Ich auch. Bescheuertes Zeug wie ein Unfall mit meinem Fahrrad. Layne sagt, das macht mein Gehirn, um das Trauma in einem vertrauten Kontext aufzuarbeiten oder irgend so ein Psychogeschwätz.«

»Jap, hab ich auch.« Ich erwähne allerdings nicht, dass ich auch träume, wieder in den Flammen zu sein. Ich spüre die Hitze. Ich rieche den Rauch. Sehe meinen Dad durch das Feuer rennen.

Dann gibt es diesen Traum, in dem ich wie früher bin, mit Sara Trampolin springe, meiner Mom helfe, im Garten Unkraut zu jäten. Kein Gesicht voller Narben. Keine Flossenhand. Kein fehlendes Ohr.

Ich weiß gar nicht, was schlimmer ist. Wenn ich aus den

Albträumen aufwache, bin ich total erleichtert, weil das Feuer nicht real ist.

Aber bei den Träumen von meinem früheren Ich beginnt der Albtraum, sobald ich die Augen öffne.

Piper nimmt den Deckel von einem Schuhkarton, der randvoll mit Karten ist. Sie nimmt die oberste raus und klappt sie auf. Dann liest sie laut vor:

»Deine Tapferkeit hat uns sehr berührt, und wir wünschen dir eine rasche Genesung.«

Sie steckt sich einen Finger in den Hals und macht ein Würgegeräusch, bevor sie den Karton über den Papierkorb hält.

»Darf ich?«

Ich entreiße ihr den Karton, damit sie ihn nicht ausleert.

»Cora denkt, sie würden mich inspirieren.«

»Dich inspirieren?« Piper schnaubt verächtlich. »Sie sind totaler Müll. Zuerst kommen alle mit Luftballons, aber wo bleiben sie, wenn du auf der Toilette hockst und deine Mom dir den Hintern abputzen muss, weil du deine Schultern nicht bewegen kannst?«

Ich knalle die Schachtel auf meinen Schreibtisch.

»Moment mal – gibt es etwa keine eigene Karte für erfolgreiches Popoputzen von Hallmark?«, sage ich. »Mir scheint, da haben sie eine echte Marktlücke übersehen.«

Piper lacht. »Und so was wie: *Glückwunsch zu deiner ersten Verdauung nach der OP! Hoffentlich lief's wie geschmiert*!«

»Oder: *Dies Transplantat sieht deutlich weniger eitrig aus! Wünsche dir ein entzündungsfreies neues Jahr*!«

»Oder wie wär's damit?« Piper lehnt sich in ihrem Rollstuhl zurück und verschränkt mit todernster Miene die Arme. »Eine Karte mit Zac Efron drauf, der mit glühendem Blick sagt: *Girl, diese Kompressionswäsche drückt dich an genau den richtigen Stellen. Steht dir.*«

Ich lache. »Die würde ich definitiv kaufen. Das wäre wenigstens lustig.«

»Ja, oder?«, sagt Piper. »So wie heute, als Layne versuchte, einen auf ernst zu machen, und du deinen Freddy-Krueger-Kommentar rausgehauen hast. Ich dachte, ich sterbe. Wer hat das übrigens zu dir gesagt?«

»Keine Ahnung. Irgendein Mädchen hinter der Bühne. Keira oder Kenzie oder so.«

Piper verzieht das Gesicht.

»Kenzie King?«

»Ich weiß nicht.«

»Lange schwarze Haare? Und ein Gesichtsausdruck, als hätte der Wind sich in dem Moment gedreht, als sie einen echt fetten Nurz lassen wollte? Als wäre sie ständig kurz davor, gleichzeitig zu niesen und zu furzen?«

Ich versuche, mich an ihr Gesicht zu erinnern. Aber ich hatte solche Angst davor, entdeckt zu werden, dass ich mir ihr Gesicht gar nicht genau angesehen habe und deshalb auch nichts über dessen Nurzgrad sagen konnte.

»Vielleicht?«

»Na, das ist keine Überraschung. Kenzie ist die Schlimmste. Die. Schlimmste. Was immer du tust, halte dich so weit von ihr fern, dass du dich nicht in der Gefahrenzone befindest, wenn sie nurzt.«

Ich lachte. »Widerlich.«

»Ja, das ist sie. Ehrlich gesagt, jetzt, wo ich weiß, dass sie das gesagt hat, finde ich es nicht mehr komisch.«

Ich stupse den Traumfänger mit meiner Klauenhand an.

»Einmal hat ein Mädchen in der Schlange an der Kasse ihrer Mom total laut zugeflüstert, dass mein Gesicht aussähe wie geschmolzene Wachsmalkreide. Dabei stand ich keinen Meter von ihr weg. Ich bin verbrannt, aber nicht hirnverbrannt, Leute.«

Piper lacht. »Ich hab gehört, dass ein Junge aus dem Seniorjahr mich ›Essen auf Rädern‹ nennt, weil ich leicht geröstet bin«, sagt sie. »Das ist wenigstens eine Spur originell, das muss ich ihm lassen. Du würdest nicht glauben, was für bescheuerte Sachen Leute über mich sagen.«

»Ich garantier dir, dass ich schon schlimmere gehört habe«, sage ich leicht gekränkt, weil Piper anscheinend denkt, sie könnte es mit mir aufnehmen. Mit dem Gesicht, das tausend Witze provoziert hat.

»Und zwar?«

»Ich weiß nicht, ob du damit klarkommst, Rollie«, sage ich.

Piper lehnt sich in ihrem Rollstuhl zurück und grinst verschlagen. »Na schön, dann fange ich mal mit einem Klassiker an, der aber trotzdem noch gut ist: *Roadkill.*«

»Totes Tier? Nicht schlecht«, entgegne ich. »Dann sage ich Schinkenspeck-Gesicht.«

»Tetraplegischer Zombie.«

Ich knie auf dem Bett und rufe lachend: »Narbengesicht!«

»Gegrillte Krabbe!«

»Knusperkrüppel!«

»Mutantenmund!«

»Schweinsgesicht!« Piper schlägt sich die Hand vor den Mund, als ihr klar wird, dass sie mir ein Schimpfwort an den Kopf geworfen hat, anstatt einen von ihren eigenen Schimpfnamen herauszuposaunen. Das finden wir beide komisch. Ich falle vor Lachen auf den Rücken und muss mir den Bauch halten. Piper kippt in ihrem Rollstuhl genau in dem Moment nach vorn, als Cora ins Zimmer stürmt.

»Kinder!«

Piper presst die Lippen zusammen, um ihr Lachen zu unterdrücken. Cora schaut mit hochrotem Kopf von ihr zu mir.

»Das. Reicht. Jetzt.«

Als sie die Tür hinter sich zumacht, prusten Piper und ich wieder los. Dann rollt sie neben mein Bett und winkt mir, rüberzurutschen, während sie sich aus ihrem Rollstuhl hievt. Rücklings lässt sie sich fallen, wobei ihre schlaffen Beine neben meinen zu liegen kommen.

»Also, wer gewinnt?«, fragt Piper.

»Ich bin mir ziemlich sicher, dass wir beide verloren haben.«

Pipers Atem beruhigt sich.

»Diese Schimpfwörter machen mir nicht mal was aus. Du weißt schon: Was man sagt, ist man selber und so«, sagt sie. Dann zeigt sie zu dem Karton auf meinem Schreibtisch. »Die da kränken mich.« Sie legt eine Hand auf ihre Brust und spricht mit gekünstelt hoher Stimme. »›Inspiration!‹ – ›Dein Schicksal ist so inspirierend!‹ – ›Du hast mich inspiriert, mein Leben wirklich zu genießen!‹ Na toll, da bin ich aber froh, dass meine eigene Tragödie dir geholfen hat, dich zusammenzureißen.«

»Und ›Wunder‹, als würde ein höherer Sinn dahinterstecken, dass ich am Leben bin«, sage ich. »Mein Dad hat mich aus dem Fenster gestoßen. Ich habe überlebt. Er ist gestorben. Das war kein Wunder, sondern Schwerkraft.«

»Solche Leute sind am schlimmsten«, sagt Piper leise.

»Absolut.«

»Außer dir. Du bist nicht total schrecklich.«

»Und du solltest definitiv Sprüche für Hallmark-Karten texten.«

Piper lacht. »Nein, echt jetzt. Du weckst in mir nicht den Wunsch nach einer Lobotomie, und das will schon was heißen.«

Pipers zebragestreifter Arm drückt sich gegen meine eigene Kompressionswäsche. Sie zuckt nicht weg und scheint gar nicht zu merken, dass sie mich berührt. Dabei ist sie nicht mal eine Krankenschwester oder eine Tante oder eine Therapeutin, die nah an mich ran muss.

»Du weißt, was ich meine, oder? Das ist schwer in Worte zu fassen«, sagt sie.

»Dann lass es«, sage ich. »Worte werden sowieso überbewertet.«

Seite an Seite schauen wir zu dem Traumfänger hoch, der sich über unseren Köpfen dreht.

Und zum ersten Mal seit langer Zeit muss ich mich dem Albtraum nicht allein stellen.

Ava Lee

Therapie-Tagebuch
26. Februar

Wörter, die ich hasse
(in aufsteigender Reihenfolge)

Eklig
Knusprig
Krabbenschere
Pinguin
Narbengesicht
Pizzagesicht
Zombie
Gut durchgebraten
Brathähnchen
Freddy Krueger
Tapfer
Inspiration
Wunder
Glück gehabt
Überlebende
Überlebende
Überlebende

Wie nennt man jemand, der es nicht drauf angelegt hat zu überleben?
Der sich manchmal wünscht, er hätte nicht überlebt?

Kapitel 9

Wenn der Flur einer Highschool wie ein Gang zum Schafott ist, dann ist die Cafeteria die Guillotine.

Als es am nächsten Tag zur Mittagspause läutet, suche ich in der Menge nach Pipers Rollstuhl, entschlossen, nicht allein da reinzugehen. Ich hätte es nicht mal in Erwägung gezogen, wenn sie mir nicht nach der ersten Stunde eine Nachricht geschickt hätte.

Hast du schon einen festen Platz zum Mittagessen?

Halte mir noch alle Möglichkeiten offen.

Wir treffen uns bei den Automaten.

Ich überleg's mir.

Spiel nicht die Heldin.

Meine Mittagspausen-Kumpel in den Springerstiefeln von gestern auf der Bühne marschieren Richtung Aula an mir vorbei. Ich überlege, mich auch wieder in die Anonymität hinter den Vorhängen zurückzuziehen, als eine neue Nachricht von Piper kommt.

Kommst du jetzt, oder was? Keiner überlebt solo.

Ich überdenke meine Optionen und bemerke dabei ein Plakat neben den Toiletten, das für das Frühlings-Musical wirbt. In meinem alten Leben hätte ich mich mit meinen Freundinnen dafür beworben und wäre Teil einer Gruppe gewesen, die ich als meine hätte bezeichnen können. Jetzt bin ich ein Solopart.

Aber vielleicht hat Piper recht: Der einzige Weg, um diese zwei Wochen durchzustehen, ist, dazuzugehören – irgendwo.

Der Krach aus der Mensa dringt zusammen mit dem Geruch von Kroketten und Teenie-Schweiß auf den Gang hinaus.

Ich stoße die Türen auf, obwohl mir ein Kribbeln die Arme runterläuft.

Ein Tisch voller Mädchen, die gleich am Eingang sitzen, dreht sich geschlossen zu mir um. Ich tue so, als würde ich nicht merken, wie sie die Köpfe über ihren Handys zusammenstecken, die Augenbrauen bis zum Anschlag hochziehen und ihre textenden Daumen so schnell fliegen, wie sie tuscheln.

Ich kratze meinen Arm durch die Kompressionswäsche, weil das Jucken stärker wird. Wo ist Piper? Ich muss verloren oder verwirrt wirken und bestätige damit wahrscheinlich jedermanns Verdacht, dass mein Hirn genauso am Ende ist wie der Rest von mir.

Der Cafeteria-Lärm umfängt mich, ich wünschte, ich hätte meine Kopfhörer, und will gerade wieder kehrtmachen und zur Bühne rennen, als …

»Ava!«

Noch nie war ich so erleichtert, meinen Namen zu

hören. Piper winkt von einem Tisch in der hinteren Ecke. Die knalligen Streifen ihrer Kompressionsklamotten stechen aus der Menge hervor.

»Willkommen auf der Insel der Misfit Toys!«, sagt sie, nachdem ich mir den Weg zu ihr gebahnt habe.

Die anderen Jugendlichen am Tisch scheinen ihre Begeisterung nicht zu teilen. Sie mustern nur kurz mein Gesicht und widmen sich dann wieder ihrem Mittagessen. Ein Junge bastelt an einer Klarinette herum, wischt das Blatt an seinem Shirt ab und steckt dann das Mundstück wieder auf. Ein Mädchen ist in ein Mathebuch vertieft, und ein anderes klebt mit den Augen an ihrem Handy, während es ein Sandwich isst.

Piper klopft auf den Stuhl neben sich.

»Okay, ganz ehrlich, ich weiß auch nicht, was diese Leute jeden Tag ab halb drei machen«, flüstert sie. »Aber meine frühere Truppe hat sich kürzlich sozusagen aufgelöst, und wie schon gesagt, du brauchst ein Rudel, um zu überleben.«

Obwohl ich die Blicke der anderen spüre, ist es deutlich angenehmer, an einem Tisch zu essen als versteckt hinter den Kulissen. Und da Piper über die Therapie plaudert und über all die Leute und Lehrer, denen ich an der Crossroads lieber aus dem Weg gehen sollte, vergeht die Mittagspause richtig schnell.

Während Piper noch redet, kommt ein Junge auf uns zu. Erst als er mir seinen Daumen hinstreckt, erkenne ich den Typ von gestern, der keine Grenzen kennt und null Antennen hat für meine »Lass mich in Ruhe«-Vibes.

Plötzlich bin ich mir meines Körpers extrem bewusst und verändere die Haltung meiner Arme zweimal, bevor ich mich schließlich an die Armlehne von Pipers Rollstuhl lehne und versuche, möglichst lässig zu wirken. Mein Gesicht wird heiß, und dieses eine Mal bin ich froh, dass es durch meine Narben nicht mehr rot anlaufen kann.

»Das Mädchen mit der Weltraumhand!«, ruft er mir über den Lärm der Cafeteria hinweg zu. »Dann haben wir dich gestern doch nicht endgültig abgeschreckt?«

Er drängt sich zwischen Piper und mich und geht in die Hocke. Ich ziehe das Bandana enger um mein fehlendes Ohr, das mir plötzlich auch extrem bewusst wird.

»Fast«, sage ich.

»Sie spricht!«, sagt er.

Piper sieht uns an und zieht kauend die Augenbrauen hoch.

»Ihr kennt euch?«

»Wir haben zusammen Erdkunde«, sagt er. »Aber wir wurden einander noch nicht offiziell vorgestellt.«

Piper widmet sich dem Mittagessen in ihrer Papiertüte und stellt uns vor, ohne hochzuschauen.

»Asad, Ava. Ava, Asad.«

Der Junge drückt meine Hand so fest, dass ich zusammenzucke. Dann steht er auf und verbeugt sich mit einer galanten Handbewegung. *Mitten in der Cafeteria*. Das schwarze Haar fällt ihm ins Gesicht, während er mich anlächelt. Mit Grübchen und allem.

»Asad Ebrahim, zu Ihren Diensten.«

Piper verdreht die Augen.

»Ignorier ihn einfach. Er glaubt, die Welt sei eine Bühne.«

»Und wir bloße Spieler«, sagt Asad strahlend.

Ich versuche, mein eigenes Lächeln zu verbergen, aber das misslingt mir genauso, wie der Versuch lässig auszusehen. Noch mal kontrolliere ich das Bandana über meinem Ohrloch.

»Shakespeare in der Mensa?«, sage ich. »Stark.«

Piper lacht schallend.

»Weißt du was? Er ist ein sehr alter, sehr geschmackloser Mann, der in einem pubertierenden Körper gefangen ist. Das Schlimmste aus beiden Welten, echt.«

»Ich werde mich nicht für meine Kenntnis der Klassiker entschuldigen.« Asad grinst Piper an. »Verzeihung, wenn ich denke, dass es interessantere Dinge gibt als *The Real Housewives of Atlanta.*«

»Das schaue ich nicht«, sagt Piper und wirft ihre zusammengeknüllte Papiertüte nach Asad. »Ich schaue *The Real Housewives of New Jersey*. Außerdem habe ich auch schon einiges aus Bollywood gesehen, was deinen Geschmack eindeutig zweifelhaft erscheinen lässt.«

Asad wirft die Papierkugel sofort zurück.

»Wenn du schon Rassistin sein willst, dann sei wenigstens eine korrekte Rassistin. Meine Familie stammt aus Pakistan, nicht aus Indien.«

»Ein und dasselbe«, sagt Piper.

»Eben nicht. Aber ich werde dir deine Unwissenheit verzeihen, da es noch keine *Real Housewives of Lahore* gibt.« Asad verbeugt sich tief in Pipers Richtung. »Und ich nehme deine demütige Entschuldigung an.«

Piper schüttelt den Kopf.

»Diese Leute aus der Theatergruppe.«

»Apropos ...« Asad richtet sich wieder auf. »Genau darüber muss ich mit dir sprechen.«

Meine Schultern sinken ein bisschen tiefer. Natürlich – er ist hier, um mit ihr zu sprechen.

»Es geht das üble Gerücht, dass du nicht am Vorsprechen teilnimmst.«

»Kein Gerücht, mein Freund. Die Wahrheit«, sagt Piper.

Sein Lächeln verschwindet, während er synchron die Schultern hängen lässt.

»Du lässt uns im Stich, einfach so? Wo bleibt da die Loyalität?«

Piper richtet sich in ihrem Stuhl kerzengerade auf und dreht sich zu ihm. Dann wirft sie sich eine Mandarinenscheibe in den Mund und redet, während sie kaut. »Gute Frage. Falls du in der Truppe eine Spur Loyalität findest, möchte ich es als Erste erfahren. Bis dahin bin ich draußen.«

Asad will ansetzen, irgendwas zu erwidern, aber sie schneidet ihm das Wort ab.

»Ich bin draußen!«

»Schon gut, schon gut. Nachricht erhalten.« Er hebt die Hände und weicht langsam zurück. Dann bleibt er stehen, um sich noch einmal in meine Richtung zu verbeugen. »Ava. Freut mich sehr, einen Namen zu dem Gesicht zu kennen.«

Schon zum zweiten Mal bin ich mir bei dem Typ nicht sicher, ob seine Worte eine subtile Gemeinheit sein sollen oder ob er einfach der Inbegriff von Unbeholfenheit im Umgang mit anderen Menschen ist.

Bevor ich mich entscheiden kann, klingelt es, und Asad verschwindet in der Menge frisch gestärkter Schüler, die auf die Türen zuströmen.

»Was für ein Blödmann«, sagt Piper.

»Er wirkt nett«, sage ich.

»Wir sind hier an der Highschool. Nett ist wie Todesstrafe.«

Pipers Blick schießt durch die Menge zu einem Mädchen, das beim Recyclingmülleimer steht und zu mir rüberstarrt.

»Können wir dir helfen?«

Das Mädchen schüttelt rasch den Kopf und eilt, noch mit dem Tablett in der Hand, hinaus. Ein paar andere Mädchen in der Nähe kichern. Mein Gesicht wird wieder heiß, und mein Hals brennt wie ein Buschfeuer.

»Na, das wird uns nicht gerade dabei helfen, uns unsichtbar zu machen«, sage ich.

Piper fährt ruckartig ein Stückchen zurück und kommt quietschend zum Stehen, bevor wir die Tür erreicht haben. Dann schaut sie fragend zu mir hoch.

»Wer hat denn was von unsichtbar machen gesagt?«

Kapitel 10

In den kommenden zwei Wochen absolvierten Piper und ich den Spießrutenlauf gemeinsam gehend und rollend. Zuerst dachte ich, wir würden die Aufmerksamkeit nur verdoppeln – zwei Mädchen mit Verbrennungen, die eine im Rollstuhl und mit gestreiften, neonfarbenen Extremitäten, die andere ohne Haare, ohne Ohr, ohne Hand –, aber unsere Partnerschaft bewirkte tatsächlich, dass wir weniger angestarrt wurden. Vielleicht weil die Leute schon daran gewöhnt waren, Piper zu sehen?

Oder vielleicht hatten irgendwann alle ihren Blick auf das Verbrannte Mädchen geworfen. Und bald würde irgendein anderer Verrückter die meiste Aufmerksamkeit erregen. Dann würden sie mich nicht mal mehr bemerken.

Oder vielleicht liegt es daran, dass Piper so irre ist.

Als ein schlaksiger Junge eines Nachmittags in meiner zweiten und letzten Woche auf mich zeigt, fährt Piper ihm mit ihrem Rollstuhl über den Fuß.

»Brauchst du ein Bild als Wichsvorlage?«, sagt sie und legt dabei eine Hand an ihren Hinterkopf wie ein typisches Pin-up. Daraufhin stürzt er in dem überfüllten Flur davon, um ihr zu entkommen.

Aber aus welchem Grund auch immer, die Flure der Crossroads High sind mit Piper an meiner Seite viel weniger beängstigend. Ich finde in den vertrauten Schulrhythmus zurück – lesen, Arbeitshefte und lange Vorträge, unterbrochen von kurzen Phasen mit Chaos auf den Fluren. Den Großteil der Hausaufgaben schaffe ich mit links, und bevor ich michs versehe, habe ich meine Zeit abgesessen.

Am Samstagmorgen, nachdem meine offizielle »Reintegration« zu Ende ist, taucht Piper vor unserer Haustür auf. Sie hält einen Eimer Farbe in der einen und ihr Handy in der anderen Hand.

»Ich bin hier, um das mit deinem Zimmer in Ordnung zu bringen. Oder wenigstens die Wände.« Dann wirft sie mir ihr Telefon zu. »Oh, und ich habe dir eine Playlist erstellt.«

Ich lese den Namen des Ordners.

»Fire-Mix?«

»Jap, da sind die besten Songs zum Thema drauf.«

Sie stellt den Ton an ihrem Handy lauter, während ich ihren Rollstuhl die Stufen hinaufzerre.

»Dein Ernst? Du spielst mir *diesen* Song vor?«, frage ich, während Alicia Keys *Girl on Fire* durchs Wohnzimmer plärrt.

»Feuer mit Feuer bekämpfen, oder?« Sie schnappt sich einen Pinsel aus ihrem Rucksack und schreit den Refrain hinein, als wäre er ein Mikrofon. »This girl is on firrrrrrrre!«

Die letzte Note hält sie aus, bis ihr Gesicht rot wird, dann deutet sie im Rollstuhl eine kleine Verbeugung an, während ich in Zeitlupe klatsche. Als Billy Joel mit *We Didn't Start the Fire* ein paar Jahrzehnte zurückspringt, macht sie den Ton wieder leiser.

»Ich musste das loswerden.« Sie zaubert noch zwei Malerrollen aus ihrem Rucksack und hält den Eimer Farbe hoch. Das gleiche knallige Pink wie ihre Kompressionswäsche. »Packen wir's an.«

»Ich sollte vorher Cora und Glenn fragen«, sage ich.

»Es ist doch dein Zimmer, oder?«

»Theoretisch schon, aber ich sollte trotzdem fragen.«

Glenn trägt Piper nach oben, und ich will die ganze Aktion schon fast abblasen, als ich ihnen die Farbe zeige und Coras Unterlippe zu zittern beginnt. Glenn lehnt am Türrahmen, Cora lehnt sich an ihn. Sie wirkt dabei neben seiner riesenhaften Statur wie eine von Saras Puppen. In Gedanken scheint sie woanders zu sein. Abwesend berührt sie die Wand.

»Das Blau von Rotkehlcheneiern. Sara muss an die Hundert Proben aus dem Farbengeschäft mitgenommen haben, bevor sie sich dafür entschieden hat.«

Ich streiche selbst mit den Fingern über die Bordüre mit den Schmetterlingen. Das war der Hintergrund für viele unserer Theaterstücke und Ballette für zwei Personen gewesen. Ein Teil von mir möchte dieses Zimmer für immer bewahren.

Ein anderer Teil – den ich zu ignorieren versuche – möchte es komplett zerlegen.

»Wir müssen auch nicht streichen. Ich mag das Blau«, sage ich.

»Nein, nein. Es ist ja jetzt dein Zimmer.« Cora lächelt, aber dabei fehlt ihre übliche »Alles wird gut«-Zuversicht. »Wahrscheinlich ist das schon lange überfällig.«

Still nimmt Cora die Spitzenschuhe vom Regal, aber sie kann ihr Entsetzen nicht verbergen, als Cora den ersten langen Strich Farbe auf die Wand aufträgt.

»Pink?«, fragt sie und schaut von der Farbe zu Glenn, als würde sie die ganze Sache im nächsten Moment beenden.

»Ich liebe es«, sage ich schnell, obwohl das nicht ganz der Wahrheit entspricht. Das grelle Rosa ist laut und wild und wäre unter allen Farben nicht meine erste Wahl gewesen, aber es ist deutlich anders – und das gefällt mir.

Cora will etwas sagen, entscheidet sich aber doch dagegen und verlässt, Saras Schuhe an die Brust gepresst, das Zimmer. Die Tür schließt sich mit einem leisen Klick, als Glenn uns aus der Garage ein paar alte Decken und Folien holen geht.

Er breitet alles über dem Teppich und den Möbeln aus, während Piper und ich die Broadway-Poster abnehmen. Glenn zeigt mir, wie ich mit einem Spachtel die Schmetterlingsbordüre abkratze. Außerdem meint er, wir sollten nur bis zur halben Höhe streichen, da er mich nicht auf der Leiter haben will und Piper von ihrem Rollstuhl aus sowieso nicht höher kommt.

Piper schickt mir den Fire-Mix auf mein Handy, und wir streichen eine geschlagene Stunde zu den Klängen von jedem erdenklichen Feuer-Song. Von Adeles *Set Fire to the Rain* bis zu *Great Balls of Fire*. Als wir zu einem Lied kommen, bei dem viel zu viel Synthesizer ertönt, hört Piper auf zu malern, um mitzusingen. Sie schmettert den Text über ein Mädchen, das fliegt und ihre Narben wie Schwingen trägt.

»Was für ein Song ist das?«, brülle ich, um sie zu übertönen.

»*Phoenix in Flame* von einer Band namens Atticus online. Der Song ist jetzt so was wie meine Hymne. Hab ihn sogar als Klingelton installiert.«

Piper singt weiter, während ich mich seitlich drehe, um den Schmetterlingen mit dem Spachtel in meiner guten Hand im richtigen Winkel zu Leibe zu rücken. Meine Zehenhand kann ich zwar als behelfsmäßige Zange benutzen, aber selbst nach monatelanger Physiotherapie bei Terry, dem Folterknecht, ist sie noch zu schwach, um den Spachtel gleichzeitig festzuhalten und damit etwas abzukratzen.

Als ihre Hymne zu Ende ist, hat Piper ihre eigenen Schwierigkeiten damit, an die Wand zu kommen, ohne diese mit dem Rollstuhl zu berühren. Am Ende gibt sie es auf und lässt sich auf den Boden rutschen. Dort schiebt sie sich rückwärts über die Folie, während sie weiter streicht.

»Dann ist Montag also der große Tag, was? Zurück in den Pyjama und zu den Tagen, an denen du die Sonne nicht siehst?«, fragt sie.

»Ganz so pathetisch ist es nicht.«

Endlich habe ich ein Stück Tapete mit dem Spachtel gelöst und kann es von der Wand abziehen. Es reißt in der Mitte und halbiert die Schmetterlinge.

Piper tupft Farbe in die Ecke.

»Wenn du gern den Trauerkloß gibst, meine Liebe. Aber sag ehrlich: Ist die Schule so schlimm?«

Ich schaue kurz zu ihr, bevor ich den nächsten Schmetterling von der Wand kratze und versuche, ihn wenigstens nicht komplett zu zerrupfen.

»Am ersten Tag hab ich mich hinter den Vorhängen der Bühne versteckt und allein zu Mittag gegessen.«

»Autsch.« Sie zieht scharf die Luft ein. »Das ist echt hart.«

»Ganz genau. Das Leben ist einfach leichter, wenn ich nicht dauernd dran erinnert werde, was ich bin.«

»*Wer* du bist.«

»Ein und dasselbe.«

Piper stemmt sich wieder hoch in ihren Rollstuhl und kratzt mit einem Fingernagel an einem Tapetenrest.

»Warum bist du denn dann überhaupt zurück in die Schule?«

Ich kontrolliere, dass niemand an der Tür lauscht. »Schlechtes Gewissen, schätze ich. Cora hat es sich ganz allein zur Aufgabe gemacht, mich in einen normalen Teenager zurück zu verwandeln. Wahrscheinlich lässt sie mich das Zimmer auch nur neu streichen, weil sie irgendwo einen Zeitungsartikel mit der Überschrift *Umdekorieren als Weg zur Heilung* gelesen hat.«

»Okay, spontaner Psychotest«, sagt Piper. »Hattest du in den letzten zwei Wochen mit Unzulänglichkeit und Selbsthass zu kämpfen?«

»Ja.«

»Hattest du den Eindruck, dass alle an der Schule über dich geredet und dich angestarrt haben?«

»Ja.«

»Und hast du dich mit anderen verglichen und dabei immer schlecht abgeschnitten?«

»Ja.«

Piper hebt die Hände hoch über den Kopf und schüttelt die Fäuste, wobei sie in einer immer noch den Pinsel hält, sodass Farbtropfen überallhin spritzen.

»Glückwunsch! Du bist ein normaler Teenager.«

Ich verdrehe die Augen. Auf der anderen Seite des Zimmers bemerke ich mein Spiegelbild in Saras Vitrine. Die Abdeckfolie verzerrt alles und macht meinen Anblick noch schlimmer.

»Das ist nicht dasselbe, und das weißt du.«

Sie rollt ein Stückchen zurück und betrachtet unser Werk.

»Tja, das sieht einfach furchtbar aus.« Als sie trocknet, ist die Farbe nicht mehr ganz so knallig, aber insgesamt wirkt es immer noch so, als hätte ein durchgeknallter Osterhase sich nicht zwischen Bonbonrosa und dem Blau von Rotkehlcheneiern entscheiden können.

Als ich Glenn frage, ob Cora es sich mal ansehen will, meint er, sie sei schon zu Bett gegangen. Also stopfe ich das kleine Stück Schmetterlingsborte, das ich retten konnte, in meine Schreibtischschublade.

Glenn trägt Piper wieder nach unten, wo wir uns Popcorn machen und dann tapfer draußen der Kälte trotzen, um den Farbdämpfen zu entgehen. Piper rollt an den Rand des in den Boden eingelassenen Trampolins heran und krabbelt auf das schwarze Netz. Ich versuche, es nicht zu stark zum Federn zu bringen, als ich mich drauflege und das vertraute Schwingen spüre. Ohne Sara an meiner Seite war ich nie hier draußen. Im Sommer schien uns die Sonne ins Gesicht, im Winter machten wir Schneeengel. Wir tauschten Geheimnisse aus und schmiedeten Pläne.

Witzig, dass, wenn derjenige, mit dem du deine Geheimnisse geteilt hast, weg ist, auch all die Träume und Unterhaltungen verschwunden sind.

Mit der Hand schirme ich das Licht, das aus dem Haus dringt, ab, um am Himmel über mir die vertrauten Sternbilder zu finden. Ich zeige auf den Polarstern und den Großen Wagen, wie ich es immer gemacht habe, wenn Sara und ich hier draußen auf dem Trampolin übernachteten.

»An der Middle School habe ich gelernt, dass alle Sterne, die wir sehen, schon tot sind«, sagt Piper, den Mund voll Popcorn. »Was ich deprimierend beeindruckend finde.«

Dad und ich haben im Garten hinter unserem Haus auch immer in die Sterne geschaut. Die waren an dem abgelegenen Ort, an dem wir wohnten, allerdings besser zu sehen.

»Es ist eher so, dass wir die Sterne so sehen, wie sie mal waren«, sage ich. »Wenn ein Stern zum Beispiel hundert Lichtjahre entfernt ist, dann sehen wir sein Licht von vor einem Jahrhundert.«

»Schauen wir dann quasi in die Vergangenheit?«

»Irgendwie schon. Mein Dad sagte immer: ›Die Vergangenheit umgibt uns ständig.‹ Er hat sich auch eine Geschichte ausgedacht, in der Sterne Gucklöcher im Himmel sind, durch die unsere Liebsten nach uns sehen können.«

Piper verschluckt sich fast am Popcorn.

»Das ist ja voll ›König der Löwen‹-mäßig.«

Ich lache, und mein Atem steigt als Wölkchen auf. Piper und ich schauen beide in den Himmel, während das Trampolin unter uns ganz leicht schwingt. Die Abendluft ist beißend kalt, aber durch meine zweite Haut spüre ich sie kaum.

Piper stützt sich auf den Ellbogen ab.

»Was, wenn er recht hatte? Wenn deine Eltern jetzt da oben sind und dein Leben beobachten?«

Ich richte den Blick bewusst auf das schwarze Nichts des Himmels zwischen den Sternen.

»Das will ich echt nicht hoffen.«

Piper gibt mir einen Stoß gegen den Arm.

»Dann bleib doch«, sagt sie. »Gib diese Rolle als Quasimodo in Quarantäne auf und gib der Normalität eine echte Chance.«

»Ich bin damit durch. Ich habe zwei Wochen lang meine Vorstellung als Freak an der Crossroads gegeben, und jetzt bin ich frei«, sage ich. Ich habe meine Zeit abgesessen. Warum sollte ich mir mehr davon auferlegen? Andererseits sieht Piper mich so hoffnungsvoll an, dass ich mich eine Sekunde lang schlecht fühle, weil sie ab Montag allein durch die Flure rollen muss. »Keine Sorge. Du wirst ohne mich prima zurechtkommen.«

Piper schnaubt. »Sowieso. Aber ich mache mir Sorgen um *dich*. Vor zwei Wochen hast du mir ein Foto von einem Mädchen mit einer echt grässlichen Perücke gezeigt, das du ganz offensichtlich vermisst. Aber ich habe größte Zweifel, dass du sie wiederfinden wirst, während du im Zimmer eines toten Mädchens hockst und so tust, als seist du bei dem Brand auch gestorben.«

»Genau. Denn es gibt sie nicht mehr.«

Piper setzt sich auf dem Trampolin gerade hin, und das Weiß ihrer Augen ist im Dunkeln kaum zu sehen.

»Dann lass sie uns wiederfinden.« Damit zieht sie ein gefaltetes Blatt aus ihrer hinteren Hosentasche und streicht es zwischen uns auf dem Trampolin glatt. »Das Vorsprechen ist am Freitag.«

»Crossroads-High-Clubs«, lese ich laut im Schein ihrer Taschenlampen-App. »Frühlings-Musical« ist mit schwarzem Filzer eingekreist. »Du machst wohl Witze.«

»Hör mir erst mal zu.« Sie spricht schnell und aufgeregt. »Der erste Schritt besteht darin, etwas zu tun, das du auch früher getan hast. Erobere dir diesen Teil deiner Persönlichkeit zurück.«

Ich denke daran zurück, wie ich vor dem Brand auf der Bühne meiner alten Highschool stand. Mom reckt ihr Handy in die Höhe, Dad klatscht laut und pfeift total peinlich auf zwei Fingern. Aber Bühnen gehören genau wie Singen, Pferdeschwanzfrisuren, Badeanzüge und Make-up zur wachsenden Liste der Dinge, die ich beim Brand verloren habe.

»Dieses Gesicht gehört nicht ins Rampenlicht, außer man will kleine Kinder erschrecken.«

Piper lacht. »Jap, du hast definitiv ein Gesicht fürs Radio.«

»Ich habe ein Gesicht, um unter einem Stein zu leben. Gibt es dafür auch einen Club?«

Piper holt tief Luft und deutet dann auf eine Stelle im unteren Teil des Blatts.

»Ah, hier! Club der Ungeselligen. Wir essen hinter Vorhängen und arbeiten gemeinsam daran, uns in Luft aufzulösen. Wir hoffen, eines Tages tatsächlich im Boden zu versinken.«

»Meld mich an!«

»Ach, Moment mal, wie es aussieht, bist du da schon Präsidentin.«

Ich werfe eine Handvoll Popcorn nach ihr. Piper fängt ein paar davon auf und stopft sie sich in den Mund.

»Was ist denn mit dir?«, frage ich.

»Was soll mit mir sein?«

»Warum bist du nicht mehr in der Theatergruppe? Ich hab doch gehört, wie dieser Asad dich darauf angesprochen hat.«

Piper zuckt mit den Schultern.

»Äh … ich war mit ein paar Mädchen aus der Theatergruppe befreundet, aber die haben sich wie totale Diven aufgeführt. Die halte ich nicht mehr aus.«

»Aber ich soll sie aushalten?«

»Du bist neu. Bei dir haben sie ja keinen Grund, dich zu hassen.«

Ich lege mich wieder mit dem Rücken aufs Trampolin und starre in den Nachthimmel. Mein Atem steigt in kleinen Wolken auf.

Dann muss ich daran denken, wie Dad mir, als ich ungefähr acht war, sagte, mein Leben sei so grenzenlos wie die Galaxien. »Greife nach den fernsten Sternen, Ava, dann wirst du auch etwas erreichen. Aber zuerst musst du nach ihnen greifen.«

Was würde Dad jetzt von mir halten? Wo ich mich in meinem Zimmer verstecke und Poster anstarre, anstatt nach etwas – irgendetwas – zu greifen? Streng genommen sind meine zwei Wochen auf Probe vorbei, aber er würde mir trotzdem erklären, ich solle zurück auf die Bühne.

Er würde mich auffordern, danach zu greifen.

Das Trampolin wackelt heftig, als ich mich aufsetze und Piper das Blatt mit den Clubangeboten wegschnappe.

»Wenn ich an der Schule bleibe ...« Bevor ich den Satz beenden kann, reißt Piper schon triumphierend die Arme hoch. Ich wedle mit dem Blatt Papier. »*Wenn* ich bleibe, dann nur unter einer Bedingung: Du ziehst das mit mir zusammen durch.«

Piper lässt die Arme sinken und verzieht das Gesicht. »Die Theatergruppe? Auf gar keinen Fall.«

»Dann irgendwas anderes. Was hast du denn vor dem Unfall sonst noch gemacht?«

»Volleyball gespielt.« Piper deutet mit dem Kopf auf den Rollstuhl, der auf dem Rasen steht. »Aber das scheidet ja eindeutig aus.«

»Gar nicht. Wenn ich mich mit *diesem* Gesicht in der Theatergruppe anmelde, dann findest du auch einen Weg, um mit *diesen* Beinen aufs Spielfeld zu kommen.«

Piper schaut von mir wieder zum Rollstuhl und kneift die Augen ein bisschen zusammen.

»Und dann bleibst du?«, fragt sie.

»Ich bleibe.«

Da breitet sich ein so strahlendes Lächeln auf ihrem Gesicht aus, dass es selbst im Dunkeln leuchtet. Sie schüttelt energisch meine Hand.

»Abgemacht.«

9. März

Ich erinnere mich nicht an viel.
Nur an die Hitze.
Und an Rauch.
Überall.
Er verschlingt mich

Und dann verschwindet er.
Ist nicht weg.
Nur woanders.
In mir.

Jeder Atemzug
brennt weißglühend.
Ich versuche zu schreien.
Keine Stimme,
nur Schmerz.
Ich habe das Feuer geschluckt.

Ich schlage mit dem Rücken auf.
Ich erinnere mich an den Geruch.
Ich.
Brennend.

Mein Verstand brüllt.
Weg von da!
Mein Körper gehorcht nicht.
Nur mein Arm,
er bewegt sich langsam,

als wäre die Luft nasser Beton.
Wo ist meine Hand?
Nur
Hautfetzen
und
Knochen,
wo Finger sein sollten.
Was stimmt nicht mit mir?

Dann,
Schmerz.
Wellen
zerschmettern mich.
Bis
nichts bleibt
außer Schmerz.

»Bleib bei mir.«
Eine Stimme.
Meine Nachbarin
wiegt meinen Körper.

Vor
und
zurück
wiegt mich
wiegt mich
wiegt mich

Sie
löscht
mich.

Ihr Mund sagt:
»Es wird wieder gut.«
Ihre Augen sagen etwas anderes.

Schwärze
kommt näher
wie bei einem Teleskop.
Still.
Leicht.

»Halt durch«, sagt sie.
Wofür?
Für
Schmerz
Hitze
Panik?

Die Schwärze lockt.
Ich spüre, wie ich loslasse,
Schmerz
Hitze
Panik.

»Halt durch. Für deine Eltern.«
Mom.
Dad.
Für sie muss ich bleiben.

Ich öffne die Augen.
Durch die Schwärze –
Sterne.

Unberührt von Rauch
und
Schmerz.

Ich klammere mich
an die Sterne,
während Sirenen näher kommen,
schwere Schritte.
Schreiende Stimmen.
Eine Million Meilen entfernt,
sind winzige Lichter
meine Anker
auf der Erde.

Hände an meinem Rücken.
Heben mich auf.

Nein.

Nein.

Nein.

Nehmt die Lichter nicht weg.
Lasst mich
hier.

Wo die Sterne
mich zusammenhalten.

Kapitel 11

Unser Plan ist einfach: Ich werde mich für irgendeine kleine Rolle im Hintergrund bewerben – als Baum oder ein anderes ruhmreiches Requisit –, und Piper will sehen, ob ihre alte Trainerin sie Wassermädchen oder irgendwas anderes Rollstuhlgerechtes sein lässt. Das wird nicht glamourös, aber so, wie Cora ausflippt, könnte man meinen, ich hätte einen Oscar gewonnen und Piper würde an den Olympischen Spielen teilnehmen.

»Ich kann es einfach nicht glauben«, sagt sie am Sonntagabend unter Tränen, als ich ihr erzähle, dass ich noch mindestens eine Woche länger ein Crossroads-Viking sein werde. »Das ist wie ein Wunder.«

»Wunder gibt's nicht.« Ich stopfe mein Mathebuch in die Tasche. »Das war alles Piper.«

*

Wenn es am Freitagnachmittag zum letzten Mal klingelt, dann verwandelt sich die Crossroads High von einer normalen Bildungseinrichtung in das Land der Clubs. Bevor ich zum ersten Treffen des Theaterclubs in die Aula gehe, begleite ich Piper noch zu den Umkleiden, damit sie mit dem Sportkoordinator reden kann.

Ich quetsche den Rollstuhl durch einen Pulk von Athleten in Sportklamotten, die noch eben Proteindrinks in sich reinschütten und Football-Ausrüstungen mit Febreze einsprühen, obwohl die nie anders als nach Teenagerschweiß stinken werden.

»Hals- und Beinbruch«, schreit Piper mir über den Lärm hinweg noch nach. »Aber brich dir nicht das Kreuz!«

Auf dem Weg zur Aula sehe ich einen Jungen und ein Mädchen barfuß und Arm in Arm durch den Flur hüpfen, wobei sie fast auf die am Boden ausgebreiteten Druckfahnen der Ausgabe des *Crossroads Crier* für diesen Monat treten. Kurz bevor der Flur zu Ende ist, höre ich aus dem Orchestersaal die Stimmgeräusche der Musikinstrumente.

Jeder hat in diesem Clubrummel seine eigene Gruppe.

Die Aula ist erfüllt von Stimmengewirr, als ich durch den Seiteneingang hineinhusche und mich auf den ersten freien Sessel mit Samtpolster fallen lasse. Es sitzen auch schon andere im Saal, aber die meisten sind weit verstreut – sie stehen auf der Bühne, wo sie einen Mischmasch aus Liedern und Texten raushauen, sitzen mit den Beinen baumelnd am Bühnenrand oder unterhalten sich laut auf den Gängen zwischen den Sitzreihen.

Ich war früher eine von ihnen – ein Lampenfieber-Junkie. Die Anspannung des Premierenabends, die Energie des Theaters, all das pulsierte in mir, wenn ich meine markierte Position einnahm. Das Scheinwerferlicht auf meinem Gesicht. Das Publikum in der Schwärze vor mir. Ich wusste, dass meine Eltern da waren. Mom, die wahrscheinlich gerade ihr Handy verfluchte, weil es nicht genug Speicherplatz hatte, und Dad, der unweigerlich meinen Text mitsprach.

Die Bühne war mein zweites Zuhause. Ein Ort, wo ich mich sicher fühlte. Lebendig. Selbstbewusst.

Ein Mädchen stolziert barfuß über die Bühne, und augenblicklich erkenne ich sie als diejenige, die mich Freddy Krueger genannt hat. Piper hat recht: Sie sieht wirklich aus, als würde sie jeden Moment niesen und furzen.

Sie hüpft über die Bühne (nicht annähernd so graziös, wie Sara es getan hätte) und verbeugt sich vor einem Jungen, der ein Klatschen imitiert. Sie strubbelt ihm durchs Haar und fängt, während sie sich wieder aufrichtet, meinen Blick auf, bevor ich wegsehen kann. Da flüstert sie dem Jungen etwas zu, der sich jetzt umdreht, um mich auch anzustarren.

Die Neuigkeit meiner Anwesenheit verbreitet sich rasch, zumindest nach den nicht gerade unauffälligen Kopfbewegungen zu urteilen, die wie eine Welle durch die Menge gehen: *Achtung! Achtung! Theaterkrise! Das Verbrannte Mädchen ist hier. In* unserem *Theater*.

Ich rutsche auf dem Samtsitz noch tiefer und versuche ein Gefühl abzuschütteln, das ich noch nie zuvor mit dem Refugium eines Theaters assoziiert habe.

Furcht.

Wie soll ich diese Bühne betreten, wenn meine Haut schon zu kribbeln beginnt, während ich nur hier sitze?

Ich schätze, das Feuer hat mir auch dieses Zuhause geraubt.

Während die Sitze sich füllen, zumindest bis auf die Plätze direkt neben mir, umklammere ich meine Tasche und fische die Kopfhörer heraus. Ich will sie gerade aufsetzen, als tatsächlich ein Junge in meine Reihe rutscht. Ich blicke auf und in dunkle Augen in einem haselnussbraunen Gesicht.

»Asad, stimmt's?«

Er zeigt hinter uns Richtung Flur.

»Da draußen bin ich nur Asad. Hier drinnen Asad Ebrahim, außerordentlicher Beleuchtungsmanager!« Er betont jede Silbe mit wackelnden Jazzhands. Dabei streift sein Arm meinen auf der Lehne, und – was vielleicht erst recht beunruhigend ist – er zuckt nicht erschrocken zurück.

»Und was ist mit dir? Bühne oder Backstage?«, fragt er.

Backstage? Piper und ich haben ausgemacht, dass ich mich für eine Rolle bewerbe, aber Technikteam backstage war mir gar nicht in den Sinn gekommen. Dabei gilt das natürlich genauso.

»Backstage«, entscheide ich rasch. Ich stopfe die Kopfhörer in die Tasche zurück. »Eindeutig Backstage.«

»Cool. Ich auch.« Er zeigt hinter uns auf einen kleinen nischenartigen Raum mit großen runden Scheinwerfern, die auf die Bühne gerichtet sind. »Ich kümmere mich um die ganze Beleuchtung. Deshalb sitze ich üblicherweise da oben fest.«

Er blickt an mir vorbei, und sein Lächeln schwindet für einen Sekundenbruchteil.

»Dann ist Piper also wirklich nicht gekommen, was? Dabei seid ihr doch so was wie siamesische Zwillinge, oder?«

»Sie geht nicht mehr in die Theatergruppe.«

»Schade«, sagt er. »Dabei war sie die einzige von diesen Drama Queens, die sich je die Mühe gemacht hat, sich meinen Namen zu merken. Ich glaube, ein paar von denen denken wirklich, ich heiße ›Mehr Licht!‹«

Ich muss unwillkürlich lachen, was ihn eindeutig weiter anstachelt.

»Du kannst ja tatsächlich lächeln!«, sagt er triumphierend. »Okay, aus welchem Musical ist: *You're Never Fully Dressed Without a Smile.*«

»*Annie.*«

Asad lehnt sich grinsend zurück.

»Ich bin beeindruckt. Normalerweise findet mein Repertoire von Broadway-Zitaten keinerlei Beachtung – und schon gar keine Wertschätzung – in der Masse der Highschool-Kids. Wir brauchen hier mehr Leute wie dich.«

Ich versinke in meinem Sessel.

»Leute wie mich?«

Asad plaudert locker weiter, als merke er gar nicht, dass ich noch auf eine qualvolle Definition davon warte, was für Leute er genau meint.

»Du weißt schon, Leute, die das Theater mögen.«

Ich entspanne mich ein wenig, als ich begreife, dass seine Bemerkung nichts mit meinem Gesicht zu tun hat.

»Tja, manchmal sind die *Real Housewives* nur eine Wiederholung«, sage ich.

Asad lächelt.

»Ich bin froh, dass du hier bist, Ava.«

Ich blicke flüchtig zu den vielen leeren Plätzen auf der anderen Seite von mir.

»Tja, das wäre dann genau einer von euch«, sage ich. »Abgesehen von Piper bist du im Grunde genommen die erste Person an dieser Schule, die mit mir redet, wenn *über* mich reden nicht mitzählt. Und das tut es, wenn du's genau wissen willst, nicht.«

»Na ja, du strahlst ziemlich deutlich ›Sprich mich nicht an‹ aus. Sogar auf dem Gang mit Piper sind deine Augen immer zu Boden gerichtet.«

Ich zwinge mich, ihn anzusehen, und merke plötzlich, dass ich tatsächlich wieder auf meine Schuhe gestarrt habe. Asads umwerfende, fast schwarze Augen sind so dunkel, dass ich mich darin spiegele.

»Stimmt gar nicht.«

Er grinst. »Okay, erinnerst du dich noch daran, dass ich an deinem ersten Tag versucht habe, mit dir zu reden?«

»Ja.«

»Und du hast mich komplett ignoriert.«

»Ich dachte, du wolltest nur nett sein. Ein paar Worte aus Mitleid für das neue verbrannte Mädchen.«

Asad rollt mit den Augen. »Ich *war* nett. Und du hast mir eine Abfuhr erteilt.«

Ahnungslos. So habe ich ihn damals insgeheim genannt. Eine hastig an den Rand eines linierten Blatts gekritzelte Beschreibung. Mein Purzelbäume schlagender Magen lässt mich vermuten, dass ich ihn wahrscheinlich nicht so einfach abschreiben kann.

»Ich meine nur, vielleicht solltest du hin und wieder hochschauen«, sagt er. »Wer weiß, was dir sonst entgeht?«

Ich suche nach Worten. Eigentlich würde ich Asad für einen absoluten Blödmann halten, wenn er nicht mit einem Lächeln im Gesicht und ohne eine Spur Böswilligkeit hier sitzen würde, während er mir erklärt, dass es meine eigene Schuld sei, wenn ich in der ganzen Schule nur eine einzige Freundin habe.

Wahrscheinlich wäre ich sogar erst recht gekränkt, wenn dieses Lächeln mir nicht das Gefühl vermitteln würde, dass dieser Junge ohne Vorbehalte vielleicht mein Freund Nummer zwei sein könnte.

In dem Moment betritt ein schlaksiger Typ, ganz in Schwarz gekleidet und barfuß, die Bühne. Er klatscht in die Hände und scheucht die Möchtegern-Schauspielerinnen und -Schauspieler auf ihre Plätze. Asad verfolgt aufmerksam, wie der Typ auf der Bühne hin und her geht und dabei das Kinn so nachdenklich in eine Hand stützt, als würde er gleich einen Monolog, der Hamlet würdig wäre, vom Stapel lassen.

»Falls ihr hier seid, um in eurem Jahrgang Eindruck zu schinden oder weil ihr euch bei der Collegebewerbung mit einem Club schmücken wollt, dann seid ihr falsch. Hier gibt es keinen Platz für Blender.«

Er hält inne, lässt den Blick über die Anwesenden schweifen und strahlt allein durch seine beeindruckende Statur Autorität auf der Bühne aus. Aus seinem gepflegten Ziegenbart und dem kurzen dunklen Pferdeschwanz zu schließen, hat der Typ in Schwarz reichlich Zeit mit der Lektüre von *Aussehen wie ein Broadway-Regisseur* verbracht. Und ich würde sogar Geld darauf setzen, dass er in seinem Zimmer ein Foto von Lin-Manuel Miranda an der Wand hängen hat.

»Um mit den unsterblichen Worten von Polonius zu sprechen: ›Sei dir selbst treu.‹ Also trefft eure Wahl. Seid ihr dabei?«

In der Stille der großen Aula lenkt ein Rascheln die Aufmerksamkeit aller auf einen Jungen ganz hinten, der wie ein Freshman aussieht. Er schnappt sich seine Sachen und eilt hinaus, während aller Augen ihm folgen.

»Für diejenigen, die bleiben, wird dies hier kein Kurs wie jeder andere sein. Theater ist eine Lebensart. Theater *ist* Leben.«

Er vollführt eine dramatische Drehung und zeigt auf ein Mädchen in der ersten Reihe.

»Du wirst dich auf dieser Bühne selbst finden. Die Scheinwerfer können dich offenbaren, wenn du es zulässt.«

Okay, das hier war zweifellos eine schlechte Idee. Ich würde ja diesem anderen armen Blender folgen, wenn die

Angst davor, diesen großen Monolog zu unterbrechen, mich nicht wie angeklebt auf meinem Sessel festhielte.

»Dieses Jahr werden wir die Bühne zum Leben erwecken mit …«

Um den dramatischen Effekt zu steigern, legt er eine Pause ein und genießt die Erwartung, mit der alle sich vorbeugen. Ich mache mir Sorgen, dass Asad gleich wirklich aus seinem Sessel kippen wird.

»*Der Zauberer von Oz*!«

Ein kollektives Luftschnappen geht durch die Reihen, gefolgt von einem Chor aus Getuschel.

»Wie Dorothy werden wir den gelben Ziegelsteinweg hinunterlaufen. Hinein in den dunklen Wald. Aus dem wir dann triumphierend – verwandelt – hervortreten.«

Er zeigt mit dem Finger wieder auf das Mädchen im Publikum.

»Bist du bereit für diese Reise?«

Dann streckt er ihr die Hand hin und zieht sie mit einer einzigen fließenden Bewegung auf die Bühne. Reihe für Reihe verlassen alle ihre Plätze, um auf die Bühne zu klettern. Asad steht auf und dreht sich zu mir um.

»Kommst du?«

»Moment, wir müssen da mitmachen? Selbst wenn wir zum Technikteam gehören?« Ich hoffe, hier liegt ein gravierendes Missverständnis vor und die Backstage-Leute wie wir können ungesehen hinter schwarze Vorhänge schlüpfen.

»Jap. Das ist im Theaterclub Tradition. Folge mir einfach«, sagt er.

Ich schüttle den Kopf.

»Ich … ich glaube, das hier war ein Fehler.«

Er sieht mich eine Sekunde lang an und dann die Reihe

der Schüler hinter uns, als würde er erst jetzt ihr Getuschel bemerken. Sie sind wohl gespannt zu sehen, ob das Mädchen mit dem Narbengesicht sich auf die Bühne wagt.

Seine dunklen Augen halten meinen Blick fest.

»Den Mutigen hilft das Glück«, zitiert er.

Ich überlege kurz.

»*Les Misérables*? Nein, warte, *Aida*. Eindeutig *Aida*. Dabei bleibe ich.«

Er strahlt übers ganze Gesicht.

»Oh, du gehörst so was von hierher. Sieh es ein, diese melodramatischen Thespier sind dein Volk.« Er streckt die Hand aus. Mit der Handfläche nach oben. Für mich. »Wir machen es zusammen.«

Das Vertrauen in seinen dunklen Augen beruhigt meine kribbelnde Haut. Ich lege meine Hand in seine und versuche, die Stimmen um mich herum zu ignorieren, während ich nach vorne gehe. Als wir vor der Bühne stehen, spricht Asad den Typ in Schwarz an.

»Das hier ist Ava. Sie ist neu.«

Als er die Hand nach mir ausstreckt, achte ich darauf, ihm nur meine rechte hinzuhalten und die Flossenhand an meiner Seite zu verstecken. Er zögert einen Sekundenbruchteil, als er meine Kompressionskleidung bemerkt, aber bevor ich es erklären kann, packt er mich und zieht mich entschieden auf die Bühne.

»Hallo, neue Ava. Willkommen in Oz.«

16. März

Ich wache auf, weil irgendwas piept.

Da ist ein Heliumballon.

»Werde bald gesund«.

Jemand ist krank.

Wer?

Piep.

Piep.

Piep.

Eine Frau in blauer Krankenhausuniform.

»Du bist im Krankenhaus.«

Warum?

Fast kann ich mich erinnern.

Irgendwas ist passiert. Irgendwas Schlimmes.

Autounfall?

»Wir haben auf dich gewartet.«

Wo war ich denn?

Warum fällt mir das Atmen so schwer?

Irgendwas Hartes blockiert meine Stimme.

Ich bin stumm.

Etwas Weißes bedeckt mein Gesicht.

Ich bin eingewickelt wie eine Mumie.

Warum kann ich mich nicht bewegen?

Wo meine Hände sein sollten,
sind kleine weiße Footballs.

»Es hat ein Feuer gegeben«,
sagt eine Krankenschwester.

Sechzig Prozent von mir sind verbrannt.

Sechzig Prozent?

Was ist noch übrig?

Cora an meinem Bett

Weinend

immer weinend.

Schmerzen

immer Schmerzen.

Dann Schlaf

herrlicher Schlaf.

Es hat ein Feuer gegeben.

Du hast zwei Monate

geschlafen.

Die Realität flattert vorbei wie ein Schmetterling

in einzelnen Bruchstücken.

Feuer

Rauch

Haut

Dad stößt mich …

Die Sterne, sie retten mich.

Durch den Nebel dringt eine Sache zu mir durch:

Dein Leben hat sich geändert –

für immer.

Kapitel 12

Zum ersten Mal seit dem Brand wache ich auf und empfinde Vorfreude.

Das Haus ist still. Genau wie gestern Abend, nachdem Glenn mich von der Schule nach Hause gefahren hatte. Cora war schon ins Bett gegangen, als es noch hell war. So hatte ich keine Gelegenheit, ihr zu erzählen, dass ich jetzt offizielles Mitglied im Theaterclub der Crossroads High bin.

Noch ein erstes Mal: Ich *will* Cora tatsächlich erzählen, dass ich wieder beim Theater bin. Jemand soll wissen, dass ich nach einem Stern greife, auch wenn es nur ein kleiner ist.

In der Hollywoodschaukel auf der Veranda entdecke ich Glenn, der die Augen auf die verschneiten Gipfel in der Ferne gerichtet hat und sich langsam anstößt, indem er die Füße abrollt. Von den Fersen zu den Zehen, von den Fersen zu den Zehen.

»Du bist ja nicht gerade ein früher Vogel heute«, sagt er, als ich mich neben ihn auf die Schaukel plumpsen lasse. »Wir waren schon beim Friedhof. Dachten, das wäre eine gute Idee, um diesen Tag zu begehen.«

Ich will schon fragen, was wir denn heute feiern, als es mir schlagartig einfällt: 17. März. Saras Geburtstag.

»Tut mir total leid, das hatte ich vergessen …«, setze ich

an und ohrfeige mich innerlich, weil ich mit dem Theaterclub dermaßen beschäftigt war, dass ich es komplett verdrängt hatte. Nicht dass ich ansonsten mitgekommen wäre. Ich besuche keine Friedhöfe. Aus demselben Grund, aus dem ich mir keine niedergebrannten Häuser ansehe: Ich weiß auch so, was ich verloren habe.

»Ich weiß, dass Friedhöfe nicht dein Ding sind«, sagt er. »Aber ich wollte dich nur vorwarnen. Cora nimmt es ziemlich mit.«

»Wo ist sie?«, frage ich.

Glenn deutet mit dem Kopf ins Haus.

»Erinnerst du dich noch an letztes Jahr? Da kam sie den ganzen Tag nicht raus.«

»Ich war letztes Jahr nicht hier.«

Er hält eine Sekunde inne und schaut auf die Berge, während wohl irgendeine Erinnerung ihm durch den Kopf geht. Ich war letztes Jahr um diese Zeit noch im Krankenhaus, gerade aus dem Koma aufgewacht, aber noch tief in mir verloren.

Aus meinem Krankenhausbett konnte ich dieselben Berge sehen – die Wasatch-Kette. Die zerklüfteten Gipfel sind so viel höher als die Hügel rund um unser Haus im ländlichen Utah. Dort kannte ich die Hügel und Täler der Landschaft vor meinem Kinderzimmerfenster auswendig. Die Berge hier sind anders, aber ihre Gegenwart tröstet – wie ein geologischer Polarstern. Beständig und verlässlich erheben sie sich im Osten und verbinden mich mit zu Hause.

»Tust du mir einen Gefallen?«, fragt Glenn.

»Jeden.«

»Sieh mal drinnen nach, wie es ihr geht. Es gefällt mir nicht, dass sie allein ist, aber dieser Morgen hat mich auch ziemlich mitgenommen.«

Ich lasse Glenn auf der Schaukel zurück, wo er mit geschlossenen Augen den Kopf zurücklehnt und die unrasierten Wangen einen Schatten auf sein Gesicht legen. Ich zwinge mich bis vor Coras Schlafzimmertür und bin mir nicht sicher, ob ich sie stören soll. Cora verbringt ihre »schlechten Tage« hinter verschlossenen Türen und behält ihre Trauer ganz für sich. Rascheln, nachdem ich geklopft habe, verrät mir, dass sie wohl gerade Papiertaschentücher aufsammelt.

»Komm rein«, sagt sie. Als ich die Tür aufmache, lächelt sie erschöpft. Sie trägt kein Make-up. Was ihre Augen ein bisschen eingesunken wirken lässt. Ohne Grundierung sieht man die Altersflecke auf ihren Wangen. Ein Foto von Sara steht schief auf ihrem Nachttisch, die Spitzenschuhe liegen auf dem Bett.

Cora wischt sich mit einem zerknüllten Taschentuch über die Augen und zwingt sich zu einem breiten Lächeln. Dann klopft sie neben sich auf die Matratze.

»Erzähl mir vom Theaterclub!«

Ich möchte ihr gerne erzählen. Von *Der Zauberer von Oz*, vom überdrehten Regisseur und von dem Jungen, der mir geholfen hat, wieder eine Bühne zu betreten. Aber heute kann es nicht um mich gehen.

Heute ist nicht *mein* Tag.

»Du musst das nicht machen«, sage ich.

Cora sinkt in sich zusammen, als hätte ich sie mit einer Nadel gestochen und die Luft rausgelassen. »Tut mir leid. Ich ergehe mich schon die ganze Zeit hier drin in meinem Schmerz, oder?«

»Das darfst du auch.«

Sie greift nach Saras Foto auf dem Nachttisch.

»Es ist nur so seltsam, den Geburtstag deines Kinds

ohne dein Kind zu erleben. Als sollte dieser Tag irgendwie nicht mehr existieren. Aber das tut er, als alljährliche Erinnerung an den Tag, als ich ihre Mutter wurde.«

Cora greift nach der blauen Decke mit Paisleymuster. Ich habe das Bedürfnis, den Arm um sie zu legen, aber ich fürchte, ich bin die Letzte, die Cora heute braucht.

Die lebende Erinnerung daran, was sie verloren hat.

»Du bist immer noch ihre Mutter.«

Cora seufzt tief.

»Es ist jetzt über ein Jahr her, Ava. Mehr als zwölf Monate ohne sie, und trotzdem wache ich manchmal morgens auf und habe es vergessen. Und wenn es mir dann wieder einfällt, ist es, als würde ich sie von Neuem verlieren und …«

Sie schneidet sich selbst das Wort ab.

»Ich bin es leid, sie zu verlieren. Ich bin es einfach … leid.«

Sie lacht schwach.

»Ich sollte dir das nicht erzählen.«

Ich schüttle den Kopf. Ich möchte ihr sagen, dass ich es verstehe. Dass ich manchmal aus einem schlechten Traum aufwache und schon den halben Flur runtergegangen bin, um mich in die Wärme und Geborgenheit des Betts meiner Mom zu flüchten, bevor die Realität mich einholt: Ich lebe in einer Welt, in der meine Eltern nicht mehr existieren. Unweigerlich trifft mich diese Erkenntnis jedes Mal so hart wie beim ersten Mal.

Das möchte ich Cora sagen, aber ich bringe die Worte nicht über die Lippen. Als ob ich nie mehr in der Lage sein würde, den Schmerz in den Griff zu kriegen, wenn ich ihn jetzt in Worte fasse. Deshalb umarme ich sie nur unbeholfen von der Seite und sage den gleichen hohlen Satz, den

Leute immer zu mir gesagt haben: »Ich bin da, wenn du irgendwas brauchst.«

Dann schließe ich die Tür wieder hinter mir.

Auf meinem Bett packe ich das Mathebuch aus und versuche, mich auf die geometrischen Figuren zu konzentrieren und Saras Puppen nicht zu beachten. Denn ich könnte schwören, dass sie mich aggressiver anstarren als sonst. Also höre ich mir mit fest zugekniffenen Augen Moms Deo-Nachricht an und genieße den Singsang ihrer Stimme, wenn sie sagt »Ruf mich zurü-ück.« Aber nicht mal das beruhigt mich so wie sonst.

Nachdem ich mir die Nachricht in meinem pink-blauen Zimmer dreimal angehört habe und versucht habe, die fiesen Blicke der Barbies zu ignorieren, halte ich es nicht mehr aus. Also trage ich in der Küche Eier, Öl und eine fast abgelaufene Kuchen-Backmischung zusammen, die Sara und ich immer in der Vorratskammer für unsere Back-Marathons beim Übernachten gehortet haben. Wobei wir jedes Mal den Teig noch roh von den Teigschabern aßen, bis uns schlecht wurde.

Wegen meiner ungeschickten linken Hand richte ich beim Backen ein riesiges Chaos an, schaffe es aber trotzdem, einen ganz ordentlichen Kuchen zu backen, und werfe dabei nur eine Rührschüssel auf den Boden. Als der Kuchen fertig ist, überziehe ich ihn, so wie Sara es gemacht hätte, mit Glasur und verziere ihn mit Konfetti-Streuseln, lecke ihr zu Ehren den Teigschaber ab und hole sechzehn Kerzen.

Als ich die letzte in den Kuchen stecke, trifft mich die Erkenntnis mit voller Wucht.

Die Kerzen stehen für Jahre.

Für gelebte Jahre.

Demnach habe ich gerade den deprimierendsten Kuchen in der Geschichte der Backwaren fabriziert.

Ich reiße die Kerzen wieder heraus und werfe den Kuchen in den Zerkleinerer für Küchenabfälle, um alle Spuren meiner bescheuerten Idee, ein Konfetti-Kuchen könne eine Familie in Ordnung bringen, zu beseitigen.

Weil ich ihr den Schmerz nicht nehmen kann, stehe ich hilflos vor Coras geschlossener Schlafzimmertür auf dem Flur.

Zwischen uns eine unüberwindliche Wand aus Holz und Leid.

Kapitel 13

»Sag mir, dass du Witze machst«, sagt Piper, als ich ihr auf dem Weg zum Unterricht am Montagmorgen vom Theaterclub erzähle. »Du bist ein Mäuschen hinter den Kulissen?«

An der Tür zu Pipers Mathekurs bleibe ich stehen.

»Ein Mäuschen?«

»Na einer von den Hasenfüßen hinter dem Vorhang, die nicht den Mumm fürs Vorsprechen haben.«

»Wow, du bist echt eine Theater-Diva.«

»War ich. Ich *war* eine Theater-Diva. Und ich sage nur, dass Technikteam nicht ist, was wir ausgemacht hatten. Das weißt du auch.«

Ich trete von einem Fuß auf den anderen, während sich Mitschüler an uns vorbei ins Klassenzimmer schieben. Keiner sagt irgendwas, aber ein paar lächeln zaghaft, während sie um Pipers Rollstuhl herumsteigen müssen, der mitten im Türrahmen steht.

»Streng genommen ist Backstage immer noch ein Teil der Bühne. Außerdem glaube ich, dass es mir gefallen wird.« So lange habe ich mich ausschließlich mit mir selbst beschäftigt, dass ich beinah vergessen hatte, wie gut es sich anfühlt, Teil eines großen Ganzen, eines Teams zu sein. »Und einer der Jungs …«

»Ein Junge!« Piper lehnt sich demonstrativ nach vorn,

stützt das Kinn in eine Hand und klappert mit den Augenlidern. »Ich will jedes. Detail. Wissen.«

»Da gibt's keine Details.« Aufgrund von Pipers Reaktion beschließe ich sogleich, Asads Namen nicht zu erwähnen. »Er war nett. Das ist alles.«

Piper gibt mir einen Klaps.

»Ach, hör auf. Bei diesen nicht jugendfreien Geschichten werde ich rot!«

Ich hänge mir meine Tasche über die Schulter und will mich auf den Weg machen, aber Piper hält mich am Arm fest.

»Echt jetzt, ich will die ganzen pikanten Einzelheiten morgen in der Gruppenstunde erfahren.«

Ich deute mit einer Hand auf mein Narbengesicht.

»Bei diesem Gesicht gibt's nichts Pikantes zu erzählen.«

»Na ja, wenn ein Junge im Spiel ist, ist das Technikteam wohl besser, als zurück in deine Rolle als Kerkermeisterin zu schlüpfen. Schließlich werde ich zwischen dem Auffüllen der Wasserkrüge auch keine Volleybälle werfen.« Piper lächelt zu mir hoch, als es klingelt. »Sieh mal, was für normale Teenager wir geworden sind. Ich gehöre wieder zur Mannschaft, du bist verliebt …«

»Ich bin nicht verliebt.«

»Schon bald werden wir Footballspiele besuchen und in der Mall abhängen. Dr. Layne wird so stolz auf uns sein.«

»Lass uns mal nichts überstürzen«, sage ich. »Außerdem ist es ein *neues* Normal, das wohl kaum zählt.«

»Ava!«, schreit sie mir nach, als ich mich auf den Weg den Flur hinunter mache. »Mein neues Normal war jedenfalls scheiße, bevor du kamst.«

»Eilmeldung: Es ist immer noch scheiße«, sage ich laut

genug, sodass sie mich auch über die Horde von Footballspielern hören kann, die gerade vorbeigeht.

»Ach was, bei mir auch.«

*

Als ich nach dem Unterricht in die Aula gehe, winkt Asad mir, zu ihm auf die Bühne zu kommen. Ich nehme lieber die Stufen hinten, als zu versuchen, in meiner Kompressionswäsche und mit den Narben, die meine Knie wie Superkleber zusammenhalten, vorne raufzuklettern.

Eine Gruppe anderer Schüler steht schon im Kreis, als ich mich neben Asad schiebe.

»Was ist das?«, frage ich.

»Der Kreis des Vertrauens«, flüstert er, als hätte er eine heilige Formel gesprochen. »Den bilden wir jeden Tag vor den Proben. Tony sagt, das schweißt uns zusammen.«

»Tony?«

»Der ›Willkommen in Oz‹-Typ. Er ist der Schülerregisseur. Sieht doch aus wie Lin-Manuel Mirandas Bruder, nur etwas größer und theatralischer, oder? Jedenfalls sollen wir uns alle an den Händen nehmen und etwas über jemanden aus der Gruppe sagen.«

Ich verdrehe die Augen und bemühe mich, eher genervt als panisch dreinzublicken. Aus Versehen bin ich hier in einen Albtraum geraten.

Tony kommt mit großen Schritten in die Mitte. Er ist bestimmt dreißig Zentimeter größer als alle anderen. Mit ausgebreiteten Armen dreht er sich einmal um sich selbst. Wieder ist er ganz in Schwarz gekleidet, sodass ich mich frage, ob er sich nach dem Unterrichtsende rasch umzieht oder den ganzen Tag als Theater-Halbgott rumläuft.

»Der Kreis des Vertrauens«, sagt er feierlich. »Lasst uns beginnen.«

Er greift nach der Hand eines Mädchens neben ihm. Sie nimmt den Jungen, der neben ihr steht, bei der Hand und so weiter. Die Welle des Händchenhaltens rollt auf mich zu, und mir ist absolut klar, dass sie brechen und mich nach unten ziehen wird, sobald sie mich erreicht.

Als sie bei mir ankommt, fasst Asad schnell meine rechte Hand, flüstert irgendwas und bedeutet mir mit dem Kopf, ich solle meine Linke dem Jungen an meiner anderen Seite hinhalten. Das tue ich.

Nur ist das eben keine Hand.

Es ist meine Flosse. Meine Klaue. Meine Pinguin-Frankensteinhand mit dem dicken fetten Zeh und meinen miteinander verschmolzenen Fingern, die wie ein Ofenhandschuh aus Fleisch aussehen.

Der Junge neben mir ist mit seiner Hand schon auf halbem Weg, als er sie sieht. Als alle sie sehen. Seine Finger bleiben in der Luft zwischen uns stehen, als hätte jemand in meinem Leben die Pausentaste gedrückt. Ich wünschte, so wäre es. Und wenn wir schon dabei sind, könnte man vielleicht auch zurückspulen.

Er fasst stattdessen mit der anderen Hand nach der des Mädchens an seiner anderen Seite. Weil das Schicksal nun mal unfair ist, handelt es sich ausgerechnet um Kenzie, vor der Piper mich ja bereits gewarnt hat. Mit ihrem verkniffenen Niesfurz-Gesicht sieht sie mich und meine leere Hand an.

»Du *musst* sie anfassen«, sagt sie. »Sonst bringt das Unglück.«

Der Blick des Jungen irrlichtert von mir zu Kenzie und weiter zu Tony, dann wieder zu meiner Hand. Meine Haut im Nacken prickelt, und ich kratze sie, obwohl ich das nicht soll. Ich mache es trotzdem, weil es juckt und weil ich irgendwas mit der Klaue der Scham tun will, die an meiner Seite herabhängt.

»Ist schon okay«, sage ich. »Es tut sowieso weh.«

Rasch schiebe ich mein mutiertes Anhängsel in die Tasche meiner Jeans. Der Junge atmet hörbar auf und lässt seine Hand endlich sinken.

Ich schaue auf den Boden, während die Welle sich von mir wegbewegt.

»Schließ die Augen«, flüstert Asad mir zu.

Ich blinzle mit einem Auge, während der Junge in Schwarz anfängt und etwas zu einem Mädchen mit Polly-Pocket-Statur sagt. Ich weiß kaum etwas über sie, außer dass sie oft Arm in Arm mit Kenzie durch die Flure hüpft. Als ich an der Reihe bin, murmele ich etwas über ihren süßen Kurzhaarschnitt.

Dabei denke ich gar nicht an ihre Frisur. Ich denke noch nicht mal an die schmerzlich offensichtliche Lücke im Kreis des Vertrauens, wo der Junge links von mir mich nicht berühren wollte.

Ich denke stattdessen an den Jungen zu meiner Rechten mit der haselnussbraunen Haut, der mich berührt hat.

Kapitel 14

Im Stillen verfluche ich Piper.

Sie hat mir das überhaupt erst in den Kopf gesetzt, mit ihrem Gerede über pikante Details. Genau deshalb habe ich ihr auch nicht erzählt, dass Asad der nette Junge aus dem Technikteam ist. Sie würde eine große Sache daraus machen, obwohl es vollkommen ausgeschlossen ist, dass daraus jemals irgendwas wird.

Jungs gehören eindeutig auf die Liste der Dinge, die ich beim Brand verloren habe.

Mein Freund in meinem Jahr als Sophomore war der letzte Junge für mich. Josh und ich umarmten uns endlos lang auf den Schulfluren, telefonierten noch spätabends, und einmal küssten wir uns sogar nach einem Footballspiel unter den Tribünen. Es war ein Zungenkuss, der nach Juicy-Fruit-Kaugummi und Verlegenheit schmeckte, aber es war mein erster und letzter Kuss. Deshalb hat mein Gedächtnis ihn gnädigerweise als romantisch, wunderschön und genau die richtige Mischung aus sexueller Erregung, Herbstkühle und Körperkontakt abgespeichert.

Als Josh mich im Krankenhaus besuchen kam, weigerte ich mich, ihn zu sehen. In erster Linie, weil ich es nicht ertrug, dass er mich so sehen sollte. Ich wollte in Erinnerung behalten, wie er mich »vorher« angesehen hatte. An jenem Abend unter den Tribünen, als ich mein nervöses

Lächeln hinter meinen Haaren versteckte und er sie mir aus dem Gesicht strich. Sein Blick war verklärt, als er sich über mich beugte.

Das Feuer konnte mir doch wenigstens eine Erinnerung lassen – eine verblassende Momentaufnahme von einem Jungen, der mich angesehen hatte wie ein Mädchen, in das er sich verlieben könnte.

Aber mehr ist es auch nicht – nur eine Erinnerung. Jungs sehen mich nicht mehr so.

Und ich selbst mich auch nicht.

Trotzdem schiele ich zu Asads braunen Fingern, die mit den faltigen verschlungen sind, die aus meiner Kompressionswäsche hervorlugen. Als wir unsere Augen öffnen, lässt er los. Ich hoffe, dass niemand mich dabei beobachtet hat, als ich wie eine Irre auf unsere kurz miteinander verbundenen Finger starrte.

Tony teilt uns in Schauspieler und Technikteam auf. Ich setze mich neben Asad auf den hölzernen Bühnenboden und warte auf die Einweisung, um die beste verdammte Bühnenarbeiterin in der Geschichte des Highschool-Theaters zu werden! Asad stützt sich hinten auf seine Arme und streckt die Beine vor sich aus.

»Also, Ava Lee, Piper hat mir erzählt, dass du an deiner alten Schule auch beim Theater warst.«

»Tja, aber nicht so.« Am liebsten würde ich ihn fragen, warum er und Piper über mich gesprochen haben, aber stattdessen deute ich nur mit dem Kopf auf die Schauspielertruppe, die sich jetzt um die eben aufgehängte Liste mit der Rollenverteilung drängelt. »Ich war eine von *denen.*«

Kenzie springt auf und ab, dann umarmt sie das Mädchen mit dem Pixie-Haarschnitt. Dazu quietscht sie so laut, dass alle mitkriegen, sie hat die Hauptrolle der Dorothy ergattert. Ich spüre Neid wie einen Stich: So war ich früher mit meinen Freundinnen.

»Warum hast du dann jetzt die Seiten gewechselt?«, fragt Asad.

Ich lache. »Du machst Witze, oder?«

Asad runzelt die Stirn, da zeige ich auf mein Gesicht, um es ihm zu verdeutlichen.

Er drückt sich hoch und rutscht ein Stück näher. Rechts von mir stoßen sich zwei Mädchen mit den Ellbogen an und deuten auf den Jungen, der das Verbrannte Mädchen so offen anglotzt.

»Wie ist das überhaupt passiert?«

»Meine Narben?«

»Jap.«

Weil die Mädchen so zu uns rüberstarren und warten, was ich sagen werde, fühle ich mich herausgefordert, Piper nachzueifern. Sie würde sich überhaupt nicht darum kümmern, dass irgendwelche Mädchen gucken oder dass irgendein Blödmann im Kreis der Schande ihre Hand nicht halten wollte. Sie würde jetzt irgendwas Schockierendes und Superwitziges sagen, das alle ihren Rollstuhl und ihre verbrannte Haut vergessen ließe. Ich beuge mich mit dem irrsten Grinsen, das ich zustande bringe vor und flüstere: »Du willst wissen, woher ich diese Narben habe?«

Asad macht große Augen, und ein Lächeln breitet sich auf seinem Gesicht aus.

»Du hast doch nicht gerade aus *Der dunkle Ritter* zitiert.«

»Genau genommen habe ich den Joker zitiert.«

»Tja, das macht dich genau genommen zum coolsten Mädchen, das ich kenne.«

Ich schaue zu Boden und versuche, den Purzelbaum zu ignorieren, den mein Magen gerade schlägt. Zum Glück kommt in diesem Moment der Typ in Schwarz hinter dem Vorhang hervor. Er zieht alle Aufmerksamkeit auf sich, sodass Asad seine Frage vorläufig vergisst. Ich hatte sowieso nicht die geringste Absicht, sie ihm zu beantworten, während diese Mädchen uns belauern, um aus meiner privaten Tragödie Stoff für den Klatsch in der Mittagspause zu ziehen.

»Ihr wollt also ins Technikteam?«, fragt der Junge. »Da muss ich euch warnen. Ihr werdet weder Rosen noch Applaus bekommen.«

Schweigend sieht er uns nacheinander ins Gesicht.

»Aber ohne euch gibt's keine Vorstellung. Ihr seid die unsichtbaren Helfer hinter den Kulissen.« Er hält einen Stapel schwarzer T-Shirts in die Höhe. »Tatsächlich besteht eure einzige Aufgabe darin, mit der Bühne zu verschmelzen. Schafft ihr das?«

Ich nicke. Jap, *das* schaffe ich.

Alle reichen die schwarzen T-Shirts herum und ziehen sie über ihre eigenen Sachen. Ich ziehe meins über den Kopf und hoffe, dass ich mich wie ein großes Mädchen selbst anziehen kann. Aber weil mein Leben natürlich ein einziger kosmischer Witz ist, der nicht aufhören will, schaffe ich es irgendwie, meinen Kopf in einen Ärmel zu schieben. Stumm gerate ich in der Dunkelheit aus 100 Prozent Baumwollpolyester in Panik und versuche, einen Ellbogen weit genug anzuwinkeln, um mich zu befreien.

Lachend fragt Asad, ob er mir helfen kann. Ich gebe auf, lasse die Arme hängen und nicke unter dem Shirt.

Er zieht am Kragen, dehnt den Ausschnitt ein bisschen für mich, und während ich mich mit dem Kopf durchkämpfe, verrutscht mein Bandana – einfach weil das Universum in seinem Bemühen um Demütigung sehr gründlich ist.

Asads Blicke gelangen auf meine Kopfhaut noch vor meinen Fingern. Einen Sekundenbruchteil lang werden seine Augen groß. Anstelle des langen, absolut glatten Haars vor dem Feuer ist mein Kopf jetzt von kleinen kahlen Stellen übersät, wo die Ärzte Haut weggeschnitten haben, um sie auf mein Gesicht zu transplantieren. Manche Haarfollikel sind komplett verbrannt, und aus den Haarwurzeln, die überlebt haben, wächst es jetzt dick und kraus. Dr. Sharp sagt, diese Haarstruktur sei nur vorläufig, aber ich mache mir keine großen Hoffnungen auf Locken wie aus einer Shampoowerbung.

Der Flickenteppich meiner Kopfhaut trägt also noch zu meiner Ausstrahlung als Gruftwächterin bei. Aber anstatt schreiend wegzulaufen, streckt Asad nur die Hand aus, um mein Bandana zurechtzuziehen. »Glückwunsch! Du hast offiziell auf die dunkle Seite des Theaters gewechselt.« Rasch zieht er sich sein eigenes T-Shirt über. »Bald wirst du wie ich sein, mustergültig geübt darin, mit dem Hintergrund zu verschmelzen.«

Sicherheitshalber ziehe ich das Bandana noch mal fester um mein Ohrloch. »Davon kann ich nur träumen.«

Tony gibt uns eine Führung ins Allerheiligste der Bühne.

Mikrofongalgen, Scheinwerfergerüste und geheime Wandschränke.

Asad beugt sich näher zu mir, um mir etwas zuzuflüstern, während Tony uns den Rücken zukehrt und erklärt, wie die Flaschenzüge des Vorhangs funktionieren. Eine Strähne seines schwarzen Schopfs kitzelt dabei meine Stirn.

»Willst du sehen, wo die wirkliche Magie stattfindet?«

Als die Gruppe zu den Garderoben abbiegt, führt Asad mich in die andere Richtung und in den hinteren Teil des Zuschauerraums. Die Haut an meinen Knien spannt schmerzhaft, als ich ihm eine dunkle Wendeltreppe hinauf in einen Raum folge, der Ähnlichkeit mit dem Kontrollraum eines Raumschiffs hat. Er setzt sich auf einen Stuhl mit Rollen, fährt damit zurück, breitet die Arme aus und zeigt auf die unzähligen Reihen von Schaltern und Knöpfen.

»Willkommen in meiner Höhle«, sagt er. »Sie ist bescheiden, ich weiß, aber die Chicas mögen es.«

Ich verschränke die Arme vor der Brust und lehne mich an eine Wand. Gleichzeitig versuche ich, das Pochen meiner Knie zu ignorieren, denn ich fürchte, wenn ich sie jetzt aneinander reibe oder mich auf den Boden fallen ließe, wie ich es am liebsten tun würde, dann fragt er sich plötzlich, warum er eigentlich mit diesem spastischen Verbrannten Mädchen abhängt.

»Wie viele Chicas genau hattest du denn schon hier?«

Asad drückt einen Knopf und löscht damit alle Lichter im Zuschauerraum, der sich hinter einem großen Fenster unter uns erstreckt. Er drückt einen anderen und schaltet damit nur den Scheinwerfer für die Bühnenmitte ein.

»Quantität ist bei Chicas nicht entscheidend«, sagt er.

Asad macht das Licht im Zuschauerraum wieder an. Der Boden im Saal scheint eine Million Meilen entfernt, als ich hinunterspähe. Mir wird schlecht. Meine Gedanken springen zu einer Erinnerung zurück: Ich lehne mich aus dem Fenster meines Zimmers. Mein Dad schreit »spring«, aber meine Füße gehorchen nicht. Da stößt er mich hinaus, ich falle und sehe den Boden auf mich zukommen.

Rasch trete ich einen Schritt von der Scheibe zurück, bevor die Erinnerung mich zu sehr aufwühlt. In dem Moment betritt eine Gruppe Mädchen die Bühne, Kenzie vorneweg. Ihr verkniffenes Gesicht sieht noch mehr nach Niesfurz aus als sonst.

»Die hält sich echt für was Besonderes, was?«, sage ich.

»Kenzie King? Der gehört dieses Theater.«

Asad zeigt auf das Schild, das ich nur mit leicht zusammengekniffenen Augen entziffern kann. THE KING FAMILY THEATER.

»Damit meine ich, es gehört ihr tatsächlich. Ihre Familie spendet jedes Jahr tonnenweise Geld für den Theaterclub. Deshalb denkt Kenzie natürlich, sie würde ihn leiten – und alle, die dazugehören, auch.«

Er reibt sich erwartungsvoll die Hände. »Sollen wir mal lauschen?«

Er dreht einen Regler auf der Schalttafel hoch, und schon erfüllt das Geräusch von Schritten die Kammer.

»Hmm … dann bist du ein gruseliger Voyeur?«, frage ich.

Asad lacht und dreht den Regler noch weiter auf.

Kenzies Stimme schallt durchdringend aus den Lautsprechern, mitten in einem Satz.

»Ich mache mir eher Sorgen wegen *ihr*. Das Desaster beim Kreis des Vertrauens war so peinlich, wobei man dem Jungen ja echt nicht vorwerfen kann, dass er das nicht anfassen wollte … dieses *Ding*. Und ich glaube ganz ehrlich, dass sie keine Ahnung hat, dass sie stinkt wie ein Altersheim auf zwei Beinen.«

Meine Muskeln verspannen sich, als ich mich ein Stückchen von Asad wegbewege, in der Hoffnung, er schnuppert nicht, um diesen Eindruck zu bestätigen. Stattdessen drückt er einen Knopf, sodass die Unterhaltung verstummt.

»Das tut mir leid. Ich wusste ja nicht…«

Ich zucke mit den Schultern.

»Ich bin's gewöhnt.«

»Das solltest du nicht sein.« Asad verzieht das Gesicht, während er einen Schalter hin und her bewegt, sodass ein kleines Licht hinter uns an- und ausgeht. Ich trete einen Schritt von der Scheibe weg. Weniger aus Angst vor der Höhe, sondern eher weil ich befürchte, dass Kenzie das Licht bemerkt, hochschaut und sieht, dass ich sie beobachte wie eine Stalkerin. »Wir sollten was zu ihr sagen. *Du* solltest etwas sagen.«

Ich lehne mich wieder an das Pult und bemühe mich um Lässigkeit. Dabei will ich in Wirklichkeit nur raus aus diesem kleinen Raum, der plötzlich vom Krankenhausgeruch meiner Lotion erfüllt ist.

»Klar. Weil Leute wie ich auch einfach zu Leuten wie ihr hingehen und sagen können: ›Bitte mag mich. Bitte, du Hübsche‹? Mädchen wie sie gehören einfach zu den unumstößlichen Gesetzen der Highschool – wie die Schwerkraft. Und egal, was ich tue, es wird sie immer geben.«

Kenzie und ihr Hofstaat verlassen den Zuschauersaal, wobei sich ihre Lippen nach wie vor bewegen, auch wenn Asad ihre Lästerei momentan auf stumm geschaltet hat.

»Abgesehen davon«, füge ich noch hinzu. »Wann sollte ich denn Zeit finden, mir *The Real Housewives* anzusehen, wenn ich wegen jeder Ungerechtigkeit auf die Barrikaden gehe?«

»Es ist trotzdem nicht in Ordnung«, sagt er mit einem zaghaften Lächeln. »Selbst wenn du jetzt mit Piper befreundet bist.«

Ich richte mich gerade auf und bin mir nicht sicher, ob ich richtig gehört habe.

»Was hat Piper denn damit zu tun?«

»Du weißt doch …« Asad schweigt kurz und schluckt schwer. »… was Silvester passiert ist.«

Asad wartet, als müsste ich wissen, wovon er redet. Doch ich sehe ihn nur ahnungslos an.

»Dass sie und Kenzie beste Freundinnen waren und dann nicht mehr. Und dann tauchst du auf, nimmst ihren Platz ein, und nach allem, was ich über Mädchen weiß – was, muss ich dich warnen, erbärmlich wenig ist –, ist das wohl ein großes No-Go.«

Ich hebe die Hand, um ihn zu unterbrechen.

»Piper und Kenzie waren befreundet? In welcher Welt war das denn?«

Asad stößt einen langen, leisen Pfiff aus und schüttelt den Kopf.

»Hat Piper dir nichts davon erzählt?«

»Nein. Wir halten ein ziemlich strenges Abkommen ein, das besagt: keine Fragen, keine Antworten.«

Asad taucht den Zuschauersaal in Dunkelheit, indem er mit einer Handfläche über alle Schalter streicht. »Dann ist es wahrscheinlich an der Zeit Fragen zu stellen.«

Kapitel 15

An diesem Abend betreibe ich mit meinem Handy ein bisschen Aufklärungsarbeit. Erste Station: Mein Onlineprofil ansehen, das ich seit dem Brand gemieden habe.

Streng genommen war das Piper gegenüber nicht gelogen, als ich sagte, ich sei nicht in den sozialen Medien. Das bin ich auch nicht. Oder jedenfalls nicht diese Version von mir.

Auf dem kleinen runden Selfie links oben auf der Seite grinst »Ava vor dem Brand« vor dem riesigen Ahornbaum in unserem alten Garten. Ich öffne meine Seite nicht. Diesen Fehler habe ich im Krankenhaus einmal begangen – da brauchte ich eine ganze Stunde, um durch all die aggressiven Aufforderungen *Werd bald wieder gesund!* Und die Kommentare im Stil von *Du bist eine Heldin/Inspiration/Überlebende* zu scrollen. Ich habe auf nichts davon geantwortet. Was gab es dazu auch zu sagen?

Abgesehen davon gefällt es mir irgendwie, dass mein altes Ich da draußen noch existiert, unberührt von Feuer, Tod und Realität. »Ava vor dem Brand« mit ihrer makellosen Haut und dem glücklichen Lächeln. Ich möchte, dass sie so bleibt, konserviert im Bernstein des Internets.

Deshalb klicke ich weder auf meinen Namen noch auf die rote 153 in der Ecke, die mir die aufgelaufenen Nachrichten meiner Freunde vermeldet. Wahrscheinlich wünsche ich mir, dass auch sie mein altes Ich in Erinnerung behalten.

In meinem Feed poppt als Erstes ein Foto von Chloe auf. Sie hat ihre wilde Mähne geglättet und so viel abgenommen, dass ich sie fast nicht erkenne, wie sie so vor unserem Schultheater sitzt, Emma und Stacy links und rechts von ihr.

Und dann stürze ich in den Kaninchenbau. Fotos von all meinen alten Freunden, die immer noch zusammen abhängen, bei *Tommy's Burgers & Shakes* einkehren, den Canyon raufklettern, sich auf meiner Bühne verbeugen.

Mein Leben, meine Freunde – es geht ohne mich weiter.

Ich halte inne, als ich zu einem Bild von Josh komme, der auf dem Parkplatz der Highschool steht, den Arm um irgendein Mädchen mit langen Beach Waves gelegt.

Rasch klicke ich das Foto weg. Genau deshalb sehe ich mir diese Sachen nicht an. Aber bei dieser Recherche geht es ja auch nicht um *meine* Vergangenheit.

Ich gebe Pipers Namen ein und erkenne sie problemlos an ihrer neonfarbenen Kompressionswäsche, die auf ihrem Profilbild leuchtet. Der Rest der Fotos ist typisch Piper – Schwarzweißfotos der Rollstuhlspeichen aus seltsamen Winkeln, Nahaufnahmen ihrer Verbrennungen, ängstliche Gedichte über Narben und endlos viele Tattoos von Phönixflügeln. Aber ihre Fotos reichen nur bis Mitte Januar zurück, nichts über den Unfall zu Silvester, nichts über Kenzie.

Ich probiere es mit »Kenzie King« und zoome mir ein Mädchen mit wehenden Haaren und Strand im Hintergrund heran.

Ihr Account ist privat, aber nach ein bisschen schnüffeln surfe ich durch die Accounts ihrer Freunde. Dort finde ich Fotos von ihr und Piper mit überdimensionalen Silvesterbrillen, Zylindern und breitem Grinsen. Davor weitere Fotos von den beiden zusammen mit dem Mädchen mit Pixie-Haarschnitt, wie sie sich bei Footballspielen zusammen unter Decken kuscheln, dann in Pailettenkleidern beim Homecoming-Ball und Arm in Arm am vorderen Bühnenrand.

Ich welchem bizarren Universum waren Piper und Kenzie befreundet?

Ich scrolle durch die Fotos aus der Vergangenheit, die Piper offensichtlich zu löschen versucht hat. Und wenn ich in Kenzie Kings Theater überleben will, dann muss ich wissen, warum.

*

Am folgenden Nachmittag schwafelt Dr. Layne in der Selbsthilfegruppe endlos über die Macht der Angst, aber ich kann an nichts anderes denken als daran, wie ich Piper allein erwische.

Piper verdreht die Augen, als der heulende Junge – ich glaube, er heißt Braden – erzählt, dass er fürchtet, mit seiner einen Hand nie mehr Klavier zu spielen. Danach rückt er damit raus, dass seine Freundin mit ihm rummachen will, er aber befürchtet, dass sie seine Narben eklig finden wird.

»Danke, dass du uns das erzählt hast«, sagt Dr. Layne über Bradens erstickte Schluchzer hinweg. »Ich möchte, dass ihr jetzt alle über die größte Angst in eurem Leben nachdenkt. Wie könnt ihr in diesem Punkt die Kontrolle zurückgewinnen? Sucht euch einen Partner und diskutiert das.«

Piper dreht sich zu mir und deutet mit einer Kopfbewegung auf Braden, der sich immer noch mit einem Taschentuch übers Gesicht wischt.

»Vergiss die Narben, er wird sein erstes Mal versauen, weil er die ganze Zeit rumheult. Flennen ist unsexy.« Damit stützt sie das Kinn auf ihre Hände und grinst schelmisch. »Apropos, Zeit um auf deinen Backstage-Romeo zurückzukommen.«

»Da gibt's nichts zu erzählen. Er gehört zum Techniktеam und ist bei meinem Anblick nicht zurückgezuckt.«

Piper nickt und sieht mich mit so leuchtenden Augen an, als hätte ich ihr gerade eine Seite aus einem schmutzigen Roman für Erwachsene vorgelesen.

»Heiß. Es ist nur eine Frage der Zeit, bis ihr hinter dem Vorhang rummacht.«

Hitze steigt mir ins Gesicht, und ich schaue zu Braden, der unter Tränen davon spricht, dass seine Freundin schreiend davonlaufen wird, sobald sie ihn in seiner ganzen Pracht und Herrlichkeit sieht.

»Ja, bestimmt. Jungs sind für mich kein Thema mehr.«

Piper zieht eine Augenbraue hoch.

»Dann wird also Dr. Sharp der letzte Mann sein, der dich je nackt gesehen hat? Dann hoffe ich mal, es war für ihn genauso gut wie für dich.«

»Okay, jetzt bist du echt geschmacklos.«

»Hey, ein Mädchen könnte es schlechter treffen als mit Dr. Sharp und seinen sexy Grübchen«, sagt Piper. »Ich meine doch nur, dass du die Tür zu den Jungs nicht voreilig zuschlagen solltest.«

»Und ich sage doch nur, dass diese Tür schon zugeschlagen wurde.«

Ich weiß nicht mal, warum wir darüber reden, vor allem da wir eigentlich besprechen müssen, warum Piper mich ohne Vorwarnung in ein Theater marschieren lässt, über das ihre frischgebackene Erzfeindin herrscht.

Piper tut so, als würde sie mit einem imaginären Stift auf ihrer Handfläche schreiben, und macht dazu ein gespielt trübsinniges Gesicht.

»Dann würdest du also sagen, deine größte Angst ist es, das Leben einer Jungfrau zu führen?« Die letzten Worte spricht sie extra laut. Dr. Layne lächelt, offenbar zufrieden, dass wir über unsere tiefsten, düstersten Schreckensvisionen reden.

»Jetzt gerade? Da ist meine größte Angst Kenzie King, deine ehemals beste Freundin.«

Piper lässt die Hände sinken, und ihr Grinsen verschwindet.

»Wer hat dir das gesagt?«

»Asad.« Mein Stalking in den sozialen Medien lasse ich unerwähnt.

»Der Junge sollte sich um seine eigenen Angelegenheiten kümmern.«

»Stimmt es?«

»Ja.«

»Wie ist das überhaupt möglich?«

Piper zuckt mit den Achseln, und zum ersten Mal, seit ich sie kenne, weicht sie meinem Blick aus.

»Ich will wirklich nicht darüber reden. Wir waren befreundet. Jetzt sind wir es nicht mehr. Ende der Geschichte.«

»Ja, aber *warum* seid ihr nicht mehr befreundet? Sie hasst mich offensichtlich, weil ich mit dir befreundet bin. Du kannst mich doch nicht ins Massaker mit einem fiesen Mädchen schicken, ohne mir wenigstens ein paar Infos dazu zu geben.«

Pipers Nasenflügel beben, als sie mit dem ausgestreckten Finger auf mich zeigt.

»Meine Freundin zu sein gibt dir nicht das Recht, in meiner Vergangenheit rumzuschnüffeln.«

Ihre Stimme wird immer lauter, sodass die anderen verstummen und alle Blicke sich auf Piper richten, die hektisch ihren Rollstuhl von mir wegbewegt. Dabei rammt sie einen Stuhl und erzeugt ein schrilles metallisches Geräusch, weil die Beine des kippenden Stuhls in ihre Speichen geraten.

»Piper, warum flippst du so aus?«

Sie zerrt an dem Stuhl und antwortet, ohne mich anzusehen.

»Weil ich nicht darüber reden will. Weil ich nicht daran denken will. Und das solltest *du* von allen Menschen doch am besten verstehen.«

In diesem Moment kommt Dr. Layne zu uns.

»Gibt es ein Problem, Girls?«

»Alles bestens!«, sagt Piper, die endlich den Stuhl aus ihren Speichen gerissen hat. Halb schmeißt sie ihn aus dem Weg und rollt dann abrupt von Layne weg aus dem Stuhlkreis.

»Das ist doch Psychotherapie – da ist immer alles bestens, oder?«, sagt Piper.

»Also, Piper, ich will nur …«

»Ich weiß, ich weiß, Sie wollen nur meine größte Angst erfahren, damit sie mich reparieren können. Tja, dann machen Sie mal Ihr Klemmbrett bereit, denn hier ist sie: Ich bin sechzehn und muss mein Leben wegen eines Fehlers in einer Millisekunde auf dem Highway von vorne beginnen. Aber jedes Mal wenn es so aussieht, also könnte ich mein neues Leben tatsächlich genießen, wühlt ihr alle in meiner Vergangenheit herum und zwingt mich, sie wieder zu durchleben. Ich will einfach nach vorne schauen. Und meine größte Furcht, Dr. Alles-wird-gut, ist, dass es mir nie gelingen wird.«

Damit dreht Piper der Gruppe den Rücken zu und rollt zornig Richtung Ausgang. Die schwere Tür knallt sie hinter sich zu.

Kapitel 16

Ich finde Piper draußen vor dem Community Center. Mascara ist in Streifen auf ihren Wangen getrocknet, und die Vorderräder ihres Rollstuhls wippen gefährlich über der Bordsteinkante. Ich klatsche in Zeitlupe in die Hände, bevor ich mich neben ihr auf den Bordstein setze.

»Wow. Du schreckst echt vor nichts zurück, um in der Therapie zu punkten. Du solltest Dr. Layne sehen, wie wütend sie da drinnen auf ihr Klemmbrett kritzelt.«

Pipers Mundwinkel bewegen sich zaghaft ein Stückchen nach oben, aber die Augen hält sie starr auf den Boden gerichtet, während sie die Räder über der Kante schweben lässt und immer erst in letzter Sekunde zurückrollt.

»Hast du nicht auch Sachen, über die du einfach nicht mehr reden willst?«, fragt sie.

Vom Parkplatz gegenüber beobachtet Cora uns. Sie sitzt in Glenns Truck hinter dem Steuer und fragt sich wahrscheinlich, warum ich neben einer verheulten Piper auf dem Bordstein hocke, anstatt zu »heilen«.

»Ich kann nur einfach nicht glauben, dass du jemals mit Miss Niesfurz befreundet warst.«

Piper wischt sich mit dem Ärmel ihrer Kompressionswäsche im Zebralook übers Gesicht.

»Seit der vierten Klasse.« Piper dreht sich zu mir, und ihre Augen sind fast so pinkfarben wie ihre Ärmel. »Aber jetzt hat sie mich gelöscht, zusammen mit der Erinnerung daran, was sie getan hat.«

»Was hat sie denn getan?«

Piper blickt wieder zu den Bergen, die von der hinter uns untergehenden Sonne in rosiges Licht getaucht werden. Da ich auf der Höhe ihres Rollstuhls sitze, kann ich jetzt die Verbrennungen an ihrem Hals deutlicher sehen. Wie der Rauch einer ausgeblasenen Kerze reichen sie fast bis an ihr Gesicht.

»Das hier«, sagt sie und zeigt auf ihr Bein. »Na ja, genau genommen hat natürlich die Straßenlaterne mir das Bein gebrochen.«

»Kenzie saß hinterm Steuer?«

Piper nickt. »Jap. Hat die Mittellinie überfahren und ist gegen einen Laternenmast gekracht.«

Piper erzählt mir, dass sie und Kenzie bis dahin unzertrennlich waren. Dass Kenzie an Silvester ein paar Drinks zu viel hatte und auf der Heimfahrt den Unfall baute. Sie besuchte Piper nicht im Krankenhaus, und als sie in die Schule zurückkam, brachte Kenzie ihre Freunde gegen Piper auf und schaute auf den Fluren einfach durch sie hindurch.

»Sie hat mich total geghostet«, sagt sie.

Ich schüttle verwirrt den Kopf.

»Moment, wenn es doch ihr Fehler war, warum hasst sie dich dann?«

»Keine Ahnung? Schlechtes Gewissen? Ich wurde zu ihrer permanenten Erinnerung, und mit der wollte sie nichts mehr zu tun haben.«

Das schlechte Gewissen der Gesunden. Als meine alten Freundinnen mich das erste Mal im Krankenhaus besuchten, spürte ich es auch.

Ich war eine Brandverletzte.

Sie waren keine.

Uns trennte ein Fluss aus Schuldgefühlen.

Ich schnippe mit dem großen Zeh an meiner linken Hand einen Stein auf die Straße.

»Ich versteh schon. Glaub mir.«

»Ich hätte wissen sollen, dass sie es an dir auslässt«, sagt Piper. »Wahrscheinlich schäumt sie vor Wut, weil ich nicht mehr allein bin.« Sie greift nach dem goldenen Vogelanhänger, der an einem schwarzen Band um ihren Hals hängt. Mit dem Daumen fährt sie seine Konturen nach.

»Es ist kitschig, ich weiß, aber ich trage diesen Phönix, um mich daran zu erinnern, dass ich all das hinter mir lassen kann. Genau wie in dem Song, den ich dir vorgespielt habe, kann ich über alles hinwegkommen – diesen Stuhl, die Verbrennungen, darüber, dass meine Freundinnen mich schneiden.« Piper reibt den Phönix zwischen ihren Fingern und hat den Blick immer noch auf die Bergspitzen geheftet. »Ich will nach vorne und nie mehr zurückschauen.«

Ich folge ihren Augen. Ist es möglich, einfach neu anzufangen, ungehindert von den Narben der Vergangenheit seinen Weg zu machen? Ich versuche, die Finger vor mir auszustrecken, wobei das straffe Gewebe Widerstand leistet.

Was, wenn man den Narben nicht entkommen kann?

»Weißt du, was ich denke?«, sagt sie und richtet sich in ihrem Rollstuhl auf. »Ich denke, wir müssen uns auf das Neue in Laynies neuer Normalität konzentrieren.«

Ich zupfe am Ärmelbündchen meiner Kompressionswäsche und warte nervös auf den Rest ihrer Idee. Als Piper das letzte Mal diesen »Ich habe eine tolle Idee«-Blick hatte, fand ich mich danach auf einer Bühne wieder und spielte die Hauptrolle der Aussätzigen in einem Kreis des Vertrauens.

»Und wie?«

Piper legt den Kopf in den Nacken und schnalzt mit der Zunge gegen den Gaumen. Dann dreht sie sich entschlossen zu mir.

»Die Fotos fürs Jahrbuch werden nächste Woche gemacht. Denkst du, was ich denke?«

»Äh… wenn du denkst, dass die Wahrscheinlichkeit null Prozent beträgt, dass ich mich vor eine Kamera stelle, dann ja.«

Piper schaukelt auf den Rädern des Rollstuhls wieder vor und zurück und ignoriert meinen Protest.

»Du *musst* aber ein Jahrbuchfoto haben. Und ich werde dir helfen.« Sie klatscht begeistert in die Hände. »Das ist es – ein Umstyling!«

Alles in mir möchte Piper widersprechen. Warum um alles in der Welt soll ich mich an dieses Jahr mit einem Jahrbuchfoto erinnern, bei dem nur noch fehlt, dass mir Zombieblut aus dem Mund tropft oder ich mir einen Filzhut wie Freddy Krueger aufsetze? Gott hat schon zum wasserfesten Stift gegriffen und sich ans Werk gemacht.

Aber die Aussicht auf ein Umstyling für einen Fototermin hat Pipers Zorn verdrängt, und ich bringe es nicht über mich, nein zu sagen, als sie mir winkt, näher zu ihr zu rücken. Sie dreht meinen Kopf erst nach links, dann nach rechts und mustert mein Gesicht.

»Aussichtsloser Fall, was?«, sage ich.

»Überhaupt nicht, *Dahling*«, sagt sie mit falschem Südstaatenakzent. »Ich glaube nicht an aussichtslose Fälle, nur an Make-up.«

Ich schüttle den Kopf. »Kommt nicht in Frage. Kein

Make-up. Außer du hast so was wie einen entflohenen Killerclown im Sinn.«

Piper verzieht das Gesicht und legt bittend die Handflächen aneinander. »Nicht mal Mascara?«

Ich zeige auf meine Augen. »Keine Wimpern da.«

Piper seufzt schwer und rupft mir das Bandana vom Kopf, bevor ich es verhindern kann.

»Dann widmen wir uns als Erstes diesem Durcheinander, das du Haar nennst.«

Ich versuche, mit der rechten Hand meinen Kopf zu bedecken, während ich mit der Zehenhand nach dem Bandana greife. Pipers Blick fällt auf die Stelle, wo mein Ohr sein sollte, aber sie sagt nichts über diesen fehlenden Körperteil.

»Tja, so kannst du dich nicht fotografieren lassen.« Sie wedelt mit dem Bandana vor meinem Gesicht. »Und auch nicht mit diesem modischen Fauxpas.«

Ich versuche noch mal vergeblich, mir das Bandana zu schnappen.

»Eben. Jetzt verstehst du vielleicht endlich, warum ich Fotos grundsätzlich ablehne.«

»Nicht so voreilig.«

Sie deutet mit dem Kopf in Coras Richtung, die einen fantastischen Job macht zu verheimlichen, dass sie uns beobachtet. Inzwischen hat sie sogar den Motor ausgemacht und das Fenster runtergelassen, um besser lauschen zu können.

»Kann deine Tante uns fahren?«

Als ich ihr winke, kommt Cora an den Bordstein gerollt. Der Beifahrersitz ist voll mit Briefumschlägen und Krankenhausrechnungen, auf denen in großen roten Lettern LETZTE MAHNUNG steht.

»Alles in Ordnung bei euch?«

»Wir brauchen jemanden, der uns fährt«, sagt Piper.

»Wohin denn?«, fragt Cora und sammelt die Unterlagen zusammen.

Piper grinst mich schelmisch an.

»Dahin, wo wir ein paar neue Haare für Ava kriegen.«

Kapitel 17

»Ich seh bestimmt aus wie eine untote Nutte.«

Ich flüstere, weil wir die einzigen Kunden in diesem gruseligsten Laden in der Geschichte aller Malls sind. Eine Frau mit breitem Lidstrich oben und unten und unzähligen Piercings tut so, als würde sie hinter der Theke eine strubbelige braune Perücke ausbürsten, aber in Wirklichkeit beobachtet sie uns durch die Reihen gesichtsloser Puppenköpfe hindurch.

Piper lotst mich zu einem Ganzkörperspiegel an der Wand.

»Schau doch selbst.«

Ich zwinge mich, in den Spiegel zu blicken, und sehe die monströse Perücke, die Piper mir aufgesetzt hat. Sie ist – natürlich – knallpink, mit kurzem Pony, der mich an der Stirn kitzelt. Ansonsten handelt es sich um einen kinnlangen Bob.

»Das ist genau, was du brauchst«, verkündet sie.

Die Seitenpartie kaschiert meine Ohrlosigkeit perfekt, und der Pony lenkt die Aufmerksamkeit eher auf meine Augen als auf die faltige Haut drum herum.

Ich trete näher an den Spiegel.

»Findest du nicht, dass das irgendwie … verzweifelt aussieht?«

Piper streicht lachend die blonde Perücke glatt, deren

lange Haare ihr bis auf den Schoß fallen und sie wie ein Blumenkind auf dem Coachella-Festival in Kalifornien aussehen lassen.

»Die Zeiten sind verzweifelt, meine Liebe. Sie sind verzweifelt.«

Ich trete einen Schritt zurück, stütze eine Hand in die Hüfte und versuche, normal auszusehen. Oh hey, total lässig in meiner Clownsperücke und diesem vernarbten Körper.

»Vielleicht etwas weniger Auffälliges. So was wie hellbraun? Mit der hier komme ich mir vor, als würde ich es zu sehr wollen.«

Piper stößt die Luft aus und schaut an die Decke, als würde sie um Geduld beten.

»Ava, eine braune Perücke ist nur traurig. Wenn du mit der hier kommst, gibst du ein Statement ab.« Sie hält ihren zebragestreiften Arm neben meinen beigefarbenen. »Wie bei unserer Kompressionswäsche. Es glaubt doch sowieso niemand, dass diese lahmen beigen Dinger deine eigene Haut sind. Also warum nicht ein bisschen Spaß damit haben?«

Die Goth-Lady hinter der Theke mustert uns, während Pipers Stimme immer lauter wird. Jetzt dreht sie sich mit dem Rollstuhl im Kreis, sodass die blonden Strähnen um sie herumwirbeln.

»Es ist doch so, als hätte uns das Universum dieses schreckliche Blatt für ein Spiel namens Leben ausgeteilt, und jetzt ist es unsere Pflicht zurückzubrüllen: ›Gut gegeben, Drecks-Kosmos, aber du wirst dich noch wundern.‹«

»Dann sind Zebrastreifen und pinkfarbene Perücken dein ausgestreckter Mittelfinger in Richtung Universum?«

Piper lächelt und wackelt hinter mir im Spiegel mit den Augenbrauen.

»Ich habe auch noch ein süßes Tattoo im Blick, und wenn du dich beeilst, diese spitzenmäßige Perücke zu kaufen, dann haben wir vielleicht noch genug Zeit, in den Laden nebenan zu gehen, bevor deine Tante zurück ist.«

Das pinkfarbene Haar kitzelt mich im Gesicht, als ich mich ruckartig zu Piper umdrehe. »Ein Tattoo? Machst du Witze?«

Sie nickt mit großen Augen. »Du solltest dir auch eins stechen lassen!«

»Mehr als die Hälfte meiner Haut ist Narbengewebe. Warum um alles in der Welt sollte ich diese morbide Statistik noch verschlimmern? Und warum willst du das tun?«

Piper reckt sich, um mir auf die Nase zu stupsen. Dann singt sie: »*Every party has a pooper that's why we invited you.* Ava Lee. Du bist ein Spielverderber.«

Ich drehe mich wieder zu meinem Spiegelbild.

»Ein albernes Klischee reicht erst mal. Fangen wir mit dieser Zombie-Straßenmädchen-Perücke an und reden *dann* über Tattoos, okay?«

Piper drückt sich neben mich, sodass wir beide im Spiegel zu sehen sind, und ich schüttle den Kopf mit der Perücke ein letztes Mal. »Dann nimmst du sie?«

»Die Leute werden mich anstarren.«

Piper verdreht im Spiegel die Augen.

»Stimmt. Da kannst du ihnen ja auch was zu sehen bieten.«

Bevor ich sie daran hindern kann, schnappt sie sich mein Handy, presst ihre Wange an meine, ruft »Cheese!« und drückt ab.

»Siehst du, das war doch gar nicht so schlimm, was?«, sagt sie.

Ich stopfe mein Bandana in die Tüte, die die Goth-Lady mir gibt, und trage meine neuen Haare schon auf dem Heimweg.

*

»Was zum Teufel hast du da auf dem Kopf?«, fragt Glenn am Abend, noch bevor er sich die Stiefel auszieht.

»Gefällt's dir?« Ich schüttle den Kopf, sodass die kurzen Strähnen vor meinen Augen hin- und herschwingen. Aus den Augenwinkeln sehe ich, wie Cora Glenn wortlos »Lass es!« zu verstehen gibt. Als wüsste ich nicht selbst, dass ich neonrosa Haare habe, und als wäre es das Beste, diese Tatsache zu ignorieren. So wie sie es auf der Heimfahrt im Auto gemacht hat, als sie kein einziges Mal den Blick von der Straße wandte.

»Und dir?«, fragt er zurück.

»Es ist anders«, sage ich achselzuckend.

»Gut anders?«

»Anders. Piper meint, es sei Zeit für eine Veränderung.«

Wir setzen uns zu einem Abendessen, das einer Kochsendung im Fernsehen würdig wäre. Was bedeutet, dass Cora sich aus ihrem Tief zu Saras Geburtstag herausgekämpft hat und sich jetzt mit voller Kraft in eine »Alles wird gut!«-Genesungswoche stürzt. Was so viel heißt wie, dass sie sich anstrengt, Köchin des Jahres zu werden. Zu Hause war Essen immer eine einfache Angelegenheit, meist aßen wir von bunt zusammengewürfelten Tellern. Während wir hier an Tagen wie heute von Porzellantellern mit kleinen gelben Vögeln drauf essen und jeder Platz komplett mit Besteck eingedeckt ist. Bis auf Saras Platz natürlich. Dort sitzt nie jemand, als würden wir darauf warten, dass sie hereingehüpft kommt und ihren Stammplatz beansprucht.

Glenn reicht mir das Kartoffelpüree in der Servierschüssel aus Porzellan und versucht nicht mal, die Augen von der Perücke zu nehmen.

»Diese Piper ist ein echter Hitzkopf, was?«

»Das kann man wohl sagen«, meint Cora, wenn auch nicht im gleichen harmlosen, fröhlichen Ton.

»Was soll das heißen?«, frage ich.

»Ach, nichts. Sie ist nur einzigartig, das ist alles. Aber wenn du sie magst…«, sagt Cora.

»Jap, ich mag sie«, sage ich.

»Na, dann ist es ja gut.« Glenn klopft mit seiner Gabel wie mit einem Auktionshammer auf den Tisch.

Cora kaut stumm und mit gesenktem Blick.

»Ich habe einen Artikel gelesen«, beginnt sie dann. Geht das schon wieder los. »Über diese Camps, die jedes Jahr veranstaltet werden und wo du hinfahren und Zeit mit anderen Überlebenden von Bränden verbringen kannst.«

Cora zaubert von ihrem Schoß eine Zeitschrift auf den Tisch und legt sie neben mich. Auf dem Cover schwingt sich ein dunkelhäutiges Mädchen, dessen Gesicht ungefähr genauso zerschmolzen aussieht wie meins, an einem Seil über einen Teich. »Da könntest du Freunde finden, denen es ernst mit dem Gesundwerden ist.«

Ich lege meine Gabel klirrend auf den Teller.

»Mein Leben ist schon todernst, aber falls du was über Piper loswerden willst, nur zu.«

Cora rutscht unbehaglich auf ihrem Stuhl herum, und ihr Blick huscht von mir zu Glenn und zurück auf ihren Teller.

»Es ist nur. Du weißt schon. Die ganze Sache – diese

Perücke. Diese schrecklichen Sachen, die sie in deinem Zimmer gesagt hat.«

»Ich habe die auch gesagt.«

»Das meine ich ja. Vielleicht ist sie nicht gerade der beste Einfluss ...«

Ich schiebe meinen Stuhl vom Tisch zurück.

»Du hast mich doch gedrängt, in diese Therapiegruppe zu gehen. Du hast mir gesagt, ich soll Freunde finden. Und jetzt sind es nicht die richtigen Freunde? Langsam krieg ich ein Schleudertrauma.«

»Es ist doch nur so, wie Glenn gesagt hat: Piper hat eine große Persönlichkeit«, sagt Cora und lässt zögernd den Blick über mein pinkfarbenes Haar streifen. »Ich möchte nicht, dass du dabei verlorengehst.«

»Es ist nur eine Perücke, Cora. Das da drunter bin immer noch ich. Glaub mir – mich werde ich sowieso nicht los.«

Glenn und Cora sehen sich über den Tisch hinweg an – eine stumme Unterhaltung darüber, was man darauf erwidern könnte. Ich habe keine Lust, darauf zu warten.

»Darf ich aufstehen?«

Glenn nickt. Ich lasse die Zeitschrift neben meinem halbleeren Teller liegen.

In meinem Zimmer hole ich die Mappe mit den Ideen für plastische Operationen aus dem Schreibtisch. Nahaufnahmen und Zeitungsausschnitte von rekonstruierten Augen, Ohren und Lippen. Ausgeschnittene Fantasien von Leuten in Coras *Burn Survivor Quarterly*, die das Glück hatten, echte Schönheits-OPs zu bekommen. Ich arrangiere alle Fotos von »Nachher« zu einer bizarren Collage auf dem Bett. Über eine perfekt rekonstruierte zierliche Nase lege ich Augen, die genauso blau sind wie meine.

Im Spiegel des Vitrinenschranks betrachte ich mich. Unter den Haaren teilen die Ränder jedes Transplantats mein Gesicht in scharf abgegrenzte Bereiche. So bildet meine strahlend weiße Stirn einen harten Kontrast zu den pinkfarbenen Tönen von Kinn und Hals.

Meine Nase ist auch neu. Sie ist knolliger als meine eigene, aber die ging genauso verloren wie eines meiner Ohren. Meine Lippen wölben sich unter der neuen Nase und laufen über ihre Ränder aus, als hätte ich beim Fahren auf holpriger Straße knalligen Permanent-Lippenstift aufgetragen.

Und auch wenn meine Augen noch meine eigenen sind – das Einzige, was noch genauso aussieht wie vor dem Feuer –, hängen meine Augenhöhlen irgendwie in Richtung Wangen.

Ich ziehe die Augenwinkel nach oben. Unter der Perücke sieht mein Gesicht nicht so schrecklich aus. Es ist eher so wie früher, wenn ich mich vor einem Theaterauftritt fertig machte, mit Kostüm, Make-up und Frisur. Das gab mir die Möglichkeit, jemand anders zu sein.

Jemand Besseres.

Ich lasse meine Augenwinkel wieder los und streiche die pinkfarbenen Strähnen glatt. Ich bin nicht so verrückt zu glauben, diese Perücke würde mein Gesicht in Ordnung bringen. Aber immerhin ist sie echt, kein in einer Schublade versteckter Wunschtraum.

Im Spiegel strahlen meine Augen im Kontrast zu dem Pink besonders blau.

Es ist bescheuert. Es ist auffällig. Es ist so absolut nicht ich.

Piper hat recht: Es ist genau, was ich brauche.

Kapitel 18

Ich warte bis zum Fototag nächste Woche, um mit meinem neuen Ich zu debütieren.

Die knallrosa Haare lassen den Anstarr-Faktor definitiv in die Höhe schießen. Ein Mädchen in meinem Spanischkurs meint, sie »liebt diesen Look«. Eine Gruppe Jungs pfeift und lacht flüsternd, als ich im Flur vorbeibeigehe. Piper rammt daraufhin einen von ihnen »aus Versehen« mit dem Rollstuhl.

»Ich sollte sie einfach abnehmen«, sage ich und ziehe ein Bandana aus dem Rucksack. Piper schnappt es sich sofort und wirft es in den nächsten Papierkorb.

»Auf keinen Fall. Du siehst toll aus.«

In Naturwissenschaften nestle ich hinten im Kursraum nervös an meinen neuen Haaren herum und versuche, nicht zu breit zu grinsen, als Asad erklärt, ihm gefalle die Perücke. In was für eine Welt habe ich mich da nur von Piper hineinziehen lassen? Ich bin aufgeregt wegen eines Jungen und trage eine Punk-Rock-Perücke aus einem Laden, wo die Schaufensterpuppen Netzstrümpfe anhaben.

Als Mr. Bernard erklärt, wir sollten uns jeweils einen Partner suchen, packt Asad mich am Ärmel.

»Reserviert«, sagt er.

»Hast du mich gerade reserviert?«, frage ich.

»Klaro.«

»Ich bin mir nicht sicher, worüber ich mich mehr wundern soll: dass du *klaro* sagst oder darüber, dass du denkst, mich müsste man reservieren.«

»Du gehörst jetzt zur Technik-Crew. Wir halten zusammen.«

Gemeinsam legen wir die Materialien fürs Mikroskopieren zurecht, unter anderem Petrischalen für Mehlwürmer. Die erste Hälfte der Unterrichtszeit erfreut Mr. Bernard uns mit der Ankündigung, welche Einsichten in die Natur des Menschen wir daraus gewinnen werden, diese kleinen Kerlchen in den nächsten paar Wochen zu beobachten. Ich habe da so meine Zweifel, wenn ich bedenke, dass ich noch nicht mal sagen kann, welches Ende der Kopf und, nun ja, das Ende ist.

»Jede Gruppe von Organismen bildet eine Gemeinschaft, und das gilt sogar für diese einfachen Mehlwürmer«, sagt Mr. Bernard. »In Bezug auf die menschliche Entwicklung entscheidet die Gemeinschaft darüber, ob man Arthropode oder *Homo sapiens* ist.«

Am hintersten Tisch wird gekichert und drei bullige Jungs in Football-Jacken wiederholen das Wort *Homo*.

»*Homo sapiens* ist der moderne Mensch«, sagt Mr. Bernard.

»Wenn Sie es sagen, Alter«, sagt der am größten gewachsene Dummkopf. Mr. Bernard sieht ihn eine Minute lang sprachlos an und versucht es dann noch mal.

»*Homo sapiens* ist eine Klassifizierung des Menschen. Er folgte auf den *Homo erectus*.«

Das löst nur eine neue Runde Gelächter aus, woraufhin Mr. Bernard sich auf seinen Stuhl setzt und zu lesen beginnt, anstatt erneut zu versuchen, diesen Primitiven der Neuzeit irgendwas beizubringen.

Während wir für die uns zugeteilten Würmchen eine luxuriöse Plastikbehausung basteln, redet Asad vom Bühnenbild und seinem Beleuchtungskonzept, das mich »umhauen wird«.

»Ich sehe die Beleuchtung als eine eigene Rolle, weißt du. Denn wie ich die Bühne illuminiere, das erzählt auch einen Teil des Stücks«, sagt er.

Während er praktisch ununterbrochen redet, fülle ich unsere Petrischale mit Holzspänen. Er erklärt mir, wie viel lieber er *Wicked – Die Hexen von Oz* machen würde als *Der Zauberer von Oz*, weil es sein absolutes Lieblingsmusical ist und er sich dafür seit seiner Zeit als Freshman einsetzt.

»Es hat mein Leben verändert.« Er schaut mir direkt in die Augen, als er das sagt, als würde er etwas von sich selbst preisgeben. Doch ich kann in seinen Augen, die so dunkel glänzen wie schwarzer Kaffee, nur mich selbst sehen, und zwar so deutlich, dass ich den Blick abwende.

»Ich habe es nie gesehen. Es wurde in Salt Lake City nur einmal aufgeführt, als ich noch klein war. Aber damals konnten wir nicht hingehen«, sage ich.

»Aber du kennst doch die Songs, oder? Die kennt ja jeder.«

Ich schüttle den Kopf.

»*Nope*. Meine persönliche Regel: keine Musik, bis ich nicht das Stück gesehen habe. Ich will es mir nicht spoilern. Aber ist *Wicked* nicht einfach die Hardcore-Version von *Der Zauber von Oz*?«

Asad legt die Handvoll Späne, aus denen er gerade ein Mehlwurmbettchen machen wollte, wieder hin, stützt die Ellbogen auf die Tischplatte und vergräbt sein Gesicht in den Händen, als hätte ich ihn gerade betrogen.

»Es ist mit *Der Zauberer von Oz* überhaupt nicht zu vergleichen. Es ist so, als würdest du den gelben Ziegelsteinweg nehmen und verbiegen, bis er in zwei Teile zerbricht, dann hineinschauen und in dieser Straße eine ganz neue Welt entdecken, die dunkel, tiefgründig und entlarvend ist.« Asad macht ein feierliches Gesicht. »Das ist es. Wir müssen da hin.«

»Du und ich, wir?« Es wundert mich, dass ich überhaupt so eine Art Satz herausbringe, weil in meinem Kopf nur ein einziges Wort widerhallt: *wir, wir, wir, wir, wir.*

Asad nickt ernst.

»Ja, du und ich. In ein paar Wochen kommt es nach Salt Lake City.« Sein Gesicht nimmt einen dringlichen Ausdruck an. »Ich will dir ja nicht zu viel versprechen, aber nach diesem Stück wirst du. Nie. Mehr. Dieselbe. Sein.«

Er nimmt unsere Petrischalen-Behausung und geht nach vorne zum Lehrerpult. Auf dem Rückweg hält er die Schale, in der sich drei kleine Würmchen schlängeln, vor sich ausgestreckt.

»Glückwunsch. Es sind Drillinge!«

Bevor er unseren Tisch erreicht, schlägt einer der Football-Jungs aus der letzten Reihe ihm so heftig gegen den Arm, dass die Petrischale auf mich zufliegt. Ich strecke die Hand danach aus, bin aber nicht schnell genug, sodass sie auf den Boden fällt und die Mehlwürmer wie winzige Stuntmen durch die Luft katapultiert werden.

»Drama Queer«, sagt der Junge gerade so laut, dass nur wir es hören. »Solltest nicht du die Dragqueen-Perücke tragen?«

Asad bückt sich, um die Würmer und die Holzspäne wieder einzusammeln, und tut so, als würde er den Jungen, der neben ihm aufragt, gar nicht bemerken.

»Oh-oh«, sagt einer von seinen Kumpeln. »Du hast ihn angefasst, jetzt wird er *Homo erectus*.«

Der Football-Kerl klatscht einen anderen in einem Viking-Trikot ab. Asad stellt die Schale auf den Tisch.

»Ich weiß, ich weiß. Welche Eltern lassen ihre Babys fallen, was?«

»Was sollte das denn?«, frage ich.

Asad schiebt die Mehlwürmer in der Schale herum, ohne aufzublicken.

»Ach, das? Nichts.«

»Es sah aber nicht wie nichts aus.«

»Das gehört nur zu diesem Spielchen, das wir spielen und bei dem er mir das Leben zur Hölle macht, während ich es zulasse.«

Ich ziehe die Schale mit den Mehlwürmern weg, sodass Asad zu mir hochschauen muss.

»Bist du nicht derjenige, der mir gesagt hat, ich müsse mich behaupten? Und da lässt du dich von diesen hirnlosen Sportskanonen schikanieren?«

Asad zuckt mit den Achseln. »Ava, ich bin einer von einer Handvoll Kindern mit brauner Haut an dieser Schule, deren Maskottchen Attila den Hunnenkönig wie Mutter Teresa dastehen lässt.«

»Und was bin ich? Kandidatin als Ballkönigin?«

»Deshalb halten wir ja auch zusammen außerhalb der Sicherheit unserer Bühne – einfach um zu überleben«, sagt er. Dann hält er die Petrischale hoch, damit ich sehen kann, wie die Mehlwürmer sich tief in den Holzspänen vergraben und ihre Körper gegen das Plastik pressen. »Also, wie wollen wir diese kleinen Kerlchen nennen?«

Wir entscheiden uns für Magical Mr. Mistoffelees, Rum Tum Tugger und Macavity.

»Na, das ist doch mal eine Truppe, auf die Andrew Lloyd Webber stolz wäre«, sagt Asad und hält dann kurz inne. »Es liegt an solchen Sachen, nicht wahr? Dass die glauben, ich sei« – er blickt sich flüchtig um und flüstert – »ein *Homo sapiens.*«

Ich lache. »Das und vielleicht auch die Jazzhands?«

»Was? Kann ein Typ keine Jazzhands machen, ohne dass gleich seine Sexualität in Frage gestellt wird? Siehst du, genau deshalb bin ich lieber im Technikteam als auf der Bühne.«

Ich deute mit dem Kopf nach hinten.

»Damit der sich nicht über dich lustig macht?«

»Und mein Vater nicht.« Asad droht mir mit dem Zeigefinger und sagt mit heftigem pakistanischem Akzent: »Theater ist für Mädchen. Jungs studieren Medizin.«

Ich seufze. »›It's the Hard-knock-life‹, mein Freund.«

»Zu einfach – das ist aus *Annie*«, sagt er und fügt rasch noch hinzu, »bin ich übrigens nicht.«

»Was bist du nicht?«

»*Homo sapiens.*«

»Ich hab dich nicht danach gefragt.«

»Okay, ich wollte nur, dass du es weißt.«

Das pinkfarbene Haar fällt mir gerade rechtzeitig ins Gesicht, um mein Lächeln zu verstecken.

*

Piper versucht, mich zu meinem Foto in die Aula zu begleiten, aber Konrektor Lynch hält sie auf, weil sie keine spezielle Unterrichtsbefreiung vorweisen kann.

»Keine Extrawürste, Mädchen«, sagt er.

Ich weiß nicht, warum dieser Kerl mich so hasst. Vielleicht bin ich für ihn eine nur schlimmer vernarbte Version seiner eigenen Jugend als Loser. Vielleicht ist er aber auch nur ein Arschloch, dessen ständig zu enger Hemdkragen seinem Frontallappen die Sauerstoffzufuhr abgeschnitten hat. Jedenfalls bedeutet er Piper mit ausgestrecktem Arm, in ihren Kurs zurückzukehren. Sie tut so, als würde sie vor ihm salutieren.

»Jawoll, Herr Kapitän!«, stößt sie hervor und ruft mir an ihm vorbei noch zu: »Vergiss nicht, Ameisenscheiße zu sagen!«

»Danke, Mom!«, schreie ich zurück. Und ich glaube, ich sehe genauso erstaunt aus wie Piper, als meine Stimme laut durch den Flur schallt.

»The Power of Pink!«, ruft Piper mir noch mit einem triumphierenden Grinsen nach.

Ich gehe also allein, aber ausgerüstet mit meiner Perücke. Außerdem schaue ich geradeaus anstatt auf die Flecken auf dem Linoleum. In der Aula wartet schon etwa ein Dutzend Schüler darauf, sich vor einem Hintergrund aus violettem Samt auf der Bühne auf einen Barhocker zu setzen und in die auf ein Stativ montierte Kamera zu blicken. Ich rücke die ganze Zeit über meine Perücke zurecht. Fototag in der Schule war schon früher schrecklich, aber jetzt juckt meine Haut unter der Kompressionswäsche, und ein brennendes Prickeln läuft schubweise meine Arme hinauf.

Als wäre es nicht schon fürchterlich genug, ein Teenager zu sein, sollen uns auch noch diese passfotogroßen Mementos der Verlegenheit daran erinnern. An der Middle School tauschten wir diese Fotos wie die Sammelkarten von Baseball-Stars. Ich unterschrieb meine sogar, als wäre ich prominent, und machte dabei aus dem *v* ein Herzchen.

Damals konnte man seinen Coolness-Faktor direkt an der Anzahl der getauschten Fotos ablesen.

Ich kann froh sein, wenn Piper meins von diesem Jahr möchte.

Als ich an der Reihe bin, zwinge ich mich zu einem Lächeln, von dem ich weiß, es lässt mich aussehen, als würde ich gerade verdorbenen Fisch essen oder versuchen, mich nicht vollzukleckern. Daran, wie nervös der Fotograf lächelt und an seiner Kamera herumfingert, kann ich erkennen, dass es nicht gut aussieht.

Ich glaube, er hat gerade einen Mini-Nervenzusammenbruch. Geschlagene fünf Minuten kämpft er mit seinem Blitzlicht, dabei gab es bei allen anderen nur zwei blitzschnelle Aufnahmen, und fertig war die Erinnerung an die Highschool. Zwischendurch wischt er sich mit dem Ärmel seines Hemds Schweißperlen von der Stirn.

»Lass mich noch etwas ausprobieren«, sagt er und drückt wieder auf alle möglichen Knöpfe.

»Es ist bestimmt okay«, sage ich. Wir wissen ja beide, dass hier nicht seine Ausrüstung das Problem ist. »Sie können einfach das erste nehmen.«

Er postiert sich noch mal hinter der Kamera. »Okay, auf drei. Eins, zwei …«

Ich schwöre, dass er zusammenzuckt, als er den Auslöser drückt. Ich will schon gehen, doch er winkt mich zu sich hinters Stativ.

»Ich habe eine Idee.«

Er holt mein Digitalfoto auf einen Laptop neben sich. Mein pinkfarbenes Haar füllt die obere Hälfte des Bildschirms aus.

»Also, das ist natürlich allein deine Entscheidung, aber wir bieten ein Bearbeitungs-Package an«, sagt er. Er bewegt die Maus über mein Foto und lässt sie über meiner Nase schweben. »Sieh mal.«

Während er den Cursor über mein Gesicht bewegt, verschwimmt meine Haut darunter. Dieses Verwischen bringt die Ränder meiner transplantierten Hautpartien und die Falten meiner Narben zum Verschwinden. Er bearbeitet eine Gesichtshälfte so, dass sie zwar ein bisschen unscharf aussieht – aber viel besser.

Dann holt er sich mit dem Cursor ein weiteres Tool.

»Und damit kann man einfach ein paar … Problemzonen auffüllen«, sagt er. Mit ein paar Klicks um meine Augen füllt er die Haut darunter auf. Dann zieht er die Konturen der Lippen so nach, dass mein Mund nicht mehr nach ausgelaufenem Lippenstift aussieht.

Lächelnd dreht er sich zu mir. »Was meinst du?«

»Ich finde es toll.«

»Dann möchtest du es?«

»Möchte ich was?«

Mein altes Gesicht? Wie viel soll es kosten?

»Das Bearbeitungs-Package. Dann käme dieses Foto ins Jahrbuch.«

Ich starre das Mädchen auf dem Bildschirm an. Ava vor dem Brand. Etwas unscharf, aber trotzdem – da wäre sie.

»Machen Leute so was wirklich?«, frage ich.

Er nickt. »Oh ja. Andauernd – Falten, Narben, unschöne Muttermale. Letztlich kommt es ja darauf an, wie man Leuten in Erinnerung bleiben will.«

Das Mädchen auf dem Bildschirm ist eine Versuchung. Ich will, dass die anderen sie in Erinnerung behalten, nicht dieses Ding, das sie auf den Fluren sehen. Ich möchte, dass alle dieses Mädchen einfach vergessen. Bringt sie mit Photoshop in Vergessenheit.

»Aber das bin ja nicht wirklich ich«, sage ich.

Der Fotograf lächelt verschwörerisch.

»Genau darum geht's ja – es ist einfach besser.«

Geflüster hinter mir sorgt dafür, dass ich mich umdrehe. Erst in dem Moment wird mir bewusst, dass all die anderen Schüler in der Schlange auch auf die Fantasieversion von mir auf dem Laptop starren. Ihre Augen gehen von der Photoshop-Version zur Realität und wieder zurück.

Neben diesem Mädchen mit glattem Gesicht auf dem Display fühle ich mich schrecklicher denn je. Glühender Hass auf dieses imaginäre Ich kocht in mir hoch.

»Löschen Sie es«, sage ich leise.

Der Fotograf beugt sich näher zu mir, als habe er mich nicht verstanden.

Ich sage es deutlicher. »Ich will das nicht.«

»Oh, okay«, sagt er, offensichtlich irritiert. »Dann also nur das normale Foto, ja?«

Ich greife hektisch nach meinem Rucksack. Das war eine total blöde Idee.

»Nein, löschen Sie alles. Ich will kein Foto.«

»Bist du dir sicher? Ich …«

»Löschen Sie es!« Meine Stimme hallt durch den Saal. Ich drehe mich zu ihm und sage leiser: »Bitte.«

Er zieht das Foto zum Papierkorb-Icon auf seinem Bildschirm.

»Ich habe nur versucht zu helfen.«

Tränen steigen mir in die Augen. Ich schlucke sie runter und mache mich auf den Weg zur Tür.

»Ich brauche Ihre Hilfe nicht. Ich brauche niemand.«

Kapitel 19

Hätte Piper nicht mein letztes Reserve-Bandana in den Müll geworfen, würde ich mir die Perücke sofort vom Kopf reißen. Aber es ist ausgeschlossen, dass ich ohne irgendwas auf dem Kopf zur Theatergruppe gehe.

So stehe ich in einer Klokabine und trete gegen die Tür. Ich bin dermaßen bescheuert – eine Perücke und Photoshop ändern nichts an der Realität.

Ich lungere weiter in der Klokabine herum, einerseits weil es praktisch ist, den Kreis des Vertrauens zu verpassen, andererseits um sicherzugehen, dass der Foto-Heini verschwunden ist. Als ich endlich bei der Theatergruppe auftauche, malt Asad schon an dem gelben Ziegelsteinweg, mit dem wir Anfang der Woche begonnen haben. Neben ihm pinselt Piper grüne Wolkenkratzer für die Smaragdstadt. Sie war schon die ganze Woche immer mal wieder zum Zuschauen hier, weil das Volleyball-Team auswärts unterwegs ist.

»Hey, hey! Wie ist das Glamour-Shooting gelaufen?«, fragt sie.

Ich greife nach einem Pinsel, knie mich neben Asad und richte meine ganze Konzentration auf die gelben Ziegelsteine für das Bühnenbild.

»Stell dir das schlimmste aller denkbaren Szenarien vor und nimm es mal zehn, dann kommst du der Sache nahe.«

»Es kann doch nicht so …«, fängt Piper an.

»Er hat mich gephotoshopped.« Ich spreche leise, weil ich vor Asad keine Szene machen will.

Piper hält inne, und ihr Pinsel voller grüner Farbe bleibt in der Luft hängen.

»Wer hat was gemacht?«

Da erzähle ich ihr von dem nervösen Fotografen und seinem Bearbeitungs-Package. »Ich glaube, er hat nur versucht, nett zu sein.«

Daraufhin sieht Piper Asad an, der nur mit den Achseln zuckt, dann wieder mich. Laut und schrill schallt ihre Stimme über die ansonsten leere Bühne: »Ava! Du musst den Leuten sagen, wo sie sich ihr Nettsein hinstecken können.« Sie packt mich bei den Schultern, sodass Farbe auf mich spritzt. »Wenn wir das nicht tun, wer dann?«

»Was genau hätte ich denn sagen sollen?«, frage ich.

»Dass du kein Photoshop brauchst. Dass seine Definition von Schönheit archaisch und ignorant ist.«

»Siehst du, deshalb hättest du mich begleiten müssen.«

»Ich kann deine Schlachten nicht für dich schlagen, Ava.«

»Ja, nur anscheinend kann ich es selbst auch nicht.« Ich fahre mit den Fingern durch meine neuen pinkfarbenen Haare. »Ich dachte, diese Perücke wäre so eine Art Neuanfang für mich. Dass ich mich meinen Ängsten stellen würde und so. Aber ich habe total versagt.«

Bevor Piper mir bestätigen kann, dass ich ein Riesenfeigling bin, kommt Kenzie über die Bühne auf uns zu. Ihr Blick ist ausschließlich auf Piper gerichtet.

»Was machst du hier?«, fragt sie.

Piper schaut nicht hoch, fast als würde sie erwarten, dass einer von uns ihre Anwesenheit verteidigt. Sie sieht

Asad eindringlich an, der aber nur konzentriert auf die Leinwand starrt. Piper murmelt eher vor sich hin, bevor sie sich zu Kenzie umdreht.

»Ist ein freies Land«, sagt sie. »Ich bin mit Ava hier.«

Kenzies Blick geht von mir zu Piper und wieder zurück.

»Als du gesagt hast, du willst nichts mehr mit dem Theater zu tun haben, da hast du also gemeint, nichts mit mir?«

»Jap, so was in der Art«, sagt Piper.

»Können wir wenigstens reden. Über ...«

»Es gibt nichts zu reden«, sagt Piper. »Aber keine Sorge, ich bringe deine Welt nicht ins Wanken, indem ich in deine kostbare Theatertruppe zurückkehre. Du kannst also weiterhin vergessen, dass das alles je passiert ist.«

Kenzie starrt zu Piper hinunter, und ihre Miene wird eine Spur weicher.

»Das ist nicht fair, Piper«, sagt sie leise und blinzelt offenbar erfolgreich gegen aufsteigende Tränen an.

Piper täuscht ein Lachen vor und klatscht in Zeitlupe in die Hände. »Bravo! Zweimal Daumen hoch für diese preisverdächtige Performance. Da capo! Da capo!«

Auf einen Schlag verschwindet Kenzies Weichheit und macht ihrer üblichen verkniffenen, mürrischen Miene Platz. Sie verschränkt die Arme vor der Brust, stapft schnaubend an mir vorbei und stellt einen Stuhl in die Tür, durch die man hinter die Kulissen kommt.

»Hier riecht's ja wie in einem Leichenschauhaus.« Sie sieht mich direkt an, als sie das sagt, und zeigt dann auf meine Perücke. »Lass dich von ihr nicht täuschen, Ava. Wenn sie das Verkleidungsspiel satthat, interessiert Piper sich nur noch für eine Person. Und weißt du was? Das wirst nicht du sein.«

Damit macht sie auf dem Absatz kehrt und kickt die Dose mit den Pinseln weg.

»Drama soll man sich für die Bühne aufheben, was?«, sagt Piper, als sie fort ist.

Ich nicke. »Aber echt. Sie war doch diejenige, die dich hier nicht haben wollte.«

Piper widmet sich wieder ihren grünen Wolkenkratzern.

»Genau genommen war ich diejenige, die ausgestiegen ist. Ich bin nicht scharf drauf, meine Zeit hier zu verbringen, wo ich nicht erwünscht bin, und glaub mir, sie wollte mich hier nicht. Niemand will einen traurigen Krüppel, der alle nur runterzieht.«

Endlich schaut Asad von seiner Malerei hoch. »Keiner hat gesagt, dass du hier unerwünscht warst.«

Piper schnappt nach Luft und reckt die Hände zum Himmel.

»Ein Wunder! Dein selektiver Mutismus ist vorbei! Interessant, dass du nie die Klappe halten kannst, wenn wir unter uns sind, aber sobald jemand, der auf der sozialen Leiter ein Stückchen weiter oben steht, aufkreuzt, fehlen dir plötzlich die Worte.« Sie wendet sich wieder an mich und deutet mit ihrem Pinsel auf meine Perücke. »Und du. Mir ist egal, ob du das Ding trägst oder nicht, weißt du. Ich hab nur versucht, dir zu helfen.«

Ich streiche mir die Haare aus der Stirn, die beim Malen nach vorn gefallen sind.

»Vielleicht ist mir nicht zu helfen.«

Ich hole die Kopfhörer aus meinem Rucksack und ziehe sie über die Perücke, um den heutigen Tag auszublenden. Den Rest der Stunde malen wir größtenteils schweigend. Ich grüble dabei über das Foto-Desaster. Piper ärgert sich zweifellos über ihren Zusammenstoß mit Kenzie, und Asad bemüht sich, nicht noch mal angeblafft zu werden. Ich fahre mit dem Pinsel auf der Leinwand auf und ab, um die letzten Kurven des gelben Ziegelsteinwegs zu vollenden.

Folge dem Weg. Schlag die Hacken zusammen. Geh nach Hause.

Wenn das Leben doch auch ein Textbuch hätte.

*

Als wir nur noch zu dritt im Theatersaal sind, schleppen Asad und ich die Leinwände an die hintere Wand. Piper hat sich inzwischen an die Bühnenrampe gesetzt, lässt ihre schlaffen Beine über die Kante baumeln und starrt in den dunklen Zuschauerraum, während der leere Rollstuhl direkt hinter ihr steht.

»Du wolltest dich heute also deiner Angst stellen, was?«, sagt sie mit einem halben Lächeln, aber vor Wut glühenden Augen.

»Jap. Und ich hab's verkackt.«

Piper zeigt in den leeren Saal.

»Wir haben eine Bühne.«

»Und?«

»Und zum Teufel mit dem Foto fürs Jahrbuch. Stell dich einer noch größeren Angst.«

»Welcher? Zu singen?«

Piper nickt. Asad springt auf und zieht den Vorhang ganz auf. Sein übliches Lächeln ist zurück.

»Sicher. Nicht«, sage ich.

Asad marschiert ans andere Ende der Bühne.

»Hier. Ich zuerst. Als kleines Warm-up.«

Er stellt sich vor den leeren Zuschauersaal, breitet die Arme vor einem imaginären Publikum aus, verzieht das

Gesicht kunstvoll zu einer gequälten Miene und schmettert eine schräge Version (okay, er trifft die Töne nicht mal annähernd) von *Circle of Life* aus *König der Löwen*, inklusive einem ohrenbetäubenden Vibrato, das Piper dazu bringt, eine Grimasse zu schneiden. Als er fertig ist, verbeugt er sich übertrieben, wobei seine schwarze Mähne ihm dramatisch in die Augen fällt.

»Also, *damit* kann ich mithalten«, sage ich.

»Das könnte auch eine sterbende Katze«, sagt Piper.

»Red du nur.« Asad nimmt meine Hand, zieht mich auf die Füße und zerrt mich fast zur Bühnenmitte.

Piper winkt mich nach vorn und verdreht dazu die Augen. »Es sind doch nur wir, Ava. Einer von uns, der dich zum Fressen gern hat, und einer, der eindeutig vollkommen unmusikalisch ist.«

Asad wirft ihr einen finsteren Blick zu. »Frechheit.«

Mit Blick auf den dunklen Zuschauerraum ziehe ich den Hoodie um meine Taille zurecht. Als ich zuletzt auf einer Bühne gesungen habe, saß Sara mit Mom und Dad im Publikum. Meine Leute – unsichtbar, aber sie gaben mir aus der Dunkelheit Auftrieb.

Jetzt schauen mich nur leere Stühle an, und ich blicke eindeutig auch nicht mehr als dasselbe Mädchen zurück.

»Sing doch einfach den Song vom Vorsingen«, sagt er. »Den kannst du doch, oder?«

Ich nicke. Jahrelang habe ich das Lied mit meiner Mutter gesungen, während sie zur Schlafenszeit mit den Fingerspitzen meinen Arm streichelte. Deshalb kann ich es auswendig.

Aber das war, bevor ich Schlaflieder gegen Lotion und das Rampenlicht gegen das Technikteam eingetauscht habe.

Ich bin mir nicht mal mehr sicher, ob ich überhaupt noch singen *kann*.

Ich stehe am äußersten Bühnenrand und singe das erste Wort, das mir zittrig und unsicher über die Lippen kommt.

»*Somewhere …*« In der Mitte des Worts bricht meine unvertraute Stimme und schafft den hohen Ton nicht.

Ich berühre die Stelle direkt unter meinem Kehlkopf, wo die Haut sich um die Narbe meines Luftröhrenschnitts kräuselt. Dann räuspere ich mich und fürchte, dass der Rauch, die Flammen und Schläuche mehr verändert haben als nur meine Haut.

»Es ist schon zu lange her«, flüstere ich.

»Ich habe eine Idee!«, sagt Asad. »Das ist ein alter Theatertrick gegen Lampenfieber.«

»Ich werde mir dich *nicht* in Unterwäsche vorstellen.«

»Nur wenn du möchtest, du Perverse«, sagt er augenzwinkernd. »Aber das ist nicht Teil der Übung. Echt jetzt. Schließ die Augen.«

Das mache ich, und es wird dunkel.

»Jetzt stell dir vor, du wärst an irgendeinem Ort, wo du sein willst. Allein. Im größten Konzertsaal von Salt Lake City. Am Broadway …«

»Hinter den Vorhängen der Bühne versteckt«, schlägt Piper vor.

»Du da drüben sei mal still«, sage ich in Richtung ihrer Stimme.

Mit geschlossenen Augen versetze ich mich an einen anderen Ort.

Wo es keine mit Photoshop wegretuschierten Narben, keine Perücken und keine leeren Stühle am Esstisch beim Abendessen gibt.

An einen sicheren Ort.

Einen Ort, wo ein Lied Albträume verscheucht.

Ich liege in meinem Bett, gut zugedeckt, während meine Mom vom blauen Himmel und Regenbögen singt. Mit sanfter, klarer Stimme.

Leise und unsicher ist meine eigene kaum zu hören.

Somewhere over the rainbow …

Ich spähe zu Piper, die mir mit einer Handbewegung zeigt, ich soll weitermachen. Also schließe ich die Augen wieder fest und zwinge meine Stimme, lauter von blauem Himmel und Sternen, die Wünsche erfüllen, zu singen.

Der Fußboden meines Zimmers knarrt, als das Garagentor geöffnet wird. Dad ist zu Hause. Moms Stimme lockt mich in den Schlaf, während Dad die Haustür hinter sich abschließt.

Meine Stimme schwillt an, sie füllt meinen Kopf, meine Ohren, meine Erinnerung mit Worten, die einen Ort beschreiben, wo Sorgen schmelzen und Singvögel in den Himmel steigen. Meine Lungen füllen sich mit Luft. Meine Haut prickelt.

Ich wache auf.

Eine endlose Sekunde lang bin ich wieder ich selbst.

Ich schlafe ein, sicher umgeben von meiner Familie in unserem Winkel der Erde. Wir sind zu Hause, zusammen – welches Leid kann uns hier schon jemals geschehen?

Meine Stimme flüstert nur noch.

Birds fly over the rainbow
Why, then
Oh, why
Can't I?

Salz auf meinen Lippen verrät mir, dass ich weine. Aber ich öffne die Augen noch nicht. Noch genieße ich diesen Moment.

Das Gefühl, auf der Bühne zu stehen, die Musik und die elektrisierende Spannung auf meiner Haut.

Den Klang einer vergessenen Stimme.

Die Erinnerung an zu Hause.

Als ich meine Augen schließlich aufmache, reckt Piper ihren unversehrten Arm in die Höhe. »Gänsehaut. Und wenn ich an meinem anderen Arm noch Haare hätte, würden die sich jetzt auch aufstellen.«

Asad starrt mich mit leicht geöffnetem Mund und gerunzelter Stirn an.

»Erklärst du mir bitte noch mal, warum du im Techniktеam bist?«

Ich zeige auf mein Gesicht, aber er schüttelt nur den Kopf.

»Nein, im Ernst, Ava. Du bist besser als die meisten Mädchen beim Casting. Du solltest dich bewerben.«

Ich sammle die Pinsel ein, und meine zitternden Hände bringen die hölzernen Stiele zum Klappern.

»Also, selbst wenn ich wollte – was ich absolut nicht tue –, ist das Vorsingen ja schon vorbei.«

Asad wackelt mit dem Zeigefinger.

»Noch nicht. Cynthia Chang hat gerade erfahren, dass sie sich zum Valentinstag Pfeiffersches Drüsenfieber eingefangen hat. Deshalb wird es noch ein Last-Minute-Vorsingen für die Glinda geben.«

»Du meinst Glinda, die gute Hexe. Die wunderschöne, engelsgleiche Fee? Das soll jetzt ein Witz sein, oder?«

Asad schüttelt den Kopf, während wir die Malutensilien aufklauben, doch Piper sieht mich nur eindringlich an.

»Nicht jeder hat so eine Stimme wie du, Ava«, meint sie.

»Oder so ein Gesicht«, sage ich.

»Wir reden hier nicht über dein Gesicht.«

Asad schließt den Vorhang und sperrt so das imaginäre Publikum aus.

»Jeder verdient die Chance zu fliegen«, sagt er leise, fast wie zu sich selbst, bevor er merkt, das Piper und ich ihn fragend ansehen. »Das ist mein Lieblingssatz aus *Wicked*. Pah, wie kann es sein, dass du das noch nicht gesehen hast?«

Ein paar Pinsel rutschen mir aus der Lücke zwischen meinem Zehendaumen und den verschmolzenen Fingern. Sie prasseln auf den Boden wie Mikadostäbchen. Ich muss Asad und Piper klarmachen, dass diese Idee zum Scheitern verurteilt ist, egal wie gut es sich angefühlt hat, wieder zu singen.

»Das Leben ist kein Musical, okay?«, sage ich. »Ich kann mich kaum im Spiegel ansehen, und ihr meint, ich soll vor der ganzen Schule auf der Bühne stehen?«

Piper streckt sich und hebt die Pinsel für mich auf.

»Ich meine das Gleiche wie bei diesem Trottel von einem Fotografen«, sagt sie. »Das Feuer hat dir nicht deine Stimme genommen. Also benutz sie.«

27. März

Zwei Wochen lang sagt mir niemand, dass meine Eltern tot sind. Begraben, während ich schlief.

»Du musstest kämpfen«, sagt eine Krankenschwester. »Wir hatten Angst, dass du aufgibst, wenn du es erfährst.«

Sie hat recht.

Das tue ich.

Ich verblasse.
Fort von der Wahrheit.
Fort aus einer Welt ohne Eltern.

Cora plappert neben meinem Bett.
Krankenschwestern stellen mir Fragen.
Ich spreche nur, wenn ich muss.
Sie wollen, dass ich mir mein Gesicht ansehe.

Noch nicht.

Sie wollen, dass ich gehe.

Ich bin noch nicht bereit.

Sie wollen, dass ich sage, wo es wehtut.

Überall.

Krankenschwestern ziehen mich um

Waschen mich
Sorgen dafür, dass ich funktioniere.

Doch ich bin schon fort,
tief verborgen in meinem kaputten Körper.
Ein sterbender, kollabierender Stern.

Meine Stimme fühlt sich auch kaputt an.
Doch das ist sie nicht.

Ich finde nur keine Worte.

Kapitel 20

Piper und Asad weisen mich die ganze Woche lang abwechselnd auf die Liste fürs Vorsingen hin, die außen an der Tür zum Theatersaal hängt.

Am letztmöglichen Tag, um sich darauf einzutragen, zieht Piper ihre beste Häschennummer ab und hält sich ihre Hände als Hasenohren an den Kopf.

»Nett«, sage ich. »Aber ich sehe nicht, dass du mitmachst.«

Sie nimmt ihre Hände runter.

»Das ist was anderes.«

»Inwiefern, Angsthase?«

»Ist es einfach.«

»Dann hat es nichts damit zu tun, dass du denkst, es würde Kenzie ärgern, mich in ihrem Stück zu haben? Dass du mich als Schachfigur in eurem Kleinkrieg benutzt?«

Piper bleibt mitten auf dem Flur stehen, was ihr einen bösen Blick von einem Jungen einbringt, der fast über den Rollstuhl fällt. Sie zeigt ihm den Mittelfinger.

»Ich will, dass du es machst, weil du es kannst. Ich kann nicht laufen. Der heulende Junge in der Selbsthilfegruppe kann nicht Klavier spielen. Du kannst nicht in den Spiegel gucken. Aber du *kannst* singen.«

Während des Theaterkurses erwähnt Asad die Liste nicht gerade subtil. Wir sehen hinter der Bühne die unordentlichen Schränke mit den Kostümen durch. Er holt ein enorm ausladendes knallrosafarbenes Kleid mit Reifrock hinten aus einem Schrank und hält es mir hin.

»Ich glaube wirklich, du könntest die Rolle kriegen.«

»Sie kriegen und sie tatsächlich zu spielen, das sind zwei völlig verschiedene Dinge.« Ich schiebe die unzähligen Lagen seidigen Stoffs beiseite. »Und dieses Kleid? Willst du mich zum Vorsingen bewegen oder dazu bringen, dass ich schreiend weglaufe?«

Er stopft das Kleid zurück in den Schrank, setzt sich den Hut des Zinnmanns auf und winkelt seine Arme in 90-Grad-Winkeln ab. Dann führt er einen unbeschreiblich schlechten Robotertanz auf. Ich probiere einen spitzen schwarzen Hexenhut, und er vertauscht den Zinnhut mit einer Löwenmaske samt verfilzter Mähne.

»Mut kann unsere Ängste nicht beseitigen.« Er nimmt eine nicht im Geringsten furchteinflößende Pose ein. »Es ist Mut, wenn wir uns unseren Ängsten stellen.«

»*Newsies*. Zu leicht.« Ich ziehe ihm die Maske weg. »Und leicht gesagt von jemand, der sich oben in seiner Beleuchtungskabine versteckt.«

»Touché, Teuerste. Touché.« Er greift tief in den Schrank und holt ein Paar rubinroter Schuhe heraus, das er mir in die Hand drückt.

Ich schlage die Hacken zusammen. Dreimal – und puff! – bist du zu Haus. Dorothy hatte es so gut.

Ich stopfe die Schuhe in den Schrank zurück, als das Geräusch anderer Schuhe, die die Bühne betreten, uns beide aufschauen lässt. Asad presst einen Finger an seine Lippen, noch bevor Kenzies unverkennbare Stimme ertönt.

»Ich *weiß*, dass Piper ihr das eingeredet hat«, sagt sie.

»Es ist ja keine große Rolle«, sagt eine höhere Stimme, von der ich glaube, sie gehört Kenzies Sidekick mit dem Pixie-Cut.

»Darum geht's nicht«, giftet Kenzie. »Das ist doch alles eine durchtriebene Racheaktion. Piper gibt mir die Schuld an dem Unfall, deshalb hetzt sie mir jetzt ihre neue Freundin auf den Hals.«

Asad hält das pinkfarbene Kleid noch mal hoch, wie um mich nach dem Vorsingen zu fragen. Ich schüttle entschieden den Kopf.

»Vielleicht kriegt sie die Rolle ja nicht mal«, sagt Pixie-Cut.

Kenzie schnaubt.

»Natürlich kriegt sie die. Was für ein Monster könnte sie *ihr* denn verweigern?«

»Du«, meint Pixie-Cut, wofür ich sie schon fast mag.

»Ich bin nicht das Monster hier«, schreit Kenzie jetzt schon beinah. »Ich mache mir echt Sorgen um sie. Sie weiß doch nicht mal, dass sie eine Lachnummer ist, schon wenn sie mit dieser Perücke hier rumläuft, als wäre sie Pipers kleine Trollpuppe zum Verkleiden. Sie auf diese Bühne zu lassen, das ist einfach grausam.«

Sie senkt die Stimme, ist durch die Vorhänge aber immer noch zu verstehen.

»Außer wenn es die Rolle der Hexe ist, die von einem Haus zerquetscht wird. *Die* kann sie haben.«

Die beiden unterhalten sich weiter, aber ich werde von Asad abgelenkt, der begonnen hat, eine Leiter herunterzulassen, die neben uns an der Wand befestigt ist. Er tut das ganz langsam und legt eine Hand über die andere, um zu vermeiden, dass es quietscht.

»Was machst du da?«, flüstere ich.

»Was ich schon beim letzten Mal hätte tun sollen.«

Als die Leiter unten ist, klettert Asad hinauf, wobei er innehält, als die unterste Sprosse laut knarzt. Wir blicken beide auf den Bühnenvorhang, doch der bleibt geschlossen, und die Mädchen reden weiter. Er steigt hinauf, bis er weit über mir steht und an die Stützbalken kommt, die den schweren großen Vorhang halten. Er lächelt zu mir herunter und hält die Finger hoch, während er stumm zählt – eins, zwei …

»Drei!«, sagt er und öffnet einen Metallriegel, sodass der dicke Samtvorhang mit einem Rumms auf die Bühne fällt. Er lässt die beiden Mädchen komplett verschwinden. Wir hören gedämpftes Kreischen.

Asad steigt die Leiter eilig wieder hinab.

»Komm«, sagt er, rennt die Stufen hinter der Bühne runter, und ich folge ihm, sprinte durch den Mittelgang im Zuschauersaal. Dabei halte ich mit einer Hand die Perücke fest, damit sie nicht runterfällt.

Wir reißen die Tür zum Flur auf und haben es fast geschafft …

»Ava!«

Kenzie steht mitten auf der Bühne. Die Hände in die Hüften gestützt, während ihre Haare in alle Himmelsrichtungen vom Kopf abstehen.

Asad zieht mich durch die Tür und rettet mich so aus meiner lähmenden Starre. Er reckt die Faust in die Luft, während ich noch nach Atem ringe. Mein Herz schlägt wie wild und fast zum Hals heraus. Seit dem Brand bin ich nie so schnell gelaufen.

»Na, wer versteckt sich jetzt in seiner Beleuchtungskabine, Baby?«, ruft Asad durch den leeren Flur. »Jetzt musst du zum Casting, schon um es ihr und ihrer beschissenen ›Ich möchte mich bei der Academy bedanken‹-Arroganz zu zeigen.«

»Was ist denn das für eine Logik?«, sage ich keuchend.

»Kenzie weiß, dass du gelauscht hast, also hat sie gewonnen, wenn du jetzt kneifst.«

Ich schüttle den Kopf, und mein Herzschlag wechselt von Jagdgalopp zu flottem Trab.

»Sie gewinnt? Na und? Es gibt kein Szenario, bei dem sie nicht gewinnt. Abgesehen davon, kann ich gar nicht kneifen, weil ich mich nie eingetragen habe. Du hast mir allerdings gerade eine riesige Zielscheibe auf den Rücken gemalt.«

Asad schaut an mir vorbei, verzieht das Gesicht und dreht mich dann an den Schultern herum.

»Ich glaube, das stand schon da.«

Da, auf der letzten Linie der Anmeldeliste, stehen zwei Worte, die meinen Puls wieder in die Höhe treiben: *Ava Lee*.

Kapitel 21

Ich weiß, dass du das warst.

No hablo inglés.

Ich mache es nicht.

Machst was nicht?

Du WEISST, was!

Ich weiß gar nichts.

Du bist unmöglich.

Danke.

Denk wenigstens drüber nach.
Das bist du dir selbst schuldig.

Als ob ich an irgendwas anderes denken könnte. Ich denke die ganze Zeit daran, während Dr. Sharp bei meiner allmonatlichen Kontrolle mit den Fingerspitzen meine Narben abtastet.

Ich muss daran denken, wie gut es sich angefühlt hat, wieder zu singen, und wie sehr ich diesen Teil meines Lebens vermisse. Ich überlege, es Kenzie zu zeigen und meine eigene Schlacht für gruselige Backstage-Menschen und für Piper und für Mädchen mit Bandanas statt Haaren zu schlagen.

Hauptsächlich denke ich darüber nach, wie es wäre, jemand anders zu sein als »das Verbrannte Mädchen«.

Doch dann muss ich daran denken, wie es sich anfühlen würde, wieder auf der Bühne zu stehen. Wo aller Augen mich anstarren und inspizieren. Genauso gut könnte ich davon träumen, über Regenbögen zu fliegen. Ich kann mich keinem Publikum stellen. Nicht mit *diesem* Gesicht.

Dr. Sharp macht sich ein paar Notizen im Computer, während meine Gedanken von der Bühne in dieses sterile Untersuchungszimmer zurückkehren.

»Dein Heilungsprozess verläuft gut«, sagt er.

Immer der Heilungsprozess, nie die Diagnose »geheilt«.

»Und wie läuft es mit der Reintegration?«, sagt er.

»Gut, Doc, die Eingeborenen haben mich in ihren Reihen akzeptiert. Ich würde sagen, die Infiltration ist gelungen.«

Dr. Sharp schüttelt lächelnd den Kopf. Da legt Cora eine Hand auf meine Schulter.

»Sie macht das wunderbar. In der Selbsthilfegruppe hat sie sogar eine Freundin gefunden.«

»Piper, stimmt's?«, fragt er.

Ich nicke und bin ein bisschen beunruhigt, weil Cora ihm – und wahrscheinlich dem ganzen für Avas Leben zuständigen Komitee – diese Neuigkeit schon mitgeteilt hat.

»Sie ist ein Energiebündel, das muss man ihr lassen. Als sie hier auf der Station war, musste ich die Schwestern immer wieder daran erinnern, dass wir auch noch andere Patienten haben. Sie hat irgendwie alles … dominiert.«

»So ist Piper eben«, sagt Cora von ihrem üblichen Platz neben mir, während mein »Heilungsordner« aufgeschlagen auf dem Tisch liegt. »Aber sie hat Ava davon überzeugt, sich der Theatergruppe anzuschließen.«

Dr. Sharp blickt von seinem Bildschirm hoch. »Theater?«

»Technikteam«, stelle ich schnell klar. »Es ist nicht so, dass ich im Stück mitspiele oder so.«

Dr. Sharp betrachtet suchend mein Gesicht. Anders als bei seinem üblichen Narbenkontrollblick. Eher so, als könne er unter meine Haut sehen.

»Hast du das Gefühl, deine körperliche Erscheinung hindert dich daran?«

»Es ist, wie es ist.« Ich hebe meine Oberschenkel vom Papier, auf dem ich liege und das sich jetzt kräuselt, weil ich mein Gewicht verlagere. Dr. Sharp rollt auf seinem kleinen Hocker zurück, verschränkt die Arme und mustert mich.

»Und wenn es nicht so wäre?«

Coras Miene verrät, dass seine Frage sie genauso überrascht wie mich. Wir wissen beide, dass ich wegen der Transplantationen und Narben für den Rest meines Lebens Operationen brauchen werde, aber momentan mache ich Pause vom Skalpell. So hat es das Komitee beschlossen.

Dr. Sharp tippt sich mit einem Stift ans Kinn und rollt quietschend noch näher zu mir.

»Es ist vielleicht an der Zeit, um über spezifischere Rekonstruktion nachzudenken.«

»Sie meinen plastische Chirurgie?«, sage ich und bin

in Gedanken sofort bei meiner Fotosammlung von »Nachher«-Augen und -Ohren in meinem Zimmer.

Cora wirkt mit einem Mal angespannt, aber Dr. Sharp sieht nur mich an, als wäre ich endlich auch Mitglied des Komitees. Nein, als wäre ich das Komitee.

»Ich meine rekonstruierende Chirurgie«, sagt er.

Es platzt aus mir heraus, sodass ich kaum Atem holen kann.

»Ich habe so viele Ideen. Ich habe auch einen Ordner – ach, den hätte ich mitbringen sollen –, aber ich wusste ja nicht, dass wir darüber sprechen werden. Okay, also meine Augen definitiv als Erstes – oder? Und dann gibt es da diese echt coole Sache, über die ich gelesen habe. Da nimmt man Spenderhaar für Augenbrauentransplantate. Das sieht zwar nicht ganz wie echte Brauen aus, aber es ist toll, und ich weiß gar nicht …«

Dr. Sharp hebt eine Hand.

»He, he, immer mit der Ruhe. Lass uns klein anfangen.«

Er zieht die hängende Haut unter meinem linken Auge eine Spur nach oben, wodurch sich die Lücke zwischen dem Unterlid und dem Augapfel schließt.

»Ich dachte an so etwas.«

Er gibt mir einen Spiegel, und ich fühle mich ein bisschen wie an dem Tag, als die Fotos gemacht wurden. Ich sehe die Zeit rückwärtslaufen und mein altes Ich zum Vorschein kommen. Zugleich muss ich daran denken, wie oft ich meine hängenden Augen schon hochgeschoben habe, eine kleine Illusion, um mich davon zu überzeugen, dass ich noch ich selbst bin.

»Würde das dann permanent so aussehen?«, frage ich.

»Ja. Und es wäre ein relativ einfacher Eingriff. Wir würden einen schmalen Hautstreifen von hinter deinem Ohr hierhin transplantieren. Dafür müsstest du für ungefähr eine Woche noch mal auf die Station, und wie schon mal würden deine Augen dafür zugenäht.«

Als Dr. Sharp meine Augen das letzte Mal verschloss, befand ich mich noch im Morphium-Dämmerzustand nach dem Koma. Ich weiß noch, wie Schwestern mir Gel auf die Augäpfel taten, damit ich nicht blind würde. Nach der OP konnte ich wieder blinzeln, weil ich neue Augenlider hatte.

Vor allem aber erinnere ich mich noch an die undurchdringliche Dunkelheit.

»Das würde ich wieder schaffen«, sage ich.

Um wieder mehr wie ich selbst auszusehen, würde ich alles schaffen.

Dr. Sharp leuchtet mit einer Lampe in meine Augen. Ich soll nach oben, nach unten und dann zu den Seiten schauen. Danach ruft er eine Schwester herein, die eine Tafel für einen Sehtest hält. Ich lese die Buchstaben davon ab und schaffe es fast bis nach ganz unten.

Jetzt wendet Dr. Sharp sich an Cora.

»Die gute Nachricht ist, dass ihre Augen stabil sind. Keine Geschwüre an der Hornhaut. Kein sich verschlechterndes Sehvermögen. Die schlechte Nachricht ist, dass eine OP in diesem Stadium als optionale Maßnahme betrachtet werden kann, deshalb müssen Sie sich beraten.«

»Wir denken darüber nach«, sagt Cora kurzangebunden und in einem ganzen anderen Ton als dem freundlichen Schäkern, das sie sonst gegenüber jedem mit einem Namensschild auf der Station anschlägt.

»Natürlich«, sagt Dr. Sharp.

Cora meint zu mir, ich solle mich für eine Minute in den Wartebereich setzen. Von dort aus sehe ich sie aufgebracht mit Dr. Sharp sprechen, der bei mir gerade ungefähr eintausend Pluspunkte gutgemacht hat. Ohne die ausdrückliche Erlaubnis des Komitees ist er von der bisherigen Linie abgewichen.

Dann richte ich meine Aufmerksamkeit auf die Serie von Schwarzweißfotos an den Wänden. Sie zeigen alle ehemalige Patienten der Station für Brandverletzte beim Bergsteigen, Schwimmen oder irgendeiner anderen ebenso beeindruckenden Tätigkeit. Unter den Fotos steht jeweils ein Wort: MUT bei dem Mädchen am Kletterseil mit den wirbelförmigen Narben an den Beinen. ÜBERLEBENDER unter dem einarmigen Jungen, der Basketball spielt.

Meine Krankenschwester bat mich vor der Entlassung, auch ein Foto machen zu dürfen. Sie sagte, sie würde KÄMPFERIN darunterschreiben. Ich lehnte ab. Irgendwie gehörte ich nicht an diese Wand der Inspiration. Die Menschen auf diesen Fotos haben sich ihre Bezeichnungen und die triumphierenden Bilder »danach« verdient. Ein Mann mit nur einem Bein überwindet eine Ziellinie. AUSDAUER steht darunter.

Ich betrachte nicht ihn, sondern mein eigenes Spiegelbild im Glas, während ich die Haut unter meinen Augen hochziehe.

Es ist nur eine kleine Veränderung, die vielleicht außer mir gar niemand bemerken wird. Aber immerhin ein Schritt.

Ein Schritt zu meinem alten Ich.

Um mir endlich mein »danach« zu verdienen.

Kapitel 22

Auf der ganzen Heimfahrt erwähnen weder Cora noch ich die Operation.

Mein Handy meldet den Eingang einer neuen Nachricht. Der Halbgott der Theatergruppe mit dem Termin für mein Vorsingen. Freitag um Viertel nach drei.

Ich antworte nicht darauf. Noch nicht. Vor zwei Stunden hätte ich gesagt, ausgeschlossen. Aber dann hat Dr. Sharp meine Augen angehoben und mir einen kurzen Blick auf das Mädchen gewährt, das ich kannte. Ein Mädchen, dass sich durch nichts davon hätte abhalten lassen, auf dieser Bühne zu stehen.

Aber zuerst müssen Cora und Glenn der OP zustimmen. Ich muss warten, bis Glenn dabei ist, bevor ich mein Glück versuche. Sara hätte ihn nur umarmen und »Ich hab dich lieb, Daddy« sagen müssen, schon hätte er ihr, ohne mit der Wimper zu zucken, eine Niere gegeben.

Leider scheucht Cora Glenn in ihr Schlafzimmer und macht die Tür hinter sich zu, bevor ich auch nur eine Chance kriege. Als sie wieder rauskommen, fängt das Gespräch schon schlecht an.

»Hey, Kiddo, soll ich dir vielleicht helfen, dein Zimmer fertig zu streichen?«, fragt Glenn.

Der Trostpreis ist nicht schwer zu erkennen.

Obwohl es schon spät ist und ich morgen einen Mathetest schreibe, für den ich noch nicht gelernt habe, willige ich ein. Ich hoffe, dass ich noch eine Chance habe, mich für mein Anliegen starkzumachen. Während wir zusammen streichen, bringe ich jedes therapeutische Schlagwort an, das ich kenne. Ich führe meinen Plan aus, wonach die OP mir bei meiner *Reintegration* und *Selbst-Wahrnehmung* helfen könnte. Außerdem erinnere ich ihn daran, dass er und Cora diejenigen waren, die gesagt habe, ich sollte versuchen, mir ein neues Leben aufzubauen.

Erst als ich damit fertig bin, merke ich, dass Cora stumm im Türrahmen steht.

»Du hast dieses Jahr so viel durchgemacht. Dein Körper braucht Zeit, um zu heilen. Deshalb ist jetzt nicht der richtige Zeitpunkt für Operationen, die nicht zwingend sind«, sagt Glenn, während er mit der Pinselspitze an der Kante entlangfährt, wo Wand und Decke sich berühren.

»Doch, jetzt«, sage ich. »Ich brauche diese OP *jetzt.*«

»Warum?«, fragt Cora, die sich inzwischen aufs Bett gesetzt hat. Zwar überwacht sie unsere Aktivitäten, aber anscheinend kann sie sich nicht dazu durchringen, Saras Blau eigenhändig zu überstreichen. »Es hat doch keine Eile, und du machst dich doch schon so gut an der Schule.«

Ich kratze einen rosa Farbspritzer von Moms verkohlter Handglocke.

»Es gibt eine noch nicht vergebene Rolle im Frühlings-Musical. Aber so kann ich die nicht singen.«

Glenn hält mitten in der Bewegung inne.

»Wer sagt, dass du das nicht kannst?«

»*Ich* sage das.«

Ich verliere dieses Streitgespräch. Die OP geht mir durch die Lappen. Ich weiß selbst, dass ich so auf die Bühne gehen könnte und die meisten Leute den Zustand meiner

Augenlider entweder nicht bemerken oder sich nicht dafür interessieren würden.

Aber mich interessiert er. In all meinen Träumen von einer Rückkehr auf die Bühne sehe ich aus wie Ava vor dem Brand, wie das im Rampenlicht singende Mädchen. Und diese Operation würde mir so sehr helfen, sie wiederzufinden.

Glenn legt den Pinsel auf eine Farbdose, die auf der obersten Sprosse steht, und kommt die Leiter herunter auf mich zu. Dann lehnt er sich an die Leiter und legt die Handflächen wie zum Gebet zusammen.

»Ava. Diese OP ist optional.«

Da ist dieses Wort wieder.

»Ja und ich optiere dafür«, sage ich, obwohl ich weiß, dass er das nicht meint. Optional heißt in diesem Fall teuer.

Optional heißt nein.

Glenn fährt sich mit der Hand durch die Haare, den Blick auf den Boden gerichtet.

»Wir können sie uns momentan einfach nicht leisten.«

Schweigen breitet sich im Zimmer aus. Das Logo der Supermarktkette Smith's auf Coras Sweatshirt sticht mir geradezu wütend ins Auge. Glenn ist kaum noch zu Hause, und obwohl die beiden es zu verheimlichen versuchen, rufen die Inkassofirmen inzwischen dauernd an.

»Was ist mit dem Geld von der Spendensammlung?«

Cora schüttelt den Kopf.

»Nein, nicht dafür«, sagt sie. »Wer weiß, wie viele Operationen du in Zukunft noch brauchen wirst … Operationen, die sein *müssen*, keine optionalen. Dafür musst du das Geld sparen.«

»Dann suche ich mir einen Job«, sage ich und spüre

meine Verzweiflung wachsen. »Ich kann doch nach der Schule und an den Wochenenden arbeiten. Dann könnte ich euch das Geld ganz schnell zurückzahlen.«

Glenn schüttelt den Kopf und streckt die Hand nach meiner aus. Tief eingesickerte Ölflecken umranden jeden Fingernagel. Jeden Abend schrubbt er die Überstunden von seinen schwieligen Händen.

Überstunden, die er für mich macht.

»Das wird nicht reichen«, sagt er. »Es ist für uns momentan einfach nicht machbar, Ava. Mehr gibt es dazu nicht zu sagen. Wenn es keine OP ist, die du unbedingt brauchst, dann müssen wir damit warten.«

Ich lege meine Hand in seine und spüre Tränen aus meinen hängenden Augen tropfen. Gestern lag diese OP für mich noch außerhalb des Möglichen. Aber jetzt, wo sie erreichbar ist, als kleine, aber reale Verbesserung, da trifft es mich schmerzlich, auf sie verzichten zu müssen.

»Ich brauche diese OP. Sonst würde ich doch nicht darum bitten.«

Von den Farbdämpfen ist mir leicht schwindelig. Ich lasse mich aufs Bett sinken und stoße die Schultasche auf den Boden. Die Tasche, von der Cora überzeugt war, sie könne mich normal machen. Spoiler-Alarm: Das hat sie nicht.

»Wir würden es machen, wenn wir könnten«, sagt Glenn mit so angespannter Stimme, als würde sie jeden Moment brechen.

»Ohne Zögern«, ergänzt Cora.

Ich weiß, dass das stimmt. Dass sie ihr Bestes gegeben haben. Aber wie ich hier so stehe, in diesem zur Hälfte neu gestrichenen Zimmer, das nicht mal meins ist, kommt etwas Hässliches in mir hoch. Eine andere Wahrheit, die ich so weit verdrängt habe, dass sie mich nicht erreichen konnte: Ich bin eine Waise.

Die einzigen beiden Menschen auf der Welt, die mich bedingungslos geliebt haben und alles für mich getan hätten, sind tot.

Ich gehöre zu niemand.

Obwohl ich weiß, dass ich diese Frage nicht stellen sollte, tue ich es trotzdem.

»Würdet ihr es machen, wenn ich Sara wäre?«

Glenn richtet sich kerzengerade auf und sieht mir in die Augen.

»Wir würden es tun, wenn wir das Geld hätten. Mehr gibt es dazu nicht zu sagen. Aber es ist einfach nicht genug.«

»Du meinst, *ich* bin nicht genug«, sage ich.

»Nein, das heißt es nicht …«, schaltet Cora sich ein.

»Ist schon gut«, sage ich.

Aber das ist es nicht. Nichts ist gut. Ich möchte ihnen sagen, dass es mir leidtut, diese Frage gestellt zu haben. Dass es mir leidtut, dass sie gestorben ist und ich überlebt habe. Dass es mir leidtut, dass sie jetzt mich am Hals haben.

Aber wisst ihr was? Ich habe mich auch am Hals.

Also sage ich stattdessen nur, dass ich ins Bett gehen möchte.

Glenn macht noch das Fenster auf, bevor er die Leiter rausträgt. Aus diesem halb pinkfarbenen Zimmer. Als ich allein bin, trage ich nachlässig Lotion auf meine Haut auf. Ein kleines Paar Füße zeichnet sich ganz kurz in dem Lichtstreifen ab, der unter der Tür durchfällt, aber niemand klopft.

Ich hätte das nicht fragen sollen. Ich sollte einfach dankbar sein. Sie haben mich aufgenommen. Sie saßen all die

Monate an meinem Bett im Krankenhaus. Die immer positive Cora versuchte, mich davon abzulenken, dass ich wie eine verkohlte Krokette herumlag.

Sie haben genug für mich getan.

Auf Saras Bett sitzend klappe ich meinen Laptop auf und starre das Profilbild an, das ich so lange gemieden habe. Ich zwinge mich, Ava vor dem Brand anzuklicken, sodass der ganze Bildschirm mit rechteckigen, digitalen Zeitkapseln meines früheren Ichs ausgefüllt ist.

Ich und meine Theater-Girls, Arm in Arm vor unseren Spinden.

#theatergang

Dad, wie er mir nach der Aufführung Blumen überreicht.

#mybiggestfan

Josh, der den Arm fast so eng um meine Taille legt wie das grüne Satinkleid, das ich trage.

#lookingsuperstylisch

Vom letzten Post lacht Sara. Ich schneide neben ihr eine Möchtegern-sexy-Grimasse, um die Smoky Eyes vorzuführen, an denen wir uns gerade versucht hatten.

#bestcousinsforlife

Glatte Haut. Strahlendes Lächeln. Absolut keine Ahnung davon, dass wir am nächsten Morgen beide nicht mehr existieren würden.

Während ich mein altes Ich anstarre, erkenne ich mein Spiegelbild immer deutlicher. Das in lauter falsche Richtungen verzerrte Gesicht. Ich sehe nur Narben.

Schnell klappe ich den Laptop zu.

Eine vertraute Dunkelheit macht sich in meiner Brust breit. Derselbe schleichende Schmerz wie damals, als ich erfuhr, dass meine Eltern tot waren. Dasselbe verlockende absolute Nichts wie damals, als ich auf der Wiese lag und mich an die Sterne klammerte.

Diese Schwärze ist nie wirklich verschwunden, ich habe sie nur in Schach gehalten.

Damit sie mich nicht runterziehen konnte.

Die Dunkelheit ist leicht.

Leise.

Gefühllos.

Wenn ich zu lange darin verharre, komme ich nie mehr raus.

Aber während der Traum von einem besseren Gesicht, einer Bühne, vielleicht sogar einem Jungen entschwindet, schleicht sich die Dunkelheit an.

Von der gegenüberliegenden Seite des Zimmers attackiert mich mein Spiegelbild im Glas von Saras Puppenschrank erneut. Die Barbies darin scheinen mich mit ihrer perfekten Haut und den anatomisch unmöglichen Taillen zu verspotten.

Ich reiße mir die Perücke herunter und werfe sie nach dem Bild des geschundenen Mädchens.

Wenn ich sie jetzt betrachte, empfinde ich dasselbe wie bei unserer ersten Begegnung: Wer könnte so ein Gesicht jemals ansehen?

Wer könnte es jemals lieben?

30. März

Ich wusste, dass mein Gesicht schlimm aussah.
Wie hätte ich das nicht wissen sollen?
So wie die Leute mich ansahen.
Und wegen der violett-pinkfarbenen Wirbel überall
auf meinem Körper.

Ich wusste es.

Deshalb sah ich nicht hin.
Einen Monat lang.
Bis Cora und die Ärzte meinten, es sei an der Zeit.

Im Spiegel,
eine Fremde.

Ein zusammengenähtes Gesicht.
Eine albtraumhafte Tim-Burton-Figur.
Schorfig und roh
und unkenntlich.

Weiße Teile,
rosafarbene Teile,
faltige Teile wie aus erstarrtem Wachs.
Hier zu straffe Haut,
dort zu schlaffe –
ein Skelett-Zombie-Mischwesen.

Wie in einem Spiegelkabinett,
alles leicht schräg – zu groß, zu klein,

zu nicht ich.

Fette, aufgequollene Raupen statt Lippen.
Spitze, nach oben gerichtete Nasenlöcher, die sich an einen Hauch von Knorpel zu klammern schienen.
Keine Augenlider, um die nass-rosa Innereien zu verbergen.

Keine Wimpern.
Keine Augenbrauen.
Kein Ohr.

»Das bin nicht ich.«
»Schau in deine Augen«, sagt Cora.

Tief in diesem Monster gefangen
blickt ein vertrautes Blau zurück.

Kapitel 23

Am Montag ist Piper nicht in der Schule, um mich zu bedauern. Ich schreibe ihr eine Nachricht, während ich allein den Flur entlanggehe.

Wo bist du?

Zuhause

Krank?

Schlechter Tag

Untertreibung des Jahrhunderts.
Jeder Tag ist ein schlechter Tag.

Wir reden bei der Gruppe.

Zwei Freundepunkte Abzug

Setz es auf meine Rechnung.

Den Mathetest, für den ich nicht gelernt habe, kriege ich gerade so hin. Dann esse ich ohne Piper zu Mittag, während ihre seltsamen Tischnachbarn die ganze Zeit auf ihre

Handys starren. Asad winkt mir von seinem Tisch mit den Leuten aus dem Technikteam zu, die alle lachen und sich unterhalten. Wie normale Menschen. Die Theatergruppe schwänze ich. Zum einen, weil ich mir Kenzies Wut über Asads Kavaliersakt mit der Vorhangbombe ersparen will, aber vor allem, weil ich weiß, dass Tony mich nach dem Vorsingen fragen wird. Ich mache es definitiv nicht, aber ich kann mich anscheinend auch nicht dazu überwinden, es abzusagen.

Piper erscheint nicht zur Selbsthilfegruppe, sodass ich Dr. Laynes Vortrag über die Macht von Schmerz allein über mich ergehen lassen muss. Als sie uns auffordert, an unseren schmerzhaftesten Moment zu denken, fällt mir sofort »der Tank« ein, auch die Folterkammer genannt. Dabei handelte es sich nicht wirklich um einen Tank, sondern um einen sterilen Raum auf der Station für Brandverletzte, wo die Schwestern Patienten mit Wasser abspritzen und anschließend tote Haut von zartem, verbranntem Fleisch schälen. Der medizinische Begriff lautet *Débridement*.

Der Laie sagt *Hölle* dazu.

Gedämpfte Schreie aus dem Tank waren auf der Station oft zu hören. So konnte ich, auch wenn ich selbst gerade nicht dran war, nie die Bedrohung am Ende des Flurs vergessen. Die Schwestern pumpten mich mit Morphium voll und ließen mich die Hintergrundmusik aussuchen. Als ob der richtige Soundtrack das Abziehen von Haut weniger höllisch machen könnte. Die einzige Möglichkeit, das zu überleben, bestand darin, mich losgelöst von meinem Körper an einen anderen Ort zu denken.

Olivia, das gesprächige Mädchen ohne Narben, quasselt über den Schmerz in ihrer Vergangenheit.

»Wir müssen stärker sein als der Schmerz«, stellt sie abschließend fest. »Sonst haben wir das Wesentliche einfach nicht kapiert.«

Vielleicht liegt es an den Erinnerungen an den Tank oder an den frischeren Schmerz von gestern, als mir meine neue Normalität durch die entstellten Finger glitt, aber irgendwas in mir rastet aus. Ich kann mich nicht bremsen und lege los.

»Was weißt *du* denn schon von Schmerzen?«

Olivia presst die Lippen zusammen, verschränkt die Arme und sieht Dr. Layne an.

»Ava, es geht um Olivias Schmerz, nicht um deinen«, sagt Dr. Layne.

Da strecke ich die Arme so aus, dass meine Zehenhand auf Olivia zeigt.

»*Das* ist Schmerz.« Meine Stimme hallt in dem leeren Raum wider. Ich deute auf mein Gesicht. »Das ist echt. Du hast ja noch nicht mal irgendwelche Narben.«

Olivia wird rot im Gesicht.

»Ich habe auch Narben.« Sie steht auf und will gerade ihr Shirt hochziehen, aber da springt Dr. Layne auf.

»Nein.« Sie legt ihre Hand auf Olivias. »Niemand muss irgendwas beweisen. Hier nicht.«

Olivia lässt das Shirt wieder über ihre perfekte Haut fallen und setzt sich, während Dr. Layne mich auf den Flur hinauswinkt.

»Was ist los, Ava?«

»Nichts.«

»Es ist in Ordnung, wütend zu sein«, sagt sie. »Aber versteckte Narben tun auch weh. Und Olivia kann entscheiden, wie viel oder wie wenig sie davon preisgibt.«

Ich trete mit der Fußspitze leicht gegen die Wand und sehe Dr. Layne nicht in die Augen.

»Das ist es ja. Sie hat eine Wahl. Ich kann meine Narben nicht verstecken. Ich habe keine Wahl.«

Tatsächlich habe ich mir nichts von alldem ausgesucht. Mein Dad hat mich aus dem Fenster gestoßen. Ärzte haben mich ohne meine Zustimmung gerettet.

»Das verstehe ich.« Dr. Layne zeigt auf die raue Hälfte ihres Gesichts, wo die Narben ihre Lippen ein wenig nach unten ziehen. »Glaub mir, ich kenne das. Ich habe lange gebraucht, um das zu akzeptieren. Um mich zu akzeptieren. Aber ich habe es geschafft. Es braucht nur Zeit.«

»Ich habe keine Zeit.«

»Cora hat mir von der Operation erzählt«, sagt sie. »Und von dem Theaterstück.«

»Es geht nicht um dieses blöde Stück.«

Dr. Layne tritt einen Schritt zurück und hält mich auf Armeslänge von sich weg.

»Ava. Du brauchst diese OP nicht, um bei dem Stück mitzuspielen, wenn du das willst.«

»Sie kapieren es nicht. Ich schaue in den Spiegel und erkenne das Mädchen darin nicht mal. Ich bin doch nicht bescheuert. Ich weiß, dass die OP mich nicht wieder ganz machen wird. Aber sie könnte bewirken, dass ich wieder ein bisschen mehr ich selbst bin. Vielleicht genug, um wieder auf der Bühne zu stehen.«

Dr. Layne seufzt schwer. »Wie wär's denn damit? Vielleicht wäre es heute hilfreicher, wenn du eine positive, glückliche Erinnerung mit uns teilst.«

Ich schnaube. »Die warmen, kuscheligen Momente sind bei mir gerade aus.«

Dr. Layne sieht mich an, diesmal ein bisschen strenger, und mir wird klar, dass ich heute ohne Buße nicht davonkommen werde.

»Grab ein bisschen tiefer.« Sie zeigt auf meine Brust. »Sie ist da drin.«

Ich murmele eine halb aufrichtige an Olivia gerichtete Entschuldigung, als ich in den Kreis zurückkehre. Sie lächelt schwach.

Dr. Layne spricht jetzt wieder zur ganzen Gruppe: »Lasst uns jetzt die Richtung wechseln und auf die Kraft positiver Gedanken setzen. Ava hat angeboten, uns mit einer Erinnerung zu inspirieren.«

Olivia und Braden drehen sich zu mir um. Ich wünsche mir, Piper wäre hier und würde irgendeinen Witz darüber reißen, wie dämlich das alles ist. Denn das ist es. All das Gerede und Teilen und Fühlen. Ich hole tief Luft und schlage meinen besten Therapieton an.

»Also, wir hatten zu Hause einen riesigen, dichten Ahornbaum in unserem Vorgarten, dessen Laub im Herbst sich gelb, orange und rot verfärbte. Dad nannte ihn dann unseren brennenden Busch. Jedenfalls rannte ich immer nach draußen, wenn Dad von der Arbeit kam, und dann schloss er mich unter diesem Riesenbaum in die Arme.

›Bereit zum Fliegen?‹, fragte er jedes Mal. Dann warf er mich hoch in die Luft. So hoch, dass es sich in meinem Bauch wie beim Achterbahnfahren anfühlte. So, als wären die Erde und mein Dad eine Million Meilen weit weg. Ganz oben geriet ich für einen Sekundenbruchteil in Panik, doch dann sah ich das Gesicht von meinem Dad und seine Arme, die er ausstreckte, um mich aufzufangen. Er drückte mich wieder an seine Brust und flüsterte: ›Ich werde dich immer auffangen.‹«

Dr. Layne kritzelt auf ihren Block.

»Das war wunderschön, Ava. Danke.«

Ein Fleißbildchen für die Therapie heute – erst ein Gefühlsausbruch und dann noch ein positiver Beitrag. Sie trägt uns allen auf, ein paar Minuten zu überlegen und eine gute Erinnerung in unsere Therapie-Tagebücher zu schreiben.

Dabei ist Layne anscheinend nicht klar, dass meine Story keine gute Erinnerung war.

Väter fangen ihre kleinen Töchter eben *nicht* immer auf.

Als ich aus meinem brennenden Kinderzimmerfenster stürzte, wartete ich auf seine Arme.

Ich wartete.

Und wartete.

Bis ich auf dem Boden aufschlug.

Er fing mich nicht.

Er stieß mich kopfüber in ein Leben, in dem er mich nicht vor Schmerz bewahren konnte.

Die Erinnerung ist eine Lüge.

Genau wie alles andere.

Genau wie die Behauptung, mein Zeh sei ein Finger oder mein Haar sei knallpink. Oder dass Glenn und Cora meine Eltern wären.

Oder dass ein Junge mich je als Mädchen sehen könnte oder dass ich auf der Bühne keine Lachnummer wäre.

Wie so zu tun, als könnten alberne Songs Albträume verscheuchen.

2. April

Eine Erinnerung?
Wie wäre es mit der hier?

Eine zufällige Begegnung
in Gang 5 im Supermarkt.
Josh.
Mein Josh.
Nicht mehr meiner.

Er umklammerte eine Schachtel Frühstücksflocken,
als könnten sie ihn retten
vor diesem Moment,
vor dem Mädchen,
das er mal kannte.
Einem Mädchen
ohne Gesicht.

Sein Gesicht wird kalkweiß.
Lippen, die ich einmal geküsst habe,
stehen offen.

Augen, die mich mal bewunderten,
sind jetzt weit aufgerissen,
als hätte er einen Geist gesehen.

Das hatten wir beide.
Leere Schemen davon, was einmal war,
ein Junge, der ein Mädchen ansieht.

Aber durch das Feuer ist es hässlich geworden.
So wie alles, was es berührt –
sogar die Erinnerungen gingen in Rauch auf.

Kapitel 24

Als Glenn mich von der Selbsthilfegruppe abholt, liegen auf dem Beifahrersitz eine Jacke und Wanderschuhe.

»Lust auf einen Spaziergang?«

Ich ziehe mir die Schuhe an, während er fährt, wobei ich mir nicht sicher bin, warum ich die für einen »Spaziergang« brauche. Er lenkt den Truck immer weiter den Canyon hinauf, der die Wasatch Mountains durchschneidet. Anscheinend hat er mehr vor, als nur ein bisschen herumzuschlendern.

Nachdem er von der Straße auf einen kleinen unbefestigten Parkplatz neben den Serpentinen abgebogen ist, zeigt er auf einen steilen Weg, der zwischen den noch kahlen Bäumen verschwindet. Je höher der Berg ansteigt, desto höher auch die Schneedecke.

»Ich glaube nicht, dass ich das schaffe«, sage ich. Ich habe über ein Jahr nicht mehr gemacht als die erbärmlichen Kniebeugen und Armübungen mit 1-Kilo-Gewichten, zu denen Terry der Folterknecht mich gezwungen hat.

Glenn springt aus dem Wagen und zieht sich seine Arbeitsjacke an.

»Du schaffst das.«

Dann geht er vor mir den Weg hinauf, von dem ich ernsthaft bezweifle, dass es ein richtiger Weg ist, da wir alle paar Schritte über Felsen klettern oder uns unter tiefhängenden Ästen ducken müssen. Der Weg wird immer steiler, der Schnee tiefer, und meine Kompressionswäsche zwickt in den Kniekehlen.

Schnaufend lehne ich mich an den schlanken weißen Stamm einer Zitterpappel. Als Glenn nicht stehen bleibt, folge ich in seinen Fußstapfen, wobei ich jetzt tief in den Schnee einsinke. Jede Bewegung ist eine anstrengende Abfolge von: einen Schritt machen, einsinken, den Fuß wieder herausziehen und dann alles wieder von vorn.

Ich beginne schon zu überlegen, ob das so eine Art körperliche Strafe für meinen kleinen Wutanfall gestern Abend sein soll. Doch da bleibt Glenn endlich stehen. Er winkt mich zu einer Reihe großer Felsen, von denen aus man ins Tal blicken kann. Ich setze mich neben ihn und atme weiße Wölkchen in die dünne Luft.

Gemeinsam blicken wir in das Tal, das sich unter uns ausbreitet. Ameisengroße Autos bewegen sich über den Highway, und obwohl die Berge noch schneebedeckt sind, wirkt das Gras im Tal schon bereit für den Frühling. Ein großer Schwarm Vögel stiebt auf, biegt synchron nach Norden ab, und alle weißen Punkte ordnen sich in einer Reihe an, um nach Hause zu fliegen.

Im Süden kann ich mir beinah einreden, mein eigenes Zuhause zu erkennen, wo hinter den schablonenhaften Vororten grüne Felder beginnen. Ich beuge mich vor, um besser zu sehen. Da streckt Glenn den Arm aus, genau wie Mom es immer im Auto gemacht hat, wenn sie scharf bremsen musste. So eine Art menschlicher Sicherheitsgurt.

»Sara und ich sind oft hier raufgewandert«, sagt Glenn und schaut in die Ferne. »Seltsam, dass ich immer dachte, das wäre unser Platz. Als hätte er uns gehört. Jetzt ist sie tot, und diese Hügel sind immer noch da.«

Er greift in seine Tasche und zieht einen kleinen schwarzen Klumpen heraus. Ich erkenne die Form sofort.

»Bist du jetzt einem Handglockenchor beigetreten?«, frage ich.

Glenn gibt mir die Glocke so vorsichtig mit beiden Händen, als könnte sie zu Staub zerfallen, wenn wir einen falschen Atemzug machen. Das Metall ist so kalt, wie es immer war, aber die früher glänzende Oberfläche ist nun mattschwarz.

Der Schwengel schlägt gegen die Innenseite, als ich sie schüttle. Die Glocke tönt anders – tiefer – als früher, aber ich staune immer wieder darüber, dass sie überhaupt noch klingt.

»Weißt du, wie diese Handglocke das Feuer überstanden hat?«, fragt Glenn.

»Wenn du mir jetzt sagst, es sei ein Wunder gewesen, steige ich diesen Berg alleine wieder runter.«

Glenn nimmt sie mir aus der Hand.

»Sie hat es überstanden, weil Kupfer einen höheren Schmelzpunkt hat.« Er dreht die Glocke um und streicht mit der Fingerspitze über den geschwärzten, verbogenen Rand. »Das Metall ist aber nicht immun gegen Feuer, deshalb sieht sie jetzt ein bisschen anders aus.«

Alles in mir sträubt sich.

»Verstehe. Ich bin die Glocke. Ich bin hässlich, aber immer noch da. Hurra, überlebt!« Ich recke eine Faust in den Himmel.

Glenn lässt den deformierten Brocken einer Erinnerung an meine Mutter auf seiner ausgestreckten Handfläche liegen und beachtet meinen Sarkasmus gar nicht.

»Du bist nicht hässlich«, sagt er und betrachtet immer noch die Glocke. »Und du bist nicht dein Körper.«

Glenn meint es gut, aber er klingt, als würde er aus *Das große Handbuch der Lügen für Menschen mit Verbrennungen* vorlesen. Ich bin absolut mein Körper. Uns gibt's nur im Paket. Okay, vielleicht ist es eher eine Geiselnahme, aber in jedem Fall sind wir … untrennbar.

»Warum hast du die Glocke auf deiner Kommode stehen, wenn du sie so hässlich findest?«, sagt er.

Im Glenns Hand ist sie so klein. Sie sieht gar nicht aus, als könnte sie so volle Töne erzeugen, wie ich sie aus der Weihnachtszeit in der Kirche in Erinnerung habe, wenn Mom mit dem Handglockenchor auftrat.

»Sie hat Mom gehört«, sage ich und wundere mich über den Kloß in meinem Hals. »Sie ist das Einzige, was ich noch von ihr habe.«

Glenn lächelt und hält sie in die schrägen Strahlen der Abendsonne. »Ich sehe deine Mutter immer noch vor mir, wie sie mit diesen albernen weißen Handschuhen vorne in der Kirche steht und mit den verdammten Glocken läutet, die sie so liebte.«

Glenn schweigt, als suche er nach Worten.

»Überleg doch mal, wie viel mehr sie *dich* geliebt hat.« Er greift nach der geschwärzten Glocke zwischen uns. »Du bist der Teil von ihr, der überlebt hat. Und jetzt bist du ein Teil von uns.«

Mein schlechtes Gewissen wegen gestern wird größer. Es breitet sich in meiner Brust aus und steigt mir die Kehle hoch. Ich wünschte, ich könnte die Zeit zurückdrehen und meine eitlen Forderungen, all meine harten Worte runterschlucken.

»Glenn, du musst nicht …«

»Doch, muss ich. Ich will, dass du das weißt. Es stimmt, dass du Sara nie ersetzen wirst, so wie wir nie deine Eltern ersetzen werden. Das wollen wir auch nicht. Aber manchmal weiß ich gar nicht, wie wir dieses letzte Jahr ohne dich überlebt hätten.«

Glenn räuspert sich und richtet sich auf. Er stellt die Glocke wieder zwischen uns, dann umschließt seine kräftige Hand das, was von meiner noch übrig ist.

»Und wir haben verstanden, dass diese Operation wichtig für dich ist.«

»Das ist schon okay…«

»Nein, ist es nicht. Du verlangst nicht viel. Hast du nie getan. Im Krankenhaus haben die Krankenschwestern gesehen, dass du dir lieber auf die Lippe gebissen hast, anstatt um Hilfe zu bitten. Wahrscheinlich sind das die Gene deiner Mutter – zäher als Büffelleder. Und manchmal härter im Nehmen, als für dich gut ist«, sagt er. »Deshalb wissen Cora und ich, dass du nur darum bittest, weil es dir wichtig ist.«

Ich halte den Atem an, weil ich fürchte, dass der kleinste Windhauch das Universum aus dem Gleichgewicht bringen und das hier stören könnte.

Glenns Augen suchen meine.

»Also sollst du deine OP bekommen.«

Ich werfe meine Arme um Glenns breite Schultern, bevor er noch irgendwas sagen kann.

»Danke«, flüstere ich. Ich möchte noch mehr sagen, aber Worte scheinen für diesen Augenblick nicht zu genügen.

»Du weißt, dass deine Narben immer noch da sein werden, ja? Das betrifft nur deine Augen.«

»Ja, ja, nur meine Augen.« Ich weiche ein Stückchen zurück. »Aber das Geld…«

»Wir haben mit der Versicherung gesprochen, und die übernimmt einen Teil der Kosten.«

»Und der Rest?«

»Du kennst doch deine Tante Cora. Wenn es eine Lösung gibt, findet sie die. Sie war schon den ganzen Tag auf eBay und hat Zeug, das wir nicht mehr brauchen, an Leute mit zu viel Geld verkauft.« Glenn lacht ein bisschen gezwungen, aber sein Lächeln, als er meine Hand nimmt, ist echt.

»Wir wollen dich nur glücklich machen«, sagt er. »Bist du das? Glücklich?«

»Ich kann mich nicht erinnern, wann ich mich zuletzt so wie jetzt gefühlt habe«, sage ich und umarme ihn noch mal so fest, dass sein Bartschatten an meiner Wange kratzt.

Zurück wandern wir Hand in Hand. Glenn geht neben mir, um mich zu stützen, wenn meine schwachen Knie unter mir nachgeben.

Auf der ganzen Heimfahrt grinse ich wie irr vor mich hin. Cora empfängt uns schon weinend an der Tür. Sie umarmt mich fest, und ich lasse es zu.

»Ich habe den Termin für heute in vier Wochen vereinbart«, sagt sie.

Da erwidere ich ihre Umarmung, was sie so zu überraschen scheint, dass sie hörbar nach Luft schnappt. Als sie mich zurück drückt, schnieft sie in mein Ohr.

»Ava, ich hoffe, du weißt das: Ob mit oder ohne OP bist du gut genug.«

Dann meint sie, ich solle mir mein Zimmer mal ansehen. Die Wände sind exakt bis zur Decke pinkfarben gestrichen. In großen roten Buchstaben schreibe ich für den 30. April in meinen Kalender: OP!

Dann fällt mein Blick auf die leere Vitrine und ich erstarre.

Die Puppen sind weg.

Nachdem der Schrank nicht mehr abgeschlossen ist, lassen sich die Glastüren leicht öffnen. Ich stelle Moms Handglocke hinein. Das ansonsten leere Regal lässt mich schlucken, weil ich mir Cora vorstelle, wie sie auf eBay dem Meistbietenden verkauft, was das Feuer übrig gelassen hat.

Für mich.

Damit ich meinen Stern ergreifen kann.

Als Nächstes rufe ich Tony an, um ihn zu fragen, ob mein Termin fürs Vorsingen noch steht.

»Wenn du ihn willst, hast du ihn«, sagt er.

Ich ziehe meine Augenwinkel hoch und betrachte mein Spiegelbild.

»Ja«, sage ich. »Ich will ihn.«

Und das Mädchen, das sich im Glas spiegelt, grinst mich an.

Kapitel 25

Die erste Person, der ich es erzählen will, ist Piper, aber die ist ja nach wie vor verschollen. Cora fährt mich nach der Schule zu ihrem Haus.

Das Haus ist perfekt – es sieht so makellos aus wie eine Filmkulisse. Eine Veranda erstreckt sich an einer Seite, und ein gepflasterter Weg schlängelt sich durch den tadellos gepflegten Vorgarten. Das Einzige, was nicht dazu passt, ist die provisorische Rollstuhlrampe aus Sperrholz, die über die gesamte Breite der Stufen am Eingang gelegt ist.

Ich muss dreimal klopfen, bis Piper aufmacht. Sie hat rote Augen und trägt T-Shirt und Shorts ohne Kompressionswäsche. Da kein neon-pinkfarbenes Zebramuster ihre Haut verdeckt, sehe ich ihre Narben viel deutlicher. Der rechte Arm und das rechte Bein sind leuchtend rot und violett, viel auffälliger als meine gedämpften Farben.

Mir war gar nicht klar, wie frisch ihre Narben noch sind oder wie stark meine schon verblasst sind.

»*Wo* hast du gesteckt?«, frage ich.

Piper beschirmt ihre Augen mit der Hand gegen die Nachmittagssonne. »Hab ich dir doch gesagt. Schlechter Tag. War nicht in Seelenklempner-Stimmung.«

Sie winkt mich ins Haus, das innen genauso perfekt ist wie außen. Ein Flur mit Marmorboden führt in ein Vorzimmer mit frischen Schnittblumen auf einem Tisch.

»Ich gehe zum Vorsingen!«, platzt es aus mir heraus, weil ich keine Sekunde länger warten kann. »Und das ist noch nicht mal das Beste.«

Sie hebt einen Finger, um mich zum Schweigen zu bringen, und dreht ihren Rollstuhl mit matterem Blick als sonst Richtung Küche. Dort steht eine Frau bis zu den Ellbogen in ein Spülbecken gebeugt und schrubbt so heftig über den Edelstahl, dass ihr ganzer Körper bebt.

»Mom, das ist Ava. Aus der Gruppe.«

Ihre Mom blickt auf. Ihre Augen sind noch röter als Pipers, aber ebenso kraftlos. Dann legt sie die Hände, die in Gummihandschuhen stecken, auf ihr Herz.

»Ach, du armes Ding.«

»Wow, Mom. Nicht cool.« Piper rollt weiter den Flur entlang und winkt mir, ihr zu folgen. »Nimm's ihr nicht übel. Ihre emotionale Selbstkontrolle ist gleichzeitig mit meinem Bein kaputtgegangen. Außerdem verfällt sie nach meinen Orthopädie-Terminen immer in einen Flenn- und Putzwahn. Nach dem letzten wird sie jetzt mindestens eine Woche lang alles scheuern, was ihr in die Quere kommt.«

Pipers Zimmer ist genauso schrill wie sie selbst. Der Bettüberwurf mit neonpinkfarbenem Zebramuster hebt sich grell vom gelbgrünen Shaggy-Teppich ab. Flauschige kleine Kissen in Neonfarben liegen auf dem Bett verteilt. Auf dem Schreibtisch brennt eine violette Lavalampe.

Piper wuchtet sich aus dem Rollstuhl aufs Bett, zerrt die schlaffen Beine eines nach dem anderen hinterher und lässt sie auf die bunte Decke plumpsen. Als ich ihr helfen will, fällt mir auf, dass der Gips an ihrem rechten Bein fehlt.

»Du bist ihn los!«

Piper zuckt nur mit den Achseln und wedelt meine Hand weg.

»Vergiss mein blödes Bein. Du wolltest mir gerade das Beste wegen deinem Vorsingen erzählen«, sagt sie. »Geht's um deinen jugendlichen Liebhaber? Du hast mir seinen Namen übrigens immer noch nicht verraten. Denk nicht, dass ich das vergessen habe.«

Ich lasse mich in ihren leeren Rollstuhl plumpsen und schiebe ihn mit meinen Beinen vor und zurück, wobei ich übers ganze Gesicht grinse. Dann erzähle ich ihr von der OP, während sie durch eine Zeitschrift für Gesundheit und Fitness blättert, die auf dem Bett liegt.

»Hattest du nicht schon zwanzig?«, sagt sie und blättert geräuschvoll die Seiten um.

»Jap, aber das ist eine kosmetische – um meine Augen in Ordnung zu bringen.«

Ich ziehe mit den Fingern beide Augenlider nach oben. Piper spitzt die Lippen und mustert mein Gesicht.

»Klingt kostspielig.«

»Ist es. Und das Verrückteste: Ich glaube, Cora und Glenn haben Saras Puppen verkauft, um sie zu bezahlen.«

Piper lässt sich auf den Rücken sinken und starrt jetzt an die Decke.

»Klingt, als würde sich alles fügen, Ava.« Dann dreht sie sich wieder zu mir und runzelt die Stirn. »Wo ist deine Perücke?«

»Die brauche ich nicht mehr. Das will ich dir doch gerade sagen. Die OP ist das, was ich brauche.«

Piper wirkt verblüfft und schaut wieder an die Decke. Sollte sie nicht begeistert sein? Sie war doch diejenige, die mich gedrängt hat, bei dem Musical mitzumachen.

Etwas Glitzerndes zieht meinen Blick auf sich, und ich bemerke Glasscherben in einer Ecke des Zimmers. Ich hebe eine spitze Scherbe und die Reste eines Bilderrahmens auf. Dann ziehe ich das ramponierte Foto einer Volleyballmannschaft unter einem der Rollstuhlreifen hervor. Darauf steht Piper genau in der Mitte, lächelnd und auf zwei unversehrten Beinen.

Sie beobachtet, wie ich die Reste aufhebe, und wieder fallen mir ihre rot geschwollenen Augen auf.

»Was ist passiert?«

Sie zuckt mit den Achseln. »Kleiner Rückschlag bei der Physiotherapie.«

Ich halte die Reste des Bilderrahmens hoch.

»Das sieht nicht nach *kleinem* Rückschlag aus.«

Piper streckt den Arm aus, um ihn mir wegzunehmen, und fällt dabei fast vom Bett.

»Okay, dann eben großer Rückschlag. Massiver, kolossaler Rückschlag. Ist es das, was du hören willst?«

»Tut mir leid, das wusste ich nicht.«

»Ist okay. Ich bin okay. Du musst hier keinen auf Spanische Inquisition machen. Aber wenn du es unbedingt wissen willst, ich habe den gestrigen Tag damit verbracht zu versuchen, wieder zu laufen. Und bin gescheitert. Dann konnte ich mir von den Ärzten noch anhören, dass meine vorübergehende Lähmung vielleicht doch nicht so vorübergehend ist.« Piper knüllt ein kleines Kissen zu einem Ball zusammen. »Von dämlichen Ärzten, die ihren Arsch nicht von ihrem Ellbogen unterscheiden können.«

»Hat deine Mom deshalb geweint?« Ich wage nicht zu erwähnen, dass ihre Augen sie auch verraten, weil ich fürchte, dass es mir dann so ergeht wie dem Bilderrahmen.

Piper lacht, aber nicht so, als wäre etwas lustig, sondern eher im Sinne von: Ist das Leben nicht wie ein Arschtritt? Erst bringt es dir einen Schnitt bei, und dann träufelt es auch noch Zitronensaft in die offene Wunde.

»Sie hat seit dem Unfall nicht aufgehört zu weinen. Mom heult und putzt. Dad trinkt. So hat jeder seine Methode.«

Ich rolle ans Fußende ihres Betts.

»Und bist *du* okay?«

»Jap, ich hab meine Bewältigungsstrategie.« Zum ersten Mal seit meiner Ankunft lächelt sie. »Mach mal die Tür zu.«

Piper beugt sich auf dem Bett nach vorne, legt die Arme um ihre Taille und versucht, ihr Top hochzuziehen. »Hilf mir mal.«

Ich schiebe das Shirt hoch. Zum Vorschein kommen zwei fedrige, regenbogenbunte Flügel auf ihren Schulterblättern und eine lange Liste Wörter in Schwarz, angefangen beim obersten Halswirbel und bis hinunter zu den kleinen Vertiefungen neben den Beckenknochen am unteren Rücken.

She

conquered

her

demons

and

wore

her

scars

like

wings

»Hast du das geschrieben?«, frage ich.

Piper schaut ärgerlich zu mir hoch.

»Hast du dir meinen Fire-Mix überhaupt mal angehört? Das ist die wichtigste Zeile in dem Atticus-Song – meiner Hymne.« Sie wölbt den Rücken leicht, sodass die Flügel auf ihren Schulterblättern sich bewegen. »Ich bin jetzt offiziell ein Phönix.«

Sie erzählt mir, dass Asad sie gestern nach der Schule zu einem Tattoo-Studio gefahren hat. Ein quälendes Gefühl macht sich in meiner Brust breit. Ich bin mir nicht sicher, ob ich eifersüchtig auf Asad bin, weil er mit ihr dort war, oder eifersüchtig auf Piper, weil sie Zeit mit Asad verbracht hat.

»Ich wäre auch mit dir hingegangen.«

»Nur kannst du nicht Auto fahren. Und ich erinnere mich noch eindeutig daran, dass du mal gesagt hast, du würdest deinem Körper niemals absichtlich Narben zufügen. Außerdem ist Asad ein Dummkopf, der für jeden alles tun würde«, sagt sie. »Also, wie findest du es?«

Ich berühre die warme, rosafarbene Haut neben der Tätowierung.

»Ich finde, dass es schmerzhaft aussieht.«

»Da habe ich schon Schlimmeres ausgehalten«, sagt sie. »Aber es ist doch gut geworden, nicht? Jetzt kann ich, wenn ich schon nicht laufen kann, wenigstens fliegen.«

»Du wirst wieder laufen.«

Sie zuckt ein bisschen, als ich einen Phönixflügel berühre.

»Du musst wieder laufen, weil ich auf der Bühne stehen und danach Standing Ovations von dir will.«

Sie verrenkt sich den Hals, um mich anzusehen.

»Da hat sich wohl jemand den Therapie-Bullshit reingezogen«, sagt sie. »Als Nächstes erzählst du mir vielleicht auch noch, dass du deine neue Normalität wiedergefunden hast.«

Ich knie mich auf den Boden, hebe die größten Scherben mit meiner Greiferhand auf und werfe sie in den Papierkorb.

»Noch nicht, aber zum ersten Mal seit Langem hoffe ich, dass sie zumindest existiert.« Ich streiche das Volleyballfoto auf Pipers Schreibtisch glatt. »Weißt du, ich musste auch erst wieder laufen lernen. Nach dem Koma *und* nachdem sie mir meinen großen Zeh abgeschnitten hatten. Beide Male wollte ich aufgeben. Weißt du, warum ich's nicht getan habe?«

»Weil deine Wirbelsäule nicht gebrochen war?«

»Weil ich Laufen nicht auch noch auf die Liste der Dinge setzen wollte, die mir das Feuer genommen hat.«

Was ich nicht erwähne, ist Schwester Linda mit ihrem Südstaatenakzent und einem Busen, der genauso riesig war wie ihre wochenlange Entschlossenheit, mich wieder zum Laufen zu bringen. Ich sage auch nicht, wie qualvoll diese ersten Schritte waren. Das Blut rauschte in die Venen und Kapillaren, die monatelang quasi geschlafen hatten. Das fühlte sich an, als hätte jemand Feuer in meine Adern gekippt, das sich nun glühend seinen Weg nach unten bahnte.

»Entscheidend war, dass ich daran geglaubt habe, und an dich glaube ich auch.«

Piper sieht mich an, als wäre mir gerade ein zweiter Kopf gewachsen.

»Könnte ich bitte mit Ava sprechen? Sie wissen schon, meine Das-Glas-ist-halbleer-Freundin, die eine mega Selbstmitleidsparty schmeißt. Ist die gerade zu sprechen? Denn diese Little Miss Sunshine, der Regenbogen aus dem Hintern kommen, kenne ich gar nicht.«

Pipers Grinsen verschwindet schlagartig, als die Tür auffliegt. Sie zerrt sich das Shirt über den Rücken, als ihre Mutter ins Zimmer stürmt, aber es ist schon zu spät.

Ihre Mom reißt Pipers Shirt hoch. »Auf die Wirbelsäule? Ist das dein Ernst? Nach allem, was die Ärzte gestern gesagt haben, lässt du dir mit Nadeln in die Wirbelsäule stechen? Willst du mich umbringen? Oder dich selbst?«

Piper zerrt an ihrem T-Shirt.

»Das ist *mein* Körper.«

Für ihre Mutter scheint das keine befriedigende Antwort zu sein, denn sie beginnt nach einem gewissen Frank zu rufen. Der kommt mit glasigen Augen und wie vom Schlafen zerzausten Haaren reingestolpert.

»Schau. Schau dir an, was deine Tochter sich jetzt angetan hat.« Sie zieht das Shirt hoch, obwohl Piper sich größte Mühe gibt, es festzuhalten. Dann sieht er sie mit leerem Blick an und dreht sich wieder zum Flur.

»Weck mich, wenn sie eine Infektion bekommt.«

Daraufhin meint ihre Mom, es sei jetzt für mich Zeit zu gehen. Piper klettert zurück in ihren Rollstuhl und begleitet mich zur Haustür. Währenddessen steht ihre Mutter mit verschränkten Armen im Flur, und ich komme mir vor, als würde ich eine von Dads Tierdokus sehen, wo zwei Alpha-Weibchen vor dem großen Revierkampf stehen.

»Das Leben ist kein Musical, was?«, sagt Piper noch, als ich schon die Rampe hinuntergehe. Ich muss aufpassen, nicht auf der dünnen Schicht aus spätwinterlichem Schnee auszurutschen, der gerade fällt.

»Glaub mir, Piper. Alles wird sich finden, ich muss nur …«

Ich drehe mich um, aber sie hört mich nicht.

Die Haustür ist schon zu.

3. April

Ich ging zum ersten Mal wieder,
Weil jemand anders gestorben war.
Morbid, ich weiß.
Aber wahr.

Schwester Linda versuchte jeden Tag, mich auf die Beine zu kriegen.
»Heute nicht«, sagte ich immer.
»Wann dann?«, fragte sie.
»Wenn ich so weit bin.«
»Ich werde nicht lockerlassen.«

Dann starb Bobby.

Schreie weckten mich nachts.
»Er hat aufgehört zu kämpfen«, sagte Linda.
Ich hatte ihn kaum gekannt.
Die Mumie im Nachbarzimmer.

Weiße Kittel rollten Bobby weg.
Ein weißes Laken bedeckte sein Gesicht.
Eine Frau presste seine »persönlichen Sachen« an sich.

Ich hatte nicht gewusst, dass er hier direkt neben mir gewesen war, als er aufgab.

Ich wollte nicht aufgeben.
Ich wollte kämpfen …

Also fing ich damit an:
Ich würde nicht mitten in der Nacht
rausgerollt werden,
als anonymes Gesicht unter einem weißen Laken.
Ich würde hier rausgehen
auf meinen eigenen zwei Beinen.

Als Linda am nächsten Tag kam,
saß ich schon auf der Bettkante.
»Ich bin so weit.«

Kapitel 26

Mir bleibt weniger als eine Woche, um mich auf das Vorsingen vorzubereiten.

Cora hilft mir beim Üben und meint, ich solle die Verse *spüren* und die Worte durch mich erklingen lassen. Ich erinnere sie daran, dass wir an der Highschool sind, nicht am Broadway.

»Entschuldige. Ich freue mich nur einfach so, dass du mich darum gebeten hast.« Sie spielt eine Tonleiter auf dem Klavier. »Seit du wieder zur Schule gehst, bist du so beschäftigt. Ich habe mich hier zu Hause schon ganz nutzlos gefühlt.«

»Nutzlos? Du bist eine Ein-Frau-Motivationstruppe.«

Da lacht sie. Ich erwähne lieber nicht, dass ich sie nur gefragt habe, weil Piper wegen der Tattoo-Geschichte für unabsehbar lange Zeit Hausarrest hat. Also hilft Cora mir, meinen Bewerbungssong zu üben. Piper und Asad waren sich einig, dass es *Over the Rainbow* sein müsse.

Als ich ihn Cora vorsinge, hört sie mittendrin auf zu spielen und greift nach einem Papiertaschentuch.

»Tut mir leid«, sagt sie. »Es ist nur… weil Glenn das für Sara immer gesungen hat, als sie klein war. Ich schätze, deine Großmutter hat es ihm selbst früher vorgesungen.«

Eine blitzartige Erinnerung versetzt mich zurück in mein Kinderzimmer, wo Mom meinen Arm streichelt.

»Meine Mom hat es mir auch vorgesungen«, sage ich. Dann setze ich mich neben Cora auf die Klavierbank. Sie tupft sich mit dem Papiertuch die Tränen unter den Augen ab. Behutsam, um ihre Mascara nicht zu verschmieren.

»Du klingst genau wie sie.«

»Ja?« Mit einem Finger schlage ich behutsam eine Taste an und versuche, mich an den genauen Klang ihrer Stimme zu erinnern. »Manchmal fürchte ich, ihren Klang zu vergessen. Als würde ich eines Tages aufwachen und ihre Stimme ist einfach weg. Dann ist auch sie endgültig weg.«

Cora schlägt im gleichen Rhythmus wie ich einen anderen Ton an.

»Ich auch.«

»Ich habe noch eine Sprachnachricht, die sie mir geschickt hat«, sage ich. »Was total Banales über Deo.«

Cora lacht und greift nach ihrem Handy, das oben auf dem Klavier liegt. Sara erscheint auf dem Display, in einem verwackelten Selfie-Video.

»Mom, hol mich heute am Süd-Eingang ab«, sagt sie. »Vergiss es nicht. Süüüden. Das Gegenteil von Norden. Du erkennst mich daran, dass ich so aussehe …« Sara zieht ein albernes Duckface mit einem pseudo-sexy Schmollmund. »Ich bin auch diejenige, die du zur Welt gebracht hast. Nur zur Erinnerung.«

Das Video endet, und Sara bleibt, eine Kusshand in die Kamera werfend, auf dem Display stehen.

»Du würdest nicht glauben, wie oft ich mir das schon angesehen habe«, sagt Cora.

Ich muss lächeln.

»Ich wette, das würde ich.«

Sie hat eine Tochter verloren, ich eine Mutter. Aber während wir so nebeneinandersitzen, spielt der Unterschied keine Rolle.

Schmerz ist Schmerz.

Cora beginnt wieder zu spielen, und ich singe den Refrain zu Ende. Ihre Töne und meine vermischen sich, und zum ersten Mal klingt es, als würden wir wirklich denselben Song erklingen lassen.

*

Am Tag des Vorsingens lässt Piper Volleyball ausfallen, um mit mir vor dem Theatersaal zu warten. Seit sie das Tattoo hat, trägt sie ihre Kompressionswäsche nicht mehr, und ihre Tops werden täglich kleiner. Problemlos kann man jetzt ihre Narben und die Phönixflügel sehen. Sie flattert damit durch die Gänge, als würde sie jeden Augenblick abheben.

»Machst du dir keine Sorgen, wie sie aussehen werden?«, frage ich und deute auf die Narben an ihrem Arm. Wahrscheinlich werden sie ohne den Druck der engen Wäsche wulstig verheilen.

Sie zuckt mit den Achseln. »Ich bin sowieso verpfuscht.« Sie wirft einen Blick auf mein Bandana, als wäre es ein Zeichen des Verrats. »Immer noch keine Perücke mehr?«

»Kenzie hat gesagt, ich sähe damit aus wie eine Troll-Puppe.«

Piper stöhnt.

»Sie ist der Troll. Und seit wann geben wir was auf das, was *sie* denkt?«

Hinter der Tür zum Bühneneingang singt ein Mädchen in wirklich schrecklichem Falsett, so hoch wie sie kann. Asad kommt winkend den Flur entlang.

Er geht neben mir in die Hocke. Ich sitze an Pipers Rollstuhl gelehnt auf dem Boden und versuche, die Wartezeit für meine Hausaufgabe in Geschichte zu nutzen. Aus seinem Rucksack zaubert er Dorothys rubinrote Schuhe hervor.

»Glücksbringer für dein Vorsingen.« Seine schwarzen Augen halten meinen Blick fest. »Schlag einfach dreimal die Hacken zusammen und all das Zeug.«

Ich nehme die Schuhe und streiche mit den Fingern über die glitzernde Oberfläche. Der dumme Asad haut mit seinem Grübchenlächeln und seinen aufmerksamen Gesten ständig Löcher in meinen eigentlich idiotensicheren Keine-Jungs-mehr für-Ava-Plan.

Als er mich so anlächelt, beschleicht mich ein hinterlistiger Gedanke – dieselbe gerade erst aufkeimende Idee, die ihren Anfang nahm, als Dr. Sharp meine Augenlider anhob: Vielleicht wird nach dieser Operation die Rückkehr auf die Bühne nicht das Einzige sein, was von meiner Liste der Dinge, die ich im Feuer verloren habe, verschwindet.

Piper richtet sich neben mir groß auf und wirft Asad die Schuhe zurück.

»Ava braucht kein Glück.«

Doch als mein Name aufgerufen wird, schreit Piper mir nach, ich soll warten. Dann nimmt sie ihre Phönix-Halskette ab und bedeutet mir, mich zu bücken. »Ich habe jetzt ja sowieso meine tätowierten Flügel.«

»Moment, ist das jetzt etwa echte Piper-Zuneigung?«, sage ich.

Sie tut so, als wolle sie gegen meine Schulter boxen. »Jap, ich bin schon völlig am Boden deshalb.« Sie tupft sich unsichtbare Tränen weg. »Schau doch nur, Asad, unser kleines Mädchen ist schon so groß geworden.«

Asad legt eine Hand auf Pipers Schulter und die andere auf sein Herz. Ich heb die rubinroten Schuhe auf und stopfe sie in meine Tasche.

Ein bisschen Glück hat ja noch niemandem geschadet.

Auf der Bühne erwartet mich ein Halbkreis aus Leuten, die über die Besetzung entscheiden: Tony sitzt auf einem erhöhten Regiestuhl zwischen einer mittelalten Frau, die anscheinend die Beratungslehrerin der Theatergruppe ist, und dem Mädchen, das die böse Hexe spielen wird. Vor ihnen hat Kenzie sich aufgebaut: eine Hand in die Hüfte gestemmt scheint sie bereit für eine Szene mit mir als Glinda und ihr als Dorothy.

Sie gibt mir ein Textbuch, und wir gehen etwa zehn Sätze davon durch. Dann ist es schon Zeit loszulegen.

Ich stehe vor dem Halbkreis und versuche, Kenzies eisigen Blick zu ignorieren. Sie hat mir eindeutig meine Beteiligung an Asads Anschlag mit dem Bühnenvorhang noch nicht verziehen. Ich singe a cappella, was mir erst recht das Gefühl gibt, allein und bloßgestellt zu sein.

Das hier kann nur funktionieren, wenn ich die Augen, die mich anstarren, ausblende. Also schließe ich meine Augen und schlucke den immer größer werdenden Kloß in meiner Kehle hinunter. Genau wie in der »Folterkammer« in der Klinik löse ich mich quasi von meinem Körper. Bevor ich es mich versehe, flüstere ich auch schon die letzten Zeilen.

Birds fly over the rainbow.
Why, then,
Oh, why
Can't I?

Mein letzter Ton klingt noch nach, als ich die Augen wieder aufmache. Die Lehrerin hält ihre Brille in der Hand und wischt sich mit einem Papiertuch über die Augen. Da fühle ich mich erst recht bloßgestellt.

Tony bricht das Schweigen, indem er erstmal sein Klemmbrett auf den Boden wirft und dann, wie ich zu hören meine, auch noch vor sich hin flucht, denn die Lehrerin tadelt ihn leise.

»Also, tut mir leid, aber ich bin stinksauer«, sagt er schließlich und sieht mich an, als schulde ich ihm eine Erklärung. »Warum hast du nicht beim richtigen Vorsingen mitgemacht? Dann hätte ich dir die Haupt…«

Da springt Kenzie abrupt auf und fällt ihm ins Wort.

»Er wird dir Bescheid geben«, sagt sie kurz angebunden zu mir. Tony redet inzwischen leise, aber aufgebracht mit der Lehrerin. Ich suche meine Sachen zusammen.

Wäre mein Leben ein Musical, dann käme jetzt die Szene, wo das Auswahlgremium und ich einen choreografierten Tanz aufführen. Am Ende würden sie mich auf ihre Schultern heben, und echte Vögel würden in einen Himmel mit Regenbogen aufsteigen.

Stattdessen reißt Kenzie die Tür auf und bedeutet mir, ich solle verschwinden.

Das Leben ist eben *kein* Musical.

*

Piper und ich sitzen am Gehweg und warten darauf, abgeholt zu werden, als Tony hinter uns auftaucht.

»Ava?«

»Jap.« Ich stehe auf, reiche ihm aber trotzdem nur bis zur Brust.

»Du hast die Rolle«, sagt er. »Sie ist natürlich nicht besonders groß. Aber sie wird eine gute Erfahrung für nächstes Jahr sein, wenn du gleich am richtigen Vorsingen teilnimmst.«

Lächelnd schüttle ich den Kopf.

»Eins nach dem anderen«, sage ich.

Er streckt mir die Hand hin.

»Dann bist du also dabei?«, fragt er. »Und dir ist klar, dass du im Stück nicht mit geschlossenen Augen singen kannst, ja?«

»Absolut«, sage ich und schüttle seine Hand.

Da kreischt Piper so laut auf, dass ich sie ermahnen muss, leise zu sein.

»Ich bin dabei.«

Als er schon wieder gehen will, halte ich ihn noch zurück.

»Nur damit du es weißt. Ich werde noch eine OP haben. An den Augen. Damit sie bis zur Premiere ein bisschen … besser aussehen.«

Tony verzieht die Mundwinkel in Richtung seines Goaties, wie er das schon vorhin beim Vorsingen getan hat.

»Bei *der* Stimme wird sich niemand Gedanken über dein Gesicht machen. Und das solltest du auch nicht tun.«

Piper gibt mir einen Klaps auf den Hintern, nachdem Tony gegangen ist. Ich schirme meine Augen gegen die tiefstehende Sonne ab, damit ich mehr von ihr sehen kann als nur die Umrisse. Sie strahlt übers ganze Gesicht. So habe ich sie tatsächlich schon eine ganze Weile nicht mehr grinsen sehen.

Obwohl mir das, was ich da gerade zugesagt habe, Angst macht, muss ich auch grinsen.

»Du weißt, was das für dich bedeutet?«, frage ich.

»Dass Kenzie einen Herzinfarkt kriegen wird?«

»Das auch. Und du hast noch sieben Wochen, um für deine Standing Ovations zu üben.«

Kapitel 27

Tony teilt das Mädchen mit dem Pixie-Haarschnitt ein, mit mir in den nächsten paar Wochen bei den Proben die Textstellen zu üben. Sie heißt Sage und hat ein Temperament wie ein Labradoodle – quirlig, voller Energie und so bedacht darauf, es jedem recht zu machen, dass man sie am liebsten mit einem Gartenschlauch nassspritzen möchte.

Wie sich herausstellt, ist sie richtig nett, wenn sie nicht in Kenzies Schatten steht, und total begeistert bei der Sache, mir zu helfen, meinen Text zu lernen. Sie sagt sogar, sie freue sich, dass sie etwas zu tun hat und nicht nur als Kenzies Zweitbesetzung rumsitzt.

»Sie ist froh, dass ich ihre Zweitbesetzung bin, denn da muss sie sich keine Sorgen machen, dass jemand ihr Mittagessen vergiftet, um an ihre Rolle zu kommen«, sagt sie.

Vergiftetes Mittagessen? In was für ein Theater bin ich denn hier geraten? Auf der Bühne nagelt Asad Dorothys Farmhaus zusammen. Ein Teil von mir wünscht sich, ich würde noch im schwarzen T-Shirt hinter den Kulissen werkeln und klassische Broadway-Zitate mit ihm austauschen, anstatt jetzt meinen eigenen Text zu lernen.

Aber dank Sages unendlicher Energie lerne ich meine Songs (eine hyperaktive Version von *Welcome to Munchkinland* und einen super kitschigen Song namens *Already*

Home) in wenigen Wochen. Außerdem gewöhne ich mich rasch an den Probenbetrieb. Wenn ich meine Position einnehme und den Text aufsage, kommt schlagartig alles zurück, wie ein Weckruf aus meinem alten Leben. Sogar Kenzie geht mir meist aus dem Weg, auch wenn sie sich gelegentlich fiese Bemerkungen darüber, wie sehr ich mich »verbessere« oder mir »richtig Mühe« gebe, nicht verkneifen kann.

Sage erzählt mir, dass Kenzie wegen Asads Streich mit dem fallenden Vorhang eine Woche lang geschäumt hat.

»Dabei hatten wir den echt verdient«, meint sie, während sie im Schneidersitz lächelnd auf der Bühne sitzt. »Wobei es nicht gerade hilfreich ist, dass du ihr die Freundin ausgespannt hast oder dass Tony jedem erzählt hat, du solltest eigentlich die Dorothy singen.«

Sage beugt sich näher zu mir und blickt sich nach möglichen Spionen um.

»Vor dem Unfall war sie nicht ganz so …«

»Teuflisch?«, schlage ich vor.

»Heftig«, flüstert Sage. »Ich vermute, dieser Unfall hat uns alle verändert.«

Sie schiebt ihren Ärmel hoch, und eine dicke, faltige violette Linie an ihrem Unterarm kommt zum Vorschein.

»Saßt du auch in dem Auto?«

»Ja. Piper hat es natürlich am schlimmsten erwischt. Aber wir haben alle Narben.«

*

Als das Datum der OP näher rückt und es draußen zu tauen beginnt, fühle ich mich so gut wie noch nie, seit ich aus dem Koma aufgewacht bin. Cora erzählt mir sogar einmal beim abendlichen Einreiben mit Lotion, ich hätte unter der Dusche gesungen. Verlegen murmele ich eine Entschuldigung, doch sie lacht nur.

»Wag es bloß nicht, damit aufzuhören«, sagt sie. »Es ist schön, in diesem Haus wieder Musik zu hören.«

Eines Nachmittags im April sitzen Piper und ich über einen runden Tisch in der Bibliothek gebeugt. Sie huschelt durch ihre Mathehausaufgaben, während ich mich abmühe, für Englisch einen fünfseitigen Aufsatz über ein fünfzeiliges Sonett zu verfassen. Da knallt Asad einen Flyer zwischen uns auf den Tisch.

»Samstagabend, Ladys. Das Theaterkurs-Ereignis der Saison.«

Ein Mädchen am Nachbartisch macht flüsternd: »Pscht.«

Piper gibt ein Pscht zurück, schnappt sich den Flyer, wirft einen Blick darauf und schnippt ihn kopfschüttelnd gleich wieder zu Asad zurück.

»Ich bin nicht wirklich in Feierstimmung«, sagt sie. »Vor allem nicht, wenn die Party bei Kenzie zu Hause stattfindet.«

Piper war in letzter Zeit eigentlich zu gar nichts in Stimmung. Gestern etwa, als ein Junge auf dem Flur ihr nachpfiff und wegen ihres Vogeltattoos irgendeinen Scherz über Sex mit Tieren machte, da reagierte sie kaum. Ich meine, sie fuhr ihm zwar mit dem Rollstuhl gegen die Wade, aber irgendwie war es nur eine halbherzige Aktion.

Ich greife nach dem Flyer. PRESHOW SOIREE. Diese Party könnte genau das Richtige sein, um die Nur-zu-traudich-Piper, die dem ganzen Universum den Mittelfinger zeigt, wieder zum Vorschein zu bringen. Eine Piper, die nur auf diese Party geht, um sich mit Kenzie anzulegen.

»Klingt witzig«, sage ich.

Piper zieht eine Augenbraue in die Höhe.

»Du? Mauerblümchen Ava will auf eine Party gehen?«

Ich nicke, während das Mädchen vom Nachbartisch wieder herüberzischt und Piper einen megagiftigen Blick zuwirft.

»Das ist deine Beerdigung«, sagt Piper ganz eindeutig absichtlich lauter. »Außerdem hat Asad dir das Schlimmste ja noch gar nicht gesagt.«

Asads Augen tanzen, und er gibt sich nicht die geringste Mühe, seine Jazzhands zu unterdrücken.

»Kostümzwang!«

*

Nach der Schule erklärt mir Piper das alljährliche Partyritual für Schauspieler und Crew, während sie meinen Kleiderschrank durchwühlt.

Jeder verkleidet sich als Figur aus einem Broadway-Musical, um die Karten für eine Aufführung im Eccles Theater in der Innenstadt zu gewinnen. Letztes Jahr gelang das Piper, Kenzie und Sage als Tänzerinnen aus *Chicago*, in Netzstrümpfen, schwarzen Blazern, Tanztrikots und mit Zylindern.

»Es war episch. Natürlich waren wir ein bisschen im Vorteil, weil Kenzies Eltern die Tickets kaufen.« Piper hält ein hochgeschlossenes, langärmeliges Kleid hoch. »Entschuldige mal, aber dir ist schon klar, dass du eine Sechzehnjährige mit ganz ordentlicher Oberweite bist, oder? Warum habe ich dann bloß das Gefühl, vor dem Kleiderschrank einer Witwe mittleren Alters zu stehen?«

Ich schnappe ihr das Kleid weg und schmeiße es auf

den immer größer werdenden Haufen der aussortierten Sachen.

»So schlimm ist es nicht.«

Piper hält die nächste Kutte in die Höhe. »Doch, genau so schlimm ist es.«

»Cora hat ein paar Sachen in einem Secondhandladen für mich gekauft. Aber meistens ziehe ich sowieso das Zeug an, das ich von Sara geerbt habe.«

Piper unterbricht ihre Suche und betrachtet mein Outfit. Ich vergrabe die Hände in der Tasche des Hoodies, den ich trage. In geschwungenen Buchstaben steht *San Diego* vorne drauf. Dort war ich noch nie.

»Du trägst die Kleider eines toten Mädchens?«

Ich versuche, ihr zu erklären, dass das nicht so seltsam ist. Sara und ich haben uns alles gegenseitig geliehen. Von jedem Besuch kam ich mit einer Übernachtungstasche zurück, die zur Hälfte mit meinen und zur Hälfte mit ihren Sachen gefüllt war.

Ich nehme Piper ein eventuell wirklich furchtbares Paisley-Shirt vom Schoß und stopfe es ganz hinten in den Schrank zu den anderen Secondhand-Schrecklichkeiten.

»Was suchst du denn überhaupt?«

»Inspiration.«

Piper zieht ein klassisches Abendkleid aus den Tiefen des Schranks. »Vielleicht das.« Ich streiche mit dem Finger über den grünen Satin des Kleides, das Sara damals zu ihrem Homecoming-Ball trug. Ich habe ihre Haare zu Korkenzieherlocken aufgedreht, und Cora hat ungefähr eine Million Fotos von Saras Date, der sich verlegen an ihre Corsage schmiegte, gemacht, während wir alle so taten, als würden wir nicht merken, wie seine Finger »versehentlich« ihren Busen streiften. Zweimal.

»Das ist es!«, kreischt Piper. Sie hält sich meine Silikonmaske vors Gesicht. »Ich habe auf der Station im Krankenhaus Leute mit so was gesehen und fand das extrem seltsam. Aber für diesen Anlass ist es perfekt!«

»Für was genau?«

»Hallo? Die berühmteste Broadwayfigur aller Zeiten?«

Mein Verstand hat sie endlich eingeholt. Sie hatte ja schon ein paar abwegige Ideen, aber das hier … ist eine Katastrophe.

»Neee.«

»Doch. Das Phantom!«

»Du meinst, *Das-Phantom-der-Oper*-Phantom?«

»Nein, ich meine *Phantomias* alias Donald Duck. Natürlich das Phantom der Oper.« Sie schnappt sich das grüne Kleid, das ich gerade auf den Haufen der aussortierten Sachen werfen will. »Und ich gehe als Christine!«

Ich nehme ihr die Maske ab und halte sie mir vors Gesicht, damit Piper genau sehen kann, was sie da gerade vorschlägt.

»Du willst, dass ich zu meiner ersten Party an dieser Schule als deformierter, psychopathischer Einsiedler gehe?«

Piper nickt.

»Das ist Selbstmord«, sage ich.

»Es ist genial!«, sagt sie. »Als ob du einen Pickel im Gesicht hast und nicht willst, dass sich jemand drüber lustig macht. Deshalb sprichst du ihn als Erste an, damit kein anderer es tun kann.«

Ich lasse das Gummiband um meinen Kopf schnalzen und spüre die vertraute Klaustrophobie, als mein warmer Atem sich unter dem Plastik staut.

»Nur hab ich es hier nicht mit einer Aknepustel zu tun, Piper.«

»Hör zu, wenn du als Phantom erscheinst, dann ist das so, als würdest du die Leute rausfordern, dich zu verspotten. Und wenn sie das machen, sind sie die absoluten Loser, weil du den Witz selbst schon gebracht hast. Er *gehört* dir.«

»Meine Narben gehören mir?«

Piper schnappt sich ein Tuch vom Klamottenhaufen auf dem Boden und schlingt es sich um den Hals.

»*Yesss, Dahling*, du lässt deine Narben für dich arbeiten. Sie sind fabelhaft, weil du fabelhaft bist.«

»Und *du* bist verrückt.«

Aber es fühlt sich so gut an, sie lächeln zu sehen, dass ich nicht mal versuche, mich gegen den Vorschlag zu wehren. Piper rollt durchs Zimmer und singt aus voller Kehle, während sich die Tattoos auf ihren Schulterblättern bewegen wie ein Phönix im Flug.

»›The Phantom of the Opera is here… inside my mind!‹«

*

Am Samstagabend mache ich mich vor Coras Badezimmerspiegel fertig und setze meine Maske auf, die Piper und ich zur Hälfte weiß angemalt haben, damit sie noch phantommäßiger aussieht. Cora, die die ganze Idee morbid findet, hilft mir, einen schwarzen Umhang anzuziehen und eine Perücke aufzusetzen, die Glenn mal als Dracula-Verkleidung benutzt hat.

Sie steht hinter mir und bürstet die Haare der Perücke aus, genau wie Mom es früher mit meinem Haar getan hat.

»Bist du dir sicher, dass du das willst?«, fragt sie zum zwanzigsten Mal.

Im Spiegel verdeckt die angemalte Hälfte der Maske einen Teil meines Gesichts, während die andere Hälfte meine Haut gleichmäßig glatt und blass aussehen lässt.

Mit der zu einem tiefen Pferdeschwanz frisierten Perücke, dem weißen Oberhemd und dem Cape sehe ich tatsächlich aus wie der berüchtigte, entstellte Einsiedler vom Broadway. Was vielleicht noch erstaunlicher ist: Ich sehe aus wie ein normales Mädchen, das sich verkleidet hat. Klar, die Hälfte des Kostüms ist mein eigenes permanentes Halloween, aber heute Abend erlaube ich mir, die Lüge zu glauben.

Einfach ein Mädchen, das verkleidet zu einer Party geht.

»Jap, ich bin mir sicher.«

Ich fühle mich sogar ziemlich wohl in meiner Haut, bis ich Piper vor der Haustür erblicke. Statt des üblichen hohen Zopfs trägt sie die Haare offen. In winzigen Ringellocken fallen sie ihr über die Schultern, rahmen ihr Gesicht ein und verbergen die Narben an ihrem Hals vollständig. Hautfarbene Kompressionswäsche kaschiert die übrigen Narben unter den zarten Trägern von Saras grünem Kleid.

Ich kämpfe gegen das Bedürfnis an, mir die Maske runterzureißen und die Tür zuzuknallen.

»Du siehst toll aus«, zwinge ich mich stattdessen zu sagen.

Glenn trägt ihren Rollstuhl die paar Stufen hinauf und tritt dann einige Schritte zurück, um uns zu bewundern.

»Mädels, ihr habt euch wirklich hübsch zurechtgemacht.« Sein Lächeln verschwindet, als er Piper näher betrachtet. »Das ist Saras Kleid.«

Piper streicht den Satin auf ihrem Schoß glatt.

»Ist das okay?«, fragt sie.

Glenn lächelt schon wieder, aber diesmal nur mit den Lippen. In Gedanken ist er woanders.

»Erinnert ihr euch noch, wie dieser Tollpatsch das Sträußchen nicht an ihrer Corsage festmachen konnte?«

Cora lacht.

»Er hätte sie damit fast vor unseren Augen erstochen.« Sie wischt sich die Lachtränen ab, und dann müssen wir alle drei lachen. Obwohl die Erinnerung ein bisschen schmerzt, fühlt es sich gut an, an Sara zu denken.

Cora streckt die Hand nach Piper aus.

»Natürlich kannst du es tragen«, sagt sie. »Sara würde wollen, dass jemand, den Ava gernhat, es anzieht.«

Glenn zieht Cora zu einer halben Umarmung an sich. Sie ist neben ihm so winzig, als könne sie gleich in seine Hemdtasche hüpfen.

Piper bedankt sich bei ihnen und kündigt dann eine Überraschung an. Wir sollen ihre Oberschenkel genau beobachten. Nach ein paar Sekunden, in denen sie die Armlehnen fest umklammert, hebt Piper ein Bein in die Höhe, als wolle sie auf der Stelle marschieren.

Sie strahlt mich an, bevor ihr Bein wieder zurück auf den Sitz plumpst.

»Vielleicht kriegst du deine Standing Ovations doch noch.«

*

Glenn trägt Piper zum Auto, und Cora fährt uns zur Party. Unterwegs redet sie ununterbrochen über die Größe der Häuser, die langsam zu Villen werden, als wir unser Viertel verlassen. Statt Carports gibt es Garagen für vier Autos, und anstelle von Pick-up-Trucks stehen BMWs in den Einfahrten. Schließlich erreichen wir Kenzies Haus: ein modernes riesiges Ungetüm von einem Haus mit scharfen Kanten, das mit Blick auf die Lichter im Tal in den Hang gebaut ist.

Zum millionsten Mal erinnert Cora uns daran, dass wir sie jederzeit anrufen können und sie auf der Stelle hier sein wird, um uns abzuholen.

Ich zerre Pipers Rollstuhl den steilen Kiesweg zur Eingangstür hinauf, die doppelt so hoch ist wie ich. Sie zupft am Ärmelbündchen ihrer Kompressionswäsche, das immer weiter ausfranst.

»Bist du nervös?«, frage ich.

»Natürlich nicht. Ich trage das Zeug nur normalerweise nicht«, sagt sie und zieht den Ärmel noch mal runter, bevor sie die Hände in den Schoß legt.

Schon hat sie die Finger wieder an der fransigen Kante.

»Okay, vielleicht ein bisschen nervös.«

Mein eigener Magen verknotet sich vor Aufregung, als wir so vor der Tür stehen. Von drinnen dröhnt Musik heraus, und ich streiche mir die Haare noch ein letztes Mal zurück. Ich hoffe, nicht den schlimmsten Fehltritt in der Geschichte der Party zu begehen, indem ich hier als entstellter Mann aufkreuze.

»Hey.« Piper schnippt mit den Fingern. Das Grün des Kleides passt zu ihren Augen. »Wir schaffen das. Es ist eine Party. Das soll Spaß machen.«

Ich lache. »Stimmt. Zwei sorglose verkrüppelte Mädchen, die feiern. Was soll da schon schiefgehen?«

Piper lacht mit mir und drückt auf die Klingel.

»Finden wir es raus.«

Kapitel 28

Kenzie öffnet uns als eine Art nuttiges Katzentier die Tür.

Sie steht mit einer Hand auf der Hüfte eine Sekunde lang da. Ein langer Schwanz hängt von ihrem hautengen Tanztrikot mit Leopardenmuster herab. Die flauschigen Ohren an ihrem Kopf wackeln, als sie gleichzeitig den Kopf und einen ausgestreckten Zeigefinger in Pipers Richtung schüttelt.

»Nee, nee. Kommt nicht in Frage. Nur Schauspieler und Crew. Außerdem hast du ja superdeutlich gemacht, dass du mit uns nichts zu tun haben willst.«

»Sie gehört zu mir«, sage ich entschlossener, als ich mich fühle.

Kenzie mustert mich von oben bis unten.

»Was ist das da in deinem Gesicht?«

Ich bemühe mich, besonders gerade zu stehen, obwohl in mir der Wunsch immer größer wird, hinter Coras Auto herzulaufen und nach Hause zu fahren, wo Mädchen, die als sexy Katzen verkleidet sind, mir mit ihren messerscharfen Krallen nichts anhaben können.

»Mein Kostüm.«

Piper kommt mir zu Hilfe.

»Das ist aus einem unbedeutenden Musical, von dem du vielleicht schon mal gehört hast. Es heißt *Das Phantom der Oper*.«

Kenzie verschränkt die Arme und reckt ihre aufgemalte schwarze Katzennase in die Höhe, während sie zusieht, wie ich mich abmühe, Pipers Rollstuhl über die Türschwelle zu kriegen. Dann eilt sie mit einem unüberhörbaren Schnaufen den Flur entlang ins Wohnzimmer, wo sie sich auf den Schoß des massigen Footballspielers setzt, der Asad in Biologie umgestoßen hat. Er verstößt eindeutig gegen Kenzies Regel von wegen nur Leute aus der Theatergruppe. Verkleidet ist er als Hundewelpe, was null Sinn ergibt, denn in *Cats* kommen überhaupt keine Hunde vor.

Asad kommt aus der Küche und winkt uns zu.

»Piper, du siehst wie immer umwerfend aus«, sagt er. »Und Ava, *holla, die Waldfee*. Das ist zweifellos das beste Phantom-Kostüm, das ich je gesehen habe.«

»Hamilton, wenn ich nicht irre?«, sage ich und deute auf seinen leuchtend blauen Mantel mit glänzenden Messingknöpfen und dem weißen Rüschenkragen, oder was auch immer das Ding um seinen Hals ist. Er hat sich sogar einen Schnurr- und Kinnbart angemalt.

»Zu Ihren Diensten!«, sagt er und reckt dazu seinen roten Plastikbecher in die Höhe.

Asad schiebt Pipers Rollstuhl mit der freien Hand und lotst uns so in die Küche, wo Leute in unterschiedlich hingebungsvoller Kostümierung herumstehen und aus Plastikbechern trinken. Da gibt es Jungs, die Mormonen-Missionare darstellen, Mädchen mit aufgebauschten Haarspray-Frisuren und noch geschlagene sechs Jungs, die genauso wie Asad gekleidet sind. Außerdem haben einige Typen sich mit blaugestreiften Polohemden und Gipsarmen als Evan Hansen kostümiert.

Es kommt einem vor, als sei eine Broadway-Garderobe explodiert.

Die rotglitzernden Schuhe einer Dorothy im Minirock erinnern mich daran, dass ich die Glücksbringer in den Requisitenschrank zurückstellen muss, bevor Kenzie einen weiteren Grund hat, mich zu hassen.

Asad drückt Piper und mir jeweils einen Becher in die Hand, führt uns zurück ins Wohnzimmer, wo auf einem Tisch die Getränke aufgebaut sind, und ermahnt uns, nur aus dem großen weißen Getränkekühler zu trinken, nicht aus dem orangefarbenen. Es sei denn, wir wären scharf auf »ein kleines Extra«.

»Sicher nicht«, sagt Piper und zeigt auf die Speichen ihres Rollstuhls. »Ich bin ja sowieso schon eine rollende öffentliche Warnung vor Alkoholkonsum für Minderjährige.«

Asad tanzt mit ein paar genauso unmusikalischen Leuten aus dem Technikteam, während Piper und ich an der Wand stehen, an unseren Drinks nippen und uns bemühen, so auszusehen, als seien wir mit der Flüssigkeitsaufnahme vollauf beschäftigt.

»Tun wir es schon? Sind wir bereits normale Teenager?«, frage ich.

Piper lacht.

»Lass mal nachdenken ... Auf einer Party verlegen an einer Wand stehen. Wir sind auf dem besten Weg!«

Mitten im Raum windet Asad sich in einer Tanzbewegung, die man nur als Roboter, der exorziert wird, beschreiben kann. Entweder merkt er es nicht, oder es ist ihm egal, dass die Mädchen neben mir über ihn lachen. Er zuckt und ruckt, bis er als großes Finale auf den Knien landet und dabei die Handflächen Richtung Decke streckt.

Als er eine Hand nach mir ausstreckt, schüttle ich den Kopf.

»Lieber nicht.«

Piper drückt mir ihren Becher in die Hand.

»Warum nicht. Es ist ja schließlich eine Party.«

Asad schiebt sie in die Zimmermitte, wo er mit seinen Verrenkungen weitermacht, während Piper im Sitzen mitswingt. Als Asad ihren Rollstuhl im Kreis herumwirbelt, quietscht sie wie ein Kind.

Sage bahnt sich den Weg zu mir. Sie trägt auch so ein hautenges Dschungeltrikot und dazu Katzenohren.

»Ava. Das ist das *beste* Kostüm überhaupt.«

»Danke«, sage ich. »Warum nicht meine natürlichen Talente nutzen, habe ich mir gedacht, oder?«

»Meine Stimme hast du schon mal!« Sie hält mir ihren Becher hin, um anzustoßen, lässt ihn aber wieder sinken, als Piper neben uns rollt. Sages Lächeln verschwindet, und sie blickt zu Boden.

»Hey, Pipe«, sagt sie. »Wie geht's dir?«

Piper schneidet ihr mit einer Handbewegung das Wort ab.

»Vorsicht. Du stehst unter strenger Kenzie-Beobachtung.« Mit einer Kopfbewegung deutet sie ins Wohnzimmer, wo Kenzie uns vom Schoß ihres Welpenfreunds aus beobachtet.

Sage schüttelt den Kopf.

»So ist das nicht. Vielleicht könnt ihr die Sache ja doch noch aus der Welt schaffen.«

»Nein, danke«, sagt Piper. »Das Leben ist außerhalb dieses Schattens so viel schöner. Du solltest es mal ausprobieren. Denn du würdest dich wundern, wie wenig dich ihre Meinung kümmert, sobald du erst angefangen hast, selbst zu denken.«

Piper nimmt mir die Becher ab, stellt sie beiseite und packt mich dann an beiden Händen, um mit mir in die

Mitte der Küche zu wirbeln. Weg von Sage. Ich halte sie fest, weil ich sonst wahrscheinlich mit dem Rücken an die Wand fliegen würde.

»Und, ist *er* da?«, fragt Piper.

»Wer?«

»Spiel jetzt nicht die Unschuldige, Ava Lee. Der Junge aus dem Theaterkurs.«

Ich schüttle den Kopf und bin immer noch nicht bereit, Piper zu erzählen, dass es Asad ist. Ich will es nicht mal laut aussprechen.

»Sehe ihn nirgends.«

Asad winkt uns auf den Flur, als die Musik endet, um uns zu berichten, dass ich bei der Wahl des besten Kostüms mit Abstand vorne liege.

»Und wisst ihr was? Der Preis sind zwei Karten für *Wicked*!« Seine dunklen Augen leuchten vor Aufregung. »Wie ihr wisst, war *Wicked* eines der einflussreichsten Stücke meiner jungen Jahre.«

»Wer redet bloß so?«, fragt Piper. »Mal im Ernst, wurdest du schon als fünfzigjähriger Mann geboren, oder hast du dir das erst im Lauf der Jahre angeeignet?«

Asad lacht.

»Das Leben ist voller Rätsel, Piper. Etwa wie jemand so schön und zugleich so grausam sein kann.«

Eine Gruppe Löwinnen aus *König der Löwen* schiebt sich an uns vorbei.

Asad flüstert: »Okay, aber ihr wisst es nicht von mir. Tut überrascht!«

Aus dem Wohnzimmer ertönt ein Gong, woraufhin alle sich dort einfinden. Ich lasse mich mitziehen und ermahne mich, die Aufregung zu ignorieren, die in meiner Brust spürbar wird. Es ist doch nur ein alberner Wettbewerb.

Auf den Stufen vor dem Kamin hält Kenzie eine Glasschale mit lauter kleinen Zetteln und die zwei Tickets für *Wicked* in die Höhe. Asad zeigt mir seine hochgereckten Daumen.

»Okay, alle mal herhören. Wie ihr wisst, ist der Kostümwettbewerb eine Abstimmung unter euren Mitschülern.« Sie schüttelt die Glasschale. »Wir haben die Stimmen ausgezählt und …« Kenzie verpasst ihrem Welpen einen Stoß. Der richtet sich auf und klopft auf dem Sofatisch einen Trommelwirbel.

»Gewonnen hat … Riley Jones!«

Der ganze Raum bricht in Beifall aus, während ein Mädchen in knallbuntem Tukankostüm nach vorne kommt und ihre Schwanzfedern schüttelt. Asad reckt ungläubig die Arme in die Höhe. Ich sinke gegen die Wand.

Ist doch egal, sage ich mir.

Ich drehe mich um, weil ich das auch zu Piper sagen will, doch die ist schon auf halbem Weg durch die Menge und rollt im Eiltempo auf Kenzie zu. Ich möchte ihr nachrufen, es gut sein zu lassen, doch ihre geröteten Wangen verraten mir, dass es dafür schon zu spät ist.

»Lügnerin!«, schreit sie.

»Wie bitte?«, reagiert Kenzie gelassen und rückt ihre Katzenohren zurecht. »Das Letzte, was ich von dir gehört habe, war, dass du die Theatergruppe verlassen hast.«

»Kenzie, verarschen kannst du jemand anderen. Ich *weiß*, dass Ava gewonnen hat.«

»Und woher weißt du das?«

»Weil Asad es uns gesagt hat.«

Ruckartig dreht sich Kenzies Kopf in seine Richtung. Und er scheint sich ebenso große Mühe wie ich zu geben, um mit der Wand zu verschmelzen. Kenzie starrt ihn aus schmalen Augen an, wendet sich dann aber wieder Piper zu.

»Ava wurde disqualifiziert.«

»Warum?«

Kenzie spielt mit ihrem langen Schwanz und lässt ihn durch ihre Finger gleiten.

»Weil es sich hier um einen *Kostüm*wettbewerb handelt. Sie sieht aber immer so aus.«

Leises Gemurmel erhebt sich im Raum, während alle sich umdrehen und mich ansehen. Ich weiche so weit zurück wie ich kann, und das Normal der normalen Highschool-Party von heute Abend löst sich in nichts auf. Während ich mich hinter den Tisch mit den Getränken schiebe, fühlt es sich an, als müsste ich an der plötzlich irgendwie dicken Luft ersticken.

»Willst du die Probleme zwischen uns wirklich an ihr auslassen? Bist du so egoistisch?«, zischt Piper.

Kenzie wird knallrot und lässt ihren Schwanz fallen.

»Ich egoistisch? Du benutzt sie doch, um dich an mir zu rächen, weil du denkst, ich hätte dein Leben ruiniert.«

»Das hast du auch!«, brüllt Piper zurück.

Kenzie schnaubt. »Na klar. Gib mir ruhig die Schuld an allem. Wie praktisch, dass du immer vergisst, wer eigentlich hätte fahren sollen. Warum noch mal hast du es nicht getan? Ach ja, weil du zu feige und besoffen warst.«

In einer einzigen Bewegung streckt Piper sich vor und entreißt Kenzie die Schale mit den Stimmzetteln. Doch sie reißt sie zurück und zieht damit an Piper. Als Kenzie noch einmal heftig zerrt, hebt sie Piper aus dem Rollstuhl, als würde sie auf einer Sprungfeder sitzen. Sie landet auf dem Teppich, während die Schale beiden aus den Händen rutscht und an der steinernen Kamineinfassung zerspringt.

Der tiefe Rückenausschnitt des Kleides gibt den Blick frei auf die kompletten Phönixflügel, während Piper reglos am Boden liegt. Ich möchte ihr helfen, bin aber irgendwie mit der Wand verwachsen. Asad schafft es jedoch, sich loszureißen und zu Piper zu stürzen.

»Ich komme schon klar!«, schreit sie. »Lass mich los!«

Asad hebt Piper trotzdem auf und setzt sie wieder in den Rollstuhl. Kenzie macht einen Schritt auf sie zu, doch Asad schiebt sich dazwischen und drückt Kenzie an den Schultern zurück.

»Fass mich nicht an!«, kreischt sie, und im selben Moment landet auch schon die Faust ihres Freunds auf Asads Kinn, sodass er zurücktaumelt. Asad steht in der Zimmermitte und reibt sich das Kinn. Die Verwirrung in seinem Blick wird schnell von Wut abgelöst, bevor er sich Fäuste schwingend auf den Kerl stürzt.

Ich könnte schwören, den Footballspieler lachen zu hören, als er Asad halb wegschiebt und halb durch die Luft wirft, sodass er direkt auf den kleinen Tisch zusegelt, auf dem die Getränkekühler stehen. Wie in Zeitlupe sehe ich ihn darauf – und auf mich – zufliegen. Alle drehen die Köpfe und reißen die Münder auf, bevor er aufschlägt.

Und jeder weiß, das wird böse enden.

Als Asad gegen den Tisch prallt, fällt er um, und die Kühler kippen herunter. Die eiskalte Flüssigkeit schwappt heraus und verteilt sich in dicken Tropfen.

Die auf mich herabregnen.

Kapitel 29

Ich spüre die Kälte sofort und überall. Durch mein Hemd und sogar unter der Maske.

Aber schlimmer als die Kälte sind ihre Blicke.

Die Blicke aller.

Sie starren mich an, während mir der Punsch vom Gesicht tropft.

Ich reiße mir die Maske ab, um die Flüssigkeit abzuwischen, die mir in die Augen läuft. Asad beeilt sich, wieder aufzustehen.

»Ava, das tut mir so leid. Bist du okay?«

Ich schlucke meine Tränen hinunter. »Ich will nach Hause.«

Piper zieht mich an der Hand aus dem Gewirr von Geflüster und hochgehaltenen Handys in ein Badezimmer mit Handtüchern, die mit Monogramm bestickt sind, und wo Potpourries herumstehen. Rasch klappt sie den Klodeckel runter, damit ich mich draufsetzen kann, bevor sie meine Maske unter den Wasserhahn hält. Weiße Farbe und roter Punsch verschwinden zusammen mit den Fantasievorstellungen von einem normalen Abend gurgelnd im Abfluss.

»Wenn du gehen willst, gehen wir. Aber bevor du dich entscheidest, richte ich dich erst wieder her.« Mit ein paar Blättern angefeuchtetem Toilettenpapier tupft sie mir das Gesicht ab. Ich schiebe ihre Hand weg.

»Das geht nicht, dass ich dauernd in den Streit zwischen dir und Kenzie verwickelt werde«, sage ich. »Du musst mir sagen, was passiert ist. Hättest wirklich du fahren sollen?«

Piper weicht meinem Blick aus und lässt die Hände in ihren Schoß fallen.

»Ja, okay? Ich war als Fahrerin bestimmt. Ich hätte nüchtern bleiben sollen. Ich hätte hinterm Steuer sitzen sollen. All das hier« – sie zeigt auf den Rollstuhl, dann auf die Narben an ihrem Hals – »ist meine Schuld. Ich hab das verbockt.«

Die Tür geht auf, und Asad schiebt sich ins Bad, wo es wegen Pipers Rollstuhl sowieso schon eng ist.

»Alles okay hier drinnen?«

Ich nicke. »Jap, ich versuche nur gerade zu begreifen, wie dieser Abend sich zu so einem absoluten Desaster entwickeln konnte.«

Asad schließt die Tür hinter sich ab, und ich komme nicht umhin zu merken, dass sein Knie sich gegen meins presst.

»Na ja, ich würde nicht von einem *absoluten* Desaster sprechen.«

»Echt jetzt?«, sage ich. »Nenn mir eine Sache, die kein totaler Reinfall war – und wehe, du führst deinen Tanzversuch als Beispiel an.«

Asad zieht die Augenbrauen hoch und nimmt die Fäuste heran, als wolle er gleich auf einen Boxsack eindreschen. Dann schlägt er einen rechten Haken in die Luft.

»Was ist damit, wie ich es diesem Football-Neandertaler gezeigt habe?«

»Du meinst, als er dich vermöbelt hat?«, sagt Piper.

»Ich konnte ein paar gute Treffer landen.«

»Du hättest dich nicht für mich schlagen müssen.«

Asad lässt enttäuscht die Fäuste sinken. »Ich dachte, ich hätte mit dir gekämpft.«

Ich zeige auf die Saftflecken auf meinem weißen Hemd, die bereits als violette Kreise zu trocknen beginnen. »Und ich habe im Kampf gegen einen Getränkekühler verloren.« Dann nehme ich Piper das Toilettenpapier weg, das sie zwischen ihren Fingern zerknüllt. »Sie kann uns aber nicht so behandeln, nur weil du hättest fahren sollen oder weil ich jetzt deine Freundin bin. Sie ist doch diejenige, die eure Freundschaft zuerst sabotiert hat.«

Asad mischt sich ein. »Ganz so ist es nicht …«

Piper fällt ihm ins Wort. »Sie gibt mir die Schuld. Ich gebe ihr die Schuld. Ein Teufelskreis aus Hass, der damit endet, dass Ava bei ihrer ersten Party eine Punschdusche abkriegt. Ende der Szene.«

»Mir ist egal, wer an allem schuld war«, sage ich. »Aber so geht das nicht.«

»Und was tust *du* dagegen?« Piper sieht mich herausfordernd an. »Ich habe dich da drinnen gesehen, wo du wie immer versucht hast, mit der Wand zu verschmelzen.«

»Vielleicht sollten wir einfach nach Hause gehen«, schlägt Asad vor. »Um runterzukommen. Ich kann fahren.«

»Schön«, sagt Piper. Dann rollt sie zur Haustür, aber ich folge ihr nicht. Sie hat recht. Ich habe nichts getan. Wie immer.

Deshalb sage ich Asad, er soll Piper ins Auto helfen und dass ich gleich nachkomme.

Dann fällt mein Blick auf Kenzie.

Sie sitzt wieder auf dem Schoß ihres Welpenfreunds. Die Tickets für *Wicked* liegen neben ihr auf der Couch.

Ihre mit Eyeliner gemalten Schnurrhaare sind vom Weinen genauso über die Wangen verlaufen wie die schwarz angemalte Nasenspitze.

»Wenn du herkommst, um mir zu sagen, dass das alles meine Schuld ist, kannst du gleich wieder gehen«, sagt sie. »Ich habe Pipers Kenzie-ist-an-allem-schuld-Spiel langsam echt satt.« Als ich nichts dazu sage, redet sie weiter: »Weißt du, als du herkamst, hast du mir leidgetan. Ehrlich. Aber irgendwie kommt es mir vor, als ob du *willst*, dass ich dich hasse. Beim Theater versuchst du, mir die Schau zu stehlen, du stiehlst mir meine Freundin, und dann kommst du zu mir nach Hause, nur um … wozu? Es mir unter die Nase zu reiben? Tut mir auch leid, wenn dein Leben scheiße ist, aber könntest du bitte aufhören zu versuchen, meins kaputtzumachen?«

Eine halbe Sekunde lang tut sie mir fast leid. Sie muss wegen des Unfalls vor schlechtem Gewissen fast verrückt werden, und sie würde alles tun, um ein bisschen davon auf Piper abzuwälzen.

Schniefend starrt sie mich an und scheint darauf zu warten, dass ich irgendwas sage.

»Was? Ist diesmal kein Vorhang greifbar, um ihn mir auf den Kopf fallen zu lassen?«, sagt sie und bringt damit mein Mitgefühl schlagartig zum Verschwinden.

Ich möchte irgendwas Schlagfertiges erwidern. Ich will ihr sagen, dass sie Piper nicht wie eine Verstoßene und mich nicht wie eine Leprakranke behandeln kann. Aber weil alle mich beobachten, ist meine Kehle wie zugeschnürt.

Ohne zu überlegen, grapsche ich nach den Tickets auf der Couch und renne aus dem Zimmer. Ich bleibe nicht stehen, bis ich zur Haustür hinaus und die gekieste Einfahrt hinuntergelaufen bin. Dann knalle ich die Tür von Asads Wagen hinter mir zu.

»Fahr, fahr!«, schreie ich und haue auf die Rückenlehne seines Sitzes.

Asad tritt in dem Moment aufs Gaspedal, als Kenzie mit rotem Gesicht aus dem Haus gestürmt kommt.

»Was hast du gemacht?« Piper starrt mich vom Beifahrersitz aus an.

Ich halte die Tickets in die Höhe. »Ich war *wicked.*«

*

Mein Herz rast mindestens zehn Blocks lang und beruhigt sich erst, als die Villen von Häusern mit Carports abgelöst werden. Pipers Gelächter erfüllt den Wagen und schallt durchs Fenster in die Abendluft hinaus.

»Ava! Wer hätte gedacht, dass du so große *cojones* unter deiner Kompressionswäsche versteckst?«, ruft sie.

Asad verzieht das Gesicht. »Auf dieses Bild hätte ich auch gut verzichten können.«

Piper hält eine Hand aus dem Fenster und streckt sich wie das Mädchen in ihrer Hymne *Phoenix in Flame*, die sie jetzt bis zum Anschlag laut aufdreht. Der verstärkte Beat des Klaviers dröhnt.

Anstatt nach Hause zu fahren und unseren Eltern zu erklären, warum unser großer Abend schon um halb zehn zu Ende ist, halten wir lieber noch für Frozen Joghurt an. Ich hole den Rollstuhl aus dem Kofferraum, während Asad Piper vom Beifahrersitz hebt und sie so sanft absetzt, dass ich ihm am liebsten sagen würde, er soll das lassen. Er soll nicht so nett sein. Nicht so süß. Nicht so ahnungslos liebenswert mit seinen tollpatschigen Tanz-Moves.

Er soll aufhören, Gefühle in mir zu wecken.

Im *Froyo Heaven* füllt Asad ein halbes Dutzend winziger Pappbecher mit Joghurt-Kostproben, während Piper sich nur Gummischlangen nimmt. Durch meine Adern fließt immer noch jede Menge Adrenalin, das meine Haut vor Energie prickeln statt jucken lässt.

Da tippt eine Frau mir auf die Schulter.

»Entschuldigung.« Sie zerrt einen rothaarigen Jungen am Arm zu sich heran. »Tut mir leid, wenn ich dich in Verlegenheit bringe, aber mein Sohn hat diese schreckliche Angewohnheit, mit Streichhölzern zu spielen. Wir haben schon alles versucht, um ihm klarzumachen, wie gefährlich das ist.«

Der Junge windet sich und versucht, seinen Arm aus dem Griff seiner Mutter zu lösen. Aber sie hält ihn unerbittlich fest.

»Vielleicht hört er auf dich.«

Piper schiebt mich beiseite. Eine halbzerkaute Gummischlange hängt ihr aus dem vor Staunen offenen Mund.

»Ist das Ihr Ernst, Lady?«

Die Frau schaut überrascht zu Piper hinunter.

»Also, ich dachte nur …«

»Sie dachten nur, meine Freundin sei ein öffentlicher Warnhinweis auf zwei Beinen, um ihrem blöden kleinen Feuerteufel zu helfen?«

Ich lege eine Hand auf Pipers Schulter.

»Ist schon gut.« Dann gehe ich ein bisschen in die Hocke, um auf Augenhöhe mit dem Jungen zu sein, während in meinem Kopf die zweite boshafte Idee dieses Abends Gestalt annimmt. »Siehst du diese Narben hier?«

Der Junge nickt.

»Weißt du, woher ich die habe?«

Er schüttelt seinen feuerroten Schopf.

»Ich habe eine ganz seltene Krankheit, die Gemüsitis heißt«, sage ich und vermeide es, seine Mutter anzusehen, denn dann würde ich bestimmt nicht weitermachen. »Meine Mom hat mich immer gezwungen, das ganze Gemüse auf meinem Teller zu essen. Dabei hab ich ihr gesagt, dass mir davon schlecht wird. Aber sie hat mich trotzdem gezwungen, und da hat sich meine Haut so verändert.«

Ich drehe mein Gesicht so, dass er die Narben noch deutlicher sehen kann. Der Junge reißt die Augen auf und dreht sich zu seiner Mutter.

»Mir wird von Gemüse auch schlecht!«, schreit er.

Seine Mutter reißt ihn von mir weg und macht ein finsteres Gesicht. »Du solltest dich schämen.«

Ich stehe auf und sage ganz ungerührt: »Sie sich auch.«

Da dampft die Frau ab und zerrt ihr Kind hinter sich her. Asad lacht in seinen Joghurtbecher, und Piper starrt mich ungläubig an.

»Jetzt mal im Ernst. *Wer* bist du? Ist das etwa die alte Ava, von der wir alle bisher so wenig gehört haben?«

Ich fülle Oreo-Joghurt in meinen Becher.

»Ich weiß auch nicht genau, wer das ist«, sage ich. Ich weiß nur, dass zwischen der Punschdusche und Wichtigtuerinnen, die mich als lebende Warnung für ihre verzogenen Gören benutzen wollen, etwas in mir aufgebrochen ist. Ich bin es leid, *das Mädchen mit den Verbrennungen* zu sein.

Kapitel 30

Piper schreibt mir am Sonntagabend eine Nachricht, um mich an den Farbentag zu erinnern. Der ist an der Crossroads High Tradition, um den Schulgeist und die gute alte Wikingersolidarität zu fördern.

Vergiss morgen dein Jahrgangs-T-Shirt nicht. Das Letzte, was du jetzt brauchst, wäre nicht dazuzugehören

Warum? Glaubst du, Kenzie ist noch sauer?

Du hast die Königin der Bühne vor allen bloßgestellt.
Das ist noch NICHT abgehakt.

Stimmt … und sie ist hier die Drama Queen, oder?

Hör auf mich. Gelbes Shirt. Und die rotzfreche Einstellung von gestern Abend. Bring beides mit.

Am Montagmorgen gehe ich in einem dottergelben Shirt und einem dazu passenden Bandana zu meinem Spind, um meine unsterbliche Treue zum Jahrgang der Juniors zu bekunden. Soweit ich das bisher beurteilen kann, hat der Farbentag große Ähnlichkeit mit allen anderen Events an der Highschool, zu denen man sich verkleidet. Für die Mädchen ist es eine Ausrede, möglichst wenig anzuziehen, für die Jungs, sich wie Kleinkinder aufzuführen. Mein Verdacht wird sofort bestätigt, als Piper und ich den Gang der Seniors entlangschlendern und an verschiedenen Mädchen in knappen roten Cheerleader-Shorts vorbeikommen. Manche tragen dazu rote Strumpfhosen, andere rotweiß geringelte Strümpfe bis zu den Oberschenkeln. Viele haben Teufelshörner aufgesetzt oder sich die Haare rot getönt, während ein paar Jungs mit komplett rot angemalten Gesichtern überall Luftschlangen aus der Dose hinsprühen.

Irgendwie scheint die Hälfte des Teenager-Daseins an der Crossroads High darin zu bestehen, so zu tun, als sei man jemand anders.

»Nur für Seniors«, sagt ein Teufelsmädchen und stellt sich uns in den Weg. Als sie dann außer unseren gelben Shirts mein Gesicht und Pipers Rollstuhl bemerkt, zuckt sie zusammen.

»Oh, sorry. Ihr könnt durch.« Dann beißt sie sich auf die Lippe und kehrt zu ihrer Horde von sexy Teufelinnen zurück.

Piper reckt eine Faust in die Luft. »Behindertenbonus!«, überschreit sie den Lärm auf dem Flur. »Geschafft!«

»Ich dachte, heute geht's um Zusammengehörigkeit an der Schule«, sage ich, als wir uns den Weg durch ein Meer aus Rot bahnen und gerade noch einem Spritzer Ketchup ausweichen können, der eigentlich einen verirrten Freshman treffen soll.

»Damit ist eine andere Zusammengehörigkeit gemeint«, sagt Piper, bevor sie in ihrem Mathekurs verschwindet. »Du ziehst dich an wie alle aus deinem Jahrgang, schwörst einen Bluteid und verfolgst dann gnadenlos alle, die anders aussehen. So machen Vikings das.«

Bevor ich meinen Kursraum für Bio betrete, kommt Sage zu mir geeilt. Sie hält ihre Bücher und Hefte fest an die Brust gepresst und blinzelt nervös.

»Kenzie will Blut sehen«, sagt sie. »*Dein* Blut.«

Ich versuche, cool zu bleiben.

»Na und? Will sie mich ghosten, wie sie es mit Piper gemacht hat? So eng waren wir ja sowieso nicht.«

Sage legt den Kopf schräg, als verstünde sie mich nicht richtig.

»Kenzie hat Piper nicht geghostet«, sagt sie. »Piper hat *sie* geschnitten. Als wir sie im Krankenhaus besuchen wollten, hat sie sich geweigert, uns zu sehen.«

Ich starre sie an. »Moment mal, was?«

»Sie hat uns behandelt, als wären wir bei dem Unfall gestorben. Kenzie hat das natürlich am meisten getroffen, weil sie dachte, Piper gibt ihr die ganze Schuld. Und jetzt sind sie beide so sehr damit beschäftigt, der anderen was vorzuwerfen, dass sie da nie wieder rausfinden.«

Sie verstummt genau in dem Augenblick, als Kenzie um die Ecke und auf uns zukommt. Ich bin auf einen Showdown gleich hier im Flur der Naturwissenschaften gefasst. Ein Schreiduell? Haareziehen? Mädchen schlagen sich ja nicht mit den Fäusten, oder doch?

Ich zwinge mich, ein bisschen aufrechter zu stehen, als Kenzie näher kommt, und täusche einen Bruchteil der Entschlossenheit vor, die ich Samstagabend verspürt habe. Meine Hand ballt sich zur Faust, und meine Fingernägel graben sich in die Handfläche.

Kenzie schaut an mir vorbei.

»Sage.« Sie sagt den Namen so tonlos, als rufe sie einen Schnauzer zu sich. Sage gehorcht und geht bei Fuß, wobei sie die Stirn runzelt, als wolle sie mir sagen, dass ihr einfach keine andere Wahl bleibt.

Beim Geräusch zuknallender Spindtüren zucke ich zusammen und blicke vorsichtshalber über meine Schulter, bevor ich ins Klassenzimmer husche. Als Asad mir auf den Rücken tippt, fahre ich vor Schreck fast aus der Haut.

»He, immer mit der Ruhe, Killer«, sagt er und hilft mir das Tablett mit den Mehlwürmern festzuhalten.

Ich verfasse unseren täglichen Wurmbericht und beschreibe die trockene, abgeworfene Haut, denn Magical Mr. Mistoffelees und Macavity häuten sich schon wieder. Was, wenn ich so aus meiner Haut kriechen und sie einfach abstreifen könnte wie diese ekligen Burschen, als wäre es eine Kleinigkeit?

Ist denen überhaupt klar, was für ein unglaubliches Geschenk es ist, wieder neu anfangen zu können?

T-Shirts in der gleichen Farbe zu tragen sorgt dafür, dass sich plötzlich keiner mehr konzentrieren kann, aber Mr. Bernard macht das Beste daraus. Er nutzt unser System der Identifikation mittels Farben als Beispiel für biologisches Überleben.

»Als Menschen bilden wir Gemeinschaften auf der Grundlage gemeinsamer Attribute. Eure Shirts zeigen, zu welcher Gemeinschaft ihr gehört«, sagt er. »Für jede Spezies auf dem Planeten ist es kein Luxus, ihre Gemeinschaft zu finden, sondern ein essenzielles Element des Überlebens.«

Sein Anschauungsunterricht gerät aus den Fugen, als er den Fehler begeht, Kenzies Freund als Beispiel heranzuziehen, denn er trägt als einziger Rot in einem Meer aus Gelb. Er scheint Mr. Bernards Analogie nicht verstanden zu haben, wonach er der Einzelgänger ist, und nutzt die Gelegenheit, um auf einen der Labortische zu klettern und zu plärren: »Seniors sind die Besten!«

Asad beugt sich zu mir. Er duftet nach Vanille und Kokosnuss. Dieses eindeutig feminine Aroma kommt wahrscheinlich vom Shampoo seiner Mutter oder seiner Schwester. Die Vorstellung, dass er ihre Produkte benutzt, macht ihn in meinen Augen nur noch liebenswerter.

Ich zwinge mich, die sich kringelnden Mehlwürmer anzusehen, um mich von der Vorstellung von ihm unter der Dusche abzulenken. Rum Tum Tugger, der kleinste aus unserer Truppe, hat sich bereits zu einem kleinen alienmäßigen Ball zusammengerollt. Ich kreuze »Verpuppungsstadium« auf unserem Beobachtungsbogen an.

»Okay, hier kommt der neueste Klatsch aus der Theatergruppe«, sagt Asad. Im künstlichen Licht ist die dunkelviolette Prellung an seinem Kinn zu sehen, die an der Wange in Gelb übergeht. »Erstens ist mein sozialer Status durch die Decke gegangen. Meine Schlägerei hat mich auf der Leiter der Bühnentechniker, die zugegebenermaßen nur drei Sprossen hat, ganz nach oben gebracht. Aber trotzdem. Ich bin jetzt so was wie der Held unter den Theater-Geeks. Tony hat mir heute Morgen auf dem Flur sogar High Five gegeben.« Asad beugt sich strahlend noch ein Stückchen näher. Ich versuche, nicht einzuatmen. »Ach, und zweitens versucht Kenzie, dich loszuwerden.«

»Weiß ich. Meine bloße Existenz beleidigt sie.«

Asad schüttelt den Kopf und erklärt, dass es hier um

nichts Existenzielles geht. Sie hat eine Unterschriftenaktion begonnen, um mich aus dem Stück zu kriegen, weil ich keinen Teamgeist hätte.

Deshalb hat sie mich heute Früh ignoriert. Sie hat mehr vor, als nur ein bisschen an den Haaren ziehen auf dem Flur.

»Argh«, stöhne ich. »Ich hätte es lieber schnell hinter mir. Ein paar Ohrfeigen und fertig.«

»Ist das auch eine Option?«, fragt Asad. »Das würde ich definitiv sehen wollen.«

»Perversling.«

Schuldbewusst hebt er die Hände. »Was denn? Welcher heißblütige amerikanische Junge lässt sich denn eine Rauferei unter Mädchen entgehen?«

Ich kaschiere mein Lächeln, indem ich so tue, als würde ich etwas in meinem Rucksack suchen.

»Keine Sorge, Ava«, sagt er. »Eine Menge Leute sind auf deiner Seite.«

»Habe ich eine Seite?«

»Aber ja. Ich habe den Theaterkurs seit dem großen Debakel Orchester contra a cappella in meinem Jahr als Freshman nicht so gespalten gesehen. Viele Leute finden, dass du die Tickets hättest gewinnen sollen und jedes Recht hast dabeizubleiben.«

Die Vorstellung, dass Schauspieler und Crew darüber entscheiden, ob ich bleiben kann, sorgt dafür, dass sich mein Magen zusammenzieht. Ich bin erst seit zwei Monaten hier. Wenn die Leute sich für eine Seite entscheiden müssen, wer wird sich dann auf meine stellen?

Den ganzen Vormittag lang rechne ich trotzdem bei jeder zufälligen Begegnung mit einem Angriff von Kenzie. Als in der Mittagspause ein Kampf zwischen Ketchup spritzenden Seniors und sich mit Senf wehrenden Juniors ausbricht, bin ich mir fast sicher, dass sie mich von hinten mit einem von beiden attackieren wird.

Aber das tut sie nicht. Sie bleibt auf Abstand, und am Ende des Tages habe ich verstanden, dass diese Unterschriftenliste das Schlimmste ist, was Kenzie auf Lager hat.

Asad holt mich an meinem Spind ab, damit ich nicht allein zur Probe gehen muss, und Piper gesellt sich zu uns, weil sie heute keine Lust auf Volleyball hat. Zwischen Asad und Piper auf dem Flur fühle ich mich stärker. Als würde alles schon gut ausgehen, weil ich auf diese beiden Menschen *an* meiner Seite zählen kann, egal, wer sich auf meine Seite stellen wird.

Ich habe mich fast schon so weit, dass ich mir vornehme, direkt auf Kenzie zuzugehen und ihr zu sagen, sie kann sich ihre kleine Unterschriftenliste sonst wohin stecken, als Asad vor dem Eingang zum Theatersaal abrupt stehen bleibt. Er starrt auf sein Handy und wird blass.

»Was?«, sage ich und schnappe mir sein Telefon. Er versucht, es mir wieder wegzunehmen, aber ich drehe es herum, bevor ihm das gelingt.

Mein Gesicht füllt das ganze Display aus.

Kapitel 31

Piper schnappt nach Luft.

Das Bild zeigt mich, wie mir roter Punsch vom Gesicht tropft. In einer Hand halte ich meine Maske, mit der anderen wische ich mir über die Augen, wobei ich sie so nach unten ziehe, dass es noch schlimmer entstellt aussieht als sonst.

Ich zoome das Foto heran und kämpfe mit den Tränen. Jemand hat mir einen spitzen schwarzen Hut gezeichnet und eine Sprechblase neben mein Gesicht, in der steht: »Ich schmelze. Ich schmelze!« Darunter in roten Großbuchstaben: »Willst *du* diese böse Hexe auf unserer Bühne?«

Asad entreißt mir das Handy und schaltet das Display aus, wobei er irgendwas vor sich hin murmelt. Wie gelähmt halte ich mich an Pipers Rollstuhl fest, während andere Schüler an uns vorbei in den Saal strömen. Ein Junge schaut auf sein Handy, kichert laut, bevor er mich bemerkt und sein Gelächter mit Hüsteln kaschiert. Dann verschwindet er eilig durch die Tür.

Die Zeit vergeht in Slow Motion, genau wie in dem schrecklichen Moment, den ja jemand gefilmt haben muss. Alle um mich herum sehen sich auf ihren Handys erst mein schmelzendes Gesicht an, dann mich und schauen dann weg. Es ist wieder wie am ersten Schultag, als alle das Verbrannte Mädchen zum ersten Mal sahen.

»Kenzie hat recht«, sage ich. »Ich bin ein Witz.«

Asad fuchtelt mit seinem Handy herum.

»Das hier sagt nichts darüber aus, wer du bist, aber es spricht Bände darüber, wer sie ist.«

»Aber es ist mein Gesicht, das alle sich ansehen«, sage ich. »Hat sie das an alle geschickt?«

Asad bestätigt, dass die Nachricht von einer unbekannten Nummer an alle im Theaterkurs geschickt wurde. Nur nicht an mich.

Konrektor Lynch kommt aus dem Saal und hat seinen typischen Bestimmt-stellt-jemand-gleich-was-an-und-ich-erwische-ihn-dabei-Jagdblick aufgesetzt. Piper rollt auf ihn zu und hält ihm Asads Handy unter die Nase. Er schaut dreimal von dem Bild zu mir und wieder zurück.

»Wer war das?«

»Kenzie King«, sagt Piper. »Ich meine, sie hat natürlich eine neue Nummer benutzt, weil sie gemein, aber nicht blöd ist. Aber sie war es eindeutig. Werden Sie sie vom Unterricht suspendieren? Das sollten Sie unbedingt. Bei uns gilt doch die Null-Toleranz-Regel, oder?«

Lynch fragt Asad, ob er sich sein Handy leihen kann. Dann nickt er kurz in meine Richtung. »Komm mit.«

Auf dem Weg ins Büro sagt er kein Wort. Er beachtet mich nicht mal, bis wir vor der Tür von Direktor D. angekommen sind, wo Kenzie auf einem Klappstuhl sitzt. Woher wussten die das schon?

Kenzie lächelt mich an, wobei das kein echtes Lächeln ist, sondern Hass, der sich hinter hochgezogenen Mundwinkeln versteckt.

Mr. Lynch sagt, ich soll warten, während er das Büro betritt und mich bei Kenzie und ihrem falschen Lächeln zurücklässt.

Am liebsten möchte ich sie anbrüllen. Ihr sagen, dass *sie* die böse Hexe ist, nicht ich.

Aber stattdessen grinse ich – typisch Mädchen – nur zurück.

Wir sitzen da und duellieren uns mit Lächeln, bis Lynch den Kopf herausstreckt und Kenzie hereinruft. Hinter der Tür höre ich gedämpft, wie Lynchs Stimme lauter wird und dann vielleicht ein Buch auf einen Tisch geknallt wird. Dann kommt er mit rotem Kopf und heftig pulsierender Ader auf der Stirn raus und stampft davon, während Mr. D. mich hereinruft.

Drinnen sehe ich flüchtig mein Gesicht auf Asads Handy, das auf Mr. D.s Schreibtisch liegt. Seine Augen wirken müde, als er meinen Blick sucht.

»Ich möchte dir Gelegenheit geben, deine Sicht der Dinge zu schildern, Ava.«

Kenzie schlägt dreimal die Beine über- und wieder auseinander, während sie auf meine Antwort wartet.

»Also, Asad hat die Nachricht als Erster bekommen. Ich weiß, dass Kenzie sie geschickt ...«

Mr. D. fällt mir kopfschüttelnd ins Wort. »Nein, Ava. Ich rede nicht davon.« Er hält das Handy in die Höhe. »Wir werden noch herausfinden, wer das war, aber Kenzie hat uns versichert, dass sie mit diesem Streich nichts zu tun hat.«

Streich? Als hätte man mir im Sommerlager die Bettdecke quer in den Bezug gestopft? Aber sie hat meine tiefsten Ängste rausposaunt, und zwar an alle im Theaterkurs. Dem einzigen Ort, wo ich mich auch nur annähernd ein bisschen zu Hause gefühlt habe.

Das war kein Streich, sondern purer Hass, der ausgelebt wurde.

Mr. D. sitzt da, verschränkt die Arme auf dem Tisch und wendet sich wieder nur an mich. »Wir reden hier von den Problemen, die du im Theaterkurs hast.«

»Den Problemen, die du im Theaterkurs *verursacht* hast«, korrigiert Kenzie ihn.

Mr. D. sieht mich eindringlich an. Kenzie grinst. Hier geht es nicht um die Fakten zu Kenzies Mobbing. Das ist ein Hinterhalt.

»Ich habe nichts getan«, sage ich.

»Nicht mal Schuleigentum gestohlen?«, fragt Mr. D.

Ich blinzle verwirrt. »Nein, natürlich nicht.«

Er lehnt sich auf seinem Stuhl zurück.

»Nicht mal Musicaltickets?«

Oh. Ich schlucke schwer. »Die habe ich genommen, ja, aber …«

»Ich hab's Ihnen ja gesagt«, sagt Kenzie lächelnd.

Mr. D. schüttelt erneut den Kopf. »Ava, wir können so ein Verhalten nicht dulden. Diebstahl. Mobbing. Das geht nicht.«

»Ich habe niemanden gemobbt.« In welcher bizarren Welt bin ich diejenige, die andere mobbt?

Kenzie lacht wieder und kaschiert ihren Hass mit aufgesetzter Fröhlichkeit.

»Du hast einen schweren Vorhang auf mich runtergeworfen.«

Mr. D. reibt sich die Stirn, als würde er sich sehnlichst von hier weg wünschen.

Ich wühle im vorderen Fach meiner Tasche. »Ich gebe sie zurück«, sage ich. »Ich kann das in Ordnung bringen.«

Als ich nach den Tickets suche, fallen die roten Schuhe heraus. Bevor ich sie wieder verschwinden lassen kann, schnappt Kenzie sie sich vom Boden.

»Sind das meine Schuhe?«

»Die habe ich nicht genommen.« Sogar in meinen Ohren klingt das unglaubwürdig. »Jemand hat sie mir gegeben. Als Glücksbringer.«

Sie macht sich nicht mal mehr die Mühe, mich anzuklagen. Stattdessen sieht sie nur Mr. D. an und hält die Schuhe hoch wie Beweismittel A und B in diesem abgekarteten Tribunal, das meinen Ruf zerstören soll. Ich halte Mr. D. die Karten hin, aber Kenzie schnappt sie sich. Allerdings nur mit zwei Fingern und sorgsam darauf bedacht, meine Haut nicht zu berühren.

Dabei blickt sie knapp über meine Schulter, so wie Mr. D. an dem Tag, als wir uns kennenlernten.

»Mr. D., ich denke einfach, dass sie nicht gut in die Theatergruppe passt«, sagt Kenzie dann, als wäre ich gar nicht im Raum. Ihr blumiges Parfum verschlägt mir den Atem, als sie sich vorbeugt und auf das Foto von mir auf Asads Handy zeigt. »Da wird sie am Ende nur verletzt.«

Sie kann mich zwar nicht mal direkt ansehen, hat aber kein Problem damit, so zu tun, als läge ich ihr am Herzen.

»Du willst mich dazu bringen, von selbst auszusteigen«, sage ich. »Nur wegen meines Aussehens?«

Ich wollte zunächst ja nicht einmal in dem Stück mitspielen. Aber jetzt hat jeder mich schon gesehen und ich sie auch. Und ich will mehr als mein trauriges Ersatzzimmer und ein halbes Leben. Ich will auf diese Bühne und rausfinden, ob es da oben die Ava vor dem Brand noch gibt.

Ich habe genauso viel Anrecht darauf, auf dieser Bühne zu stehen, wie Kenzie.

Deshalb zwinge ich mich, mich kerzengerade hinzusetzen, sodass ich auf Augenhöhe mit ihr bin.

»Ich werde nicht aufgeben.«

Mr. D. seufzt schwer und verstaut Asads Handy in seinem Schreibtisch. Ich werde den Eindruck nicht los, dass er damit auch seine Untersuchung als abgeschlossen betrachtet. Kenzie durchbohrt ihn mit Blicken wie Dolche, was mich vermuten lässt, dass sie es gewohnt ist, in diesem Büro ihren Willen zu kriegen. Und Mr. D. ist zweifellos fette Spenden von Kenzies Familie gewohnt …

Ein Klopfen durchbricht die angespannte Stille. Ohne auf ein Herein zu warten, reißt Tony die Tür auf. Er duckt sich unter dem Türstock hindurch, stürmt mit einem Riesenschritt ins Büro und knallt ein Klemmbrett auf den Tisch. Er wirkt in diesem kleinen Raum irgendwie genauso fehl am Platz wie in dem roten Senior-Shirt anstelle seines üblichen schwarzen Regisseur-Outfits. Hinter ihm schiebt Asad Piper herein.

»Das ist fast die Hälfte der Schauspieler und der Technik-Crew«, sagt Tony und zeigt auf das Klemmbrett. Er ist außer Atem. »Sie verbürgen sich alle für Ava und werden die Theatergruppe verlassen, wenn Sie sie zwingen zu gehen.«

Tony sieht Mr. D. finster an, aber als er sich umdreht, zwinkert er mir zu. Kenzie springt auf.

»Das ist lächerlich. Sie hat die Rolle sowieso nur wegen ihres Aussehens bekommen.«

Tony lacht. »Sie hat die Rolle bekommen, weil sie die Beste war. Sie war die Beste. Punktum. Und das hältst du nicht aus«, sagt er.

»Kenzie ist diejenige, die gehen sollte«, verkündet Piper und sieht sie aus schmalen Augen an.

Kenzie verdreht die Augen. »Hier geht's nicht um uns, Piper.«

Mr. D. ist inzwischen auch aufgestanden und bedeutet allen, den Mund zu halten.

»Ja, begeben wir uns nicht auf dieses Minenfeld.« Er überfliegt die Liste auf dem Klemmbrett. Wer war wohl bereit, für mich zu unterschreiben?

»Sage hat die Zettel der Abstimmung über das beste Kostüm nachgezählt«, sagt Asad. »Ava hat diese Tickets nicht gestohlen. Sie hat sie ganz rechtmäßig gewonnen.«

Kenzie erschrickt. »Das würde Sage niemals tun. Sie ist auf *meiner* Seite.«

Da schnappt Tony sich das Klemmbrett und wedelt damit vor ihrem Gesicht herum. »Tja, diese Leute sind alle auf Avas Seite. Das ist die Hälfte der Schauspieler und der Crew, Mr. D. Wollen Sie eher ihr oder denen allen glauben?«

»Nun, wir können sicher kein Musical mit halber Besetzung aufführen«, sagt er. »Aber wenn mir noch irgendein Fehlverhalten zu Ohren kommen sollte«, er blickt von mir zu Kenzie, »von irgendwem, dann war's das. Verstanden?«

Ich nicke, und er winkt uns, zu verschwinden. Ich kann gar nicht schnell genug aus dem Büro kommen.

Ich weiß, ich sollte einfach gehen und sie stehen lassen, aber jetzt, mit meinen Freunden neben mir, fühle ich mich stärker. Kenzie weicht zurück, als ich einen Schritt auf sie zu mache und ihr sage, was ich auf der Party nicht geschafft habe.

»In einer Woche habe ich eine OP, danach werde ich ein bisschen weniger hässlich aussehen. Aber du? Du wirst genauso abscheulich bleiben.«

Kenzie weicht mit offenem Mund erschrocken zurück und ist – dieses eine Mal – sprachlos.

Auf dem Flur schiebt Asad Pipers Rollstuhl, springt

dann mit einem Fuß auf die Querstrebe hinten und stößt sich mit dem anderen ab, sodass sie immer schneller werden. Ich muss fast rennen, um mit ihnen und Tony mitzuhalten, der immer nur einen Schritt machen muss, wo ich zwei benötige.

»Das war der totale Wahnsinn«, sage ich. »Woher wusstet ihr überhaupt davon?«

»Von Lynch«, sagt Asad. »Er hat uns gesagt, dass gerade kurzer Prozess mit dir gemacht wird.«

»Du hättest mal sehen sollen, wie schnell die Leute diese Petition unterschrieben haben.« Piper reckt die Fäuste in die Höhe und schreit über den ganzen Flur: »Theater-Geeks, vereinigt euch!« Dabei wirkt sie so glücklich wie seit Wochen nicht mehr.

Ich bin mir nicht sicher, was mich mehr überrascht: die Liste der Namen oder dass Mr. Lynch mir geholfen hat.

»Ich kann gar nicht glauben, dass die anderen das echt gemacht haben«, sage ich.

Tony bückt sich ein bisschen und legt im Gehen einen Arm um meine Schulter.

»Na klar«, sagt er. »Du bist doch eine von uns.«

23. April

Waise.

Ein hässliches Wort.

Ein Wort
für tränenüberströmte Gesichter
aus fernen Ländern
in Spots für Spendenaktionen.

Nicht ich.

Vorher,
da hatte ich
eine Mutter,
einen Vater,
ein Zuhause.

Danach
war
ich
ein
Stern
ohne
Sternbild.

Ein
Vogel
ohne
Schwarm.

Ein
Kind,
das
nirgends
dazugehörte.

Zu
niemand.

Bis jetzt.

Kapitel 32

Kenzie ist eine Meisterin darin, jemand mit verbitterter Miene zu schneiden. Sie ignoriert mich ein paar Tage lang auf aggressive Weise bei den Proben. Dann ruft sie eines Nachmittags, als Tony schon weg ist, alle auf die Bühne, um etwas bekannt zu geben.

Ich mache mich auf das Schlimmste gefasst.

»Wie ihr alle wisst, hatten Ava und ich unsere Probleme.« Sie blickt von einem Gesicht zum nächsten, während sie spricht, bis sie am Ende mich ansieht. »Aber ich möchte diese ganze Abscheulichkeit beenden. Ich bin froh, dass Ava zu unserer Besetzung gehört, und als Zeichen der Freundschaft möchte ich ihr diese beiden Eintrittskarten für *Wicked* geben.«

Überall wird geflüstert, und sie hält mir die Tickets hin. Ich bin allerdings zu überrumpelt, um überhaupt zu reagieren, bis Asad mich mit dem Ellbogen anstößt und ich aufstehe, um das Friedensangebot anzunehmen. Alle klatschen so zögerlich, als rechneten sie noch mit einer Finte.

Ich will schon wieder aus der Mitte des Kreises flüchten, da packt Kenzie mich am Ärmel. »Wenn du schon hier bist«, sagt sie, »und da so viele von euch Ava offensichtlich so ins Herz geschlossen haben, lasst uns heute einen extra Kreis des Vertrauens machen.«

Kenzie schiebt ihren Arm unter meinen. »Du beteiligst dich ja normalerweise nicht am Kreis des Vertrauens, oder?«, sagt sie, obwohl sie das ganz genau weiß. »Wir schließen dabei alle die Augen und sagen dann etwas über unser bestes Teammitglied. Das kann etwas Gutes oder Schlechtes sein, etwas, das derjenige getan hat, ein Charakterzug oder ein körperliches Merkmal.«

Kenzie ergreift meine rechte Hand, und ich mache nicht mal den Versuch, jemand meine andere mit dem Zehendaumen anzubieten.

Asad nimmt sie trotzdem.

»Ich fange an«, verkündet er und schließt so rasch die Augen, dass Kenzie nichts mehr dagegen sagen kann. Ich mache auch die Augen zu, spähe aber trotzdem in die Runde. Kenzie hat die Augen geschlossen. Falls sie glaubt, mir damit den Rest zu geben, hat sie sich so was von geschnitten.

Ich habe schon Schlimmeres überlebt als Kenzie King.

Entschlossen kneife ich meine Augen zu.

»Ava hat Verbrennungen erlitten«, beginnt Asad. »Bei einem Hausbrand. Sie hat Narben im Gesicht. Hauptsächlich auf der linken Seite, glaube ich. Ein Ohr ist auch seltsam, aber ich weiß jetzt nicht, welches. Oh, und sie hat diese echt coole Narbe auf halber Höhe am Hals, die wie eine Sternschnuppe aussieht.«

Sage meldet sich als Nächste zu Wort.

»Ava ist keine besonders gute Tänzerin«, meint sie kichernd. »Aber sie ist immer freundlich.«

Ein Junge neben ihr meint, ich hätte meinen Text schnell gelernt. Jemand anders lobt meine hübsche Stimme.

Der Junge, der den Zinnmann spielt, sagt, ich hätte eine seltsame Hand. »Ich glaube, das könnte ihr Zeh sein.«

Eine der bösen Hexen sagt, dass sie meine bunten Bandanas mag. Jemand anders findet, die Theatergruppe sei durch mich interessanter geworden. Ich muss oft lächeln. Ich bin ironisch, aber auf lustige Art und Weise.

Als Kenzie an die Reihe kommt, halte ich den Atem an.

»Ava ist so stark.« Sie schweigt kurz. »Sie steht jeden Tag auf und stellt sich mutig ihrem Leben. Sie ist mir eine Inspiration und, egal was andere sagen, *ich* finde sie wunderschön.«

Das letzte Wort dehnt sie zu einem gehauchten Kompliment, das eindeutig nichts anderes ist als Gift mit Zuckerguss.

Nachdem wir alle die Augen wieder geöffnet haben, umarmt Kenzie mich theatralisch. Irgendjemand sollte dem Mädchen echt einen Oscar verleihen. Sie tupft sich sogar noch gespielte Tränen von den Augen, als der Kreis sich auflöst.

Asad drückt mir den Anfang einer Rolle Kreppband in die Hand, damit ich ihm bei den Markierungen für die Generalprobe helfe.

»Ich hoffe, das, was ich gesagt habe, war für dich in Ordnung.« Er zieht ein langes Stück Klebeband ab und bedeutet mir, dass ich es auf die Bühnenmitte kleben soll. »Ich meine, jemand musste das doch mal sagen, oder? Da dachte ich mir, es wäre besser, wenn ich das erledige.«

»Ist okay«, versichere ich ihm. »Mir hat gefallen, wie du so getan hast, als wüsstest du nicht mehr, wo meine Narben sind. Spoiler-Alarm! Sie sind ü-ber-all.«

»Das war nicht ›so getan‹«, sagt er. »Ganz ehrlich. Anfangs habe ich nur deine Narben gesehen. Jetzt bist du einfach meine Freundin Ava, die übrigens Verbrennungen erlitten hat.«

Ich schnaube abfällig. »Erspar mir das Gerede von

wegen ›du bist nicht dein Körper‹. Davon kriege ich zu Hause und in der Gruppentherapie genug zu hören.«

Asad reißt das Klebeband mit den Zähnen ab. »Wer sonst kann von sich behaupten, eine Sternschnuppe auf der Haut zu tragen?«

Meine Finger streichen über die Narbe, die von meinem Schlüsselbein bis zur sternförmigen Narbe des Luftröhrenschnitts am Halsansatz reicht. Ich habe es immer gehasst, wie sie quer über meine Brust verläuft. Aus Asads Perspektive sieht alles anders aus – besser.

»Aber du bist mehr als nur dein Körper«, sagt er. »Genau wie jeder andere Mensch.«

Dann macht er sich durch den Mittelgang auf den Weg zu seiner Technikkabine.

»Asad?«, rufe ich ihm halblaut nach. Als er sich umdreht, halte ich die beiden Tickets in die Höhe.

»Hast du Freitag schon was vor?«

Ich beiße mir auf die Lippe, als er übers ganze Gesicht strahlt.

»Ich dachte schon, du würdest nie fragen.«

Kapitel 33

Piper stöhnt, als ich ihr von Kenzies Entschuldigung mitten auf der Bühne und vor der ganzen Truppe erzähle.

»Sag mir, dass du ihr das nicht abnimmst.«

»Nein, natürlich nicht. Ich bin mir sicher, dass sie einfach nur versucht, ihre Feinde zu besänftigen und so«, sage ich. »Aber sie hat mir tatsächlich die Eintrittskarten gegeben. Wie verrückt wäre das, wenn wir nach alldem doch noch Freundinnen würden? Nicht *richtige* Freundinnen natürlich, aber vielleicht könnten wir uns im selben Raum aufhalten, ohne vor Hass zu kochen.«

Piper reißt erschrocken die Augen auf, dann dreht sie ihren Rollstuhl abrupt um, sodass ihr Phönix mich ansieht.

»Siehst du es?«

»Was?«

»Das Messer.«

Ich drehe sie am Griff des Rollstuhls wieder zurück. »Bisschen viel Drama? Außerdem warst du doch mit ihr befreundet, dann kann sie doch nicht ganz so schlimm sein.«

Pipers übliches Schmunzeln verschwindet, und sie beugt sich näher zu mir, damit Layne, die noch unsere Snacks auspackt, nicht mithören kann.

»Ich *war* mit ihr befreundet, das ist der entscheidende

Punkt. Nach dem Unfall wurde sie zu dieser verbitterten Version des Mädchens, das mal mit mir befreundet *war*. Diese neue Kenzie kann mit niemand richtig befreundet sein«, sagt sie. »Sie und ich haben uns früher mal diese dämlichen Was-wäre-wenn-Fragen gestellt, bei denen es darum geht, ob man dann noch befreundet sein würde. Also ›Was wäre, wenn mir auf der Stirn eine Nase wachsen würde, wärst du dann immer noch meine Freundin?‹ oder ›Wenn ich dir deinen Freund klauen würde?‹. Natürlich war die Antwort immer ja. Aber wie sich herausgestellt hat, gab es in unserer Freundschaft sehr problematisches Kleingedrucktes und ein riesiges Schlupfloch namens Betrunken-einen-Unfall-bauen-sodass-ich-im-Rollstuhl-sitze.«

Piper packt meine Hände ganz fest. »Versprich mir nur, dass du nicht wie ich auf sie reinfallen wirst.«

Ich murmele mein Versprechen, während Dr. Layne die Stunde offiziell beginnt und uns das heutige Thema vorstellt: Reaktion auf Bemerkungen.

»Die Leute wissen nicht immer, wie sie auf eure Verbrennungen reagieren sollen. Vielleicht sind sie nervös oder ängstlich, genau wie ihr«, sagt sie. »Hat jemand ein Beispiel dafür, wie irgendwer etwas Falsches gesagt hat?«

Ich erzähle davon, wie einmal eine alte Dame im Postamt mich ansprach und meinte, Gott würde mich trotzdem noch lieben, egal wie ich aussähe. Olivia berichtet, dass einige Mädchen aus ihrem Schwimmteam in der zweiten Klasse nicht mit ihr ins Becken wollten, weil sie fürchteten, dann ihre »Krankheit« zu bekommen.

»Von da an habe ich immer nur noch Badeanzüge getragen, die alles verdeckten«, sagt sie.

Braden sagt, seine Freunde würden ihn Stummel nennen.

»Ich hasse das. Aber es ist nur ein Scherz, also lache ich mit. Ich schätze, dass die Leute sich dadurch besser fühlen.«

Piper meldet sich zu Wort. »Ihr müsst den Leuten sagen, dass sie euch mit solchem Scheiß in Ruhe lassen sollen.« Dann erzählt sie in allen Einzelheiten von meiner Begegnung mit der Mutter im Frozen-Joghurt-Laden. »Ihr hättet mal ihr Gesicht sehen sollen. Gemüsitis. Das war super.«

Dr. Layne schien davon nicht beeindruckt.

»Ich weiß, dass keiner von euch sich das gewünscht hat, und es ist auch nicht fair, aber ihr seid Botschafter für alle Überlebenden mit Verbrennungen«, sagt sie und geht dabei in der Mitte unserer Therapierunde auf und ab. »Leute können grausam und ignorant sein, wie ihr bestimmt schon wisst. Aber eure Reaktion fällt nicht nur auf euch, sondern auf uns alle zurück. Ihr sollt natürlich für euch selbst einstehen, aber auf angemessene Weise.«

Dann schildert sie uns eine Drei-Punkte-Methode als Reaktion bei aufdringlichen Fragen:

1. Sagt kurz, was passiert ist.
2. Sagt, wie es euch jetzt geht.
3. Beendet das Gespräch höflich.

Layne macht sich eine Notiz auf ihrem Klemmbrett, und ich könnte schwören, dass sie mich die ganze Zeit, in der wir unsere Antworten üben, nicht aus den Augen lässt.

»Ich bin Piper. Meine Verbrennungen stammen von einem Autounfall, den meine sadistische ehemals beste Freundin verursacht hat. Ich werde wahrscheinlich nie mehr laufen können, und vielen Dank dafür, dass Sie Ihre dicke, fette Nase in meine Privatangelegenheiten gesteckt haben.«

Als die Stunde um ist, fängt Dr. Layne mich ab, bevor ich verschwinden kann. Sie drängt mir einen Prospekt auf. Vorne drauf ist ein Junge mit Verbrennungsnarben zu sehen, der in einem See schwimmt.

»Ich habe es Cora schon gesagt«, erkläre ich und versuche, ihr das Heft wieder zurückzugeben. »Das interessiert mich nicht.«

Anstatt es zu nehmen, beglückt Dr. Layne mich mit einem Kurzvortrag darüber, wie sehr dieses Camp für Brandverletzte für mich geeignet wäre. Ein Ort, wo wir reden, Freundschaften schließen und unsere Narben mit »Kumbaya« besingen können.

»Ich meine doch nur, dass du darüber nachdenken und dir überlegen sollst, ob du alle nötige Unterstützung bekommst.« Sie sieht mich bestimmt eine Minute lang ernst an. »Einem kleinen Jungen erzählen, dass du deine Narben von Gemüse hast, das klingt nicht nach der Ava, die ich kenne.«

Im Rausgehen werfe ich den Prospekt in den Papierkorb.

*

Bei unserer Verabredung zum Lernen nach der Therapiestunde bei mir zu Hause schiebt Piper ihr Handy zwischen mich und mein Matheheft.

»Noch mehr anonyme Grausamkeiten von der Drama Queen«, sagt sie.

Auf dem Display stehen drei Nachrichten:

Du weißt, dass es deine Schuld war.

Wie kannst du morgens überhaupt aufstehen?

Alle wären ohne dich besser dran.

Piper rollt mit kurzen, ruckartigen Bewegungen vor und zurück.

»Wollte dir nur mal zeigen, dass Kenzie King eher in Flammen aufgeht, als sich mit irgendwem anzufreunden.«

»Bist du dir sicher, dass das von ihr ist?«

Piper nickt und nimmt ihr Handy zurück.

»Anonyme Mobbing-Nachrichten? Klingt für mich nach Kenzies Stil. Wahrscheinlich eine von diesen Nummern, die sich nicht auf ihr Handy zurückverfolgen lassen. So wie sie es mit dem Foto von dir gemacht hat. Schätze mal, es hat ihr nicht gereicht, mich einfach aus ihrem Leben rauszuschneiden.«

Piper schaltet das Display aus, aber ich muss ihr die Frage stellen, die mich schon seit dem Farbentag beschäftigt.

»Sage hat mir erzählt, *du* hättest Kenzie zuerst geschnitten«, sage ich. »Dass sie versucht haben, dich im Krankenhaus zu besuchen.«

Piper hört mit dem Vor- und Zurückfahren auf, ihre Augen blitzen mich kurz an, dann schaut sie genauso schnell wieder weg.

»Die Freundschaft war vorbei. Wen interessiert es da, wer den ersten Schlag getan hat? Wir sind jetzt nicht mehr befreundet, und das ist alles, was zählt, okay? Was vorbei ist, ist vorbei.«

»Aber …«

Piper wirft den Kopf in den Nacken und seufzt genervt.

»Ich glaube, du bist die Letzte, die mir eine Standpauke

darüber halten sollte, dass man sich der Vergangenheit stellen muss.« Sie greift wieder nach ihrem Telefon, tippt darauf herum, und als sie es zu mir dreht, ist darauf die Fotogalerie von »Ava vor dem Brand« zu sehen. »Ja, ganz richtig, ich habe deinen verlassenen Account im Cyberspace gefunden, wo inzwischen schon Unkraut wächst. Aber ich löchere dich nicht damit, weil du ihn ja offensichtlich vergessen willst. Also könntest du mir *bitte* den gleichen Gefallen tun?«

Piper lässt das Handy wieder auf ihren Schoß plumpsen.

»Und können wir jetzt mal aufhören, davon zu reden, weil ich dir was zeigen muss, das viel wichtiger ist als Kenzie King.«

Piper besteht darauf, dass ich sie nach draußen zum Trampolin schiebe und ihr helfe, aus dem Stuhl aufzustehen. Ich strecke meinen Arm wie eine Ballettstange vor ihr aus, damit sie sich daran festhalten kann, während sie die Füße auf den Boden stellt und sich wackelig erhebt. Ich stabilisiere sie, bis sie fast ganz aufrecht steht.

»Piper! Du kannst es!«, schreie ich beinahe.

Sie schwankt, stützt sich mit ihrem Gewicht halb auf mich und lässt sich schließlich mit einem »Uff« aufs Trampolin fallen.

Auf ihrer Stirn glitzern Schweißperlen. Ich plumpse neben sie und tue so, als würde ich nicht merken, dass sie eine Tablette aus ihrer Tasche holt und schluckt. Schon seit der Gips ab ist, wirft sie Schmerzmittel ein wie Bonbons.

»Tja«, sagt sie. »Vielleicht schaffe ich das mit den Standing Ovations rechtzeitig zu deinem Auftritt, aber bestimmt nicht bis zu *Wicked*. An was für einem Tag ist das noch mal?«

Ich wende das Gesicht von ihr ab und schaue in den Himmel, der noch schwach rosa gefärbt ist. Die untergehende Sonne taucht die Berge im Osten in korallenrote Farbtöne.

»Also, eigentlich hatte ich vor, Asad mitzunehmen«, sage ich.

»Cool. An einem Abend mit Gratis-Broadway halte ich ihn schon aus.«

»Also, es sind ja nur zwei Tickets.« Ich zupfe am Ärmel meiner Kompressionswäsche, während ich es noch deutlicher sage. »Deshalb dachte ich, *nur* mit Asad.«

Piper setzt sich so abrupt auf, dass das Trampolin wackelt.

»Du meinst ein Date?«

»Nein. Keine Ahnung. Vielleicht?«

Piper reißt die Augen auf und scheint zu kapieren. »Moment. Ist Asad *der* Junge?«

Ich bemühe mich, nicht zu grinsen wie eine Schülerin an der Middle School bei einer Übernachtungsparty. Piper reißt die Hände hoch.

»Ist das dein Ernst? Asad. Der trottelige Asad mit den Jazzhands? Der Beleuchtungs-Nerd? Er ist der Typ, in den du die ganze Zeit verknallt warst? Mag er dich denn auch?«

»Manchmal denke ich, das könnte sein.« Meine Gedanken gehen zu seiner Hand, mit der er meine ergriff. Dahin, wie er über meine Sternschnuppen-Narbe gesprochen hat. Überhaupt, wie er alles macht.

Piper schnalzt mit der Zunge und schüttelt den Kopf. »Ich weiß nicht. Mir kommt Asad wie ein Spitzenkandidat für ›bester Kumpel‹ vor.«

»Denkst du nicht, dass er mich mögen könnte?«

»Nein, das habe ich nicht …«

»Wer sollte auch schon auf mich stehen, was?«

Ich spüre einen Kloß im Hals. Piper hebt die Hände. »He, komm wieder runter. Date doch, wen du willst. Ist mir egal. Ich versuche nur, dich zu beschützen.«

Ich drehe mich von ihr weg und schaue zu den Sternen hinauf, die langsam am Himmel sichtbar werden. Gleichzeitig drohen Tränen aus meinen kaputten Augen zu quellen. Ich hätte es ihr nicht sagen sollen.

»Dein Beschützen fühlt sich ganz schön nach Geiselnahme an. Freunde dich nicht mit Kenzie an. Mag Asad nicht. In letzter Zeit machst du mir eine Menge Vorschriften zu meinem Leben.«

Ohne sie anzusehen, spüre ich, wie sie mich anstarrt.

»Ich wusste nicht, dass diese Freundschaft so eine Last für dich ist«, sagt sie in scharfem Ton.

Das Schweigen zwischen uns wird jede Sekunde schwerer, in der ich ihr nicht widerspreche. Das Trampolin schaukelt sanft, während wir voneinander wegschauen. Endlich hören wir ihre Mutter hupen, die gerade in die Einfahrt vor dem Haus eingebogen ist.

Piper schiebt sich an den Rand des Trampolins. Ich balanciere auf dem schwankenden Netz und versuche, ihr aufzuhelfen, doch sie wischt meine Hand weg.

»Ich will keine Last sein.«

Während Piper sich in ihren Rollstuhl müht, was ihr schließlich unter vielen Verrenkungen gelingt, stehe ich wie eine nutzlose Idiotin da. Sie schiebt sich durchs Haus, und ich gehe hinter ihr her. Ohne meine Hilfe rumpelt sie über die Stufen am Eingang und fällt fast auf den Beton.

»Es ist doch nur ein einziger Abend«, sage ich, während

sie auf den Wagen ihrer Mom zurollt und ihre tätowierten Flügel wie wild flattern.

Sie blickt sich nicht noch mal um, also schließe ich die Haustür.

Kapitel 34

Piper rollt am nächsten Tag wie üblich neben mir den Flur entlang, aber wir bewegen uns fast in komplettem Schweigen. Das Einzige, was ich den ganzen Tag über zu ihr sage, ist, dass mir ihr Haarschnitt gefällt. Und auch das tue ich nur, um nett zu sein, denn in Wirklichkeit sieht sie aus, als hätte sie ihren Kopf mit einem Rasentrimmer bearbeitet.

Der zerfranste Bob lässt ihr Tattoo und die Narben noch deutlicher sichtbar werden. Als ob ihre winzigen Tanktops da nicht schon ganze Arbeit leisten würden.

Sie sagt, sie hätte eine Veränderung gebraucht.

Ich lade sie nicht ein, mir am Freitagabend zu helfen, mich für *Wicked* fertig zu machen. Cora gibt ihr Bestes als Freundinnenersatz, während ich mein fünftes Outfit anprobiere. Sie versichert mir, ich würde in einem Bleistiftrock und Pumps »charmant« aussehen. Ich ziehe die Sachen wieder aus und fange von vorn an.

Schließlich entscheide ich mich für eine schwarze Hose und eine silbrige Bluse, hauptsächlich weil damit ein Großteil von mir bedeckt ist. Piper würde wahrscheinlich sagen, ich sehe aus wie eine sechzehn Jahre alte Cougar, die für den Rest ihres Lebens eigentlich in den Kumpelbereich gehört.

Asad macht sich vermutlich keine zwei Sekunden Gedanken über seine Klamotten.

Ich befestige noch ein grünes Bandana um meinen Kopf, das absolut nicht zu meinem Outfit passt, aber es ist vom gleichen Knallgrün wie die Hautfarbe der bösen Hexe des Westens. Und wenn ich Asad auch nur im Ansatz richtig einschätze, dann ist eine subtile Anspielung auf den Broadway genau nach seinem Geschmack.

Vor dem Spiegel ziehe ich meine Augenwinkel nach oben.

»Noch drei Tage.«

Cora macht Asad die Tür auf und verhört ihn: Wie lange er seinen Führerschein schon hat, wie seine Handynummer lautet und wann er gedenkt, mich wieder nach Hause zu bringen.

Als ich ins Zimmer komme, herrscht einen Moment lang verlegenes Schweigen, weil ein Junge jetzt normalerweise sagen würde: »Du siehst hübsch aus«. Aber da das hier kein richtiges Date ist und ich ich bin und Asad kein Bullshit daherredender Kerl, sagt er nur: »*Wicked* Bandana.«

Nachdem Asad quasi mit seinem Blut unterschrieben hat, mich allerspätestens um elf Uhr nach Hause zu bringen, erlaubt Cora, dass wir gehen. Asad redet die ganze Fahrt über von *Wicked*. Dass er es mit zwölf das erste Mal gesehen hat. Dass es *der* Grund für ihn war, den Theaterkurs zu belegen.

»Das war einer dieser Schlüsselmomente, verstehst du?«

Ich nicke ständig, lasse ihn reden und genieße, wie wir uns über alles Mögliche unterhalten, nur nicht über meine Narben oder Kenzie oder Piper. Heute Abend geht es um uns – zwei normale Highschool-Schüler bei einem Date oder einem Ausflug oder was auch immer das gerade ist.

Als wir vor dem neuen Theater in der Innenstadt halten,

verrenke ich mir den Hals nach den kugelförmigen glitzernden Kronleuchtern hinter den hohen Scheiben.

»Dein erstes Mal?«, fragt Asad.

»Jap. Meine Eltern sind mit mir immer in das alte Theater auf der anderen Seite der Stadt gegangen.«

Asad parkt das Auto, springt raus und öffnet meine Tür. Ich lege meine rechte Hand in seine und kümmere mich nicht darum, dass meine Kompressionskleidung und die zerkochten Finger nicht in diese Geschichte über normale Teenager passen.

»Neues Theater. Neues Stück. Der heutige Abend wird dir in Erinnerung bleiben.« Die regenbogenbunten Lichtreflexe des Kronleuchters fallen auf sein Gesicht, als wir den Vorraum betreten, und ich weiß – ohne Zweifel –, dass er recht hat.

Im Saal selbst ist die Decke so hoch, dass der riesige Raum noch größer wirkt. Auf einigen Plätzen sitzen schon Männer in Anzügen und Frauen in Seidenkleidern. Es ist wie damals, als ich acht war und mit meiner Mom zum ersten Mal ein Broadway-Theater besuchte; damals war es *Jersey Boys*.

Asad und ich nehmen auf Samtsesseln genau hinter einem Mädchen Platz, das nicht älter als acht sein kann. Sie hat die Haare hochgesteckt, als ginge sie zum Abschlussball. Alle paar Minuten dreht sie sich um, als suche sie jemanden, aber es ist offensichtlich, dass sie mich verstohlen betrachtet. Ihre Mutter beugt sich zu ihr und flüstert etwas. Das Mädchen flüstert zurück und schielt dabei mit einem Auge zu mir.

»Na dann los«, sagt die Frau. Da dreht das Mädchen sich auf seinem Platz so um, dass es auf seinen Knien hockt.

»Was ist mit deinem Gesicht passiert?«, fragt sie leise.

»Ich hatte Verbrennungen«, sage ich und versuche, mich an Dr. Laynes Punkte zu erinnern. Sagen, was passiert ist. Sagen, wie's mir geht. Das Gespräch beenden.

»Wie denn?«

»Bei einem Hausbrand«, sage ich. »Aber mir geht es jetzt viel besser, auch wenn ich weiß, dass es ein bisschen unheimlich aussieht.«

Ihr Blick wandert über mein Gesicht. »Tut es weh?«

»Hat es. Und wie. Aber jetzt fast nicht mehr.«

»Kann ich dich anfassen?«

»Joslyn!«, schimpft ihre Mutter.

»Schon gut«, sage ich. Dann strecke ich ihr meine Hand hin, und sie streicht mit ihrem Zeigefinger über meinen.

»Das ist hubbelig.«

»Seltsam, was?«, sage ich.

»Aber es fühlt sich an wie Haut.«

»Hast du Schuppen wie bei einer Schlange erwartet?«

Sie lacht und schüttelt den Kopf.

»Zeig ihr die andere«, sagt Asad. »Du wirst staunen, wenn du die siehst!«

Ich hebe meine linke Hand hoch, und das Mädchen schnappt beim Anblick der deformierten Finger und des riesigen Daumens ein bisschen nach Luft.

»Das sieht echt seltsam aus«, sagt sie.

»Jap. Aber kennst du sonst noch jemand, der sich mit seiner großen Zehe am Kopf kratzen kann?«, sagt Asad.

Das Mädchen lacht wieder, als ich mich am Kopf kratze.

»Und du kannst mit dem Zeh in der Nase bohren!«, sagt sie.

»Jap, aber das mache ich nicht«, sage ich. »Danke, dass

du mich nach meinen Narben gefragt hast. Das war mutig von dir.«

Sie strahlt und dreht sich auf ihrem Sitz wieder nach vorn, dann lächelt sie zu ihrer Mom hoch. Die lächelt zurück, und eine Sekunde lang spüre ich eine Erinnerung wie einen Stich: ein Samtkleid mit Taftrock, in dem ich mir so elegant vorkam, dass ich mich mindestens alle dreißig Sekunden damit drehen musste. In der Pause kaufte Mom dann eine Schachtel Schokopralinen mit Pfefferminzfüllung für zehn Dollar, was ich extravagant wunderbar fand.

»Nervt dich das?«, flüstert Asad, als die Lichter ausgehen und das Orchester einen letzten gemeinsamen Ton zum Stimmen spielt. Sofort fliegen in meinem Bauch die Schmetterlinge, die sich dort jedes Mal, wenn eine Vorstellung beginnt, einfinden.

»Was?«

Asad deutet mit dem Kopf auf das Mädchen.

»So was.«

»Nein. Fragen sind nicht schlimm. Leute, die mich stumm anstarren, sind furchtbar. Als würde meine Haut mich irgendwie zu einer unerreichbaren Aussätzigen machen«, sage ich. »Das ist nur Haut, Leute. Das bin nicht ich.«

Asad lächelt, sodass seine Zähne in dem dämmrigen Saal und seinem dunklen Gesicht weiß aufleuchten.

»Was ist denn so lustig?«, frage ich.

»Nichts. Ich musste nur gerade denken, wie sehr du dieses Stück lieben wirst.«

Kapitel 35

Der Inhalt des Stücks lässt sich so zusammenfassen: Wegen ihrer grünen Haut von der Gesellschaft geächtet, wird Elphaba beste Freundin und Feindin ihrer Mitbewohnerin Glinda.

Elphaba wird zur berüchtigten bösen Hexe, weil sie gegen die grausame Diskriminierung kämpft, die der Zauberer betreibt. Glinda wird dagegen zur guten Hexe, da ihr der Mut fehlt, sich gegen den allmächtigen Zauberer aufzulehnen.

Aber es ist nicht nur die Handlung, die Asad auf der Kante seines Stuhls sitzen und die Worte stumm mitsprechen und mich neben ihm wie gebannt das Geschehen verfolgen lässt.

Es ist die lebensfrohe Musik.

Ich verliere mich in jedem Song.

Mein Herz tut weh, als Elphaba davon singt, dass sie nicht die Sorte Mädchen ist, die von Jungs geliebt wird. Und ich bin froh, dass Asad dabei nicht zu mir sieht.

Dann fliegt Elphaba auf einem Besenstiel höher und höher, während der schwarze Umhang sich hinter ihr bauscht und sie versucht *Frei und schwerelos* zu sein.

Die Töne schallen durchs Theater, ihre Stimme wird zusammen mit dem Orchester lauter, und der pulsierende Rhythmus erfasst mich. Ich bin wieder das achtjährige

Mädchen, das neben meiner Mutter sitzt und von der Musik total gefesselt ist.

Als Asad sich kurz zu mir dreht, wird mir erst bewusst, dass ich mich in die Armlehne zwischen uns gekrallt habe.

»Hatte ich recht?«, sagt er.

Als Glinda und Elphaba sich gegen Ende versöhnen, quält mich der Gedanke an den Streit mit Piper. Ich berühre den Phönix-Anhänger um meinen Hals, und Glinda singt davon, dass ihre Freundschaft sie zum Besseren verändert hat.

Als die Scheinwerfer auf der Bühne erlöschen und die Beleuchtung im Saal angeht, trifft mich das wie ein Schlag. Ich stehe auf, um wie die anderen Leute aus unserer Reihe zu gehen, doch Asad legt seine Hand auf meinen Arm.

»Ich bleibe immer, bis sie mich rausschmeißen.« Er deutet zu dem Schild, auf dem *Ausgang* steht. »Wenn wir diese Türen passiert haben, ist der Zauber zu Ende.«

Das Mädchen mit der Hochsteckfrisur vor uns winkt noch mal, als sie ihre Reihe verlässt.

»Zehen hoch!«, sage ich und strecke meinen Daumen in die Höhe. Lachend zeigt sie mir ihren hochgereckten Daumen und verschwindet im Mittelgang.

»Es hat dir gefallen, oder?«, sagt Asad.

»In Ermangelung eines eleganteren Ausdrucks würde ich sagen, es war *mega*.«

Asad lacht leise und legt die Füße auf den Stuhl vor ihm, als hätte er nicht die Absicht, jemals von hier wegzugehen.

»Das wusste ich. Ich wusste, dass von allen Menschen du es am besten verstehen würdest.«

»Ich am besten?«

»Jap, du am besten«, sagt Asad ungerührt. »Weil du anders bist. Und weil es genau das ist, worum es hier geht.

Die Welt steckt uns aufgrund vorschneller Einschätzungen in Schubladen. Und wir schauen Menschen an, sehen sie aber nicht.«

Auch die Nachzügler im inzwischen schon fast leeren Theater stehen jetzt auf, ziehen Frühlingsjacken an oder legen sich Tücher um die Schultern. Asad macht keine Anstalten zu gehen, selbst als nur noch wir da sind und ein paar Männer in weißen Hemden und schwarzen Jacken Zehn-Dollar-Pralinenschachteln einsammeln.

»Also, wenn du mich anschaust, was siehst du dann?«, frage ich.

»Oh, dass du tough bist. Verschlossen wie der letzte Vorhang«, sagt er. »Was ich aber vor allem sehe, ist, wie du alles verändert hast, seit du hier bist.«

Ich lache, aber der hohe Saal schluckt meine Stimme.

»Ich? Wie sollte ich denn irgendwas verändern können?«

»Das ist wie der Song in dem Stück – Menschen verändern uns«, sagt er. »Als wären wir alle Billardkugeln, die auf einem Tisch herumrollen. Manche bewegen sich ganz zufällig, aber manche finden ein Muster in dem Chaos. Und wenn sie uns anstoßen, ändern sie unsere Richtung. Und du, Ava Lee, du bist eine dicke, fette Kugel mit der Nummer 8. Du bist gegen mich gekracht und in die Schule, und du hast mich inspi ...«

Ich hebe die Hand, um Asad zum Schweigen zu bringen, aber er wedelt sie weg.

»Sag es nicht«, warne ich. »Wag es bloß nicht, das zu sagen.«

Asad runzelt die Stirn und lässt seine Hände sinken. »Was ist denn so falsch daran, eine Inspiration zu sein?«

»Dass eine echte Inspiration so jemand wie Elphaba ist, die gegen Korruption und das Böse kämpft. Nicht ich.«

»Hallo? Wir gehen noch auf die Highschool. Unsere Dämonen sind vielleicht kleiner, aber das macht den Kampf – oder den Mut, den man braucht – nicht weniger real.«

Einer der Männer in schwarzer Jacke sagt, wir müssten jetzt gehen. Also steht Asad zögernd auf, streckt sich und hakt sich dann bei mir unter, um mich den langen Gang entlangzuführen. Am Ende des roten Teppichs dreht er sich um und wirft einen letzten Blick ins Theater, auf all die leeren Sitzreihen, die jetzt im hellen Licht und mit einer Frau, die einen tragbaren Staubsauger bedient, etwas weniger magisch wirken.

»Was ich damit sagen will: Ich bin mutiger geworden, allein dadurch, dass ich dich jetzt kenne. Ich bin in eine Prügelei geraten, weil ich mich laut zu Wort gemeldet habe. Ich habe Kenzie einen Vorhang auf den Kopf fallen lassen und dem Schuldirektor gedroht. Normalerweise mache ich solche Sachen nicht«, sagt er. »Oder zumindest habe ich so was früher nicht gemacht. Vor dir. Deshalb bin ich froh, dass ich heute Abend mit dir hier sein konnte, und froh, dass unsere Kugeln gegeneinandergebumst sind.«

Ich bemühe mich, nicht über diese quasi sexuelle Metapher zu grinsen. Seine Wangen werden so rot, dass ich am liebsten reinzwicken und sie küssen möchte.

»Du weißt schon, wie ich das meine«, sagt er. »Und jetzt kannst du mal reden, bevor ich mich noch komplett zum Trottel mache.«

Auf dem Weg zum Auto, vorbei an den funkelnden Kronleuchtern und zurück ins wahre Leben, überlege ich, was ich sagen könnte.

»Am Montag werde ich operiert.«

»Hat Piper mir schon erzählt. In welchem Krankenhaus? Dann komme ich dich besuchen.«

»Nein, bloß nicht!«, sage ich rasch. Das Letzte, was ich möchte, ist, dass er mich wie einen halben Menschen in Verbandsmull gewickelt sieht.

Asad öffnet die Autotür für mich und nimmt wieder meine Hand, als er mir beim Einsteigen hilft.

»Ich war früher anders, weißt du«, sage ich, bevor er die Tür schließt. »Ein normales Mädchen mit zwei Ohren und allen Fingern und Zehen am richtigen Platz. Du hättest sie gemocht.«

Er steht in der offenen Tür und lächelt, während der Schein der Straßenlaterne in seinen Augen schimmert.

»Das tue ich.«

Kapitel 36

Zwei Tage später, am Morgen der Operation, stehe ich früh auf, weil ich zum Schlafen zu aufgeregt bin. Glenn ist schon draußen und steht mit seinen Cowboystiefeln mitten in der Erde, weil er eine Reihe Tulpen pflanzt. Der erdige Geruch weckte eine Erinnerung an Mom und mich, wie wir vor unserem Haus Blumenzwiebeln pflanzten, unsere Hände und Knie voller Erde.

»Deine Mom hat den Frühling so geliebt.« Glenn bückt sich nach einer Tulpe in der Farbe des Sonnenuntergangs. »Als Kind glaubte sie, es sei Zauberei, dass die Blumen aus der Erde schossen, sobald der Schnee weg war. Sie hatte einfach vergessen, dass sie den ganzen Winter unter der Erde wie verrückt gearbeitet hatten, um ans Licht zu wachsen.«

Er beschattet seine Augen mit der Hand und blickt nach Osten zu den Bergen, wo das Grün unter den schrumpfenden Schneekappen hervorsprießt, als führe der Berg einen Bürgerkrieg gegen sich selbst, darüber, welche Jahreszeit gerade herrscht. »Obwohl der Winter, solange noch Schnee auf diesen Gipfeln liegt, immer noch ein paar Tricks im Ärmel hat.«

Er knipst die leuchtend bunte Tulpe unten ab und gibt sie mir.

»Würdest du für mich mal nach deiner Tante schauen?«,

sagt er. »Pass auf, dass sie nicht das ganze Haus in ihre Tasche packt.«

Ich finde Cora in ihrem Schlafzimmer, wo sie versucht, ein Paar Hausschuhe in einen schon zu vollen Koffer zu stopfen.

Ich setze mich neben sie aufs Bett und erspähe einen Stapel Schuhkartons, die sich, in braunes Packpapier gewickelt, in ihrem offenen Schrank stapeln. Jeder ist mit Coras verschnörkelter Handschrift versehen, und obwohl sie versucht hat, sie vor mir zu verbergen, weiß ich genau, was in ihnen steckt. Ich stelle mir vor, wie viele Stunden sie damit verbracht hat, jede Puppe sorgsam einzupacken und den Karton zu beschriften. Ich sehe sie vor mir, wie sie sie auf dem Postamt in den Behälter für Pakete legt, als würde sie mit jedem ein Stück von Sara verschicken. Wahrscheinlich schmuggelt sie sie aus dem Haus, während ich in der Schule bin, damit ich kein so schlechtes Gewissen habe.

»Du musst nicht die ganze Zeit über bleiben«, sage ich, nachdem sie frustriert seufzend den vollen Koffer ausgeleert hat und wieder von vorn beginnt.

Sie hält, den Waschbeutel in einer Hand, inne. »Wo sollte ich denn sonst sein? Es ist ja nur eine Woche. Da werde ich jede Minute bei dir sein.«

Das bezweifle ich nicht. Cora wich auch in den Monaten nach dem Brand kaum einmal von meinem Bett. Sie schlief auf Sofas und Sesseln, aß in der Cafeteria und löcherte die Schwestern jedes Mal, wenn die nach mir sahen, mit Fragen. Was auch passierte, Cora blieb. Als hinge unser beider Leben davon ab.

Und jetzt kehren wir wieder in diesen Zustand zurück. Zum Hoffen. Zum Daumenhalten, dass das Transplantat »angenommen« würde, sodass Dr. Sharp es nicht wieder abreißen und es erneut versuchen musste. Zurück zu einem Leben in Angst vor der allmächtigen Infektion, von der wir nur in gedämpftem Ton sprachen. So wie die pubertierenden Zauberer in Hogwarts von ihm, dessen Name nicht genannt werden darf.

Sie stopft die Hausschuhe in den Koffer, aber der Deckel springt wieder auf, als Cora die Hände hochreißt, weil ihr anscheinend gerade etwas eingefallen ist.

»Oh, ich hab was für dich!« Sie nimmt ein rechteckiges, eingepacktes Geschenk aus ihrer Nachttischschublade und überreicht es mir lächelnd.

Eine DVD von *Der Zauberer von Oz.*

»Und ich habe dir auch alle Songs runtergeladen, damit du sie dir im Krankenhaus anhören kannst. Das hilft dir vielleicht bei der Vorbereitung für die Aufführung«, sagt sie.

Ich drehe die DVD in meinen Händen und tue so, als würde ich den Text auf der Rückseite lesen, aber in Wirklichkeit muss ich an all das denken, was Cora schon für mich getan hat. Mich aufnehmen. Die Puppen verkaufen. Arbeiten, um meine Krankenhausrechnungen zu bezahlen. Und was habe ich ihr je gegeben?

Ich springe vom Bett auf und laufe in mein Zimmer, um das Stück von der Tapete mit den Schmetterlingen zu holen.

»Es ist nichts Großes.« Ich halte Cora das kleine Papierquadrat aus Saras Kindheit hin.

»Und ich muss noch einen Rahmen besorgen, damit wir es an die Wand hängen können. Und genau genommen hat es euch ja schon gehört und ich gebe es nur zurück …«

Cora unterbricht mein Gestammel.

»Danke, Ava.« Sie wischt sich über die Augen und versucht, ihre Tränen mit einem Lachen zu kaschieren. »Man möchte meinen, dass mir inzwischen die Tränen schon ausgegangen wären, was? Aber ich kann mich einfach nicht daran gewöhnen, dass sie tot ist.«

Sie legt das Stück Schmetterlingstapete aufs Bett.

»Nachts quetschte Sara sich oft zwischen uns, und dann wachten wir auf und hatten ihre Füße im Gesicht. Ich habe immer zu Glenn gesagt, wir brauchen ein größeres Bett. Wir brauchen mehr Platz.« Sie streicht mit den Fingern übers Kopfende der Matratze. »Jetzt ist Platz alles, was ich habe«, sagt sie. »Und es wird sich nie mehr normal anfühlen.«

Ich lehne mich auf den Koffer, damit Cora den Reißverschluss zuziehen kann.

»Dr. Layne sagt, wir müssen ein neues Normal finden.«

»Ein neues Normal.« Cora spricht jedes Wort für sich aus, als müsse sie es zerkauen und verdauen. »Das gefällt mir.«

*

Als wir drei die Station für Brandverletzte betreten, werde ich fast von Schwester Lindas Riesenbusen zerquetscht, als sie mich umarmt. Es ist wohl normal, dass man eine enge Beziehung zu jemand entwickelt, der einem die Windeln und verkrustete Verbände wechselt. Denn nichts erzeugt so viel Liebe wie ein bisschen Häutung.

Der Duft ihres Parfums – Flieder – versetzt mich sofort wieder zurück in die Zeit, als ich ans Bett gefesselt war und darüber fantasierte, wann ich wohl nach Hause darf.

Jetzt komme ich hierher zurück.

Ich werfe einen Blick zum Ausgang. Eine Woche.

Im Raum für die OP-Vorbereitung geht Dr. Sharp die Prozedur mit mir durch, während Linda mir einen Infusionszugang in den Arm legt.

»Also, diesmal wird es ein bisschen anders laufen«, erklärt Dr. Sharp. »Wenn du aufwachst, werden deine Augen zugenäht sein. Das erlaubt der Haut zu heilen, wird sich aber sehr seltsam anfühlen.«

Anders. Seltsam. Hab verstanden.

Neunzehn Operationen. Ich habe das schon neunzehnmal hinter mich gebracht, aber Dr. Sharp hat recht. Diesmal ist es anders. Er flickt keine leeren Stellen.

Er gibt mir ein Stück davon zurück, was das Feuer mir gestohlen hat.

Cora lächelt mich an und drückt meine Hand ganz fest, bevor sie mich auf der Liege hinausrollen. Ich drücke zurück.

Linda wechselt von der Kochsalzlösung zu dem guten Zeug. Diese klare Flüssigkeit holt mich aus diesem Bett weg, während Ärzte an meinem Körper arbeiten. Ich zähle von zehn rückwärts, bis die Zahlen genauso verschwimmen wie die Fliesen an der Decke über mir.

Und dann wird alles schwarz.

Kapitel 37

Ein Junge schreit.

Lautes, entsetztes, markerschütterndes Gebrüll, das durch meine Träume hallt.

Ruckartig wache ich auf.

Dunkelheit umfängt mich. Ich schreie auch in dieses Nichts.

Eine Berührung auf meinem Arm.

»Ava, ich bin's, Cora. Du bist im Krankenhaus. Deine Augen sind zugenäht. Erinnerst du dich?«

Meine Erinnerung kehrt Stück für Stück zurück. Ich atme ruhiger. Der Junge schreit weiter.

»Wer ist das?«, krächze ich.

»Ein Junge, ein Stück den Flur hinunter. Das ist alles.«

Ich bin auf der Station für Brandverletzte, wo Schmerz ein Hintergrundgeräusch ist.

Ich höre Coras Schritte auf dem Linoleum, gefolgt vom Klicken des Türschlosses. Das Geschrei des Jungen wird dadurch nur ein wenig gedämpft.

»Ich bin nur für eine Woche hier, richtig?«

»Eine Woche. Und dann hast du ein paar Wochen später die Aufführung. Dein Theaterkurs hat dir Ballons geschickt. Und deine Freundinnen von zu Hause haben dir Blumen geschickt. Deine Lieblingsblumen – orange und pinkfarbene Gerbera.

Ich muss an all die unbeantworteten Nachrichten denken, die sie mir geschickt haben, seit ich weg bin.

»Woher wussten sie davon?«

»Ach, sie erkundigen sich hin und wieder bei mir. Sie haben dich lieb, Ava.«

Ich merke, wie der Schlaf mich übermannt.

»Ich glaube, ich ruhe mich noch ein bisschen aus.«

Cora ist so leise, dass ich mir nicht sicher bin, ob sie überhaupt noch da ist. Deshalb frage ich, und sie antwortet: »Ich bin gleich hier bei dir, Süße.«

Früher verunsicherte es mich, dass Cora ständig an meinem Bett war, meine Werte im Blick behielt, fragte, ob es mir gut geht. Aber jetzt bin ich, jedes Mal wenn ich aufwache, froh, dass sie da ist. Wie ein Anker in der Dunkelheit.

Die Stunden gehen irgendwie ineinander über, ohne Hell und Dunkel, um sie zu unterscheiden. Wenn eine Schwester mir alle vier Stunden Schmerzmittel bringt, versuche ich vergeblich, mir die Zeit zu merken.

Cora erwähnt immer beiläufig, welche Tageszeit gerade ist. Das tat sie auch schon, nachdem ich aus dem Koma erwacht war. Damals hängte sie große Papierbögen an die Wand, damit ich jedes Mal beim Aufwachen sah, welches Datum wir hatten. Außerdem hing da eine Liste der Operationen, die ich schlafend hinter mich gebracht hatte.

Es fühlt sich fast an, als wäre ich nie weg gewesen. Cora an meinem Bett, derselbe Krankenhausgeruch in der Luft – eine Übelkeit erregende Mischung aus antibakterieller Seife, Latex und Optimismus. Die gleichen gedämpften Schreie aus der Kammer. Und immer das Piepen der Geräte im Rhythmus meines Körpers.

Bald beginnen auch die Tage zu verschmelzen. Cora versucht, mich abzulenken, indem sie mir meine Hausaufgaben in Erdkunde laut vorliest und davon spricht, dass man sich langsam über College-Bewerbungen Gedanken machen muss. Sie spielt mir *Der Zauberer von Oz* vor, wenn ich ruhelos bin, und hält mir sogar mein Handy ans Ohr, damit ich Moms fröhliches »Ruf mich zurü-ück« hören kann. Ihre Stimme hilft mir, aber nicht genug.

Meine Gedanken fahren Karussell. Bei jedem Geräusch zucke ich zusammen. Wenn ich glaube, allein zu sein, überkommt mich Panik.

Die beklemmende Dunkelheit hält mich gefangen.

»Alles in Ordnung?«, fragt Linda und hört kurz mit dem auf, was danach klingt und sich anfühlt, als würde sie meinen Katheterbeutel austauschen.

»Ja. Warum?«

Ich merke, wie sie mit einem Papiertuch mein Gesicht abtupft.

»Du weinst.«

»Oh.«

»Bis zur nächsten Tablette dauert es noch eine Stunde.«

»Das ist es nicht«, sage ich. »Ich hasse es nur, hier zu sein. Das ist aber nicht gegen Sie gerichtet.«

Linda lacht. »Das hätte ich auch nicht gedacht, Liebes. In ein paar Tagen darfst du wieder nach Hause.«

Ich nicke. Das haben sie mir beim letzten Mal auch gesagt.

Nach Hause.

Schlag deine Hacken dreimal zusammen.

Seither ist schon ein Jahr vergangen.

Bin ich schon da?

Die Dunkelheit erfasst auch meine Gedanken. Ich erinnere mich an die Nacht, als es brannte und Sara sagte, sie rieche irgendwas. Sie ging nach unten, um nachzusehen.

Ich muss an Dads durch die Flammen verzerrtes Gesicht denken, als er rannte und mich aus dem Fenster meines Zimmers stieß. Ich spüre, wie die Hitze mich niederdrückt, meine Lungen füllt und mich umfängt.

Cora drückt einen feuchten Waschlappen auf meine Stirn und sagt, ich hätte im Schlaf geschrien.

Sie liest mir eine Karte von Asad vor, nachdem sie mir fünfmal versichert hat, dass er mich *nicht* gesehen hat.

»›*Hoffe, deine OP ist WICKED gut gelaufen*. Gecheckt? Ich bin so witzig, ich weiß. Liebe Grüße, Asad.‹«

Cora drückt mir die Karte in die Hand, und ich halte sie fest, damit die guten Gedanken durch die Dunkelheit zu mir dringen. Ich habe jetzt Menschen, die an mich denken. Asad. Meine Freunde aus dem Theaterkurs. Vermutlich sogar der mürrische Mr. Lynch.

Und Piper.

In der Schwärze erlaube ich, mir einzugestehen, wie sehr ich sie seit unserem dummen Streit vermisse.

Dann ist Piper eines Morgens da. (Zumindest glaube ich nach den Geräuschen des Essenswagens und dem Geruch von Rührei zu urteilen, dass es Morgen ist.)

»Ava?«

Ich weiß nicht warum, aber ich greife auf eine meiner Vermeidungstaktiken nach dem Brand zurück: Ich stelle mich schlafend und atme extra tief und lang, während Piper ihren Rollstuhl neben meinem Bett parkt und dabei gegen den Metallrahmen stößt.

»Tja, ich wollte dir was sagen, und vielleicht macht es die Sache einfacher, dass du gerade schläfst«, sagt sie.

Ich verhalte mich still, während Piper tief Luft holt.

»Bevor du kamst, war mein Leben scheiße. Ich meine, es ist immer noch scheiße, aber das Allerschlimmste ist vorbei.« Sie schweigt kurz und atmet schwer. »Du hattest recht: Ich habe nach dem Unfall alle von mir gestoßen. Ich war diejenige, die Kenzie geschnitten hat. Aber ich wusste, dass sie mir die Schuld gab, weil ich hätte fahren sollen. Ich mache mir deshalb auch Vorwürfe.«

Ihre Stimme zittert. Ich weiß, dass ich etwas sagen sollte, aber ich bin mir nicht sicher, was.

»Ich habe das Leben von allen verpfuscht. Meine Eltern behandeln mich, als wäre ich ein kaputtes Teil in ihrem perfekten Puzzle. Meine Freunde hassen mich alle. Deshalb bin ich in der Schule ein Paria und zu Hause ein Parasit. Immer muss man mich tragen und mir helfen. Du weißt ja, wie man jemanden mit Behinderung nennt, oder? Invalide. Nicht. Valide. Also: nicht gültig. Was es irgendwie trifft. Aber dann bist du aufgetaucht, und zum ersten Mal seit dem Unfall kam ich mir nicht mehr nur wie eine Last vor. Zum ersten Mal fühlte ich mich gut statt schuldig.« Ihre Stimme zittert stärker, und sie schweigt kurz. »Also, ich versuche nicht, über dein Leben zu bestimmen, Ava. Aber vergiss nicht, dass ich dich in meinem brauche.«

Ihr Atem kommt näher, und ich stelle mir vor, wie sie sich über das Bettgitter beugt.

»Es gibt noch eine letzte Sache, die ich dir erzählen muss, und vielleicht wird die dich am härtesten treffen«, sagt sie. »Ich habe wirklich noch nie jemand gesehen, der sich so schlecht schlafend stellt wie du. Du bist da echt unterirdisch. Wie du mit solchen schauspielerischen Fähigkeiten an eine Rolle im Theaterstück gekommen bist, ist mir ein absolutes Rätsel.«

Ich muss trotz größter Anstrengung, ein regloses Gesicht zu behalten, lächeln.

Sie drückt meine Hand, und ich drücke zurück.

Aber ich sage nichts – nicht weil ich nicht kann, sondern weil es unnötig ist.

So ist das bei besten Freundinnen.

*

Am Ende der Woche zieht Dr. Sharp die Fäden.

»Es werde Licht«, sagt er.

Ich blinzle heftig, und ein zähes Gel trübt noch mein Sehvermögen.

Licht flutet meine Netzhaut und spült die Dunkelheit fort.

Dr. Sharp wird als Erstes sichtbar, dann Glenn und dann Cora, die sich mit einem breiten Lächeln in mein Blickfeld schiebt.

Dr. Sharp drückt mit seinen kalten Fingerspitzen an mir herum und spricht davon, dass mein Sehvermögen sich bessern und die Rötung an den Rändern verblassen wird. Allerdings muss ich mit dem dickflüssigen Gel aus der Tube, die er mir gibt, besonders sorgsam sein.

»Wir reden hier schließlich von deinen Augen«, sagt er. »Davon kann man kein neues Paar wachsen lassen.«

Er drückt mir einen kleinen Spiegel in die Hand.

Die Erinnerung daran, wie ich das erste Mal nach dem Brand mein Gesicht sah, überfällt mich. Damals dachte ich, es würde so ähnlich aussehen wie nachdem ich wegen Sara vom Trampolin gefallen war und am Kinn hatte genäht werden müssen. Eine kleine Narbe, aber immer noch ich.

Diesmal bin ich nicht so naiv. Ich rechne mit dem Mädchen im Spiegel.

Meine Narben sind noch da. Mein Mund reicht immer

noch über seine eigentlichen Grenzen hinaus, und die transplantierte Haut zerteilt meine Wangen nach wie vor in helles und dunkles Fleisch.

Aber statt der schlaffen, wie halb hirntot hängenden Augenlider sehen mich jetzt normale Augen an.

Meine Augen.

Ich entdecke mich selbst in ihrem Blau und lasse mein restliches Gesicht verschwimmen.

Das Mädchen im Spiegel erkennt mich zum ersten Mal auch.

Hallo, du da.

Ich hab dich gesucht.

7. Mai

Vier Monate
nach dem Brand
ging ich hinaus,
auf meinen eigenen zwei Beinen.

Ich sagte Lebewohl
zu Schwestern Morphium Piepen Schreien
Infektion Infusion Pinzetten Operation Gaze
Kathetern Luftballons Besuchern Linda
Folter Wundliegen Bettpfannen Cafeterien
Wackelpudding Weinen blauen Kitteln Vaseline
beruhigender Hintergrundmusik Nähten Post-
OP-Infusionen Sepsis Bacitracin Amputationen
Wundausschneidung Hydrotherapie künstlicher
Ernährung Laborkitteln Schmerz

Sayonara
Au revoir
Adios

Ich ging
nach Hause.

Kapitel 38

Ein paar Tage später, nachdem die Schwellung weitgehend verschwunden ist, setzt Cora mich vor der Schule ab. Wie immer erwartet Piper mich am Gehsteig. Nur steht sie diesmal – wenn auch nicht aus eigener Kraft, sondern mit Hilfe von einer Art Rollator. Lange Plastikschienen an beiden Beinen führen bis in ihre Schuhe.

Ihr unregelmäßig abgeschnittenes Haar flattert wild im Wind. In der Ferne hängt eine fette Schneewolke an den Berggipfeln.

»Hab an meinen Standing Ovations gearbeitet«, sagt sie, als ich zu ihr laufe, um sie zu umarmen, was ich über die Gehhilfe hinweg nur vorsichtig tue.

»Das ist ja unglaublich«, sage ich. »Kein Rollstuhl mehr?«

»Der alte Rolli steht für alle Fälle im Sekretariat, aber es ist mal ein Anfang.« Sie stützt sich so schwer auf den Rollator, als sei sie schon müde. »Außerdem konnte ich dir ja nicht den ganzen Ruhm für Heilung überlassen.«

Sie winkt mir, näher zu treten.

»Wo wir schon davon sprechen, lass mich mal dieses neue und verbesserte Du in Augenschein nehmen.« Dann tippt sie sich mit den Fingerspitzen ans Kinn, während ich mich vorbeuge. »Gute Arbeit, Dr. Kalte Finger.«

»Echt? Glaubst du, dass es den Leuten auffallen wird?«

»Mit Leuten meinst du Asad, oder?«, sagt sie und zieht eine Augenbraue hoch.

»Ich meine Leute.«

»Und ich denke, ›Leute‹«, Piper malt mit den Fingern Anführungszeichen in die Luft, »spielen keine Rolle. Ich dachte, diese OP hast du für dich machen lassen.«

»Stimmt.« Ich halte ihr die Tür auf. »Und mir gefällt's.«

»Dann würde ich es als Erfolg bezeichnen!«

In Bio tue ich so, als würde ich irgendwas in meinem Buch lesen, als Asad reinkommt. Das ist albern – und ich weiß es –, denn es wird hier keinen klassischen romantischen Moment geben, in dem das lesende Mädchen aufschaut und der Junge zum ersten Mal ihre Augen sieht oder die strenge Bibliothekarin ihr Haar öffnet und dem Jungen klar wird, dass sie die ganze Zeit über die Kühle nur gespielt hat.

Ich erwarte nicht, dass Asad gleich hier neben den Kästchen mit den Mehlwürmern über mich herfällt, aber es fühlt sich an, als könnte heute der Beginn von etwas sein. Neue Augen. Neues Ich.

»Sie ist wieder da«, sagt er und haut mit der Faust auf meinen Tisch.

Ich schaue hoch. Er täuscht mit seinem ansteckenden Grinsen, bei dem seine Grübchen sichtbar werden, Überraschung vor.

»Hey! Das bist ja noch du!«

Ich lache.

»Ich war auch ein bisschen sauer, denn ich hatte deutlich gesagt: ›Macht eine Beyoncé aus mir‹, bevor ich die Narkose bekam. Aber als ich aufwachte, war ich nicht mal im Ansatz zum Reinbeißen.«

Asad schüttelt den Kopf und schnalzt mit der Zunge.

»Die Ärzte heutzutage. Können einfach nichts.«

»Übrigens: danke für deine Karte.«

»Das war ja wohl das Mindeste. Ich weiß gar nicht, wie du das geschafft hast. Ich würde verrückt, wenn man mir die Augen zunähen würde.«

»Das war auch ziemlich schrecklich. Aber was sein muss, muss sein, oder?«

Asad nickt. »Ja, ja, der Preis der Schönheit.«

Seine Worte bleiben noch in der Luft hängen, als Asad schon den Deckel von unserer Mehlwurmschachtel nimmt.

»Tja, während du dich deiner Verwandlung unterzogen hast, haben auch unsere kleinen Kerlchen eine durchlebt.« Statt der Würmer krabbeln da drei weiße Käfer herum. »Und das ist noch nicht alles. Ich hatte auch eine, gelinde gesagt, seelenverändernde Erleuchtung. Nach unserem Gespräch über Mut wurde mir klar, dass ich mein Talent völlig vergeude.«

»*Hamilton*.«

»Ja, ja, du kennst einfach *alle* Songs. Aber worum es mir geht, ist, dass ich beschlossen habe, kein so enormer Feigling mehr zu sein. Und ich muss mich bei dir bedanken, weil du mich dazu inspiriert hast.«

Ich stöhne auf, aber Asad hebt die Hände, als hätte ich ihn beim Dealen erwischt.

»Ich weiß, ich weiß. Du hasst das Wort, aber es stimmt. Du wirst stolz sein zu hören, dass ich im nächsten Jahr nicht mehr der Mann für die Beleuchtung sein will. Ich werde mich um eine richtige, echte Rolle im Stück bewerben.«

»Und was ist mit deinem guten alten Dad?«

»Ich habe ihm auf den Kopf zugesagt, dass mich das Medizinstudium nicht interessiert und dass es mein Leben ist und dass ich meine eigene Rolle spiele, deshalb Theater machen werde, und darum nicht weniger männlich bin. Weißt du, was er dazu gesagt hat?«

Ich schüttle den Kopf.

»Nichts. Er hat rein gar nichts gesagt. Kein einziges Wort seit drei Tagen.« Er erzählt das, als sei dieses Anschweigen ein Sieg. »Drei Tage! Aber weißt du, was? Ich lebe noch. Ich bin nicht vor Scham gestorben und er nicht an Enttäuschung. Und nachdem diese Offenbarung keine Todesopfer gefordert hat, werde ich mich auch noch einer anderen Furcht stellen. Die ist heftig, aber ich glaube, ich bin dazu bereit.«

»Wozu bereit?«

»Zu springen. Aber es hängt alles von deiner Antwort auf eine sehr wichtige Frage ab.«

»Und die lautet …?«

Asad blickt sich rasch im Klassenzimmer um und beugt sich dann näher zu mir.

»Nicht hier. Treffen wir uns nach dem Unterricht in der Beleuchterkabine?«

Ich nicke und tue dabei so, als würde ich mich wie verrückt auf meinen Eintrag in unseren Bericht konzentrieren. Auf die Beschreibung unserer ehemaligen Mehlwürmer, die nun zu Käfern geworden sind. Mit einer Pinzette entferne ich die tote Haut, die sie zurückgelassen haben.

Erstaunlich, wie eine Woche alles verändern kann.

*

Den Rest des Schultags hinter mich zu bringen ist die reinste Folter. Ein paar Leute machen eine Bemerkung zu meinen Augen. Sage meint, sie könne sich jetzt besser vorstellen, wie ich früher aussah, was wohl als Kompliment gedacht ist.

Kenzie sagt, der Theaterkurs sei ohne mich nicht derselbe gewesen. Was sie meiner Ansicht nach nicht als Kompliment gemeint hat.

Sogar Konrektor Lynch spricht mich auf dem Flur an, um zu sagen, es sei schön, mich wiederzusehen. Er lächelt mich dabei tatsächlich an, was irgendwie Wahnsinn ist, weil ich das bei ihm noch nie gesehen habe. Nach schätzungsweise einer Zehntelsekunde schnappen seine Mundwinkel wieder in die übliche Dauer-mürrisch-Position zurück, aber ich habe es trotzdem gesehen.

Mittags hat Piper die Gehhilfe wieder gegen den Rollstuhl getauscht.

»Für den ersten Tag nicht schlecht«, sagt sie und versucht zu lächeln, während sie sich die Beine massiert und verstohlen eine Schmerztablette einwirft. Dann erzählt sie mir von den ganzen Schlingen, Stangen und verrückten Vorrichtungen, die der Physiotherapeut benutzt, damit sie bei jeder Behandlung ein Stückchen weiter gehen kann. Sie klopft auf die Speichen des Rollstuhls. »Ich wette, dass ich es bald einen ganzen Tag ohne dieses Baby schaffe.«

Ich kann allerdings die ganze Zeit über nur an Asad und seine Frage denken, die nur ich beantworten kann.

Vielleicht ist es ja irgendwas Lahmes. So was wie, ob er mit verschiedenfarbigen Spotlights experimentieren soll. Mein Bauchgefühl sagt mir aber, dass es was Wichtigeres ist, weil seine Augen so geleuchtet haben.

Nachdem das Klingeln den Nachmittagsunterricht beendet hat, bin ich noch vor Asad bei der Beleuchtungskabine. Das macht die Spannung erst recht unerträglich, denn das Erste, was ich sehe, als ich reinkomme – direkt über all den Knöpfen und Dimmern und Kontrollpaneelen –, ist ein Strauß leuchtend pinkfarbener Gerbera. Hab ich ihm gesagt, dass das meine Lieblingsblumen sind? Wer weiß. Wen kümmert das. Meine Brust wird eng, fast so wie im Krankenhaus, als gäbe es gleichzeitig zu wenig und zu viel Sauerstoff.

Zwischen den Stielen schaut eine kleine Karte hervor. Soll ich einen Blick darauf werfen?

Nein. Definitiv nicht.

Ich will gerade trotzdem gucken, als die Tür auffliegt. Asad stürzt herein, lässt sich auf seinen Stuhl mit den Rollen fallen und legt sofort die Füße aufs Schaltpult, während er sich zurücklehnt und die Arme hinter dem Kopf verschränkt.

»Jetzt kommt's, Ava Lee. Ich habe es satt, nur zu warten und mir Sachen zu wünschen. Ich will wie du sein – loslegen und das Leben beim Schopf packen.«

Mein Blick geht zwischen Asad und dem Strauß hin und her. Wie kann er bloß so gelassen bleiben, während diese Blumen da liegen? Während »die Frage« im Raum steht?

»Okay, also was genau willst du beim Schopf packen?«, sage ich.

Er stellt die Füße zurück auf den Boden, rollt ein Stückchen auf mich zu, und seine dunklen Pupillen blitzen.

»Erinnerst du dich, wie ich dir mal erzählt habe, dass bei den Mädels nicht die Quantität entscheidet?«

»Na klar, da ging es um deine zweifelhafte Zählung der Mädchen, die du schon in dein Verführungsversteck, nämlich die Beleuchtungskabine, eingeladen hast.«

Asad schnappt sich den Blumenstrauß.

»Genau. Weil ich nämlich auf die Richtige gewartet habe. Und ich glaube, ich hab sie gefunden – genau genommen schon seit einer Weile gefunden.« Sein Lächeln wird ein wenig gedämpft. »Aber ich hatte zu viel Angst, es ihr zu sagen, weil sie … also … es ist wie in *Das Phantom der Oper*, wo Leroux schreibt, Liebe sei nur dann unglücklich, wenn der Liebende sich nicht sicher ist, ob seine Liebe erwidert wird. Und ich bin in dem Punkt maximal unsicher.«

Ich drücke mich vom Schaltpult weg und verringere den Abstand zwischen uns.

»Du solltest es ihr einfach sagen.«

Ich komme noch einen Schritt näher. Meine Haut kribbelt, aber nicht so wie sonst, wenn sie juckt. Diesmal ist es ein wundervoll lebendiges Prickeln. Elektrisierend erreicht es Stellen meiner Haut, denen ich solche Gefühle längst nicht mehr zugetraut habe.

»Genau da brauche ich deine Hilfe«, sagt er mit ernstem Blick. »Du bist ihre beste Freundin. Habe ich überhaupt eine Chance bei ihr?«

Ich halte mitten in der Bewegung inne. Das Prickeln ist abgeschaltet, und statt elektrisierender Hitze fließt schlagartig Eis durch meine Adern.

»Piper«, sage ich mehr zu mir selbst als zu ihm. »Es geht um Piper.«

Asad blinzelt zu mir hoch und macht für einen Sekundenbruchteil ein verwirrtes Gesicht, während er die Blumen zwischen uns sinken lässt.

»Natürlich. Um wen denn sonst?«

Kapitel 39

»Die Blumen sind für Piper.«

Asad hält den Strauß hoch. »Hab ewig gebraucht, um ihr typisches Knallrosa zu finden.«

Pipers Pink.

»Ich weiß, dass sie mich oft verarscht, aber wir hängen dieses Jahr viel mehr zusammen ab. Und ich denke, vielleicht hat sie angefangen, mich anders zu sehen. Oder mich überhaupt zu sehen.«

Ich weiche langsam zur Tür zurück, weil ich das Gefühl habe, die Wände der ohnehin engen Kabine würden immer näher rücken. Wie konnte ich das nicht sehen? Er hat sie zum Tattoo-Studio gefahren. Er wollte, dass sie für eine Rolle vorspricht. Es ging immer um Piper.

»Du magst Piper. Sie ist diejenige, die du magst«, sage ich und habe immer noch Mühe zu begreifen.

Asad runzelt die Stirn.

»Warum sagst du das dauernd?« Abrupt hält er inne. Erkenntnis bringt sein Lächeln zum Verschwinden. »Dachtest du …?«

»Nein.« Ich schneide ihm das Wort ab, bevor er meine Peinlichkeit laut aussprechen kann. »Vielleicht. Keine Ahnung.«

»Oh«, sagt er, und es ist eine Mischung aus Aufatmen und Seufzen. Dann blickt er auf die Blumen, als hoffe er, sie würden ihm eine Tür aus dieser peinlichen Situation öffnen. Als er wieder aufschaut, ist sein Gesicht zu einer Grimasse verzogen. Ich kann mir nur vorstellen, wie meins aussehen muss.

»Ich mag dich natürlich auch, nur nicht auf diese Weise«, sagt er.

Natürlich. Nicht auf diese Weise. Niemals auf diese Weise. Nicht mich.

Ich nicke und greife nach der Türklinke.

»Nein, ist okay. Ich ... ich muss jetzt gehen.«

Asad schlägt sich mit der flachen Hand an die Stirn.

»Ich Idiot!«

Er steht nah bei mir, die Blumen wieder zwischen uns. Ihre Blumen. In seinen Augen erkenne ich etwas Fremdes – einen Ausdruck, den ich sehr gut kenne, nur nicht an ihm.

Mitleid.

»Ich dachte, du wüsstest Bescheid. Ich dachte, das wüsste jeder. Ich bin schon seit der Middle School in sie verknallt.« Er verzieht das Gesicht, so wie sich in mir alles zusammenzieht. »Von jetzt an wird es eigenartig zwischen uns sein, oder?«

Ich schüttle den Kopf. *Bitte hör auf zu reden.*

»Asad, wirklich. Ist schon gut. Mir geht's gut.«

Ich weiche zurück und spüre die Tür an meinen Fersen. Weiter zurück kann ich nicht. Ich greife hinter meinem Rücken nach der Klinke, während Asad einen Schritt näher kommt.

»Ganz ehrlich, Ava. Ich habe das gemeint, was ich letztens im Theater gesagt habe. Ich bin so froh, dass du in mein Leben gekommen bist. Als Piper mich gebeten hat, mich um dich zu kümmern, da hätte ich nie gedacht, dass du am Ende eine meiner engsten Freunde sein würdest. Und jetzt hab ich alles kaputtgemacht.«

Meine Finger rutschen von der Klinke.

»Moment mal. Was?«

»Das bist du wirklich. Du musst doch wissen, wie viel mir unsere Freundschaft bedeutet.«

»Nein. Das nicht. Das andere. Piper hat dich gebeten, dich um mich zu kümmern? Wann?«

Asad zuckt mit den Achseln. »Keine Ahnung, bevor du in die Theatergruppe kamst.«

Der Tag, als ich aus dem Theatersaal rennen wollte. Er überredete mich zu bleiben. Er hielt meine Hand.

Gab mir Hoffnung.

»Du hast nur mit mir geredet, weil Piper dich darum gebeten hat?«

»Nein. Ich habe doch auch an deinem ersten Tag im Unterricht mit dir geredet. Erinnerst du dich? Du hast mich total abblitzen lassen.«

Ich erinnere mich. Er redete mit mir. Ich war unfreundlich. Und trotzdem war er im Theaterkurs immer noch nett und herzlich und total freundlich. Weil Piper ihn gebeten hat, mein Mitleidsfreund zu sein. Weil er für sie alles tun würde.

Und sie wusste das.

Ich drehe Asad den Rücken zu und bemühe mich, die Tür zu öffnen, ohne ihm oder ihren Blumen auch nur im Geringsten näher zu kommen. Er greift nach meinem Arm.

»Lass das nicht so im Raum stehen, Ava. Wen interessiert es, wie wir uns kennengelernt haben? Was zählt ist doch, dass du *jetzt* eine meiner besten Freunde bist.«

Freunde. Natürlich – das Verbrannte Mädchen: für immer im Bereich »gute Freunde«.

Ich schüttle seine Hand ab. »Ich muss gehen.«

»Wohin?«

»Irgendwohin. Hauptsache weg von hier.«

Er ruft meinen Namen, aber ich ignoriere ihn und renne von der Beleuchtungskabine die kleine Treppe runter in den Zuschauersaal. Tränen treten mir in die Augen, und das Salz brennt auf der noch empfindlichen Haut.

Nicht Asad ist der Idiot, sondern ich. Eine kleine Augen-OP, und plötzlich würde ich glücklich bis an mein Lebensende?

Die Operation konnte das nicht heil machen.

Sie konnte *mich* nicht heil machen.

*

Als ich auf den Parkplatz flüchte, stoße ich dort fast mit Kenzie und Piper zusammen.

»He, he, wo brennt's denn?«

Kenzie schlägt sofort die Hand vor den Mund und reißt die Augen auf. »Ich schwöre, dass ich das nicht so gemeint habe.«

Piper sitzt nach wie vor in ihrem Rollstuhl. Ihr Gesicht ist rot und die Mascara verschmiert. Die Tränenspuren auf Kenzies Wangen verraten, dass ich sie gerade mitten in einer Auseinandersetzung störe. Ich will nur an ihnen vorbei, denn das Letzte, was ich jetzt gebrauchen kann, wäre noch mehr Drama.

Aber Kenzie legt eine Hand auf meine Schulter und hält mich auf.

»Ich glaube, wir sollten reden. Vielleicht bei mir zu Hause? Ich kann das Stück mit all diesen negativen Gefühlen nicht spielen …«

Ich schüttle Kenzie ab und gehe einfach weiter. Piper rollt neben mir her.

»Genau. Ava und ich haben schon was vor.«

Ich starre zu ihr runter. Wusste sie, dass Asad sie mag? Mag sie ihn auch?

Ich drehe mich zu Kenzie um. »Vielleicht komme ich doch mit zu dir.«

Piper klopft heftig auf meinen Arm und flüstert halblaut: »Hey, was hast du vor? Du gehst *nicht* mit ihr mit.«

Ich sehe sie an. »Du bestimmst nicht darüber, mit wem ich abhänge. Wenn ich will, gehe ich mit.«

Kenzie zieht erstaunt die Augenbrauen hoch. »Ich denke, wir alle ...«

»Halt dich da raus«, blafft Piper sie an.

Kenzie hebt die Hände und weicht ein Stückchen zurück, bleibt aber in Hörweite. Piper zieht inzwischen an meinem Ärmel, um mich näher zu sich zu bringen. Ich wehre mich.

»Ava, was tust du da? Darüber haben wir doch schon gesprochen. Sie benutzt dich nur, um mir eins auszuwischen.«

Ich reiße meinen Arm aus ihrem Griff los. »Stimmt, denn du kannst dir ja keine Welt vorstellen, in der sich nicht alles um dich dreht.«

Piper lehnt sich in ihrem Rollstuhl zurück und senkt die Stimme, damit Kenzie uns nicht hört. »Ich dachte, das hätten wir schon durch. Ich hab dir gesagt, du kannst machen, was du willst, nur nicht mit Kenzie, okay?«

»Oh, okay. Und was ist mit Asad? Du weißt schon, der Junge, der sich nur mit mir angefreundet hat, um dir einen Gefallen zu tun?«

Diese Information überrascht sie anscheinend, denn sie

antwortet nur stockend. »Nein, so war es ... so war es nicht. Ich habe ihn nur gebeten ...«

»Du hast ihn gebeten, Mitleid mit mir zu haben. Und das hatte er, weil er dich, *surprise, surprise*, gern mag. Aber ich schätze mal, das wusstest du schon.«

Piper schaut zu Boden.

»So war es doch, oder? Du wusstest es die ganze Zeit?«, bohre ich nach.

Sie schaut nicht hoch. »Ja.«

Die ganze Kränkung und Verlegenheit steigt mir ins Gesicht. Auf einen Schlag ist mir heiß, und die Haut juckt wie an meinem ersten Schultag hier. Als ich durch die Flure ging und alle mich anstarrten. Ich hatte gedacht, schlimmer könnte es nicht kommen.

Das war ein Irrtum.

»Und du fandest es nicht der Mühe wert, das mal zu erwähnen?«

Piper hebt ruckartig den Kopf. »Ich hab versucht, dich zu bremsen. Ich hab versucht, dir zu sagen ...«

»Du hast mir gesagt, dass er jemand ist, mit dem man sich nur anfreundet. Aber du konntest nicht ein bisschen genauer werden? Keine Ahnung, vielleicht sagen: ›Er ist übrigens schon seit wir befruchtete Eizellen waren in mich verliebt.‹ Dann hätte ich mich nämlich vielleicht nicht gerade zur absoluten Idiotin gemacht.«

Piper runzelt die Stirn. »Was ist denn passiert?«

»*Du* bist passiert. Im Krankenhaus hast du mir erzählt, du würdest mich brauchen. Dabei hast du nur ein Wohltätigkeitsprojekt gebraucht. Aber ich bin damit fertig.«

Piper verzieht den Mund. »Womit? Mit mir?«

»Du hast selbst gesagt, ich sollte mir mein eigenes Leben aufbauen.«

»Sollst du auch.«

»Das ist ziemlich schwer, solange ich in deinem Schatten stehe.«

Piper richtet sich in ihrem Rollstuhl kerzengerade auf und funkelt mich mit rotem Gesicht wütend an. Ich starre zurück. Als ich keine Anstalten mache nachzugeben, wirft sie die Hände in die Luft.

»Na gut, dann bitte. Wenn ich dir so eine Last bin, dann hast du wohl recht. Dann ist es an der Zeit, dass du dir dein eigenes Leben aufbaust und aufhörst zu versuchen, meins zu leben.«

Ich nehme die Phönixkette von meinem Hals und halte sie ihr hin.

Sie schnaubt. »Kannst du behalten.«

»Ich will sie aber nicht mehr.«

Da schnappt Piper sich die Kette. »Na schön!« Sie ballt die Finger zu einer Faust, holt aus, und als sie wirft, fliegen der goldene Phönix und die Kette durch die Luft und verschwinden irgendwo im Gras. Ruckartig wendet sie den Rollstuhl und schiebt sich zur Schule zurück, wobei ihre eigenen Flügel wütend flattern.

Kenzie will Piper die Tür aufhalten, doch die brüllt, dass sie keine Hilfe brauche. Dann schmeißt sie sich noch nach vorn und stößt Kenzie mit voller Wucht beiseite. Ich wende mich Richtung Straße. Als ich die Kreuzung erreiche, gehe ich weiter. Den Tränen, die ich bis jetzt noch einigermaßen unterdrückt habe, lasse ich freien Lauf. Selbst meine neu aufgebauten Augenlider können sie nicht zurückhalten.

Ich fische die Kopfhörer unten aus meiner Tasche und setze sie auf, während ich auf Coras Laden zusteuere. Dabei versuche ich die Blicke der Leute an Bushaltestellen und Ampeln zu ignorieren, die ja jedes Recht haben, das heulende Mutantenmädchen anzustarren. Es beginnt zu schneien, sodass der Boden und die frisch erblühten Narzissen weiß bestäubt werden. Die Berge in der Ferne sind in Nebel gehüllt.

Glenn hatte recht: Frühling ist eine Täuschung, und der Winter wird nie enden.

Nachdem ich die gut drei Kilometer bis zu Smith's gelaufen bin, bibbere ich. Auf der Suche nach Cora gehe ich durch die Gänge des Supermarkts und reibe meine kalten Hände aneinander. Zwei Mädchen im Grundschulalter und in Fußballtrikots verlassen kichernd die Abteilung mit den Frühstücksflocken, als ich an ihnen vorbeikomme. Ich höre sie einen Gang weiter immer noch flüstern und ihr Gelächter vergeblich unterdrücken.

Da muss ich daran denken, wie Josh Turner mit seiner Packung Cornflakes in der Hand dastand. Vor Angst gelähmt beim Anblick des Mädchens, das er einmal geküsst hatte. Ich sinke zu Boden, weil diese Erinnerung mir den Rest gibt.

Wie er mich angesehen hat. Das Entsetzen in seinem Blick. Das Mitleid in Asads.

Warum hatte ich gedacht, es könnte anders sein?

Ich versuche nicht einmal mehr gegen die Dunkelheit anzukämpfen, die mich verschluckt. Ich versinke langsam darin, schwimme und lasse mich vom vertrauten Nichts völlig umschließen.

Wie bei den schwarzen Löchern, von denen Dad mir früher erzählte, verschlingt mich das Gewicht meiner eigenen Schwerkraft.

Direkt dort, neben den Kellogg's-Produkten, implodiere ich.

Irgendwann kauert Cora neben mir. Sie nimmt mir die

Kopfhörer ab, zieht mich an sich, und ich drücke mein Gesicht an ihre Schulter.

»Lass uns nach Hause fahren«, sagt sie.

Ich schüttle den Kopf und murmele in ihren Ärmel. Da hebt sie mein Kinn an, um mich verstehen zu können.

»Ich kann nicht«, sage ich noch mal.

»Natürlich können wir. Ich sage meinem Chef, dass ich heute früher Schluss machen muss, und was auch immer passiert ist, bringen wir wieder in Ordnung.«

»Nein«, sage ich und spüre neue Tränen aufsteigen. »Können wir nicht. Es ist weg.«

»Was ist denn los, Süße? Was ist weg?«

Ich presse den Mund an ihre Schulter und flüstere das Wort, das mich verfolgt.

»Zuhause.«

9. Mai

Es gibt keinen Ort wie zu Hause.

Es gibt keinen Ort wie zu Hause.

Es gibt keinen Ort wie zu Hause.

Was,

wenn es nur keinen Ort gibt,

nirgends

Kapitel 40

Piper ruft mich in der Nacht dreimal an.

Ich gehe nicht ran.

Das letzte Klingeln höre ich nicht mal mehr, sondern sehe nur die verpassten Anrufe, als ich aufwache, weil Cora auf meiner Bettkante sitzt. Ich habe mich so fest in Saras Quilt gewickelt, dass kein Lichtstrahl mich finden kann.

Sie tippt mich behutsam an.

»Ava, wir müssen mit dir reden.«

Als ich die Augen aufschlage, ist das Erste, was ich sehe, Saras Vitrinenschrank. Ich werfe mich auf die andere Seite, damit die leeren Regale mich nicht so verächtlich anstarren.

»Du hättest Saras Puppen nicht für mich vergeuden sollen«, sage ich und tue mir extrem leid, weil gerade die Erinnerung an den gestrigen Tag in mir aufsteigt. »Für nichts.«

Cora verzichtet auf ihr übliches großes Optimismusprogramm. Sie streicht mir nur übers Haar und gibt mir einen Kuss auf die Stirn.

»Das tut mir kein bisschen leid«, sagt sie. »Komm runter, wenn du fertig bist. Dr. Layne ist hier.«

Stöhn.

»Du hast professionelle Unterstützung gerufen? Mir geht's gut.«

Cora schaltet das Deckenlicht ein und bringt mich damit zum Blinzeln, weil es auf einen Schlag so hell ist.

»Nein«, sagt sie, entschiedener als sonst. »Tut es nicht.«

Ein improvisiertes Komitee zu Avas Leben hat sich im Wohnzimmer versammelt. Layne sitzt auf der Couch. Ihr sonst so makelloses Make-up ist schlampig und an manchen Stellen gar nicht aufgetragen, sodass ich ihre farblosen Narben sehe. Glenn lehnt an der Wand, hält den Blick gesenkt und hat die Hände tief in seinen Hosentaschen vergraben.

Dr. Layne lächelt mich mit müden Augen an, als ich reinkomme. Glenn und Cora wirken auch erschöpft. Eine Welle von schlechtem Gewissen erfasst mich. Sie alle machen sich Sorgen um das Mädchen, das im Supermarktgang Nummer 7 zusammengebrochen ist. Ich mache mich auf einen Ansturm von Ermutigungen gefasst, die mich daran erinnern sollen, dass alles gut wird.

Dass ich eine Überlebende bin.

»Ava, setz dich«, sagt Dr. Layne und klopft neben sich aufs Polster. »Wir müssen reden.«

Ich rücke mich auf dem Sofa zurecht und überlege, welchen Aspekt von gestern sie wohl besprechen wollen. Ich bin nicht wild darauf, mein Jungs-Drama mit ihnen zu besprechen, und woher sollten sie von meinem Streit mit Piper wissen?

Dr. Layne tippt mit einem Stift schnell auf ihr Notizbuch – ein nervöser Tick, der gar nicht zu ihrem sonst so selbstsicheren, professionellen Auftreten passt. Dabei sollte sie sich freuen: Endlich hatte ich einen Zusammenbruch und damit den Durchbruch, den sie schon immer für mich wollte. So ein Ausraster in aller Öffentlichkeit stellt auf dem Weg zur Heilung ein Mittelding zwischen Schuld und guter Gelegenheit dar.

Glenn weicht weiter meinem Blick aus. Cora tupft sich mit einem Papiertuch die Augenwinkel.

Irgendwas ist anders.

Irgendwas stimmt nicht.

»Mir geht es wirklich gut«, sage ich und versuche dabei immer noch, die eigenartige Energie im Raum zu begreifen.

Dr. Layne spricht langsam, als ginge es darum, dass ich ruhig bleibe. Oder vielleicht auch darum, dass sie die Nerven nicht verliert.

»Ava, es ist etwas passiert«, sagt sie. »Mit Piper.«

Kapitel 41

Dunkelheit breitet sich in meiner Brust aus.

»Ihre Eltern haben sie früh am Morgen gefunden. Sie glauben, dass sie vielleicht zu viele Schmerzmittel genommen hat.«

Cora schnieft und hält sich die Hand vor den Mund. Glenn schaut auf seine Füße. Layne sieht mich an.

»Sie hat eine Überdosis geschluckt?«, frage ich.

Meine Wut auf Piper verwandelt sich in Furcht und Schuldgefühle. Sie hat mich dreimal angerufen.

Layne wählt ihre Worte sehr sorgsam.

»Es ist unklar …«

Ich falle ihr ins Wort. »Ist sie tot?« Meine Stimme wird in dem Maß lauter, wie meine Panik zunimmt. Es ist eine mir nur allzu vertraute Unterhaltung, wenn Leute die Wahrheit nur häppchenweise rauslassen, damit ich nicht ausraste – damit ich mich allem Schmerz zum Trotz fürs Weiterleben entscheide. »Sie müssen es einem sagen, wenn Menschen, die man liebt, gestorben sind! Also sagen Sie schon! Tot oder lebendig?«

Layne legt ihre Hand auf meine.

»Lebendig. Sie ist am Leben.«

Meine Lungen füllen sich mit Luft, und ich lege den Kopf auf die Armlehne der Couch, weil er plötzlich tausend Kilo schwer ist.

»Sie hätte das nicht getan. Nicht mit Absicht.«

Aber schon als ich die Worte ausspreche, kriecht die Dunkelheit tiefer – nicht aus Furcht, sondern aus Gewissheit. Ich wusste, dass Piper in schlechter Verfassung war. *Ich wusste es.* Aber sie hat gesagt, die Dinge hätten sich seit meiner Ankunft verbessert.

Nur war ich nicht da. Nicht gestern. Was habe ich zu ihr gesagt? Dass unsere Freundschaft eine Last war? Sie hat die Kette weggeworfen.

Sie hat dreimal angerufen.

Ich habe sie weggeworfen.

»Ich wusste, dass es ihr nicht so gut ging, aber ich dachte nicht, dass sie …«

Ich breche mitten im Satz ab, weil ich fürchte, dass es wahr wird, wenn ich es laut ausspreche. Dr. Layne tätschelt sanft meine Hand.

»Das ist niemands Schuld, Ava. Aber wir wissen, dass du Piper nahestehst, und wir machen uns Sorgen um dich. Cora hat mir von dem Vorfall gestern Nachmittag erzählt. Im Supermarkt.«

Cora hat dunkle Ringe unter den Augen. Ob sie überhaupt schlafen konnte? Glenn sieht genauso mitgenommen aus.

»Ich hatte einen schlechten Tag.«

»Hast du viele schlechte Tage?«, hakt Layne nach.

»Ich werde keine ganze Packung Codein schlucken, wenn Sie das meinen«, versuche ich so flapsig zu antworten, wie Piper es tun würde. Aber irgendwie bleiben mir die Worte fast im Hals stecken.

Dr. Layne beugt sich zu mir, und das Gewicht ihres Körpers auf dem Polster lässt mich ein bisschen zu ihr rutschen.

»Was ihr Mädchen durchmacht, das ist mehr, als die meisten Menschen ertragen können. Deshalb ist es auch keine Schande, um Hilfe zu bitten. Wir wünschen uns alle, Piper hätte das getan.« Sie sucht meinen Blick. »Was meinst du, wie es dir wirklich geht?«

Ich denke an gestern und wie leid ich es war, gegen die gähnende Schwärze anzukämpfen.

Hat Piper sie auch gespürt?

Dreimal hat sie mich angerufen.

»Ich denke …« Ich sehe Cora und Glenn an, deren dunkle Schatten unter ihren geröteten Augen wahrscheinlich gerade gut zu meinen passen. »Ich denke, vielleicht geht es niemandem so gut, wie er vorgibt.«

Dr. Layne atmet lange und tief aus. »Ich glaube, da hast du recht.«

»Kann ich sie sehen? Ich muss sie sehen«, sage ich.

Dr. Layne nickt.

»Bald. Im Moment helfen die Ärzte Piper noch, aber ich würde gern dir helfen, wenn du mich lässt.«

»Wie?«

»Also, ich glaube, als Erstes ist es Zeit für einen Ausflug.«

*

Dr. Layne will mir nicht sagen, wo es hingeht. Wahrscheinlich aus Furcht, ich würde mich sonst zusammenkauern und auf dem Highway aus dem fahrenden Auto fallen lassen. Aber als wir ungefähr zwanzig Meilen auf dem Freeway Richtung Süden zurückgelegt haben, weiß ich ganz genau, wohin die Reise geht.

Ich versinke tief in meinem Sitz, während sie fährt, und

bin froh, dass sie nicht versucht, das Schweigen mit Therapeutengerede zu brechen. Vor dem Fenster lösen Farmansiedlungen die Vorstadt ab. Frisches Frühlingsgrün scheint vom Highway bis zum Fuß der Berge zu reichen.

Meine Gedanken gehen zu Piper, während Felder, Pferde und sanfte Hügel draußen vorbeifliegen.

Ich hätte die Dunkelheit mit ihr bekämpfen sollen.

Wir hätten uns zusammen dagegen wehren können.

Nach etwa einer Stunde kommt ein See am Fuß der westlichen Gebirgsausläufer in Sicht.

Zu Hause.

Mein Magen zieht sich zusammen, als ich die vertrauten Berggipfel sehe, die das Dorf umgeben. Diese riesigen Weiden mit Kühen und Pferden darauf gaben mir früher das Gefühl, selbst grenzenlos zu sein, als wäre ich irgendwie Teil dieser Berge und Täler, die sich in die Unendlichkeit erstrecken.

Jetzt erfüllen sie mich mit Grauen.

Dr. Layne nimmt die Ausfahrt vom Highway, und wir fahren Richtung Westen in meine alte Heimat.

Dabei kommen wir an der Obstplantage vorbei, wo Sara und ich jeden Sommer Kirschen pflückten. Auf dem Asphalt, wo ich mir in der dritten Klasse das Knie aufgeschürft habe, spielen Kinder Ball. Dann kommt der Bach mit der Holzbrücke, in deren Geländer Chloe und ich, als wir an der Middle School waren, unsere Initialen geritzt haben. Die Tribünen, unter denen Josh mich geküsst hat.

Wir fahren an dem Eisladen vorbei, wo Mom und ich Waffeln mit Pistazie-Mandel in rauen Mengen verschlungen haben. Dann kommt die Eisenwarenhandlung, wo Dad nur so tat, als ob er den Unterschied zwischen einer Radmutter und einer Schraube kannte.

Mein altes Leben zieht am Fenster vorbei, und währenddessen erhasche ich zufällig einen Blick auf mein Spiegelbild in der Scheibe. Wie kann meine Heimat immer noch dieselbe sein, wenn ich mich so verändert habe?

Dr. Layne hält am Bordstein. Vor uns, gleich hinter einem babyrosa Kirschbaum, liegt meine Straße.

»Ich werde dich nicht dazu zwingen«, sagt sie. »Du musst nur ein Wort sagen, und ich kehre auf der Stelle um.«

Mrs. Heckman winkt, wie sie das bei jedem macht, während sie ihre drei Corgis pünktlich zum Morgenspaziergang an der Leine führt. Im Garten von Colonel Ashby an der Ecke blühen die Tulpen in Reih und Glied.

Es sieht aus, als sei mein Leben noch hier. Als würde es einfach ohne mich weitergehen.

Obwohl ein Teil von mir sich abwenden will, will der Teil, der ich sechzehn Jahre lang war, nichts mehr, als um diese Ecke biegen.

»Jetzt sind wir schon so weit gekommen«, sage ich.

Dr. Layne fährt wieder los und biegt um die Kurve in die Straße, wo ich früher gewohnt habe.

Kapitel 42

Sie parkt unter dem Ahornbaum in unserem Vorgarten.

Dahinter gähnende Leere.

Eine Abrissfirma hat die herumliegenden Reste beseitigt, sodass nichts übrig blieb außer dem Fundament in der Erde und ein paar rostigen Stangen Baustahl, die in seltsamen Winkeln herausragen.

»Warum machen wir das hier?«, frage ich und wende den Blick von dem Nichts ab, das früher einmal mein Leben war. Nach einer Minute zeigt sie auf meinen Hals.

»Du trägst die Kette nicht, die du normalerweise um hast. Die von Piper?«

Ich greife an die nackte Stelle.

»Du weißt, dass die meisten Leute den Phönix für ein Überlebenssymbol halten«, fährt Dr. Layne fort.

Ich sehe die Schwingen auf Pipers Rücken vor mir, als sie gestern wütend von mir wegrollte. »Ich weiß – der unversehrte Aufstieg aus der Asche und dieses ganze Motivations-Blabla.«

Dr. Layne schaut an mir vorbei durchs Autofenster auf die leere Fläche. »Nur dass die Flammen ihn doch verletzen. Sie verbrennen ihn komplett. Die magische Kraft des Phönix besteht nicht darin, dass er unverletzt bleibt, sondern wiedergeboren wird.«

Ich schaue wieder aus dem Fenster und bin mir nicht

sicher, dass der Besuch dieser besonderen Asche irgendeine magische Transformation bewirken wird. Dr. Layne versucht es mit einem anderen Ansatz.

»Sieh es doch mal so: Was war das Schmerzhafteste im Krankenhaus?«

Da muss ich nicht überlegen.

»Die Kammer.«

Allein das Wort auszusprechen lässt meine Haut schmerzen. Ich muss an die Schwestern denken, die meinen Schorf mit Pinzetten in winzigen Stückchen abzupften.

»Genau. Aber die Schwestern mussten die verbrannten Stellen entfernen, damit die Transplantate anwachsen konnten. Wenn du an der alten Haut festhältst, wirst du niemals wieder heil.« Sie beugt sich an mir vorbei, zieht am Griff und drückt die Tür auf. »Es ist an der Zeit loszulassen.«

Zögernd folge ich ihr über den Rasen des Vorgartens. Moms Tulpen brennen in Rot und Orange entlang des Wegs zu der Stelle, wo die Haustür sein sollte. Wir gehen über eine weiche Mischung aus Asche, Erde und irgendwelchen verkohlten Resten, vielleicht von irgendwas, das ich mal geliebt habe.

Dr. Layne bittet mich, ihr zu beschreiben, wie das Haus geschnitten war. Also versuche ich, mir vorzustellen, dass ich durch die Haustür trete und Moms Vitrine mit den Handglocken direkt vor mir habe. Rechts stand eine wuchtige Ledercouch. Ich gehe auf dem Fundament herum, das mir jetzt so viel kleiner vorkommt. Wenn man es sich jetzt so ansieht, kann man nicht erahnen, wie viel Leben – und Liebe – einmal darauf Platz hatte.

»Das war das Wohnzimmer«, sage ich.

Ich gehe zu der Stelle, wo sich die Küche befand.

»Unser Tisch war ungefähr …«, ich bewege mich ein paar Schritte, sodass ich genau auf die Spitzen des Bergs blicken kann, den ich beim Frühstück immer sehen konnte, » … hier.«

Der Wind peitscht mir mein Bandana an den Hals. Wie er so durch die Bäume weht, kann ich beinah Dads Stimme hören, als er die Schlagzeilen aus der Zeitung vorliest, und Moms Lachen am Telefon. Ich schließe die Augen und höre sie singen, Dad mit der Pfanne scheppern, wenn er am Sonntagmorgen Speck briet, Mom mich anschreien, weil ich zu spät nach Hause gekommen war, Dad am Tisch weinen, als sein eigener Vater gestorben war.

Ich mache die Augen wieder auf.

Die Stimmen sind verstummt.

Der Wind weht Asche zu einem kleinen Staubteufel zusammen, der aus meiner Vergangenheit gemacht ist. Er wirbelt durch unsere frühere Küche, und der Dreck fliegt, weil er sich an nichts festhalten kann, außer an der Luft.

»Was soll das alles?«, sage ich. »Ist das Teil meiner Therapie? Haken wir die sieben Stadien ab?«

Dr. Layne sieht mich nur an.

»In welchem bin ich jetzt? Wut, oder?« Ich bücke mich und hebe eine Handvoll Asche und Erde auf, lasse etwas von meinem Leben durch meine Finger rieseln. Dann werfe ich den Rest nach dem Staubteufel, versuche, ihn irgendwie zu treffen. Ihn zu verletzen. Damit er nicht so traurig, einsam und erbärmlich aussieht.

Ich werfe noch eine Handvoll.

Und noch eine.

Der Wind weht mir Erde und Asche zurück ins Gesicht und hinterlässt Dreckspuren. Ich schmecke sie auf meinen Lippen.

»Und jetzt?«, rufe ich über den Wind hinweg. »Bin ich geheilt? Soll ich jetzt einfach ein neues Kapitel aufschlagen und vergessen, dass mein anderes Leben je stattgefunden hat?«

Ich möchte noch eine Handvoll werfen, aber die Kräfte verlassen mich. Ich sinke stattdessen zu Boden und lasse die letzte Handvoll einfach fallen. Dr. Layne kniet sich neben mich und legt mir einen Arm um die Schultern.

»Neu anfangen bedeutet nicht, zu vergessen«, sagt sie. »Es bedeutet nur, den Schmerz loszulassen.«

Der Staubteufel löst sich in Nichts auf, während ich nach Worten suche, um das Wirbeln in meiner Brust zu beschreiben.

»Aber der Schmerz ist doch alles, was mir geblieben ist«, sage ich. »Wenn der weg ist, sind sie es auch. Dann bin ich allein.«

Dr. Layne drückt mich fester an sich.

»Du bist nicht allein.«

»Doch, das bin ich. Alle verlassen mich. Wollen Sie wissen, was mein erster Gedanke war, als Sie mir das von Piper erzählt haben? Ich dachte, na klar. Niemand, der mir etwas bedeutet, bleibt.« Ich mache eine ausholende Armbewegung in die Leere, die uns umgibt. »Es ist alles weg. Ich. Bin. Allein.«

»Wann?«, fragt Dr. Layne unerwartet streng. »Wann warst du allein?«

»Seit der allerersten Nacht. Und das bedeutet ›einzige Überlebende‹ doch auch.«

Dr. Layne verzieht ihre Lippen zu einer Seite.

»Also im Krankenhaus, umgeben von Schwestern und Ärzten, die alles taten, um dich zu retten? Als Cora und Glenn rund um die Uhr an deinem Bett saßen? Als Piper …«

»Wieso Piper?«, unterbreche ich sie. »Die ist doch selbst schon eine Kandidatin fürs Schlussmachen.«

»Piper will dich nicht verlassen. Sie ist verletzt. Sie braucht dich. Genau wie Cora und Glenn und all die anderen Menschen, die dich mögen. Sie alle brauchen dich, genauso wie du eine Piper brauchst, die weiterkämpft.«

»Ich habe Ihnen doch schon gesagt, dass ich nichts Schlimmes tun werde.«

»Ich rede auch gar nicht von Leben und Tod, Ava. Ich frage dich nur, sollen deine Narben andere Menschen von dir fernhalten oder sie zu dir durchlassen?« Sie berührt ihr eigenes Gesicht. »Du hast dir die Verbrennungen nicht ausgesucht. Ich genauso wenig. Ich hätte wütend bleiben können. Ich hätte jeden von mir wegstoßen können. Aber ich hatte die Wahl, genau wie du sie hast.« Sie legt die Finger auf ihre Brust. »Du entscheidest, wie deine Narben dich hier verändern. Du entscheidest, wie viel Liebe du reinlässt. Du hast dich in der Nacht des Brands entschieden zu leben, und du musst dich weiterhin dafür entscheiden.«

Ich stehe vom Boden auf und bewege mich vom Beton aufs Gras. Dabei versuche ich, mich zu orientieren, um zu sehen, wo mein Zimmer im ersten Stock gewesen sein muss. Ich finde die Stelle auf der Wiese, bleibe dort stehen und sehe Dr. Layne an.

»Ich habe mir nichts davon ausgesucht oder mich dafür entschieden. Mein Dad hat mich aus dem Fenster gestoßen, und ich bin genau hier gelandet. In einem Leben, das ich mir *nicht* ausgesucht habe.«

Dr. Layne runzelt die Stirn und hat anscheinend Mühe zu begreifen.

»Du glaubst, dein Vater hat dich gestoßen?«

Ich nicke. »Das Letzte, was ich sah, bevor das Dach einstürzte, war er, wie er auf mich zulief. Er hat mich gestoßen und ich fiel. Genau an diese Stelle.«

Dr. Layne steht auf und verschränkt die Arme und schiebt eine Hüfte vor, während sie auf die Stelle der Wiese schaut, wo unsere Nachbarin mich in jener Nacht fand.

»Ava, ich habe den Polizeibericht gelesen. Die Leiche deines Vaters wurde auf dem Flur vor deinem Zimmer gefunden. Du hast recht – man glaubt, dass er versucht hat, zu dir zu gelangen. Aber das eingestürzte Dach versperrte ihm den Weg.«

»Er hat mich gestoßen«, sage ich. »Wie wäre ich sonst aus dem Fenster gekommen?«

Der Wind peitscht Erde und Asche zwischen uns, aber Dr. Layne blinzelt nicht mal.

»Ava, dein Dad hat dich nicht gestoßen. Du bist gesprungen.«

Kapitel 43

Das kann nicht wahr sein.

Ich kauere mich auf dem Gras zusammen und spule die Erinnerung an die Nacht noch mal in meinem Kopf ab. Die Hitze, die von der Zimmerdecke kommt. Schnipsel einer Filmrolle – Panik, Rauch und das Brennen in meiner Kehle. Ich riss das Fenster auf, um atmen zu können.

Dads Gesicht hinter den Flammen. Sein Mund, der sich bewegt, um mir etwas zu sagen. Und das war's – denn das Nächste, woran ich mich erinnere, ist, wie ich auf der Erde liege, mich an die Sterne und das Gesicht unserer Nachbarin über mir klammere. Wie sie mir sagt, ich soll durchhalten.

Ich lege den Kopf zwischen die kühlen Halme, genau dort, wo ich in jener Nacht gelandet bin. Diesmal schweben allerdings dicke Wolken über mir, keine blinkenden Sterne. Dr. Layne sagt, ich soll mir so viel Zeit lassen, wie ich brauche.

Selbst wenn ich gesprungen bin, wusste ich doch nicht, worauf ich zusprang. Ich wusste nicht, wie ich aussehen oder dass ich beim Aufwachen allein sein würde.

Selbst wenn ich mich in einem Moment der Panik für das Leben entschieden habe, wie kann ich mich dann jetzt weiter dafür entscheiden?

Eine Silhouette tritt in mein Blickfeld, von hinten von

der Sonne beschienen. Ich glaube schon, ein wahnsinnig realistisches Déjà-vu zu erleben, bis die Erinnerung zu sprechen beginnt.

»Bei meinem Leben«, sagt eine Frauenstimme.

Ich beschirme meine Augen gegen die Sonne, bis ich in der Gestalt Mrs. Sullivan erkenne. Die Nachbarin, die mich in jener Nacht fand. Brennend auf dem Gras. Sie legt eine Hand auf ihr Herz, als ich aufstehe. Sobald ich auf den Beinen bin, drückt sie mich fest an sich. Dann hält sie mich eine Armeslänge von sich weg.

»Lass mich dich ansehen. Du siehst …«, lächelnd lässt sie den Blick über mein Gesicht wandern, » … wundervoll aus.«

Ich lasse mich noch mal von ihr umarmen.

Sie drückt mich lange, und als ihr Griff sich endlich lockert, hält sie mich noch bei den Schultern und sucht meinen Blick. »Ich kann dir gar nicht sagen, wie es mir von Herzen guttut, dich hier stehen zu sehen. Gesund und munter.«

Eine Träne rollt über ihre runzlige Wange. Lachend lässt sie mich los und holt ein vergilbtes Taschentuch mit einer aufgestickten rosa Blume aus ihrer Blusentasche. Damit tupft sie sich die Augen.

»Was für eine alte Närrin ich doch bin«, sagt sie. Sie tupft noch mal, steckt das Taschentuch wieder ein, überlegt es sich aber anders, als weitere Tränen fließen. »Ich denke immer an dich. Und wir beten jede Woche im Sonntagsgottesdienst für dich.«

»Für mich?«

»Natürlich, Liebes. Wir alle.« Sie schüttelt den Kopf. »Du hast mir damals in der Nacht einen ganz schönen Schrecken eingejagt, weißt du. Ein paarmal dachte ich, ich hätte dich schon endgültig verloren.«

So viel von jener Nacht ist wie ein rauchiger Nebel, aber ich habe noch nie darüber nachgedacht, wie ich für sie ausgesehen haben muss. Wie erschrocken sie gewesen sein muss, während sie versuchte, mich neben dem brennenden Haus bei Bewusstsein zu halten.

»Ich habe mich nie bei Ihnen bedankt«, sage ich. »Dafür, dass Sie mir geholfen haben.«

Die Worte kommen mir so mickrig und absolut unzureichend vor. Sie lacht und wedelt mit ihrem Taschentuch.

»Ach, du meine Güte, wag es bloß nicht, mir zu danken«, sagt sie. »Um die Wahrheit zu sagen, bin ich mir nicht mal sicher, dass ich eine große Hilfe war.«

Sie nimmt meine Hand in ihre und tätschelt sie leicht. Dabei reagiert sie nicht im Geringsten auf meinen viel zu großen Daumen. Ihre Haut fühlt sich an meiner dünn und weich an.

»Ich will nicht so tun, als wüsste ich, warum Gott es zulässt, dass guten Menschen wie dir und deiner Familie so was zustößt, aber eines weiß ich: Gott sorgt dafür, dass wir auf unserem Weg bestimmten Menschen begegnen. Und unsere Wege haben sich in jener Nacht gekreuzt«, sagt sie. »Deine Geschichte ist jetzt ein Teil meiner Geschichte, und ich weiß, dass er das so wollte – unsere Herzen vereint.«

Ihr Blick fällt auf die Überreste meines Lebens hinter mir.

»In der Asche steckt immer auch Schönheit. Nur können wir sie manchmal einfach noch nicht sehen.«

Sie drückt mich noch einmal fest, tritt dann einen Schritt zurück und schüttelt den Kopf, als könne sie immer noch nicht glauben, dass ich es wirklich bin.

»Gott segne dich«, sagt sie, tupft sich noch mal die Augen, dreht sich dann um und geht zu ihrem Haus zurück. Kurz will ich ihr nachrufen, um ihr zu sagen, dass sie mich in jener Nacht gerettet hat.

Dass ihre Stimme mich aus der Dunkelheit zurückgerissen hat.

Dass sie mir geholfen hat, mich fürs Dableiben zu entscheiden.

Als ich aufwachte, nahmen anderen Stimmen ihren Platz ein. Cora, die an meinem Bett Wache hielt. Glenn mit seiner leisen Zuversicht.

Dr. Sharp. Unzählige Schwestern und Krankenpfleger. Dr. Layne, die jetzt an der Motorhaube ihres Wagens lehnt und auf mich wartet, wie sie es immer schon getan hat.

Sie hat recht: Ich war nie allein.

Außer vielleicht einmal.

Als ich mich aus dem Fenster warf. Die Entscheidung, die ich damals traf – die erste von einer Million Entscheidungen zu leben –, diese eine habe ich allein getroffen.

Aber danach war immer jemand da.

Auf meinem Weg.

Um mir beim Kämpfen zu helfen.

Linda mit ihrer unerschütterlichen handfesten Liebe, die mich aus dem Bett holte, damit ich wieder laufe. Sogar Terry mit seinen Folterinstrumenten, der dafür gesorgt hat, dass ich meine Ellbogen wieder beugen und mich selbst anziehen kann.

Tony, der mich auf die Bühne raufgezogen hat. Asad, der mich glauben ließ, dass auch dieses Gesicht jemand lieben könnte. Piper, die den Albtraum weniger einsam gemacht hat.

Piper.

Die dem Universum zum Beat ihrer Feuermusik den Stinkefinger gezeigt hat.

Wie konnte ich nicht sehen, dass sie ihren eigenen Kampf gegen die Dunkelheit ausfocht?

Und noch wichtiger, wer hilft ihr jetzt zu kämpfen?

Wer hilft *ihr*, sich fürs Weiterleben zu entscheiden?

Ein Windstoß schüttelt das Laub des Ahornbaums, und ich sehe mich auf Dad zulaufen, der aus dem Auto steigt. Er wirft mich hoch in die Luft und schließt mich in seine Arme, als ich falle.

Ich lache und schreie: »Noch mal!« Ich habe weder Angst noch Zweifel.

Jemand wird da sein.

Dann stehe ich auf und klopfe mir die Asche von der Hose. »Wir müssen los!«, rufe ich Dr. Layne zu.

»Lass dir so lange Zeit, wie du …«

»Das Haus ist weg. Ich hab's kapiert.« Ein letztes Mal schaue ich auf die Stelle, die ich einmal mein Zuhause genannt habe. »Aber meine beste Freundin ist noch da, und sie braucht gerade jemand, der sie auffängt.«

Kapitel 44

Wir halten auf dem Weg zum Krankenhaus bei der Schule und suchen im Gras nach dem goldenen Phönix.

»Ich war so gemein«, murmele ich und werfe ein Büschel frischen Rasenschnitt beiseite. »Dabei hätte ich für sie da sein sollen.«

»Na ja, du kannst jetzt für sie da sein. Ist er das?« Sie hält den Phönix hoch, dessen rechter Flügel gekappt ist. Wahrscheinlich vom Messer eines Rasenmähers.

Ich streiche mit dem Finger über den abgebrochenen Flügel. »Was, wenn sie mich hasst?«

Dr. Layne steht auf und streckt mir die Hand hin, um mich hochzuziehen. »Sei trotzdem da.«

*

Pipers Eltern stehen mit jemand in einem weißen Kittel zusammen, als ich den Flur im dritten Stock des Krankenhauses betrete. Ihre Mom unterbricht den Arzt und kommt herbeigeeilt, um mich zu umarmen. Sie erzählt mir, dass Piper von der Intensivstation verlegt wurde, aber immer noch Infusionen bekommt und überwacht wird. Bei den letzten Worten zuckt sie zusammen, als würde ihr der Gedanke, dass ihre Tochter rund um die Uhr bewacht werden muss, körperlichen Schmerz bereiten.

»Kann ich zu ihr?«

Ihre Mom nickt. »Aber, Ava, sie hat starke Beruhigungsmittel bekommen und ist sehr müde. Deshalb bin ich mir nicht sicher, ob sie überhaupt merken wird, dass du da bist.«

Ich ziehe den Vorhang im Zimmer zurück. Bis auf das Piepen eines Geräts im Rhythmus von Pipers Herzschlag ist es totenstill. Piper sieht klein und unglaublich zerbrechlich aus. Das massive Bett scheint sie zu verschlucken, und mir kommt es vor, als würde ich sie zum ersten Mal sehen.

Ich ziehe mir einen Stuhl heran und lege meine Hand auf ihre. Die Haut ist bläulich verfärbt, weil anscheinend eine unfähige Schwester versucht hat, ihr einen Infusionszugang zu legen.

Ich weiß nicht genau, was ich sagen soll. Ich bin es gewohnt, diejenige zu sein, die im Bett liegt. Als Cora und Glenn mich auf der Station für Brandverletzte besuchten, konnte ich zusehen, wie sie draußen Kittel, Schuhüberzüge und Hauben anzogen, um keine Infektionsgefahr von der Außenwelt in meine kleine Realität zu bringen. Ich lag da wie ein eingesperrtes Tier im Zoo.

Jetzt bin ich diejenige, die an die Scheibe klopft.

»Piper?«

Ein leises Geräusch kommt über ihre Lippen, aber ihre Augenlider flattern nur schwach.

»Du musst nicht sprechen. Ich will dir nur sagen, wie leid es mir tut. Ich war nicht da, als du mich gebraucht hast.« Ich würge den Kloß in meinem Hals hinunter.

In dem ansonsten stillen Raum klingt das Piepen ziemlich laut.

Dann bekommt sie von mir all das Gerede über Durchhalten und Kämpfen zu hören, das die Leute mir erzählt haben. Damals hasste ich es, und ich hasse mich dafür, dass ich es jetzt sage, aber mehr habe ich nicht – nur die Hoffnung, dass meine Worte sie erreichen.

»Du musst mir zuliebe kämpfen. Du musst mir zuliebe aufwachen, damit ich dir was Tolles erzählen kann. Ich habe mein neues Normal gefunden.« Ich drehe ihre Hand um und lege den goldenen Phönix in ihre schlaffe Handfläche. »Das bist du. Du und Cora und Glenn. Und das hätte ich fast übersehen, weil ich nach jemand gesucht habe, der ich früher war. Deshalb konnte ich die Schönheit um mich herum auch nicht sehen.«

Bevor ich gehe, schließe ich ihre Finger um den Vogel und kritzele eine Nachricht auf eine Papierserviette aus der Cafeteria.

Du hast diesseits des Regenbogens noch eine Menge Flüge zu erledigen.

PS: Wenn du noch mal versuchst, mir einfach wegzusterben, bring ich dich eigenhändig um.

Pipers Dad hält mich im Rausgehen auf, um sich – extrem peinlich – dafür zu entschuldigen, dass ich ihn letztens bei sich zu Hause so komplett betrunken erlebt habe.

»Ich war nicht immer so«, sagt er, als hätte ich nach einer Erklärung gefragt. »Manchmal fühlt es sich an, als wäre der Unfall uns allen passiert. Verstehst du?«

Ich nicke, als würde ich das tun, aber so ist es nicht. Der Unfall ist nicht ihm passiert. Er ist Piper passiert, und danach ist Piper allen anderen »zugestoßen«. Das Gefühl kenne ich gut. Als ich Piper in ihrem Bett zurücklasse, frage ich mich, ob das die Last ist, die sie letzte Nacht so heftig verspürte, dass die Packung mit den Tabletten nach Erleichterung aussah.

Ihr Dad nimmt meinen Platz an ihrem Bett ein. Eine Schwester zieht die Vorhänge wieder zu. Pipers Mom begleitet mich den Flur hinunter und redet dabei die ganze Zeit auf mich ein.

»Hat Piper dir irgendwas erzählt? Was los war? Oder dass sie etwas geplant hatte … so etwas?«

Ihre Augen suchen in meinem Gesicht nach einer Antwort, die ich nicht habe.

»Ich dachte, es ginge ihr ganz gut. Sie konnte mit dieser Gehhilfe ein bisschen laufen. Und sie hat doch in der Volleyballmannschaft ausgeholfen«, sage ich.

Verwundert verzieht ihre Mom das Gesicht. »In welcher Volleyballmannschaft?«

»Sie wissen schon, als Assistentin in ihrer alten Mannschaft.«

Sie schüttelt den Kopf. »Nein, das hat sie nicht gemacht.«

Ich will ihr widersprechen, aber dann wird mir klar, dass ich keine Beweise habe. Auch ich habe sie nie wirklich mit dem Volleyballteam gesehen. Sie »schwänzte« das Training immer, um mit zum Theaterkurs zu kommen. Oder sie musste nicht hin, weil die Mannschaft auswärts spielte. Ob sie jemals wirklich mit der Trainerin gesprochen hat?

Ich schaue zurück zu Pipers Zimmer.

Vielleicht hat Asad recht, und ich war so beschäftigt damit, den Blick zu senken, dass ich den Schmerz der Person direkt neben mir nicht gesehen habe. Genau wie Asad in seiner Technikkabine und ich hinter meinen Vorhängen hat auch Piper sich die ganze Zeit über versteckt.

*

Zu Hause bewegen Cora und Glenn sich quasi auf Zehenspitzen und beobachten mich verstohlen, bis es Zeit zum Zubettgehen ist. Ich kann es ihnen nicht verübeln – schließlich hatte ich in den letzten 36 Stunden einen epischen Nervenzusammenbruch, habe eine qualvolle Reise in die Vergangenheit unternommen und meine Freundin nach ihrem Selbstmordversuch im Krankenhaus besucht. Kein Wunder, dass sie mich ansehen wie eine tickende Zeitbombe.

Cora cremt mich schweigend mit Lotion ein, und als die Reißverschlüsse meiner zweiten Haut wieder geschlossen sind, setzt sie sich zu mir auf die Bettkante. Glenn kommt auch herein, bleibt aber gleich an der Wand stehen, um sich seine Stiefel auszuziehen. Cora lächelt.

»Ich kann diesem Mann den Cowboy einfach nicht austreiben«, sagt sie halb lachend. Und fügt dann leiser hinzu: »Was ich auch gar nicht wollen würde.«

Auf Socken beugt Glenn sich über Cora und küsst sie aufs Haar. Sie lehnt sich an ihn.

»Wie geht es ihr?«, fragt er mich.

Meine Stimme klingt vor Sorge belegt.

»Sie war nicht wirklich wach, als ich sie besucht habe.«

»Bist *du* okay?«, fragt er weiter.

»Ich weiß nicht.« Meine Stimme zittert, und meine Kehle schnürt sich genau an der Stelle zusammen, wo meine Sternschnuppennarbe sich befindet. »Es war so seltsam, sie da liegen zu sehen. So klein. Und ich konnte immer nur denken, dass ich nicht noch jemand verlieren kann. Mein Herz hält das nicht aus.«

Glenn nimmt die deformierte Handglocke von meiner Kommode und hält sie in beiden Händen.

»Es ist schwer zuzusehen, wenn jemand, den man liebt,

unter Schmerzen leidet. Man möchte dem Menschen den Schmerz auf der Stelle abnehmen, aber das kann man nicht. Es ist *sein* Schmerz.«

»Wie habt ihr das hingekriegt? Ich meine mit mir. Sara war tot. Ich war … ich. Wie konntet ihr das ertragen?«

Cora nimmt Glenn die Glocke ab und streicht mit den Fingern über die geschwärzte Oberfläche.

»Weil wir mussten«, sagt sie leise.

»Weil ich euch gebraucht habe?«

»Weil wir dich gebraucht haben.«

»*Ihr* habt *mich* gebraucht?«

Cora schluckt schwer und greift nach Glenns Hand. »Ich war eine Mutter ohne Kind. Du warst das Einzige, was mich davor bewahrte, unter dieser Last zusammenzubrechen. Ich brauchte dich, Ava.«

Cora schweigt, als müsse sie erst Luft holen.

»Ich brauche dich immer noch«, sagt sie. »Sollte dir jemals irgendwas zustoßen …«

Ich lege eine Hand auf ihren Arm.

»Ich werde mir nichts antun.«

Cora streicht lächelnd über die vernarbten Furchen meiner Finger.

»Erinnerst du dich, wie das jedes Mal war, wenn du ein neues Transplantat bekamst? Woran wir erkennen konnten, dass es angenommen war?«

Ich muss an die weißen Hautstücke denken, die auf meinen Körper genäht wurden. Wie die Schwestern jeden Tag die Verbände wechselten und kontrollierten, ob mein Körper diese neuen Stücke von mir akzeptieren oder abstoßen würde.

Und dann tauchten eines Tages rosa Punkte, nur so groß wie Stecknadelköpfe, auf.

»Wenn die Knospen erschienen, wussten wir es.«

Cora nickt. »Sobald eine Verbindung zum Herzen da war, gab es eine Chance.« Ihre kleinen, manikürten Finger umschließen meine Hand, den Zeh, die Flosse und alles. »Du bist jetzt in unsere Herzen transplantiert. Dauerhaft mit ihnen vernäht.«

Cora umarmt mich, und Glenn küsst mich auf den Scheitel. Dann bleibt er neben der Tür stehen, um das Licht auszuschalten, wie er es immer macht. Vor dem Licht im Flur ist dann nur noch seine Silhouette erkennbar.

Im Dunkeln kreisen meine Gedanken um Piper. Wie soll ich ihr helfen? Wie kann ich die schrecklichen Dinge, die ich gesagt habe, wiedergutmachen? Und wie soll ich mich den Schulfluren – oder sogar der Bühne – ohne sie stellen?

Ich setze die Kopfhörer auf, suche den Fire-Mix und höre mir Pipers Hymne an.

She's a Phoenix in a flame –
a hellfire raging from within,
her story written on her skin.
Once broken, now she flies –
soaring above everything.
She conquered her demons,
and wore her scars like wings.

Eine Stunde später kann ich immer noch nicht schlafen. Ich höre mir Moms Deo-Nachricht an, aber als die zu Ende ist, denke ich wieder an Piper, und die Dunkelheit schleicht sich erneut heran. Ich schreibe in mein Therapie-Tagebuch, aber die Dunkelheit verschwindet nicht. Weil ich nicht allein gegen sie kämpfen will, schnappe ich mir die DVD von *Der Zauberer von Oz* und klopfe an die Tür auf der anderen Seite des Flurs.

Als Cora ruft, ich soll reinkommen, sehe ich Glenn, der mit einem Haufen Kissen im Rücken auf dem Bett sitzt. Cora lehnt sich an ihn, und gemeinsam schauen sie irgendeine Doku im Fernsehen.

»Alles okay, Schatz?«, fragt sie.

Glenn macht den Ton aus. Beide warten, dass ich etwas sage – irgendwas. Aber die Worte wollen mir nicht über die Lippen kommen.

Dabei möchte ich ihnen sagen, dass ich mich fürchte. Ich möchte ihnen von der Dunkelheit erzählen, und dass ich nicht aufhören will, dagegen zu kämpfen.

Ich möchte ihnen auch dafür danken, dass sie da waren, als ich aufwachte.

Dass ich ein Kind ohne Mutter bin.

Dass ich sie auch brauche.

»Lust auf ein Musical?« Ich halte die DVD hoch.

Cora rutscht rasch auf dem Bett beiseite und gibt Glenn einen kleinen Schubs, es auch zu tun.

»Na klar!«, sagt sie. Dann schlägt sie die Decke auf ihrer Seite zurück und klopft auf die Matratze, während Glenn schon die DVD einlegt. Sie schüttelt noch ein Kissen neben sich auf. »Hüpf zu mir!«

Ich schlüpfe unter die Decke, wo es von ihrer Körperwärme noch kuschelig warm ist. Unter der Decke findet Coras Hand meine, und da beginnt die Dunkelheit, sich langsam zurückzuziehen.

Ich schaffe es kaum bis Oz, da bin ich schon eingeschlummert.

Ich weiß nur, dass es sich gut anfühlt hier zu sein, denselben Platz zu teilen.

10. Mai

Ich erinnere mich nicht an viel.
Dads Gesicht
hinter den Flammen.

Hitze stürzt auf mich herab.
Dad
verschwindet.
Ein offenes Fenster
lockt.

Ich erinnere mich
an einen Gedanken:

Wenn ich springe, lebe ich.

Wenn ich bleibe, sterbe ich.

Ich sprang.

Kapitel 45

Cora und ich fahren am nächsten Morgen vor der Schule noch im Krankenhaus vorbei. Doch Pipers Mom meint, sie sei nicht in der Stimmung für Besuche.

»Für Besuche oder mich?«, frage ich, bevor wir gehen.

Als Cora mich an der Schule absetzt, erfasst mich das Gefühl eines Déjà-vu von meinem ersten Tag hier wie eine riesige Welle. Damals ging ich auch alleine rein.

Ich winke Cora zum Abschied, drehe mich um und bin auf die leere Stelle gefasst, an der Piper normalerweise auf mich wartete: in Zebrastreifen und gewappnet gegen das Schlimmste, was die Flure uns zumuten würden. Heute erwartet mich dort kein Rollstuhl. Aber auch nicht das Nichts, mit dem ich gerechnet habe.

Asad steht an Pipers Platz. Er schaukelt auf den Fersen vor und zurück, während ich näher komme.

»Ava.«

»Asad.«

Nachdem wir geklärt haben, wer wir sind, fällt uns nichts mehr ein. Die Erinnerung an unsere letzte Unterhaltung – bei der ich mich total zur Idiotin gemacht habe – läuft in meinem Kopf auf Dauerschleife.

»Ich sehe, die Perücke ist wieder da«, sagt er nach der zweifellos längsten Pause aller Zeiten, in der zwei Leute sich anschweigen können.

Instinktiv zupfe ich an dem Bob, den ich mir heute Morgen aufgesetzt habe.

»Ich wollte irgendwas für Piper tun.«

»Wie geht's ihr?«

»Okay. Denke ich.«

Asads Gesicht bleibt angespannt.

»Kenzie sagt, ihr beiden hättet euch gestritten«, meint er. »War das wegen mir – wegen dem, was zwischen uns passiert ist?«

Uns.

Ich schaue zu ihm hoch, was ich bisher verzweifelt zu vermeiden versucht habe, weil diese tiefschwarzen Augen mir den Rest geben.

»Ach, du meinst, als ich dachte, du magst mich, aber dann, oh nein, warte mal, festgestellt habe, dass du in meine beste Freundin verliebt bist?«

Asad wird rot, lächelt aber zurück.

»Ja, das meine ich.« Er beißt sich auf die Unterlippe. »Ist es meine Schuld?«

»Nein.« Ich lasse weg, dass, wenn überhaupt jemand schuld daran ist, dass unsere Freundin wegen Selbstmordgefahr im zweiten Stock eines Krankenhauses unter dauernder Beobachtung steht, ich das bin.

Asad nickt, blickt auf seine Füße und sieht mich dann wieder unter diesen dichten Wimpern hervor kurz an.

»Ist das zwischen *uns* okay?«

Uns.

Wieder ein Stich.

»Wird schon.«

Er atmet so tief aus, als hätte er Sauerstoff für einen Monat zurückgehalten und hält die Tür auf, damit wir zusammen reingehen können.

Drin scheint die ganze Crossroads High wieder zu glotzen wie eh und je. Ich hatte schon fast vergessen, wie sich das anfühlt, wenn auf den schmalen Gängen aller Augen auf mich gerichtet sind. Nur geht es diesmal nicht um mich, sondern um Piper.

Ein paar Mutige bringen die Courage auf, mich tatsächlich zu fragen, wie es ihr geht. Haben sie sich jemals die Mühe gemacht, sie das selbst zu fragen? Sie wollen wissen, wann sie zurückkommt. Was genau passiert ist. Ich antworte einfach immer: »Es geht ihr gut.«

Andere reden hinter vorgehaltener Hand und spinnen mit am Gerüchtenetz, das ich fast sehen kann, als es von Mund zu Ohr und über die Flure wächst, vor und zurück, bis die ganze Schule über das Mädchen, das die Pillen geschluckt hat, spricht.

Asad begleitet mich den ganzen Tag durch die Flure, wo es von Minute zu Minute unerträglicher wird. Wenn die Leute nicht über Piper flüstern, geben sie dämliche Bemerkungen darüber von sich, was für Sorgen sie sich um sie machen. Als hätten sie die ganze Nacht kein Auge zugetan wegen des Mädchens, das sie letzte Woche noch komplett links liegen gelassen haben.

Ein Junge, den ich noch nie gesehen habe, hält mich auf, um mir zu sagen, Piper war immer richtig nett.

»Ist«, verbessere ich ihn. »Piper ist nett.« Daraufhin bekomme ich den universellen Ausdruck für Mitgefühl: ein schräg gelegter Kopf und besorgt zusammengepresste Lippen. Dann nickt er noch, als hätten wir gerade einen innigen Moment als verwandte Seelen durchlebt, und geht weiter, wobei er mich weiterhin ansieht, als sei ich aus Glas.

Ein Mädchen in meinem Mathekurs zitiert sogar aus irgendeiner Psycho-Statistik.

»Mein Dad sagt, Opfer von Bränden kriegen mit viel größerer Wahrscheinlichkeit Depressionen«, erklärt sie mir.

»Überlebende«, sage ich.

»Wie bitte?«

»Du hast Opfer gesagt. Wir sind Überlebende von Bränden. Wir sind nicht gestorben.«

Am schlimmsten wird es, als ich an Pipers Spind vorbeikomme. Diesem improvisierten Schrein, der aussieht, als hätte ein ganzer Schwall Hallmark-Genesungskarten draufgekotzt. Poster, Bilder und Ansichten direkt aus kitschigen Internet-Memes kopiert, finden sich massenhaft auf der Tür von Spind Nr. 681.

GIB NICHT AUF!

ES WIRD BESSER WERDEN!

WIR SIND ALLE FÜR DICH DA.

Da muss ich an die Schachtel mit ähnlich leeren Gefühlsbekundungen in meinem Zimmer denken. Ich weiß, dass alle es gut meinen, aber es stört mich trotzdem. Warum konnten die Leute es nicht vor einem Monat gut meinen? Als Piper einfach nur das Mädchen im Rollstuhl war.

»Eine ganz schöne Flut an Unterstützung«, sagt Mr. Lynch, der mitten auf dem Flur neben mir stehen bleibt, als ich auf das erbrochene Mitgefühl am Spind starre.

Ich nicke. »Jap, plötzlich hat Piper hundert beste Freunde, von deren Existenz sie bisher gar nichts gewusst hat.«

Mr. Lynch macht einen Schritt zwischen mich und den

Spind und schaut mir genau wie an meinem ersten Tag hier direkt in die Augen.

»Solltest du jemals etwas brauchen. Irgendwas. Meine Tür steht immer offen«, sagt er, und ich weiß, er meint es auch so. Unter all den Heuchlern an dieser Schule wusste ich bei ihm wenigstens immer, woran ich war. »Ich hätte erkennen sollen, was mit Piper los war. Ich hätte die Anzeichen sehen sollen, aber irgendwie habe ich sie übersehen.«

»Das haben wir alle«, sage ich und merke, wie meine eigenen Schuldgefühle wieder hochkommen.

Mr. Lynch nickt und deutet mit dem Kopf auf die Karten, die zu spät aufgetaucht sind.

»Es ist aber eine gute Erinnerung. Daran dass jeder Narben hat. Manche sind nur leichter zu sehen.«

*

Asad und Sage haben beim Mittagessen ihre übliche Clique verlassen und sitzen bei mir. Sage erkundigt sich nach Piper und macht ein so seltsames Gesicht, als würde sie jeden Moment anfangen zu heulen oder sich übergeben. »Ich hätte mehr tun sollen.«

»Willkommen im Club«, sage ich.

An der hinteren Seite der Cafeteria hat das Volleyballteam ein großes Poster aufgehängt, damit jeder den Befehl an Piper unterschreiben kann: WERD SCHNELL WIEDER GESUND! Ich werfe mein matschiges Sandwich auf den Teller.

»Wir sollten *jetzt* mehr tun. Irgendwas Richtiges. Nicht nur Karten oder Worte oder Smileys an ihrem Spind«, sage ich. »Ihr wisst doch auch, dass keiner von diesen Leuten für Piper da sein wird, wenn sie nicht Klatsch der Woche ist. Dann sitzt sie wieder in der gleichen alten Scheiße. Wir müssen das regeln.«

»Wie regelt man so was?«, fragt Asad.

»Keine Ahnung. Aber es muss irgendwas geben, was wir tun können. Irgendwas Konkretes.«

Sage kaut langsam und nachdenklich. »Was hat Piper dazu gebracht? Und warum gerade jetzt?«

Kenzie bemerkt an ihrem Tisch meinen Blick. Sie beobachtet mich verstohlen, und ihre geröteten Augen bringen mich auf eine Idee.

»An dem Tag, als Piper die Tabletten nahm, haben sie und Kenzie sich draußen gestritten.«

Und dann habe ich – bescheuert wie ich bin – auch noch Kenzie den Vorzug vor Piper gegeben.

Sage schüttelt den Kopf. »Kenzie hat nichts von einem Streit mit Piper erwähnt. Sie spricht ja kaum mit ihr.«

Da steht Kenzie auf und macht einen Schritt auf mich zu. Aber dann setzt sie sich abrupt wieder hin, weil sie anscheinend ihre Meinung geändert hat. Und da flammt ein Gedanke, der wohl schon länger in mir glomm, plötzlich auf. Die anonyme Nachricht mit dem Bild, auf dem ich aussehe, als würde ich schmelzen. Die grausamen Einzeiler auf Pipers Handy.

Piper meinte ja, mit ein paar Nachrichten käme sie klar. Aber was, wenn es mehr war?

Ich umarme Sage. »Du bist ein Genie.«

Natürlich hat Kenzie nicht mit Piper *gesprochen*. Das war nicht ihre Art.

*

Nach der Schule kehre ich ins Krankenhaus zurück. Ausgerüstet mit meiner Perücke und einer Mission.

Pipers Mom sitzt vor ihrem Zimmer und liest mit verquollenen Augen eine Broschüre über Depressionen. Wieder sagt sie mir, dass Piper noch nicht bereit für irgendeinen Besuch sei.

»Wo ist Pipers Handy?«, frage ich.

Ihre Mom wühlt in einem Trainingsbeutel mit persönlichen Sachen, aus dem sie schließlich Pipers knallrosa Handy fischt.

Ich benutze den Code, den ich Piper tausendmal habe eingeben sehen, und öffne ihre Nachrichten. Wie ich schon vermutet habe stehen da vier neue Nachrichten einer unbekannten Nummer von dem Abend, als Piper die Überdosis genommen hat.

Alle hassen dich.

Du weißt, du hättest fahren sollen.

Warum bist du in der Nacht nicht einfach gestorben?

Solltest du vielleicht noch.

Ich halte Pipers Mom das Display hin. Sie schnappt nach Luft, als sie liest, und schlägt eine Hand vor den Mund, bevor sie weiterscrollt.

»Wer tut denn so etwas?«, fragt sie.

Ich speichere die unbekannte Nummer in mein eigenes Handy. Pipers Mom starrt weiter auf die Nachrichten. Sie reagiert kaum, als ich ihr sage, sie soll Piper die Playlist Fire-Mix vorspielen.

»Und sagen Sie ihr, ich werde das in Ordnung bringen. Ich werde alles in Ordnung bringen.«

Kapitel 46

Asad sieht mich an, als hätte ich den Verstand verloren.

»Auf keinen Fall. Kenzie zu entmachten wäre eine Kamikaze-Mission«, sagt er, während er unsere Mehlwürmer darauf vorbereitet, heute in die Wildnis entlassen zu werden.

Ich zeichne Rum Tum Tugger in unseren Forschungsbericht und notiere darin, dass eines seiner Beinchen irgendwie gebrochen scheint, sodass er jetzt hinkt und sein nutzloses Bein neben sich mitschleift. Ich kann kaum mitansehen, wie er sich so herzergreifend heldenhaft durch das Habitat schleppt.

»Was soll ich denn sonst tun? Ich muss das regeln, und ich brauche dafür deine Hilfe.«

Asad schüttelt den Kopf.

»Ein weiser Freund von mir hat einmal gesagt, dass in diesem Highschool-Kosmos Mobber die Schwerkraft sind, auf die wir zählen.«

»Tja, aber eine weise Hexe mit grüner Haut hat einmal gesagt, wir sollten versuchen, der Schwerkraft zu trotzen.«

Asad seufzt lächelnd. »Den Broadway als Argument benutzen. Wie schäbig.«

»Ich habe von den Besten gelernt.«

»Leider ist das Leben kein Musical, schon vergessen? Wir können nicht all ihre Kämpfe für Piper ausfechten.«

Ich halte meinen Finger in die Schale, um Rum Tum Tugger zu helfen, der auf den Wasserschwamm klettern will.

»Aber wir können diesen einen für sie ausfechten.«

Wir folgen Mr. Bernard nach draußen, vorbei am Footballplatz zu dem Wäldchen, das die Schule von dem Viertel dahinter trennt. Am Spielfeldrand dreht er sich zu uns um und hebt theatralisch die Arme.

»Lasst uns nun unseren Freunden Lebewohl sagen, die uns auf diese Entdeckungsreise geführt haben. Wir haben sie dabei beobachtet, wie sie zu einer Gemeinschaft wurden. Wir haben bei ihrer Verwandlung zugesehen. Und jetzt nehmen wir Abschied von ihnen.«

Er spricht ein echtes Gebet und verwendet dabei sogar kurze Zitate von Maya Angelou, in denen davon die Rede ist, dass keiner es allein durchs Leben schafft. Alles ist sehr dramatisch, und nach dem Gebet nickt er uns so feierlich zu, als würden wir unsere Großeltern auf einen Eisberg schicken und nicht Insekten an einer Ecke freilassen, wo die Seniors im Sportunterricht manchmal pinkeln gehen.

Asad und ich halten die Schale gemeinsam und kippen sie behutsam ins Gras. Magical Mr. Mistoffelees und Macavity eilen gleich davon, aber Rum Tum Tugger will nicht, bis Asad ihn rausschüttelt.

Asad legt einen Arm um meine Schultern, während wir den Käfern zusehen, wie sie sich in den lockeren Boden wühlen.

»Denkst du, sie werden in der großen, schlechten Welt zurechtkommen?«, sagt er mit gespielt belegter Stimme.

»Solange sie einander haben«, sage ich. »Jemand, auf den sie zählen können. Egal, wie ungünstig die Umstände auch sein mögen.«

Asad verdreht die Augen und schlägt sich an die Brust.
»Brich mir ruhig das Herz, ja?«

Als ich mein bestes Schmollgesicht aufsetze, wirft er resignierend die Hände in die Luft.

»Du hast gewonnen. Erklär mir deinen Plan.«

*

Mein Plan sieht so aus: Wenn die unbekannte Nummer zu Kenzies Handy gehört, dann müssen wir sie einfach nur anrufen, wenn wir hören können, wie ihr Telefon klingelt. Dann kann sie nicht mehr abstreiten, wie sie Piper behandelt hat.

Den ersten Versuch machen wir während des Theaterkurses. Asad tut so, als müsse er Kulissen hinter Kenzie aufhängen, die gerade ihren Text übt. Das Handy liegt in der vorderen Netztasche ihres Rucksacks. Als ich die Nummer wähle, bleibt Kenzies Telefon stumm, obwohl ich höre, dass es bei der angerufenen Nummer wieder und wieder klingelt.

Am nächsten Tag versuche ich es auf dem Schulflur.

Nichts.

Asad steht in der Cafeteria neben Kenzie, als ich anrufe.

Nichts.

Asad meint, dass sie während der Schulzeit den Klingelton ausmacht.

»Oder es ist nicht Kenzie«, sagt er.

»Sie ist es«, sage ich. »Das weiß ich.«

Wir rufen sie sogar an, als sie darauf wartet, von der Schule abgeholt zu werden, und ihr Handy in der Hand hält. Wie immer höre ich nur, dass es ein paarmal klingelt, dann endet der Anruf mit einem Klick.

Jedes Mal wenn es misslingt, fühle ich mich, als würde ich Piper im Stich lassen. Nach einer Woche hat sie das Krankenhaus verlassen, will mich aber immer noch nicht sehen. Jeden Tag nach der Schule gehe ich bei ihr zu Hause vorbei, und jeden Tag erklärt ihre Mom mir, dass sie keine Gesellschaft möchte.

»Gib ihr Zeit«, sagt sie.

Eines Nachmittags stelle ich meinen Fuß in die Tür, bevor ihre Mom sie wieder zumachen kann. Ich strecke den Kopf ins dämmrige Innere des Hauses und schreie: »Du wirst mich nicht los, Piper! Und ich werde das regeln.«

Zu Hause scrolle ich durch Pipers Bilder im Netz und hoffe auf ein Lebenszeichen. Aber ich stoße nur auf noch mehr Nachrichten von Schulkameraden, die wie Echos der gefühlsseligen Botschaften auf ihrem Spind klingen.

Ich gehe auf mein eigenes Profil, wo das Foto von Sara und mir immer noch mein letztes Post ist. Da öffne ich die Galerie auf meinem Handy und gehe zum letzten Bild – Piper und ich im Perückenladen, ihre Wange an meinem knallrosa Haar.

Bevor ich es mir anders überlegen kann, lade ich es auf meine Pinnwand hoch. *#scarsistersforlife #keepflying*.

Ich möchte noch etwas sagen, irgendwas Witziges, Persönliches, Perfektes. Irgendwas, das richtig ist. Aber mir fehlen die Worte.

Also drücke ich auf Senden.

Einen Augenblick später erscheint das Foto auf meiner Homepage, und damit ist die perfekte Illusion der Ava vor dem Feuer auf einen Schlag weg.

Ich tagge Piper und schließe den Bildschirm, bevor irgendwer einen Kommentar hinterlassen kann.

Ohne Piper schleppt sich das Leben pseudonormal dahin. Hausaufgaben. Theaterprobe. Vergebliche Versuche, Kenzie zu überführen. Cora meldet mich für den SAT-Test an, und ein fettes Buch mit dem Titel *Wie man die Collegebewerbung überlebt* ersetzt das *Burn Survivor Quarterly* auf ihrem Nachttisch. Sie fängt sogar an, gelegentlich zu erwähnen, dass wir im Sommer den einen oder anderen Campus besichtigen könnten.

Die Hektik vor dem Schuljahresende erfasst die Crossroads. Die Flure hängen voller Plakate, die den Prom-Ball als *Night of Your Life!* anpreisen. Mädchen unterschreiben schnatternd Jahrbücher, und niemand beachtet die Fotos und Karten, die nach ein paar Wochen von Pipers Spind abblättern. Ich beobachte sogar, wie jemand, ohne es auch nur zu sehen, auf ein Bild von ihr tritt. Das ist genauso, wie niemand die Piper-große Lücke neben mir registriert.

Ich kann inzwischen allein über die Gänge laufen. Aber ich will nicht.

Genauso wenig wie ich ohne Piper im Publikum auf die Bühne will. Während der Generalprobe stehe ich in meinem schrecklichen pinkfarbenen Glinda-Kleid auf meiner Markierung und blinzle ins Scheinwerferlicht. Die Aufführung ist in einer Woche. Es wird meine erste ohne Mom und Dad sein. Was, wenn Piper auch nicht da ist?

Jeden Abend höre ich zum Einschlafen Pipers Hymne über Narben, die sich in Flügel verwandeln. Aber als die Premiere in meinem Kalender immer näher rückt, beginne ich daran zu zweifeln, dass ich irgendwas für sie oder mich bewirken kann. Ich bitte Cora, mich zur Gruppenstunde zu fahren.«

»Ich glaube, die brauche ich«, sage ich.

In dem geräumigen Gemeinschaftsraum wirkt unsere Viererrunde besonders klein. Ich bleibe außerhalb des Stuhlkreises stehen und schaue auf die Stelle, wo Piper sein sollte.

»Sie wird wiederkommen«, sagt Dr. Layne. Sie legt einen Arm um mich und zieht mich in den Kreis. »Und ihr Platz hier wird bereit sein, wenn sie es ist.«

Pipers leerer Platz klagt mich an, während wir über die Kraft der Liebe sprechen. Wie wir sie brauchen. Wie wir sie zeigen. Wie wir sie verdienen.

Dieses eine Mal rede ich, als ich an der Reihe bin. Ich erzähle der Gruppe, dass ich Piper helfen will, indem ich Kenzie bloßstelle.

»Ich mache mir Vorwürfe, dass ich Piper nicht früher geholfen habe, und ich bin mir sicher, sie wirft mir das auch vor. Aber ich werde das alles für sie regeln.«

Meine Wortmeldung wird mit Schweigen quittiert. Sogar von Braden, der erstaunlicherweise noch nicht weint. Zögernd hebt er die Hand.

»Wenn du über Selbstvorwürfe reden willst – da bin ich sozusagen Experte. Ich bin der Junge, der einen Benzinkanister über ein Lagerfeuer gehalten hat. Da war niemand anders, dem ich die Schuld geben konnte, außer mir selbst. Und lange Zeit habe ich genau das gemacht. Bei jeder Operation sagte ich mir, ich würde den Schmerz verdienen. Es war meine Schuld, als mein Vater uns verließ. Meine Schuld, dass Mom zu einer Alleinerziehenden mit einem Berg unbezahlter Arztrechnungen wurde.«

Er schiebt den Ärmel hoch, damit wir seinen fleckigen Arm sehen können. Die total faltige und farblose Haut von der Schulter bis zum Unterarmstumpf.

»Aber wisst ihr was?« Er reibt sich mit seiner anderen

Hand über die Narben. »Nachdem ich mir jahrelang Vorwürfe gemacht habe, bin ich immer noch verbrannt. Schuldgefühle können meine Haut nicht von den Narben befreien. Ich schätze, was ich damit sagen will, ist: Vorwürfe sind sinnlos.«

»Er hat recht«, meldet Olivia sich zu Wort. »Ich weiß, es ist irgendwie seltsam, dass ich immer noch zu dieser Gruppentherapie komme. Inzwischen sollte es mir ja besser gehen, nicht wahr?«

Ich wage nicht zu nicken.

»Aber ich komme ja nicht, weil ich geheilt werden müsste. Ich komme her, weil ich hier so akzeptiert werde, wie ich bin.« Sie schaut mich an. »Du kannst Piper nicht heilen. Ihr könnt höchstens zusammen stärker sein.«

Dr. Layne beendet die Runde, indem sie uns den Auftrag gibt, heute jemand Liebe zu erweisen, und wenn es nur wir selbst sind. Ich muss fast laut auflachen, als ich daran denke, dass Piper dazu vielleicht gesagt hätte, dass Braden sich wahrscheinlich regelmäßig selbst liebt.

Dann macht Dr. Layne noch eine Gruppenumarmung mit uns, die auf der Peinlichkeitsskala leicht eine 10,5 erreicht. Aber als ich nach einem raschen Drücken zurückweichen will, zieht Olivia mich wieder in den Kreis. Sie hakt sich bei mir unter, während Dr. Layne mich an ihre Seite drückt und Braden seinen halben Arm über Olivias Schulter legt.

Ich lasse mich von ihnen umarmen, und als ich nachgebe, fühlt sich der große Raum plötzlich gar nicht mehr so leer an. Wir stehen Haut an Haut – Narbe an Narbe –, und unser kleiner, leicht angeschlagener Kreis des Vertrauens füllt den Raum.

Im Hinausgehen drückt Dr. Layne mir eine neue Broschüre über dieses Sommercamp in die Hand und meint: »Denk drüber nach«.

Diesmal nehme ich sie mit.

*

Als ich nach Hause komme, checke ich meine Posts. Keine Spur von Piper. Dafür muss ich bei den Kommentaren zu #scarsisters dreimal scrollen, um ans Ende zu kommen.

Queenchloe84: Ava! Wo hast du gesteckt?!

4eva_emma: Ich liebe die pinkfarbenen Haare.

Nightavenger: Du siehst toll aus! Wir vermissen dich hier!

Sttb704: Du bist eine Inspiration!

In einem ersten Reflex will ich mich über die Seiten voller Worte lustig machen. Erbärmlich. Peinlich. Leer.

Doch dann sehe ich mir die Profilbilder neben den Worten meiner alten Freunde an. Gesichter, die ich mal so gut kannte, und da überfällt mich ein Gedanke: Geht es ihnen so wie mir mit Piper? Fühlen sie sich hilflos und wissen nicht, was sie sagen oder machen sollen? Wie lange saßen sie wohl mit den Fingern über der Tastatur und warteten auf die passenden Worte? Wie oft haben sie etwas geschrieben, gelöscht, geschrieben und wieder gelöscht, bevor sie auf Senden tippten?

Ich scrolle noch mal durch die Kommentare. Die der Mädchen aus der Theatergruppe, die nach dem Feuer versucht haben, für mich da zu sein. Ich habe sie zurückgestoßen, aus Angst, sie könnten mit meinem neuen Ich nicht klarkommen. Weil ich fürchtete, sie würden feststellen, dass man mich nicht wieder in Ordnung bringen konnte.

So wie ich wissen sie nichts Perfektes zu sagen, aber sie sagen trotzdem irgendwas.

Vielleicht ging es sowieso nie um die Worte.

Vielleicht hat meine Therapiegruppe ja recht: Es geht darum, da zu sein – die Hand auszustrecken –, selbst wenn verdammt noch mal nichts auch nur irgendwas wieder in Ordnung bringen kann.

Ganz oben im Thread schreibe ich eine Antwort.

dramagrrl: Danke! Vermisse euch auch alle! Ich komme euch bald mal besuchen.

Zu meiner eigenen Überraschung meine ich jedes Wort davon.

Ich lasse mich rücklings auf mein Bett fallen, um mir Pipers Hymne *Phoenix in Flame* anzuhören. Während das Mädchen von Flügeln singt, greife ich nach der Broschüre für das Brandverletzten-Camp neben mir. Auf dem Cover trägt ein Mann, der wie ich statt eines Ohrs nur noch ein Loch hat, einen lachenden kleinen Jungen auf dem Arm. Narben lassen die Gesichter von beiden verschwommen aussehen. Darüber steht: »Nichts heilt Menschen so wie andere Menschen«. Und über der Zeile steigt ein pinkfarbenes Phönixsymbol auf.

Ich mache den Fire-Mix aus und schreibe Asad eine Nachricht.

Erinnerst du dich noch an das Tattoo-Studio, in das du Piper gefahren hast?

Ja, warum?

Weil du mich auch hinfährst.

Kapitel 47

Asad fährt, während ich den Zettel von Cora umklammere, der besagt, dass ich meinen Körper nach Herzenslust verunstalten darf. Cora war zunächst nicht begeistert von der Idee. Okay, hier die Wahrheit: Sie meinte, das sei das Verrückteste, was sie je gehört hätte.

»Warum willst du deinem Körper noch mehr Narben zufügen?«, fragte sie ehrlich verblüfft.

Ich erinnerte sie daran, dass es ja tatsächlich *mein* Körper sei und dass ich bis jetzt keinerlei Einfluss auf meine Narben hatte.

»Aber bei einem Tattoo entscheide ich, wie ich aussehe«, sagte ich. »Dieses eine Mal.«

Das konnte sie ziemlich gut nachvollziehen.

Meine Ankündigung, am Camp für Brandverletzte teilzunehmen, versetzte sie zusätzlich in eine besonders wohlwollende Stimmung. Nach kurzer telefonischer Rücksprache mit Dr. Sharp, der mir seinen Mediziner-Segen erteilte, eine beliebige Stelle nicht transplantierter Haut tätowieren zu lassen, unterschrieb Cora das Formular. Allerdings schrieb sie in Großbuchstaben noch ganz oben drauf: ETWAS KLEINES! GESCHMACKVOLLES! WAS IHRE ENKEL MAL NICHT ERSCHRECKEN WIRD!

Auf der Fahrt zum Tattoo-Studio erwähnt Asad nicht, dass ich keine Kompressionswäsche trage, aber ich bin mir sicher, es ist ihm aufgefallen. Meine erhabenen Transplantationsnarben winden sich meine Arme und Beine hinunter, und auch ich bin es nicht gewohnt, sie so deutlich zu sehen. Doch ich habe mir bis jetzt noch keine Stelle für das Tattoo ausgesucht, und ich will nicht in der Öffentlichkeit die Reißverschlüsse aufziehen und mich aus der Wäsche herausschlängeln müssen.

Der Laden ist überhaupt nicht, was ich mir nach meiner Klischeevorstellung aus Filmen mit in Leder gekleideten Bikern, die sich in irgendeinem zwielichtigen Hinterzimmer tätowieren lassen, erwartet hatte. Stattdessen betreten Asad und ich einen makellos sauberen Laden mitten in einer Vorstadt-Mall.

Behandlungsstühle und Tabletts mit offenbar sterilen Instrumenten erinnern mich eher an eine Zahnarztpraxis. Das soll meine rebellische Solidaritätsbekundung aber nicht schmälern. Asad sieht sich die an die Wand gepinnten Bilder an, die wie ein Sammelsurium von Kunst auf Haut wirken. Er zeigt auf eines: ein Reißverschluss, der die Haut darunter zu öffnen scheint.

»Das hier solltest du dir machen lassen.«

Da erkläre ich ihm, dass Reißverschlüsse höchstwahrscheinlich gegen Coras Regel »Enkel nicht erschrecken« verstößt. Außerdem weiß ich ja schon, was ich möchte.

Asad sieht mich an und zieht fragend eine Augenbraue hoch.

»Bitte sag mir, dass es nicht irgendein chinesisches Sprichwort ist. Die Hälfte davon bedeutet etwas völlig anderes, als man glaubt. Dann läuft man sein Leben lang rum und denkt, auf dem eigenen Handgelenk stünde: ›Liebe und Hoffnung‹ und dabei heißt es in Wirklichkeit: ›Wo ist die Toilette?‹«.

Ich ziehe die zusammengefaltete Broschüre des Camps für Brandverletzte aus meiner Tasche und zeige auf den Vogel.

»Ich will den da«, sage ich. »Wie Piper.«

»Piper wie Phönix-Piper?«, fragt da eine Stimme hinter uns. Ein Typ, kaum älter als wir, kommt durch einen Perlenvorhang hinter dem Empfangstresen. Er trägt keinen Bart und keine Lederweste, wie ich gehofft hatte, aber mit seinem Männer-Bun und dicker Nerdbrille strahlt er zumindest so was aus wie »bin gerade high von meiner Wasserpfeife hinten im Lagerraum«. Und das muss dann eben reichen. Auf seinem Bizeps ist ein bunter Drache zu sehen, der sich bis zu seinem Handgelenk hinunterschlängelt.

»Du kennst Piper?«, frage ich.

»Na klar. Ich hab sie tätowiert.« Er streckt mir seine Hand hin. »Gabriel.«

»Ava.«

»Alles klar, Ava. Alle Freunde von Piper sind hier willkommen. Auch eine Viking, nehme ich an?«

Ich nicke.

»Ich auch. Hab letztes Jahr meinen Abschluss gemacht. Deine Freundin Piper war tatsächlich mein erster Solo-Job. Sie kam hier rein und verlangte was Majestätisches, Fantastisches…« Er lächelt mich an. »Etwas, das ihr Flügel verleihen sollte. Das hab ich dann gemacht. Wie geht's ihr?«

Ich zögere.

»Nicht so besonders, ehrlich gesagt. Das ist mit ein Grund, warum ich hier bin.« Ich halte ihm meine Broschüre hin. »Ich will auch einen Phönix. Aber nicht über den ganzen Rücken oder so.«

Gabriel lehnt sich gegen einen Behandlungsstuhl und stützt sein Kinn auf die Hand, während sein Blick über meinen Körper wandert. Falls meine Narben ihn schockieren, lässt er es sich jedenfalls nicht anmerken. Er sucht mich eher Zentimeter für Zentimeter ab.

»Ich werde dir das Gleiche sagen, was ich auch schon Piper gesagt habe«, meint er schließlich. »Du brauchst kein Tattoo.«

»Und du bist nicht gerade geschäftstüchtig«, sage ich.

»Hör zu. Jeder, der herkommt, sucht sich ein Bild von der Wand da aus, um der Welt mitzuteilen, wer er ist. Um sich selbst auszudrücken.« Er streckt die Hand nach mir aus, hält aber inne, bevor er meine Haut berührt. »Darf ich?«

Ich nicke. Da fasst er mich an beiden Händen, scheint unbeeindruckt von ihnen, und breitet meine Arme aus.

»Aber du? Deine Narben erzählen deine Geschichte.«

»Und was für eine Geschichte wäre das?«, frage ich.

Da sieht er mir eindringlich in die Augen.

»Dass du stärker bist als was auch immer versucht hat, dich umzubringen.«

Obwohl ich seine Berührung durch meine taube Haut kaum spüre, überlaufen mich kleine Schauer.

»Vergiss die Tinte«, sagt er. »Du bist auch so schon ein krasses lebendes Kunstwerk.«

Asad rollt hinter dem Typen mit den Augen. Ich ignoriere seinen Spott, obwohl ich zugeben muss, dass Gabriel schon eine Nummer für sich ist. Vielleicht eine Minute lang stehe ich wie gebannt einfach nur da, bis Asad mit der Hand zwischen uns herumwedelt.

»Also machen wir das jetzt oder nicht?«

»Ja, ja, wir machen es«, sage ich. »Bei diesem Tattoo geht's nicht nur um mich, sondern auch um Piper. Sie muss wissen, dass ich, egal was kommt, an ihrer Seite stehe.«

Gabriel mustert den Vogel auf dem Prospekt erneut und zieht einen Stift aus seinem Männer-Bun.

»Okay, aber wenn wir einen Phönix machen, dann nicht diese traurige Figur. Dann machen wir es richtig.«

Es ist geradezu magisch, wie er den Vogel mit ein paar Strichen verändert und aus dem kleinen Bild ein Meisterwerk macht.

»Ich liebe ihn«, sage ich.

Da verschwindet er kurz hinter dem Perlenvorhang und kommt dann mit einer Frau zurück, deren Arme von den Schultern bis zu den Handgelenken von bunter Tinte überzogen sind.

»Genau genommen bin ich noch ein Lehrling, deshalb muss die Chefin mich beaufsichtigen«, sagt Gabriel. Die Frau schüttelt mir lächelnd die Hand und lässt dabei den Blick über meine Narben gleiten. Das fühlt sich so an wie damals, als Tony mich nach meinem Vorsingen betrachtete – mit einer Mischung aus Verwunderung und Respekt.

Gabriel führt mich zu einem Behandlungsstuhl und zieht sich einen Hocker mit Rollen heran, wie Dr. Sharp ihn auch benutzt. Wegen des antiseptischen Geruchs und dem ganzen Vinyl komme ich mir ein bisschen vor wie in seinem Behandlungsraum, kurz bevor ich wieder unters Messer komme.

Doch wie ich schon zu Cora gesagt habe, diesmal suche ich die Narbe aus.

Gabriel sucht ein paar Minuten lang nach einer passenden Stelle auf meiner Haut, die er als Leinwand verwenden kann. Ich bin zu nervös und aufgeregt, um mich groß darum zu kümmern, wie intensiv er und seine Chefin meinen entblößten Körper betrachten. Wir einigen uns schließlich auf eine Stelle am Knöchel, wo die narbenfreie Haut meines Fußes in die vernarbte Wade übergeht.

»Ich kann den Vogel im Profil auf den Knöchel bringen, als würde er in die Narben fliegen«, sagt er. »Als würde er gleich durch sie hindurchschießen.«

»So machen wir es«, sage ich.

Ich lehne mich auf dem Stuhl zurück, während er meinen Knöchel abstützt und einen Umriss seiner Kreation auf mein Bein zeichnet. Als ich damit einverstanden bin, nickt auch seine Chefin, und Gabriel macht sich ans Werk. Asad hält meine Hand.

»Ach, es ist nicht so schlimm.« Ich entspanne alle Muskeln, während die kleinen Nadeln in meine Haut stechen. Das fühlt sich an, als ließe jemand ein winziges Gummiband dagegenschnalzen. Jedes Mal ein schwacher Schmerz, der aber gleich wieder nachlässt.

»Nach allem, was du schon durchgemacht hast, ist das bestimmt wie ein Frühlingsspaziergang für dich«, sagt Gabriel. Er spricht, während er zeichnet, fragt uns nach der Schule und mich, wie die Verbrennungen passiert sind. Obwohl ich dem Jungen noch nie zuvor begegnet bin, rede ich. Als ich ihm von Piper erzähle, legt er eine Pause ein.

»Das ist hart. Dabei ist sie so ein cooles Mädchen.«

Ich liebe ihn dafür, dass er nicht in der Vergangenheitsform über sie spricht.

Bevor es mir so richtig bewusst wird, habe ich ihm im Grunde genommen mein ganzes Leben erzählt. Vom Brand. Dass ich in *Der Zauberer von Oz* mitspiele, dass es mein erster Auftritt mit Narben ist und wie sehr ich das Singen und das ganze Broadway-Zeug vermisst habe.

Er verrät mir, dass *Cats* das einzige Musical ist, das er je gesehen hat, und dass er es toll fand. Dann arbeitet er weiter, bewegt dabei aber ein wenig die Lippen, bis mir klar wird, dass er zum Surren der Nadeln leise singt. Als ich die Melodie erkenne, falle ich mit ein, sodass wir zusammen den Schlusschor von *Memory* singen.

Asad schüttelt den Kopf.

»*Cats*? Echt jetzt, Alter?«

Gabriel zuckt mit den Achseln, hält den Blick aber weiterhin auf meinen Knöchel gerichtet. »Was soll ich sagen? Ich hab eben eine Schwäche für Klassiker.« Er lächelt zu mir hoch. »Du hast übrigens eine Killerstimme. Das Publikum wird gar nicht wissen, wie ihm geschieht.«

Ich ignoriere meinen Impuls, den Blick abzuwenden.

»Danke, du aber auch.«

Gabriel hebt seine Hände, die in Gummihandschuhen stecken, so triumphierend, als würde er gleich eine Zugabe anstimmen: »Voilà!«

Er zeigt auf meine Haut, wo er einen Phönix im Flug festgehalten hat. Die Flügel sind zu beiden Seiten ausgebreitet und leuchten so flammend rot, orange und gelb wie Pipers Vogel. Pfeilgerade zeigen Kopf und Schnabel auf meine Wunden.

Gabriel streckt mir die Hand hin, und als er mir auf die Füße geholfen hat, dreht er mich an seiner Hand einmal langsam im Kreis herum.

»*She conquered her demons and wore her scars like wings*«, zitiert er, während ich meine Drehung vollende. »Piper hat Glück, dich als Freundin zu haben.«

»Ich bin auch ziemlich froh, dass ich sie habe.«

Bevor wir gehen, schreibt Gabriel mir noch eine Nummer auf eine Visitenkarte des Studios.

»Das ist meine Mobilnummer. Ruf mich an, falls sich was entzündet, du Fragen hast oder es an irgendeiner

Highschool in der Gegend Theateraufführungen gibt, die ich nicht verpassen sollte.« Mit einem Augenzwinkern gibt er mir das Kärtchen. »Ich verspreche auch, nicht mitzusingen.«

Draußen bleibe ich stehen, um mir sein Kunstwerk im schwachen Licht der Abenddämmerung noch mal anzusehen.

»Piper wird es lieben«, sagt Asad entschieden. »Perfekt, um sie damit wieder willkommen zu heißen.«

»Okay, und was ist mit dir?«

Asad öffnet lachend die Autotür für mich. »Ja, klar. Mein Dad hat gerade erst wieder angefangen, überhaupt Notiz von mir zu nehmen, nachdem ich ihm klargemacht habe, dass mir mehr nach Zugaben auf der Bühne als nach Medikamentengaben im Sprechzimmer zumute ist. Da wäre ein Tattoo wahrscheinlich nicht gerade hilfreich.«

»Nein, ich meine wegen Piper. Hast du vor, ihr deine unsterbliche Liebe zu gestehen, wenn sie wieder da ist?«

Asad macht die Tür zu, ohne mir zu antworten. Dann geht er um die Motorhaube herum, steigt ein und starrt eine geschlagene Minute lang nur aufs Lenkrad.

»Eines Tages vielleicht. Aber ich glaube, du hattest recht – was Piper jetzt braucht, ist ein guter Freund.«

Ich halte ihm meine hoch erhobene Hand hin.

»Lebenslang nur gute Freunde! Willkommen im Club.«

Asad klatscht nicht ab. Stattdessen zeigt er auf das Tattoo-Studio, von wo Gabriel uns durch die Glasscheibe zuwinkt.

»Hallo? Warst du gerade nicht mit da drin? Dieser hippiemäßige Tattoo-Typ hat total mit dir geflirtet.« Er sieht mich mit klappernden Augenlidern an. »Darf ich Sie durch die Mall wirbeln, Mylady?«

Ich boxe ihm gegen die Schulter.

»Er war doch bloß nett.«

Asad lässt den Motor an und legt zum Rückwärtsfahren den Arm um meine Rückenlehne.

»Also wenn du nicht gemerkt hast, dass das Flirten war, dann bist du genauso irre wie er. Ich will zwar nicht behaupten, dass es dieser Kerl sein muss – denn hallo, ein Männer-Bun? –, aber eines Tages wird irgendein Typ dich tretend und kreischend aus der Gute-Freunde-Zone zerren.«

»Du meinst ein Blinder?«

»Vielleicht.« Asad lacht. »Oder vielleicht jemand, der deine Narben liebt, weil sie ein Teil von dir sind.« Grinsend dreht er sich wieder nach vorn. »Du bist ein lebendes Kunstwerk, schon vergessen?«

Ich winke Gabriel zu, bevor wir wegfahren. Dann stecke ich die Karte mit seiner Nummer in meine Tasche, damit ich sie nicht verliere. Auf der Heimfahrt drehe ich meine Wade immer wieder so, dass ich sein Kunstwerk bewundern kann.

Der Schwanz des Phönix zeigt wie gelockt nach unten und hat die gleichen Farben wie die Flügel, mit denen der kraftvolle Vogel zu meinen Narben emporschießt.

Ich werde jetzt zwar nicht auf den Zug Narben-sind-toll aufspringen, aber letztes Jahr um diese Zeit hätte ich nie geglaubt, dass irgendwas an mir so wunderschön sein könnte.

22. Mai

Eine Geschichte.
Ein Schutzschild.
Ein Stern.
Was sind diese Narben?

Bin ich diese Haut?
Komplett darin gefangen?
Ein kaputter Körper.
Ein kaputtes Mädchen.

Oder bin ich mehr als das?
Als dieser Quilt
aus Scham und Schuld.

Zum ersten Mal beginne ich zu glauben,
dass es unter dieser Haut
immer noch ein Ich gibt.

Aus Asche,
aus Rauch,
aus Narben –
ein Mädchen.

Ihre Schwingen
warten darauf
sich zu entfalten.

Kapitel 48

Ohne die geringste Vorwarnung, genau zwölf Stunden bevor ich zum ersten Mal nach dem Brand vor ein Publikum trete, kehrt Piper zurück.

Am Morgen der Aufführung verlassen Asad und ich gerade den Biologiesaal, als ich sie am Ende des langen Flurs entdecke, von dem die Räume für Naturwissenschaften abgehen. Bei jedem schlurfenden Schritt mit ihrer Gehhilfe verzieht sie vor Schmerz das Gesicht.

Piper bahnt sich langsam ihren Weg durch die Menge und hält die Augen stur aufs Linoleum gerichtet, während alle sich so verstohlen nach ihr umdrehen wie bei meinem ersten Spießrutenlauf auf dem Flur. Blicke. Geflüster hinter vorgehaltener Hand.

Getuschel über das Mädchen, das die Tabletten geschluckt hat. Das Mädchen, das wieder geht, schmerzlich langsam, mitten in das hinein, dem sie zu entkommen versuchte. Weil ich es nicht geregelt habe.

Als Piper an ihrem Spind stehen bleibt, lehnt sie sich mit einer Seite an die Gehhilfe, um die zwei letzten Karten abzureißen, die sich irgendwie noch bis zu ihrer nicht gerade triumphalen Rückkehr gehalten haben. Ein paar Schritte von uns entfernt, beobachtet auch Kenzie Pipers frostigen Auftritt. Ich stoße Asad an, als ich das Telefon in Kenzies Hand bemerke. Er schüttelt den Kopf.

»Vergiss sie«, sagt er. »Das gäbe nur eine Riesenszene.«

Wut lodert in mir auf, als ich an Kenzies Nachrichten denken muss. An jedes einzelne gemeine Wort.

Alle hassen dich

Ich hole mein eigenes Handy aus dem Rucksack und rufe die Nummer auf, die Piper so tyrannisiert hat.

»Eine Riesenszene ist genau das, was ich will.«

Ich gehe direkt auf Kenzie zu, doch die bewegt sich weg von mir den Flur hinauf. Dabei holt sie einen blauen Umschlag aus ihrer Tasche und hält ihn Piper hin.

»… von uns allen«, höre ich sie sagen. »Wir haben uns solche Sorgen um dich gemacht.«

Ich schnappe mir die Karte, bevor Piper sie nehmen kann.

»*Du* hast dir solche Sorgen um sie gemacht?«, sage ich. »Das Theater kannst du dir sparen, Kenzie.«

Sprachlos starrt sie mich an.

»Wir wissen doch alle, was für eine Freundin du gewesen bist«, sage ich.

Eine Art Lauffeuer erfasst meinen ganzen Körper, als Kenzie und mit ihr die Hälfte der anderen Schüler auf dem Flur sich zu mir umdreht. An jedem anderen Tag wäre mein anderes Ich mit eingekniffenem Schwanz davongelaufen. Aber heute nicht.

Nicht, wenn Piper mich braucht.

Du weißt, du hättest fahren sollen.

»Was machst du?«, zischt Piper mich mit zusammengebissenen Zähnen an. »Alle glotzen schon.«

»Lass sie doch«, sage ich.

Und ich spüre, wie um uns herum alle näher rücken, um zu lauschen. Ein paar Jungs fangen sogar an zu grölen: »Schlagt euch, schlagt euch.« Kenzie tritt unbehaglich von einem Fuß auf den anderen.

»Das ist nicht meine Schuld«, flüstert sie. »Ich hab das nicht getan.«

»Was hast du nicht getan?«, sage ich. »Hast du etwa nicht den Unfall gebaut? Hast du nicht versucht, Piper die Schuld in die Schuhe zu schieben? Was genau hast du *nicht* getan?«

Kenzie reißt die Augen auf, und ihre Nasenflügel blähen sich. Sie schüttelt den Kopf. »Ich hab sie nicht dazu gebracht …«

»Nein«, unterbreche ich sie. »Du hast ihr die Tabletten nicht gegeben, aber du *hast* den Unfall hinter dir und Piper von Anfang an im Stich gelassen.«

Kenzie dreht sich zu Piper um, die auf unsicheren Beinen schwankt.

»Du warst diejenige, die mich zuerst gehasst hat«, sagt Kenzie. »Jedes Mal, wenn ich dich in diesem Rollstuhl sehe, wünsche ich mir, ich könnte es rückgängig machen, aber das kann ich nicht. Was hätte ich denn machen sollen?«

Ich schiebe mich zwischen die beiden, und das Feuer in mir brüllt so laut, dass ich mich selbst kaum noch denken höre. Asad stellt sich neben Piper und streckt den Arm aus, um sie zu stützen.

»Ava, hör auf«, sagt Piper. Ihre Stimme klingt kleinlaut, fast wie ein Wimmern.

Ich mache einen Schritt auf Kenzie zu.

»Du hättest ihre Freundin sein sollen. Du hättest ihr nicht schreiben sollen, dass sie besser tot wäre.«

Da fährt Kenzie vor mir zurück, als hätte ich ihr mit der Faust in den Bauch geschlagen. In der Menge brandet Geflüster wie eine Welle auf. »Das habe ich nicht getan«, sagt sie. »Ich schwör's dir, Piper, so was würde ich nie tun.«

»Genauso wie du das Bild von mir nicht verschickt hast?«, frage ich.

Kenzie blickt zu den anderen, auf den Boden, überallhin, nur nicht zu mir. Und sie antwortet nicht.

»Das dachte ich mir«, sage ich.

Ich tippe auf die Nummer.

Als ich eine Hand auf meinem Arm spüre, drehe ich mich um und sehe Piper. Mit flehendem Blick und ganz weiß im Gesicht.

»Lass es«, sagt sie. »Es spielt keine Rolle.«

Warum bist du in der Nacht nicht einfach gestorben?

»Doch, das tut es«, sage ich. »Genau wie du.«

Ich drücke auf Anrufen.

Ich höre es in der Leitung klingeln, und meine Augen – wie die Augen aller anderen – sind auf Kenzies pinkfarbenes Handy gerichtet, das jeden Moment aufleuchten muss.

Neben mir gibt Piper einen erstickten Laut von sich, dreht sich nach hinten und greift nach ihrem Rucksack.

Ein vertrauter Klingelton, von einem E-Piano, durchbricht die Stille und lässt mich innerlich zu Eis erstarren. Ich schaue auf das Handy – nicht auf das stumme in Kenzies Hand, sondern auf das, das noch halb in Pipers Rucksack steckt und im selben Rhythmus klingelt, wie ich ihn in meinem höre.

Solltest du vielleicht noch.

Kapitel 49

Piper stellt ihr Telefon auf stumm, aber es ist zu spät.

»Ich hab dir doch gesagt, du sollst es lassen«, zischt sie leise.

Hundert andere Augenpaare beobachten mich, aber meine bleiben an Piper kleben. Sie sieht wieder aus wie das zerbrechliche Mädchen in dem Krankenhausbett. Und jetzt habe ich vor allen anderen den Vorhang beiseitegerissen.

»Das warst du?«, flüstere ich.

Die Menge zerstreut sich allmählich. Keine Schlägerei heute, Leute. Nur ein gebrochenes Mädchen mitten auf dem Gang, das am liebsten im Boden versinken möchte. Ein paar bleiben noch, beobachten, tuscheln, warten, um zu sehen, was als Nächstes passiert. Kenzie starrt Piper an, und ich rechne mit irgendeiner triumphierenden Reaktion oder einer typischen Äußerung. Stattdessen streckt Kenzie den Arm aus und legt eine Hand auf Pipers Gehhilfe.

»Ich hatte keine Ahnung, dass es so schlimm war«, sagt sie. »Wenn ich gewusst hätte …«

Piper stößt ihre Hand weg, und in dem Moment legt Kenzie den Kopf in den Nacken, weil sie anscheinend eine Träne auffangen will. Die rinnt ihr trotzdem über den Hals, entlang einer unregelmäßigen pinkfarbenen Linie, die ich noch nie zuvor bemerkt habe. Eine Narbe im gleichen Heilungsstadium wie Pipers verläuft von ihrem Kinn bis zum Schlüsselbein.

Als sie meinen Blick bemerkt, schüttelt Kenzie ihr Haar wieder vor die Schulter und versteckt die Narbe, die niemand sehen soll, die sie aber trotzdem hat hässlich werden lassen.

Piper zerrt ihre Gehhilfe von uns beiden weg und schwankt unsicher. Ich höre Dr. Laynes Worte in meinem Kopf: Du kannst Menschen an dich heranlassen, oder du kannst deine Narben andere abstoßen lassen. Piper hat Kenzie weggestoßen. Kenzie hat zurückgestoßen. Und am Ende sind beide allein.

Jetzt stößt Piper auch mich von sich.

Mit leerem Blick sieht sie mich an, und da wird mir eines klar: Ich kann das hier nicht regeln.

So wenig, wie ich die Narben aus meinem Gesicht verschwinden lassen kann.

Aber es gibt etwas, das ich tun kann.

Ich drehe mich zu Piper um und passe mich ihren Schritten an.

»Du machst es nur schlimmer. Geh einfach weg«, flüstert sie mit gepresster Stimme. »Ich brauche das nicht. Du musst dich nicht für mich einsetzen.«

»Tue ich nicht. Ich setze mich mit dir zusammen ein.«

Piper nimmt eine Hand von ihrer Gehhilfe und taumelt ein wenig zur Seite, als sie mich damit wegschiebt.

»Geh endlich!« Ihre Worte sind über den Lärm auf dem Flur hinweg zu hören. »Alle schauen uns schon an. Du hasst das doch. Also. Geh. Endlich. Weg.«

»Nein.«

Piper wird ganz rot im Gesicht, bleibt abrupt stehen und fuchtelt mit beiden Händen durch die Luft.

»Dann machen wir eben eine Freak-Parade! Hey, alle mal hersehen. Tretet näher für die Show.«

Die Hälfte der Leute um uns herum wendet sich verlegen ab, die andere schafft es nicht wegzugucken.

»Das verbrannte Mädchen und die Psychopathin, ein vergnüglicher Anblick für jeden!«, schreit sie.

»Diesmal wird es nicht funktionieren«, sage ich. »Du kannst mich nicht wegstoßen, sodass ich von selbst gehe, weil *ich* nicht gehen werde.«

Piper stöhnt und rutscht weiter mit ihren Schlurfschritten den Flur entlang, durch Menschentrauben, die sie und ihre Gehhilfe anrempeln. Als sie aufs Klo abbiegt, biege ich mit ihr ab.

»Du willst mich wohl verarschen?«, sagt sie.

In der Toilette dreht sie sich zu mir um und brüllt so laut, dass ein Mädchen aus dem Freshmanjahr erschrocken ihr Papierhandtuch fallen lässt und zwischen uns durch nach draußen flüchtet.

»Was willst du, Ava? Eine Erklärung? Ist es das? Ich hab gelogen, okay? Ich habe diese Nachrichten geschickt, damit du dich von Kenzie fernhältst. Glückwunsch – du hattest recht! Ich bin besitzergreifend und bedürftig und eifersüchtig, und ich konnte die Vorstellung nicht ertragen, dass du dich mit ihr anfreundest.«

»Ich will nicht …«

»Und weißt du was?«, fällt sie mir ins Wort. »Es hat mir gefallen. Es fühlte sich gut an zu schreiben, was sowieso alle denken.«

»Du denkst, jeder wünscht dir den Tod?«

Als ich sie an der Schulter fassen will, weicht sie zurück.

»Ich *weiß* es.«

»Da irrst du dich.«

»Und du bist anscheinend bescheuert. Hast du nicht gehört, was ich gesagt habe? Ich habe gelogen. Ich habe dich benutzt. Ich bin eine verrückte, Tabletten schluckende Irre, und du solltest zusehen, dass du so weit von mir wegkommst, wie du nur kannst.«

Als ich mich nicht rühre, schiebt sie ihre Gehhilfe in die Behindertenkabine, knallt die Tür zu und schließt ab.

»Geh weg!«, brüllt sie durch die Wand. »Du kannst mich nicht in Ordnung bringen!«

Ich rutsche neben einem überquellenden Mülleimer auf den Fliesenboden und ziehe die Knie an die Brust.

»Ich versuche auch gar nicht, dich in Ordnung zu bringen«, sage ich. »Ich versuche nur, dir zu sagen, dass ich dich lieb habe. Mit deinen Narben und allem.«

Es ist die Art Liebe, von der ich dachte, sie sei mit meinen Eltern gestorben. Die Art, von der ich dachte, sie sei für immer vorbei, als ich mein Gesicht zum ersten Mal sah.

Liebe ohne Kleingedrucktes.

Durch den Spalt unter der Kabinentür sehe ich, wie Piper sich auf den Boden plumpsen lässt. Sie reibt sich über die Oberschenkel, als wolle sie ihre überanstrengten Muskeln massieren.

»Tut's weh?«, frage ich.

»Mir fehlt nichts.«

Es läutet zur nächsten Stunde. Quietschende Sneakersohlen auf dem Flur sagen uns, dass andere sich beeilen, um zum Unterricht zu kommen. Dann ist es still. Ein Wasserhahn tropft ohrenbetäubend laut. Was würde Dr. Layne jetzt tun? Was Cora?

Dann fällt es mir schlagartig ein: Was würde Piper tun?

»*She's a Phoenix in a flame.*« Halb spreche und halb singe ich.

»Wag es bloß nicht, meinen Fire-Mix gegen mich zu verwenden«, knurrt Piper hinter verschlossener Tür.

Ich singe ein bisschen lauter und tue so, als würde ich sie nicht hören.

»*A hellfire raging from within …* «

Piper stöhnt.

»Wir sind meilenweit über kitschige Feuer-Songs hinaus. Also. Hör. Einfach. Auf.«

Ich stehe auf, stelle mich in die Ecke und lege den Kopf in den Nacken, damit meine Stimme durch den ganzen Raum schallt.

»*Her story written on her skin.*«

Piper hämmert mit den Fäusten gegen die Tür, was die ganze Kabinenreihe erzittern lässt.

»Hör auf zu singen! Hör auf so zu tun, als sei alles okay. Nichts ist okay!«

Ich schmettere weiter: »*Once broken, now she flies.*«

Während ich singe, brüllt sie.

Und brüllt.

Und als ihr die Luft ausgeht, schreit sie trotzdem noch ein bisschen weiter.

»Die hassen dich! Die wollen dich nicht mal berühren! Du bist ein Witz. Das sind wir beide.«

»*Soaring …*«

»Freddy Krueger!«, kreischt Piper. »Roadkill!«

»*… above everything.*«

Ich schreie jetzt beim Singen auch schon. Meine Stimme überbrückt den Abstand zwischen uns.

»*She conquered her demons …*« Schweigen steigt wie heiße Wellen aus der Kabine, während meine Stimme von den Fliesen widerhallt. »*… and wore her scars like wings.*«

Ich singe noch die Oh-oh-ohhhs, und nach dem letzten Oh höre ich ein geknicktes – fast unhörbares – Flüstern hinter der Tür.

»Deine beste Freundin hat versucht, sich umzubringen.«

Ich lege eine Hand an die Tür, und Pipers Worte erzeugen ein lauteres Echo als mein Gesang.

»Ich weiß.«

Pipers Stimme ist kaum wahrnehmbar. »Kapierst du es nicht? Es wird nie okay sein.«

»Ich habe nie gesagt, dass es okay sein wird. Ich habe nur gesagt, dass ich nicht weggehe.«

Piper streckt die Beine bis in die nächste Kabine, was mich daran erinnert, wie ich mich an meinem ersten Schultag hinter der Bühne versteckte und panische Angst hatte, gesehen zu werden. Trotz allem muss ich fast lachen.

»Vor drei Monaten ist mir tatsächlich die Haut gerissen, weil ich unbedingt hinter einem Vorhang verschwinden wollte«, sage ich. »Weil ich dachte, ich würde es verdienen, allein zu sein. Ich dachte, dass niemand mich anschauen und schon gar nicht mögen könnte. Dann tauchte ein Mädchen in neonpinkfarbener Aufmachung und ernsthaft fragwürdigem Perückengeschmack auf.«

Ich versuche, das Schloss von außen aufzumachen. Es geht nicht.

»Lass mich rein, Piper. Ich brauche dieses Mädchen. Ich brauche sie immer noch. Und ich werde hier nicht ohne sie rausgehen.«

Piper sagt nichts, also räuspere ich mich und beginne, einen weiteren Feuer-Song – sogar noch lauter – zu singen. »*This girl is on fi …*‹«

Die Tür fliegt auf.

»Du hast gewonnen! Aber halt die Klappe!«

Immer noch auf dem Boden lehnt Piper sich mit einem Schnaufen zurück.

»Du bist echt die Schlimmste«, sagt sie, ohne mich anzusehen.

Ich setze mich neben sie und gebe ihr einen sanften Stoß. »Du magst mich trotzdem.«

Piper lehnt ihren Kopf an die Wand und seufzt ganz tief. Eine Träne läuft aus ihrem Augenwinkel übers Gesicht und zerfließt auf den Narben an ihrem Hals.

»Ich wollte nicht sterben, weißt du«, sagt sie. »Nicht wirklich. Ich wollte nur nicht mehr leben.«

Weitere Tränen füllen ihre Augen, und es sieht aus, als würde sie sie mit purer Willenskraft daran hindern hinabzurinnen.

»Ich dachte, wenn ich bloß laufen könnte, würden die Dinge auf magische Weise besser. Aber ich war immer noch ich. Und ich bin es auch jetzt noch.« Sie deutet auf die Spuren der Verbrennungen an ihren Beinen unter den Plastikschienen. »Und ich war es so leid, mich stärker zu geben, als ich bin.«

»Dann tu es nicht«, sage ich. »Wenigstens mir gegenüber.«

Ich lege den Arm um Piper, und sie schmiegt sich an mich, ihre Narben an meiner zweiten Haut. Wie sie sich so an mich lehnt, bricht sie zusammen, und ein Schluchzen hallt in der kleinen Kabine wider.

Ich halte auf diesem gefliesten Toilettenboden ihre bebenden Schultern fest, während wir beide aufhören, gegen die Tränen anzukämpfen.

Nach ein paar Minuten setzt sie sich auf und wischt sich mit dem Ärmel über die Augen. Ich ziehe ein Hosenbein hoch und öffne den Reißverschluss meiner Kompressionswäsche, um ihr den leuchtend bunt geflügelten Phönix an meinem Knöchel zu zeigen. Piper berührt ihn schniefend.

»Miss Ich-werde-meinem-Körper-nie-absichtlich-eine-Narbe-zufügen hat sich ein Tattoo stechen lassen? Ich glaub's nicht.«

»Diese Narbe macht mir nichts aus«, sage ich. »Sie erinnert mich daran, dass du jetzt ein Teil von mir bist. Daran, dass wir zusammen stärker sind.«

Ich ziehe Toilettenpapier aus dem Spender und gebe Piper einen Packen davon, damit sie sich die Tränen im Gesicht trocknen kann.

»Ich habe jetzt zweimal die Woche eine Einzelstunde bei Dr. Layne«, sagt sie. »Das ist schon Therapie für große Mädchen.«

»Gut.«

Sie streckt die Hand aus und wischt mir eine Träne vom Kinn.

»Bist du dir sicher, dass du ein Teil davon sein willst?« sagt sie. »Denn hübsch wird das nicht.«

Ich zeige auf mein Gesicht.

»Hallo? Darin bin ich zufällig Expertin.«

Piper lacht zaghaft. Dann schnäuzt sie sich ins Klopapier, hebt beide Hände und wirft das Papier genau in den kleinen Papierkorb an der Wand. »Und was machen wir jetzt?«

»Na ja, als Erstes verschwinden wir mal aus diesem Klo, bevor die anderen anfangen, sich Sorgen um unsere Verdauung zu machen.«

Piper schüttelt den Kopf.

»Zu spät. Ich bin schon die Zielscheibe für jede Art von Spott.«

Ich stehe auf und strecke ihr die Hand hin.

»Und ich kümmere mich nicht mehr darum, was andere denken. Außerdem gehen wir zusammen. Meine beste Freundin hat mir mal gesagt, dass niemand sich der Highschool alleine stellen kann.«

»Das klingt nach einer schlauen Freundin.« Piper lässt sich von mir auf die Beine helfen, wobei sie sich an die Wand lehnt und auf mich stützt. »Und nach einer, die sexy ist.«

»Sie ist auch extrem bescheiden.« Ich hake mich bei ihr unter. »Wir können das schaffen. Highschool ist doch ein Klacks für zwei echte Phönixe. Phönixii?«

»Phönixen.«

Ich schiebe ihr die Gehhilfe hin, und sie bemüht sich, ihre Beine unter sich zu ordnen. Als sie sich schließlich daran aufgerichtet hat, reckt sie eine Faust in die Luft.

»Ich bin eine Inspiration!«

»Und unglaublich tapfer!«, sage ich.

»Ein lebendes, atmendes Wunder«, sagt Piper, nun schon halb lachend.

»Die glücklichste Überlebende, die jemals im Angesicht des Todes gekichert hat.«

Piper stützt sich auf die Gehhilfe und zuckt zusammen, als sie einen Fuß hebt. Es sieht aus, als würde sie sich durch nassen Zement bewegen. Keuchend greift sie wieder nach meiner Hand.

»Ich hab Angst«, flüstert sie.

Ich halte sie mit einem Arm um ihre Taille. »Ich auch.«

Ich öffne die Tür, und wir gehen hinaus.

Gemeinsam.

Kapitel 50

Am Abend zwänge ich mich in mein monströses Glindakostüm, während Cora die höchstmögliche Alarmstufe erreicht.

Glenn und ich gehen ihr aus dem Weg, während sie durchs Haus wirbelt, um sicherzugehen, dass sie nicht nur ihr Handy dabeihat, sondern auch ihre Kamera mit dem großen Objektiv für besondere Anlässe, ihr Ladekabel und eine Reservebatterie, nur für den Fall eines Stromausfalls in der ganzen Stadt, in dem sie – und nur sie allein – mein Higschool-Musical in all seiner Pracht filmen kann.

Das Gleiche machte sie auch bei Saras Ballettaufführungen immer. Ihre Handtasche sieht deshalb aus, als habe sie gerade einen Laden für audiovisuelle Geräte überfallen. Glenn steht an der Tür, weil Cora ihm streng eingeschärft hat, dass wir keinesfalls zu spät kommen dürfen. Er trägt die Kameratasche und kann sich wegen seiner Stiefel nicht von der Fußmatte wegbewegen, während Cora den Reißverschluss meines Kleides zumacht.

»Ist eine ganze Weile her, dass ich einem Mädchen geholfen habe, sich für die Bühne aufzutakeln«, sagt sie und macht sich nicht mal die Mühe, die Träne abzuwischen, die ihre Mascara verschmiert.

»Ich sehe aus wie ein Werbespot gegen Sodbrennen«, sage ich.

»Du siehst aus wie deine Mutter«, sagt Glenn.

Ich streiche die pinkfarbenen Rüschen an meinem Kleid glatt. Trotzig springen sie sofort wieder zurück in ihre ursprüngliche Form.

»Ja, bestimmt.«

Er verlässt die Fußmatte und ist mit zwei großen Schritten bei mir.

»Das tust du«, sagt er. »Wie sie vor deinen Aufführungen immer gestrahlt hat. Ihre Augen wurden so lebhaft, wenn sie dich auf der Bühne sah. Heute Abend hast du den gleichen Blick – du siehst genauso aus wie sie.«

Cora umarmt Glenn, und er legt seinen Arm um mich. So lehnen wir uns aneinander, ein Trio gebrochener Herzen, das zusammensteht – mit Cowboystiefeln auf dem Teppich und allem.

*

Im vollen Theatersaal gelingt es Cora und Glenn, ein paar freie Plätze in der Mitte einer Reihe auf der linken Seite zu finden, die noch nicht mit Jacken oder Taschen belegt sind. Cora erinnert mich noch mal daran, dass ich zu ihr schauen und lächeln soll, wenn ich die Bühne betrete. Sie klopft auf ihre Tasche, als könnte ich vergessen, dass sie mit einer Fülle von Geräten zum Aufzeichnen von Erinnerungen ausgestattet ist.

Auf der Suche nach Piper lasse ich den Blick über die Reihen schweifen.

»Haltet ihr einen Platz frei«, sage ich zu Cora, die gehorsam ihre Kameratasche um einen freien Sitz hängt.

»Bist du dir sicher, dass sie kommt?«

Ich nicke, obwohl ich ein flaues Gefühl in der Magengegend habe. Der Tag heute war hart, aber sie *muss* einfach kommen. Ich brauche sie.

»Ava!«

Sage quietscht und winkt von der Bühne aus. Sie grinst von einem Ohr zum anderen und trägt Kenzies Dorothy-Kostüm. Sogar ihre rubinroten Schuhe.

»Dann hast du es wirklich getan?«, frage ich, als sie den Mittelgang entlang zu mir gelaufen kommt. »Du hast Kenzie in der größten Zweitbesetzungs-Verschwörung aller Zeiten vergiftet?«

Sage lacht laut auf und umarmt mich.

»Besser!«, sagt sie und blickt über ihre Schulter zu Kenzie, die unkostümiert, in Jeans und T-Shirt, ebenfalls über den Mittelgang kommt. »Nach dem Vorfall heute mit Piper, hat Kenzie Tony gesagt, dass sie diejenige war, die das Bild von dir verschickt hat. Sie haben dann mit Mr. D. gesprochen und entschieden, dass Kenzie dieses Jahr nicht an der Aufführung mitwirken soll.«

»Du machst Witze.«

Kenzie schüttelt den Kopf. Sie ist inzwischen bei uns angekommen. »*Nope*.«

»Aber du hast die Hauptrolle.«

Kenzie zuckt mit den Achseln. »Wir wissen beide, dass ich die nicht verdient habe. Ich war einfach so wütend. Du hattest meinen Platz bei Piper eingenommen, und dann kamst du in den Theaterkurs und …« Sie stockt und atmet schwer. »Es spielt keine Rolle. Ich hätte das Bild niemals rumschicken dürfen. Ich hätte für dich da sein sollen, wie ich es auch für Piper hätte tun sollen. So wie du heute. Du warst so insp …«

Ich strecke meine Hände aus.

»Da muss ich dich gleich unterbrechen. Dass ich Verbrennungen erlitten habe, macht mich nicht zu einer Inspiration.«

»Ich wollte auch nur sagen, dass es inspirierend war, wie du Piper beigestanden hast. Da wusste ich, dass ich das in Ordnung bringen musste«, meint sie.

Ein Teil von mir möchte ihr am liebsten sagen, dass es dafür viel zu spät und es viel zu wenig ist, aber Kenzies Gesicht hält mich davon ab. Es ist eine weichere Version der Miene, die mich vor Monaten auf der Bühne bloßgestellt hat. Und überhaupt, wer bin ich, dass ich jemandem eine zweite Chance verwehre?

Ich schüttle den Kopf und versichere ihr, dass was vorbei auch vorbei ist. »Jetzt bist du ja hier.«

Kenzie sagt mir noch, dass ich das großartig machen werde, bevor sie geht und Sage quasi den ganzen Weg neben ihr herhüpft.

Bevor ich hinter die Bühne verschwinde, schießt Cora ungefähr zwanzig Fotos nacheinander, bis mir vom Lächeln schon die Wangen wehtun. Kurz hält sie inne und will fast meine Perücke zurechtrücken, scheint es sich dann aber doch anders zu überlegen.

»Sie sitzt perfekt«, sagt sie und umarmt mich so fest, dass es beinah wehtut, aber im guten Sinn. Da tippt Tony mir auf die Schulter. Er deutet eine Verbeugung in Richtung Cora und Glenn an und ist sichtlich bemüht, keinen Premieren-Herzinfarkt zu kriegen.

»Ich weiß, das ist Ihre Tochter, aber heute ist sie meine Glinda, und ich brauche sie *prontissimo* hinter der Bühne.«

»Oh nein, das sind nicht meine …«, will ich ihn schon verbessern, aber ich breche mitten im Satz ab. Coras Kamera ist in der Luft stehen geblieben, Glenn hat den Arm um sie gelegt. »Das ist meine Familie.«

Bevor ich gehe, erinnere ich Cora noch mal daran, Pipers Platz freizuhalten.

»Sie wird kommen«, sage ich, mehr zu mir selbst als zu jemand anderem.

Hinter der Bühne regiert das Chaos. Ein halb kostümierter Zinnmann rast an mir vorbei und schreit nach der Maske. Die böse Hexe des Westens kann ihren Besen nicht finden, und Toto, unser lebendes Requisit, ist davongelaufen, nachdem er an der Vogelscheuche das Bein gehoben hat.

Mit klopfendem Herzen spähe ich durch den Vorhang in den überfüllten Saal. Ich fahre mit den Fingern erst über den glatten Satin meines Kleides und dann über die Unebenheiten in meinem Gesicht.

Asad kommt dazu, als ich mich an den schwarzen Vorhang klammere.

»Erde an Ava.« Er wedelt mit einer Hand zwischen meinen Augen und dem Publikum. »Alles okay? Du hast gerade diesen Hilfe-ich-ertrinke-Blick.«

Seine Stimme holt mich ein Stück weit zurück. Er ist von Kopf bis Fuß in Schwarz gekleidet und trägt ein schwarzes Headset, das CIA-Agent oder Mitarbeiter des Monats bei Gap schreit. In der Hand hält er eine Schachtel mit einer großen pinkfarbenen Schleife.

»Ich habe gerade ein bisschen Panik«, sage ich.

»Tja, das wird jetzt wahrscheinlich nicht helfen, aber ein gewisser Tattoo-Künstler mit einem grauenhaften Männer-Bun ist da.«

»Er ist gekommen?« Ich suche die Menge ab. Cora bemerkt mich und winkt, dann hält sie die Kamera hoch und zeigt auf ihr Lächeln. Pipers Platz neben ihr ist leer. In der Reihe dahinter deutet Gabriel ein Winken an.

»Warum wohl, Ava Lee? Du erstaunliches kleines Biest hast ihn ja anscheinend eingeladen.«

»Was denn?«, versuche ich trotz Asads vielsagendem Grinsen lässig zu kontern. »Er war doch nett. Und er mag Theater.«

»Stimmt.« Asad zieht das Wort so in die Länge, dass ich rot werde und meine Nerven schon wieder verrücktspielen. Ich spähe noch mal in den Saal voller Menschen. Tue ich das hier wirklich?

»Sag mir die Wahrheit: Das hier ist verrückt, nicht wahr? Auf diese Bühne gehen und die Rolle der wunderschönen Fee spielen?«

Asad nimmt sich das Headset von den Ohren und schiebt es auf seinem Kopf nach hinten. Trotzdem höre ich jemand über eine ausgebrannte Birne hinter der Bühne lamentieren.

»Das Leben ist kein Musical, Ava, aber es ist *dein* Leben. Niemand kann dich für eine Rolle darin besetzen, wenn du es nicht zulässt.« Er hält meinen Blick fest. »Also, welche Rolle willst du spielen?«

Im Publikum redet Cora auf Glenn ein, während sie nebenbei noch mal ihre gesamte Kameraausrüstung überprüft.

»Es ist ja nicht so, als ob ich jetzt noch zurückkönnte. Cora ist so aufgeregt. Und Tony hat so hart gearbeitet…«

Asad zieht ruckartig den Vorhang zu.

»Vergiss sie«, sagt Asad. »Was willst *du*?«

Ich sehe mein Spiegelbild in Asads schwarzen Augen, während ich über diese Frage nachdenke. Ich sehe meine Silhouette – nicht die Narben –, nur mich. Was will ich? Und obwohl ein Teil von mir vor dem hier weglaufen möchte, steigt die wahre Antwort stark und sicher in mir auf.

»Ich will singen.«

Asad setzt sich sein Headset wieder richtig auf.

»Worüber reden wir dann noch?« Als würde sie ihm gerade erst wieder einfallen, hält er die Schachtel in seinen Händen hoch. »Das hätte ich fast vergessen. Die ist von Piper.«

Ich ziehe an dem pinkfarbenen Band, um den Deckel abnehmen zu können, und hole eine hellbraune Perücke aus dem Karton. Darunter liegt ein Zettel von Piper:

Die scheint ein bisschen mehr du zu sein. Hals- und Beinbruch heute Abend (aber brich dir nicht das Genick).

»Sie war hier?«, frage ich. »Kommt sie wieder?«

Er zuckt mit den Achseln. »Das hat sie mir gegeben, bevor sie zu ihrer Seelenklempnerin fuhr. Um sich den Kopf zurechtrücken zu lassen. Ihre Worte, nicht meine.« Die Stimme aus Asads Kopfhörer wird immer lauter. Er zeigt noch mit zwei Fingern auf seine Augen und dreht dann die Fingerspitzen zu mir. »Denk dran, gleich gibt es nur noch dich auf der Bühne und mich in der Kabine, wo ich Lichtzauber für dich machen werde. Vergiss all die anderen Leute.«

Hinter der Bühne finde ich einen Spiegel und tausche meine pinkfarbenen Haare gegen die neue Perücke. Die Strähnen haben fast meine frühere Farbe und locken sich genau über meiner Sternschnuppennarbe ganz leicht. Im Spiegel sehe ich ein Mädchen mit Knollennase, ohne Ohr und mit unzähligen Narben, aber ihre Augen strahlen in einem vertrauten Blau.

Als die Lichter im Saal langsam ausgehen, spähe ich

noch einmal durch den Vorhang, um mir die Stelle unten zu merken, wo Cora und Glenn sitzen.

Das Letzte, was ich sehe, bevor es ganz dunkel wird, ist der leere Platz neben ihnen.

*

Bevor ich michs versehe, schickt Tony mich schon auf meine markierte Stelle. Durch den Spalt im Vorhang sehe ich nur die Gesichter in den ersten paar Reihen, dahinter nur noch Silhouetten von Köpfen bis zur hinteren Wand. Cora und Glenn kann ich in der Dunkelheit nicht erkennen, aber ich stelle sie mir vor. So wie ich das bei Mom und Dad immer gemacht habe, weil ihre unsichtbare Kraft mir half, mich dem Publikum zu stellen.

»Los, Glinda!«, flüstert jemand vom Technikteam mir relativ laut zu.

Als ich die Bühne betrete, findet Asads Scheinwerfer mich. Sofort schnappt das Publikum kollektiv nach Luft.

Dann Stille.

Wie ich so im Lichtstrahl stehe, spüre ich aller Augen auf mir. Das Licht zeigt jeden Zentimeter, jede Verbrennung, jede Narbe.

Mein Hals brennt weißglühend, und ich presse nur einen einzigen, unsicheren Ton hervor. Furcht verschlägt mir die Stimme. Ich schaue nach rechts, wo Cora und Glenn sein sollten. Und Piper.

Ein Flüstern aus der Dunkelheit klingt dröhnend laut. Ich schließe die Augen, versuche, die Leute, die Blicke auszublenden. Ich versuche, mir meine Eltern und Sara vorzustellen, wie sie mich aus der Dunkelheit emporheben. Aber Furcht lässt mich die Augen gleich wieder aufschlagen.

Ich überlege ernsthaft, von der Bühne zu rennen, als der Scheinwerfer plötzlich ausgeht.

Schwärze.

Durch die Dunkelheit kann ich nur Asad sehen, der vom fluoreszierenden Deckenlicht seiner Kabine von hinten beleuchtet ist. Er reckt seinen Daumen hoch.

Die Zuschauer hat er verschwinden lassen.

Jetzt sind da nur noch er und ich.

Und dann durchdringt rechts ein einziger kleiner Lichtstrahl die Dunkelheit. Eine Stimme bricht das Schweigen.

»Flieg weiter, Ava!«

Piper.

Ich drehe mich zu dem Licht, das von einem Handy zu kommen scheint. Neben ihr gehen noch zwei Lichter an, und ich stelle mir vor, wie Glenn und Cora ihre Handys hoch in die Luft halten. Helle Sterne in der Dunkelheit.

Nadelstiche kitzeln meine Haut. Luft füllt meine Lungen.

Eine neue Stärke erfasst meinen Körper, der, so sicher wie ich am Leben bin, ein Teil von mir ist.

Aber während ich mich an diesen drei Sternen festhalte, bin ich mehr als mein Körper.

Mehr als meine Narben.

Eines nach dem anderen flammen weitere Lichter auf. Eine Milchstraße aus Smartphones, die die Schwärze durchbrechen und den Teil von mir berühren, dem das Feuer nichts anhaben konnte.

Ich hole tief Luft.

Meine Stimme findet die Worte.

In der Dunkelheit, aber mit dem Schein zahlloser kleiner Lichter, wie Bojen in der Nacht, singe ich.

DANK

Dieses Buch wäre nicht möglich gewesen ohne die Überlebenden von Bränden, die ihre Geschichten – und ihre Narben – mit mir geteilt haben. Sie haben mir geholfen, *diese* Geschichte zu erzählen.

Marius Woodward, du warst meine erste Inspiration. Mit deinem Mut, deinem Humor und der absoluten Gewissheit, so viel mehr zu sein als deine Narben. Danke, dass du bist, wie du bist.

Elizabeth Watson und Hope VanderToolen-Thatcher, ihr habt mir geholfen, Ava zum Leben zu erwecken, indem ihr euren eigenen Schmerz und eure Triumphe mit mir geteilt habt. Amy Farnsworth und Stephanie Nielson, euch danke ich fürs Lesen und dafür, dass eure Stärke so vielen ein Vorbild ist.

Die Freude, Kraft und Schönheit in der Community der Brandverletzten finde ich immer noch überwältigend. Deshalb danke ich allen Überlebenden, egal ob sie schon emporsteigen oder noch gegen die Dunkelheit kämpfen. Fliegt weiter.

Ich danke auch allen Organisationen und Menschen, die Überlebende täglich unterstützen und mir bei meiner Recherche geholfen haben, insbesondere Dr. Katherine Au am Shriners Hospital for Children, Kristen C. Quinn am University of Utah Burn Center, Kristen Black-Bain an der

Sugar House Rehab Clinic, Lynne Woodward und allen von der Phoenix Society for Burn Survivors.

Mehr als dankbar bin ich meiner Superstar-Agentin Brianne Johnson, weil sie die Schönheit in Avas Geschichte erkannt hat. Du bist die beste Agentin/Cheerleaderin/Therapeutin, die eine Autorin sich nur wünschen kann. Ich danke auch Allie Levick dafür, dass sie mich aus dem Stapel der aussortierten Projekte gefischt hat, und Cecilia de la Campa dafür, dass sie meine Worte mit der Welt geteilt hat. Dem fantastischen Team bei Delacorte Press danke ich dafür, dieses Buch realisiert zu haben. Wendy Loggia, dein scharfes Auge als meine Lektorin und dein Glaube an diesen Roman waren entscheidend. Danke auch an Jennifer Heuer, die dafür gesorgt hat, dass Ava das perfekte Cover bekommt, und an Colleen Fellingham und ihr Team für ihre Wahnsinnsleistung.

Ich habe das Glück, Teil einer unerhört talentierten und großzügigen Autoren-Community zu sein. Dank der Zeit und Zuneigung, die Carol Lynch Williams und die WIFYR-Konferenz für mich aufgebracht haben, habe ich mich auf diese Reise begeben. Und natürlich hätte ich es ohne die brillanten Einschätzungen meiner Partner und Kritiker, Kim, LoriAnne, Cheryl, Michelle und Matt nicht geschafft. Letzterer ist ein außerordentlicher Sprachkünstler, der meine groben Entwürfe in etwas Schönes verwandelte. Der Knuckles-Kritikertruppe – Jaime, Brekke, Jessica, Crystal und Taffy – möchte ich sagen, was ihr anfasst, wird zu Gold. Ich danke auch all meinen schreibenden Freundinnen, die frühe Entwürfe gelesen haben, vor allem Shannon, Debbie, Lisa und Rebekah.

Atticus, dir danke ich dafür, dass du mir ein Stück deiner kurzen, wunderschönen Poesie geliehen hast.

Dieses Buch wäre auch ohne meine Familie nicht möglich gewesen, die mich nie im Stich ließ, während ich diesen Traum verwirklicht habe.

Andrea Christensen, danke, dass ich in deinem Souterrain wohnen durfte, wo ich die ersten Worte dieser Geschichte schrieb. Und dafür, dass du durch alle Höhen und Tiefen des Lebens hindurch meine Freundin bist. Catherine Dunne, du bist meine ewige Autorenfreundin und der Stolz zu meiner Freude oder die Freude zu meinem Stolz, ich weiß nie, wie herum.

Meinen Schwestern Katie und Jenny möchte ich sagen, ihr seid meine besten Freundinnen und lebenslangen Verbündeten. Don und Kathie Stewart, ich bin jeden Tag dankbar dafür, euch in meinem Team zu haben. Eine feste Umarmung für die Backyardigan Ladys, die mir helfen, meine Kinder großzuziehen, babysitten, damit ich schreiben kann, und mir überhaupt helfen, nicht den Verstand zu verlieren. Ohne euch wäre ich verloren.

Ich wünschte, ich könnte ein Exemplar für meine Großeltern Glendon und Bobette signieren, die zweifellos in Cowboystiefeln durch den Himmel stapfen und dort für mich jubeln.

Ich danke meinen Eltern Woody und Page Johnson, weil sie mich in einem Zuhause mit Büchern, Geschichten und Fantasie großgezogen haben. Ihr wart immer im Publikum – mit gezückten Kameras – und habt mir den Glauben gegeben, dass ich einfach alles erreichen und werden kann.

Ellie, Avery und Cayden, ein millionenfaches Dankeschön an euch, weil ihr meine größten Fans seid und es mit Mommy ausgehalten habt, wenn ich in der Entwurfsphase »abgeschaltet« habe oder wir während der Korrekturen drei Wochen lang Essen vom Lieferservice hatten. Ihr habt mir die Zeit geschenkt, diesen Traum zu verwirklichen, doch ihr sollt wissen, dass ihr der Traum seid. Jeder von euch ist so lieb, mutig und wundervoll.

Meinem Mann Kyle will ich sagen: Du hast an mich und dieses Buch schon geglaubt, als es nur ein Haufen Post-its an der Wand des Büros war. Du hast sogar an mich geglaubt, wenn ich es nicht tat, und du hast mich mit meiner ganzen Verrücktheit geliebt. Nichts von dem hier wäre ohne dich möglich gewesen.

Schließlich bin ich Gott ewig dankbar, weil er mir mehr Sterne in der Dunkelheit geschenkt hat, als ich verdiene oder jemals zählen könnte.

Der literarische Coming-of-Age-Roman einer ganzen Generation

ISBN 978-3-453-27203-3

So klug wie das Leben, so schmerzhaft wie die erste Liebe – *Ich werde fliegen* ist ein kleines Meisterwerk

heyne-fliegt.de

heyne>fliegt

Echt, berührend und klug

ISBN 978-3-453-27194-4

Drei junge Menschen finden im fernen Australien Abenteuer, Wut, Liebe, Einsamkeit – und vor allem sich selbst. Anne Freytags großer Roman über dieses ganz besondere Gefühl, das erste Mal im Leben wirklich frei zu sein.

heyne-fliegt.de

heyne>fliegt